Jules de La Madelène

# Le Marquis des Saffras

# Le Marquis des Saffras

# PRÉFACE

# I

J'ai tendrement, passionnément aimé cet ami inoubliable, et aucun de ceux qui l'ont connu ne s'étonnera de la violence passionnée de mon affection. Beau, de la beauté la plus distinguée ; le front large, encadré d'abondants cheveux châtain clair ; l'œil profond, tendre et velouté, brillant parfois d'un insoutenable éclat ; le nez ferme et pur ; la bouche fine, égayée d'un charmant sourire fait de malice et de bonté, ou redoutablement aiguisée d'ironie ; un timbre de voix chaud, d'une douceur pénétrante ; une éloquence naturelle, prodigieusement persuasive ; un corps mince de la plus rare élégance dans sa taille moyenne – tel était l'homme ; tout attirait en lui, du plus irrésistible attrait.

Cette séduction personnelle et ce charme qui l'accompagnait partout sont restés marqués dans le souvenir de ses contemporains en traces profondes. Aujourd'hui encore, après vingt ans bientôt, ceux-là mêmes qui l'ont à peine entrevu, se souviennent encore, comme d'hier, de ce charmant esprit, d'une aménité si courtoise, curieux, infatigable, toujours en éveil, toujours en quête, flâneur incomparable que tout intéressait, sans souci du temps ni de l'heure, causeur exquis, d'un goût si sûr, d'un jugement si droit, de qui l'on acceptait si volontiers toute critique ; nature aimable par excellence, à la fois ardente et contemplative, faite pour plaire, inaccessible à l'envi et à qui l'on n'a pas connu d'ennemis.

Aux derniers jours de 1840, Jules de La Madelène arrivait à Paris, étudiant en droit, pour la forme, mais déjà mordu au cœur de l'exclusif démon des lettres. À ce moment, la grande bataille romantique finissait dans le triomphe : à l'ardeur emportée, à la vaillance passionnée de la lutte, succédait une sorte de lassitude générale : la prodigieuse tension d'esprit qui venait de durer un quart de siècle, s'affaissait de guerre lasse dans le calme plat : on entendait bien encore ici et là les cris obstinés de quelques enfants perdus, mais ces cris restaient sans échos : l'attention publique était ailleurs.

Le monde nouveau, issu de la Révolution française, longtemps écrasé sous l'odieux talon d'un despote, s'était repris à respirer pendant la Restauration royaliste, et par l'explosion de Juillet 1830, avait, en quelques jours, reconquis presque tout le terrain perdu. La victoire populaire porta la bourgeoisie française au pouvoir, mais dix ans de possession avaient suffi pour donner la mesure des classes moyennes. Satisfaite, repue, repliée sur elle-même, toute à ses affaires, à ses appétits, à son lucre, la bourgeoisie n'était décidément pas de taille à garder le gouvernement ; de parti pris, elle se bouchait les oreilles pour ne pas entendre les clameurs confuses qui montaient du fond des foules : aveugle volontaire, elle ne voulait rien voir de ce qui frappait les moins clairvoyants.

Un vent nouveau soufflait pourtant, de toute évidence, sur le monde : partout les questions sociales prenaient hardiment le pas sur les questions de littérature et d'art. De tous côtés avaient surgi des écoles, des sectes, des doctrines : l'heure était ingrate entre toutes, pour les derniers venus dans la mêlée littéraire.

Les débuts de Jules de La Madelène furent laborieux, pénibles, presque inaperçus malgré le talent remarquable du débutant. *La dernière heure d'un Stradivarius, La Rosita*, publiées par la *Revue indépendante*, révélaient bien aux raffinés un écrivain de race, mais restaient lettre morte pour le public : en ce temps-là, un article de Jean Raynaud, de Pierre Leroux, ou de Flora Tristan, primait tout.

Âme ardente, affamée d'idéal, passionnée de justice, avide de vérités nouvelles, Jules de La Madelène courut aux réformateurs, aux théoriciens, aux utopistes, aux apôtres, de toute la candeur des illusions juvéniles. Trouva-t-il auprès d'eux l'apaisement de sa soif généreuse ?

Il est permis d'en douter, mais s'il ne fait que traverser les doctrines sans s'attacher plus particulièrement à l'une d'elles, il lui restera de ces entraînements enthousiastes, un sentiment profond de l'humanité, la pitié fraternelle des petits, des humbles, des déshérités, l'horreur de la force brutale, le mépris des opulences cupides, le respect du travail, l'amour intense du devoir.

Aussi, quand la monarchie bourgeoise croulera sous un souffle, la jeune République trouvera-t-elle en lui non seulement un serviteur fervent, un champion intrépide, mais, à l'heure tragique des trahisons, un des derniers défenseurs de ses droits.

# II

Comme écrivain, Jules de La Madelène se rattache à la pure tradition française, à la langue nette, claire et précise de Montaigne, de Molière, de La Fontaine et de Voltaire. Chez lui, malgré l'influence romantique du moment, ni germanismes, ni néologismes, ni barbarismes. Sa phrase vive court droit devant elle, comme une flèche acérée : elle déteste les paillettes, le clinquant du style, la redondance, l'enflure, l'épithète inutile ; dans sa correction rigoureuse elle recherche uniquement le mot propre, repousse le mot parasite, proscrit l'a peu près synonyme. La clarté avant tout !

Avec cela, nulle sécheresse : tout au contraire, quelque chose de coloré, de rapide, d'une limpidité étonnante : un parfait accord chantant à l'oreille comme une musique, net à l'œil comme un pur cristal.

Dans ce style merveilleux, résultat d'innombrables retouches, de corrections incessantes, jamais trace de peine ou d'effort, rien qui sente l'huile : on dirait le jet naturel du plus facile génie ; sa perfection est telle qu'à peine si l'on s'en avise : c'est le comble même de l'art.

Avec une incomparable aisance, une sûreté magistrale, la main agile de l'auteur touche à toutes les touches du clavier humain : elle sait plonger au plus profond des cœurs et en rapporter des études poignantes comme *Brigitte*, ou de brillantes esquisses telles que *Le Comte Alghiera*, ou *Les Gants vert pâle*. L'émotion, la bonne humeur, le pittoresque, la fantaisie, la couleur, lui appartiennent en propre, au plus haut degré. Mais qu'il sourie ou qu'il pleure, qu'il fasse éclater de rire ou frissonner, toujours l'auteur reste aussi maître de son sujet que de lui-même. Rien qui le détourne de la constante recherche du beau, rien qui vienne altérer les proportions rigoureuses de l'œuvre.

Ce goût épuré, fruit de fortes études, cette délicatesse jalouse, ce tact exquis, ce sens de la juste mesure en toutes choses, avaient fait de Jules de La Madelène le plus précieux, le plus sûr des conseillers. Très sévère pour lui-même, sans rien sacrifier de la ferme rigueur de ses principes, sa nature aimable lui faisait trouver les plus heureux détours pour ménager l'amour-propre ou la susceptibilité d'autrui. Ce qu'il fit pour moi, à mon arrivée à Paris, le peindra d'un trait.

Comme tout bon jeune homme tant soit peu poète, à vingt ans, dans le grand isolement de la vie de province, j'avais fait des vers en abondance, et naturellement, je les tenais pour les plus beaux du monde. Mon rêve de ce temps-là était, à tout prix, d'arriver à l'édition éclatante de ces merveilles inédites, et recopié de ma plus belle main, sur beau papier à marges, le futur volume reposait doucement au fond de la malle, sur mes plus fines chemises.

À peine arrivé, je l'exhibai triomphalement, priant mon frère de me mettre au plus vite en rapport avec les éditeurs de sa connaissance. Il sourit, de son fin sourire... « Tes vers sont charmants, me dit-il, mais pourquoi tant de presse ? Attends donc un peu ; prends pied dans Paris, frotte-toi au monde, mêle-toi à la vie, et si, dans un an par exemple, en relisant ton œuvre, tu n'y trouves rien à changer, alors imprime hardiment ; l'épreuve est faite, le succès est sûr. »

Je suivis le conseil, et j'oubliai mes pauvres vers dans un tiroir.

Quand sa vigilante amitié me jugea suffisamment mûri par une vie toute nouvelle : « Voici peut-être le moment d'imprimer tes poésies, me dit-il un jour, relisons-les ensemble, veux-tu ? »

Hélas ! ai-je besoin de le dire ? cette lecture me consterna. À chaque page, dans ces vers si passionnément écrits, je retrouvais l'influence, le reflet, l'imitation serviles ; ni personnalité, ni accent… à peine si sur cinq ou six mille vers, deux ou trois centaines surnageaient, et encore !... Je regardais muet, stupéfait, hébété, ce grand naufrage d'illusions. « Bah ! dit gaiement mon frère, la perte n'est pas grande !... tu feras d'autres vers, parbleu !... et cette fois à toi, bien en propre !... Applaudis-toi de ta réserve… tu l'échappes belle ! »

Et c'est ainsi que sans avoir l'air d'y être pour rien, en ménageant mon amour-propre, sans heurt, sans froissement, il m'épargna la faute de ce premier volume presque toujours si lourd à porter par la suite.

# III

Mais je m'attarde aux douceurs des souvenirs personnels, quand je me devrais uniquement à l'édition nouvelle qui nous occupe.

*Le Marquis des Saffras* est l'œuvre capitale de Jules de La Madelène ; il est là tout entier, avec ses qualités brillantes, son vif sentiment du pittoresque, l'incomparable faculté de faire vrai, vivant, sans tomber jamais aux détails vulgaires, aux puérilités réalistes. C'est un livre touffu, serré, parfois même d'une frondaison si luxuriante qu'il semble un peu manquer d'air dans son cadre. Mais quelle verve d'un bout à l'autre, quelle bonne humeur et quelle allure ! Que de tableaux charmants ! Que de scènes exquises ! Tous les personnages sont des types et vivent d'une vie intense. Pas un ne détonne : chacun parle comme il doit faire selon son éducation, ses habitudes de vivre, son milieu. Les plus humbles comparses, le beau Cayolis, et Sambin, et Triadou, et Perdigalet le poète, et Jean Malaterre, le caporal Robin et le sergent Tistet, et la Zounet, et jusqu'au pauvre Cabantoux, tous, grands et petits, restent dans la mémoire fixés d'un trait ineffaçable.

Dirai-je toute ma pensée ? Je trouve à ce livre le caractère magistral des livres de la grande famille des Don Quichotte et des Gil Blas. Pour moi, il est aussi impossible d'oublier Espérit, le lieutenant Cazalis, le maire Tirard, la tante Blandine, le Mitamat ou la Damiane, que le vaillant Chevalier de la Triste Figure, Sancho Pança, le Barbier, Gamache, Ginez de Passamonte, Dulcinée, Maritome, Rossinante et le Grison lui-même !

L'auteur excelle dans la description des émotions populaires : il possède au plus haut degré le sentiment des foules, et de quelles foules ! Dans ce Midi mobile, violent, passionné, enthousiaste, ardent à toutes les luttes. À ce titre, la représentation de *La mort de César*, l'insurrection de Lamanosc, la bataille de village à village, peuvent se comparer aux plus belles de Walter Scott. Quoi de plus poignant que cette histoire de la décadence des Cendric, et le martyre du Mitamat, et le triomphe inutile du Ventaïré ? Quoi de plus frais, de plus souriant que les amours de Sabine et de Marcel ? Et cette implacable tante Laurence que j'allais oublier, et l'avocat Mazamet, et le contrôleur Dulimbert et surtout cette vaillante Damiane, auguste comme une matrone romaine, si noble, si simple, si vraiment grande dans son humble vie de travail quotidien.

*Le Marquis des Saffras*, très remarqué au moment de sa publication dans la *Revue des Deux Mondes*, n'a pas eu en librairie le succès qu'il méritait à tant de titres. Chose triste à constater, ce beau livre a passé presque inaperçu pour la critique. Sauf M. Barbey d'Aurevilly qui lui consacra tout un feuilleton, et M. de Pontmartin qui lui accorda quelques lignes, personne, que je sache, n'en a parlé dans la presse : Sainte-Beuve est mort son débiteur comme les autres.

Peu importe ! Une justice plus lente, mais plus sûre, ne peut lui manquer maintenant que la postérité commence pour lui. Je viens, pour ma part, et sans pouvoir m'en détacher, de relire ce livre de la première page à la dernière ; je l'ai retrouvé bien tel qu'il m'était resté dans l'esprit, dans l'éternelle jeunesse des œuvres qui ne vieillissent pas. Avec quel plaisir je me suis senti transporté à la Pioline, et quelle douceur j'ai retrouvée au chant des cloches de Scianne ! Tous les types de cette Iliade villageoise repassaient successivement devant moi, et je les reconnaissais d'emblée, au premier mot, au moindre geste, avec le vif plaisir que donne la rencontre de vieux amis.

*Le Marquis des Saffras*, dédié par l'auteur à la vaillante compagne de sa vie, au secrétaire patient, infatigable, qu'il se plaisait à traiter de collaborateur, garde sa dédicace dans l'édition actuelle : rien de plus légitime ; pour les témoins de l'austère dignité d'un long veuvage, rien aussi de mieux mérité.

Voici dans quelques mois vingt ans que Jules de La Madelène est mort après une lente agonie, emporté en pleine sève, en pleine force, à l'heure virile où l'artiste donne sa mesure : il n'y a aucune exagération à regarder cette fin prématurée comme une véritable perte pour les lettres françaises.

Pour moi, elle reste à jamais le grand déchirement de cœur, l'inconsolable douleur de ma vie : toujours vivant, au plus profond de l'âme je garde son cher souvenir ; il est ma force et mon exemple.

Et quand parfois, dans l'excès de ma misère présente, à bout de patience, sur le cruel fauteuil où me cloue un mal implacable, je sens monter à mes lèvres un cri de révolte ou de désespoir, je n'ai qu'à me rappeler la douceur stoïque de sa belle âme inaltérable, pour reprendre aussitôt possession de moi-même et rougir de ma lâcheté.

*Henri de La MADELÈNE, mai 1877.*

# Le Marquis des Saffras

# LIVRE PREMIER

# Esperit

# I

En 1844, pour la Saint-Quinid, fête de leur paroisse, les paysans de Montalric donnèrent une grande représentation de *La Mort de César*. Depuis quelques années, on s'était mis ainsi à jouer des tragédies dans nos villages du Comtat. Pour les fêtes votives, on montait des pièces de Racine et de Voltaire. *Zaïre, Athalie, Brutus et César, – César, Brutus, Athalie, Zaïre* –, on ne sortait pas de là, à Monteou comme à Saint-Didier, à Sarrians comme à Méthamis et à Beaume-de-Venise. Entre toutes ces bourgades, c'était une lutte ardente, une émulation sans égale pour bien faire et se surpasser. Les vieilles jalousies de voisinage s'étaient transformées ; on était en rivalité de tragédies, et dans ces luttes pacifiques on apportait la même passion que dans ces rixes terribles où, vingt ans auparavant, des villages entiers venaient offrir la bataille à des villages ennemis.

Pour cette *Mort de César*, il y eut grande affluence d'étrangers à Montalric. La route était obstruée de carrioles et de charrettes ; les auberges regorgeaient de gens et de bêtes ; tous les tonneaux étaient en perce ; dans les rues, sur les places, à toutes les portes des maisons, piaffaient et hennissaient des mules, des chevaux, des ânesses. Les tragédiens furent très goûtés, on les rappela à diverses reprises, et il leur fallut jouer deux fois le troisième acte. La joie des spectateurs était au comble ; presque tous applaudissaient avec frénésie, d'autres se contentaient d'admirer avec un étonnement profond. Parmi ces derniers, au milieu de ce groupe de silencieux enthousiastes, il y avait un homme de la montagne, potier-terrailler de son état, du nom d'Espérit – Elzéar-Siffrein-Véran Espérit, citoyen de Lamanosc. Tant que les acteurs furent en scène, Espérit se tint sur son banc, immobile et roide, l'oreille dressée, l'œil éveillé. C'était la première tragédie qu'il entendait de sa vie. La mise en scène, l'intérêt du drame, la solennité des vers le charmaient ; il ne se lassait pas d'écouter ces longues périodes retentissantes ; il en attrapait à la volée quelques fragments qu'il fixait dans sa mémoire, qu'il agençait entre eux tant bien que mal. Toutes sortes de songeries venaient se mêler à ces impressions si vives, et tout cela se confondant avec de grands efforts d'attention et de curiosité, il en résultait un travail intérieur très compliqué.

À la tombée du rideau, lorsque les farandoles se mirent en danse, Espérit se réveilla en sursaut comme au sortir d'un rêve. Au milieu des mille rumeurs de la fête, il se sentait tout étourdi, ahuri, saisi d'un grand désir de solitude ; il aurait voulu se trouver transporté bien loin dans la montagne, au fond des bois. Partout des rires, des chants, des musiques. Sur la place, c'étaient les fanfares de la commune qui reconduisaient en triomphe les vainqueurs de la lutte et des courses, entourés de porteurs de torches ; au bord de la rivière, sous les platanes, les orchestres des bals rivaux; çà et là, dans les rues, les tambourins et les galoubets venus de Provence, qui donnaient des aubades en l'honneur des tragédiens. Les cloches carillonnaient, les voitures couraient à grand bruit sur la route, les enfants lançaient des pétards et des fusées dans les jambes des chevaux.

Espérit courut à l'écurie pour seller son ânesse et partir au plus vite, car il était déjà nuit. Avec ses entractes et ses reprises, la tragédie avait bien duré quatre heures. La Cadette avait épuisé depuis longtemps sa provision de fourrage, elle ruminait tête basse devant une crèche vide. À ses côtés deux grands ânes noirs dévoraient fièrement une belle râtelée de foin.

« Ah ! l'avaricieux, dit la femme qui tenait l'écurie, voilà des heures que sa bête lit la gazette ! Il a apporté une poignée de paille pour la nourrir toute la journée, vous verrez qu'il aura le cœur de partir sans lui donner seulement du son ! »

La Cadette regardait avec des yeux d'envie les boisseaux de provende que cette femme portait suspendus à ses deux bras, et, pour exciter les désirs de l'ânesse, la femme rapprochait ses picotins à portée du museau. Espérit prit une mesure d'avoine et l'offrit à la Cadette ; mais au moment de partir, il se trouva dans un grand embarras : il fouilla dans ses poches, dans sa ceinture, dans son bissac, pas d'argent, pas un denier. En admirant la tragédie, il s'était laissé enlever sa bourse par un voisin, un petit Marseillais tout réjoui, qui courait les fêtes pour faire tirer en loterie du gibier et des cigares. Ce Marseillais parlait à ravir du théâtre ancien et moderne ; pendant les entractes, il expliquait très subtilement les beautés de *La Mort de César*. Espérit, en l'écoutant, s'était pris pour lui d'une vive amitié.

Le compte de la Cadette montait à trois sous, deux sous pour l'avoine, un sou pour l'établage. Le terrailler ne connaissait personne à Montalric, il prit le parti de demander crédit au logeur d'ânes, et comme il offrait de laisser en gage son bissac, celui-ci répondit en riant : « Eh ! camarade ! Crédit n'est pas mort ; tu me parais bon pour trois sous. À te juger sur ta mine de grand simple, tu n'es pas un escroqueur ; gare plutôt qu'on ne te vole ton âne entre les jambes ! »

Mais la femme du logeur voulait ses trois sous, et lorsqu'elle vit Espérit s'éloigner sans payer, elle courut sur lui et par derrière le décoiffa.

« Ah ! il n'a pas d'argent, dit-elle, gardons-lui sa barrette ! »

Elle s'était emparée de la calotte d'Espérit, elle l'agitait avec colère, et ne cessait de vociférer : « Ah ! qu'ils viennent nous voler, ces étrangers ! D'où sort-il, celui-là ? On t'en tiendra, des établages pour rien ! et de l'avoine encore pour ta bourrique, qui crève de faim ! Il ne manquerait plus qu'il emportât son fumier ! »

On accourut aux cris de la vieille. Espérit la menaçait le bâton levé ; la foule des passants s'entassa dans l'écurie, les badauds s'attroupèrent ; ceux de Montalric prirent parti pour la femme, ceux du dehors pour Espérit. Sans trop savoir de quoi il s'agissait, on s'injuria des deux côtés, et on allait en venir aux mains. Heureusement le logeur d'ânes était un brave homme, il mit fin à ces querelles en rossant sa femme. Pendant ce tumulte, la Cadette s'échappa, et le terrailler se mit à sa recherche.

Espérit rôdait au hasard dans les ruelles sombres et tortueuses du village, demandant à tout venant des nouvelles de son ânesse ; les galopins lui faisaient cortège avec des huées. L'un de ces vauriens se mit alors à imiter les braiments de l'âne, et si habilement, d'une voix si âpre, si étendue, que la Cadette répondit du bout de la place. Elle arriva en trottinant et reconnut son maître ; Espérit sauta en selle et courut jusqu'au carrefour. Tout à coup ce carrefour s'éclaira d'une grande lueur ; les gens du quartier allumaient un feu de joie et dansaient en rond.

La Cadette recula de frayeur. « Les ânes au feu ! » crièrent les enfants. Il en sortait de tous côtés, ils tournoyaient autour d'Espérit, comme une nuée de moucherons. « Les ânes au feu ! qu'ils sautent le feu ! À la danse ! à la danse ! » Ces enfants étaient très jeunes. Espérit les écartait en faisant siffler son bâton sur leurs têtes, mais en évitant de les toucher. Quand ils virent que ce n'était qu'un jeu, ils se jetèrent à la bride de l'ânesse et essayèrent de l'entraîner jusqu'au feu, d'autres lui tiraient et lui tordaient la queue. Espérit, pour se dégager, frappa légèrement le plus importun des assaillants ; l'enfant se jeta à terre en poussant des hurlements affreux. On entoura Espérit, et pendant qu'il répondait aux menaces par un discours fort honnête, on attacha un fagot d'épines enflammées à la croupière de la Cadette. Excitée par les piqûres et les brûlures, l'ânesse s'emporta furieusement et partit droit devant elle, renversant tout sur son passage. En moins de dix minutes, Espérit se trouva à une demi-lieue de Montalric, sur le bord d'une rivière ; il mit sa bête à l'eau pour la laver et la panser ; avec des feuilles de romarin écrasées, il lui composa des onguents ; d'un lambeau de chemise, il lui fit des bandages solides, et, l'ayant ainsi radoubée, il reprit tranquillement le chemin de Lamanosc.

Il avait déjà tout à fait oublié ses mésaventures de la journée. La Cadette pâturait en marchant ; Espérit, assis sur la croupe, se laissait aller à ses mouvements incertains et lents, les bras pendants et le nez aux étoiles. Il rêvait de Jules César et de la république romaine…

# II

Plusieurs semaines après la Saint-Quinid, tous ces souvenirs de tragédie fermentaient encore dans la tête d'Espérit, si bien qu'un beau matin il se réveilla avec un violent désir de faire jouer *La Mort de César* à Lamanosc. Il revêtit son grand costume des dimanches ; pour plus de cérémonie, il se coiffa d'un chapeau rond que lui prêta le professeur Lagardelle, maître d'école du village, et, quoiqu'il ne fût pas fumeur, il alluma un cigare pour se donner une tournure. Ainsi équipé, il s'en alla résolument chez le maire. Le maire était en foire. « Allons, tant mieux ! dit Espérit ; ce n'est pas trop d'une semaine de plus pour réfléchir avant de lui parler, à ce père Tirart ! »

À huit jours de là, dans la soirée, il revint chez le maire.

Marius Tirart, maire de Lamanosc, habitait, à l'entrée du bourg, une vaste maison dont les dépendances se prolongeaient jusqu'au fond de la rue des Pique-Nierres. Les hangars et les grandes cours s'étendaient sur les derrières jusqu'aux prairies qui bordent le chemin. Les chiens, qui connaissaient Espérit, le laissèrent passer sans aboyer ; il franchit le portail, mit la main au loquet et tira la ficelle. Le maire Tirart, à genoux au milieu de ses valets de ferme et des bergers, faisait la prière du soir ; Espérit s'arrêta discrètement sur le seuil de la porte. Vers la fin de la prière, un petit berger s'étant endormi, le maire lui asséna un rude soufflet pour le réveiller. L'enfant se mit à jurer, les pâtres éclatèrent de rire, le maire allongea des gourmades, et, frappant à droite, à gauche, fit tant de bruit pour imposer silence que toute la cuisine fut bientôt en rumeur. Un des battus souffla sur la lampe de fer suspendue à la cheminée, les cris redoublèrent, Espérit s'en alla comme il était venu.

« Au fait, se dit-il, ce n'est pas le bon moment. Brave homme que le père Tirart ! mais sur le soir il est irrité par son gros travail de la journée. C'est au saut du lit qu'il faut le prendre ou bien à table ; le matin, on est plus gai. »

Un matin donc, après s'être costumé, il prit le chemin de la rue des Pique-Nierres. Le maire déjeunait dans la grande cuisine, avec tout son entourage de valets de ferme et de bergers qu'il faisait manger à sa table. Marius Tirart était un homme déjà sur l'âge, mais encore très vert, très actif, trapu, haut en couleur, œil brillant, lèvres rouges, mains fortes et velues comme la poitrine.

« Salut, les amis ! dit Espérit en entrant, le chapeau sur la tête, comme c'est l'usage à Lamanosc. Et toi, Marius, l'appétit y est-il ? »

Il y avait déjà longtemps que le maire Tirart cherchait à rompre avec ces habitudes familières des paysans comtadins ; il ne pouvait plus se faire à ce tutoiement, à ce Marius tout court dont ils usaient obstinément avec lui. Lorsqu'il était en visite chez son préfet, en grande compagnie de gens titrés et décorés, à tout propos on le saluait du titre de maire avec toutes sortes de politesses, et l'envie lui venait alors d'introduire ces belles manières à Lamanosc. Par malheur pour Espérit, il se trouva que le maire avait dîné la veille chez son préfet ; il était revenu d'Avignon très décidé à se faire respecter à Lamanosc comme dans les villes.

« Eh bien ! Marius, reprit Espérit d'un ton dégagé, comment te va le courage ?

– Tiens, voilà de mes nouvelles », dit le maire, et de son poing fermé il fit voler à dix pas le chapeau d'Espérit.

Espérit répondit par un coup de bâton qui brisa les bouteilles sur la table et que le maire esquiva très heureusement. Des courtiers de commerce arrivèrent en ce moment fort à propos, et la querelle en resta là. Espérit s'en retourna à sa tuilerie sans grande rancune, et, de sens rassis, il donna tout à fait raison au maire. « C'était son droit, se dit-il, il était chez lui ; j'aurais peut-être dû lui tirer mon chapeau. »

Dans l'après-midi, Espérit revint chez le maire ; il portait sous son bras une grande bouteille de cinq pots. Le maire avait envoyé les bergers à l'école, et pendant leur absence il gardait lui-même le troupeau sur la lisière du petit bois qui confine à la prairie. Ce métier de pâtre ne lui allait guère. Tirart n'était pas homme à s'asseoir toute une journée dans les herbes pour jouer de la clarinette ou sculpter des noyaux pendant que les chiens font leur ronde. En attendant le retour des bergers, il s'ébattait avec ses dogues sur le pré ; il les faisait courir et combattre, il luttait et cabriolait avec eux.

« De quel cabaret sors-tu, grand ivrogne ? dit le maire ; que me veux-tu avec ta bouteille ?

– Ce matin, répondit Espérit, je vous ai cassé quatre ou cinq fioles ; voici qui réglera nos comptes. Maintenant, parlons peu et parlons bien. Savez-vous qu'ils ont joué il y a six mois une belle *Mort de César* à Montalric pour leur vote ?

– Il s'agit bien de Montalric ! dit le maire. Voilà mon troupeau qui s'emporte devers les vignes ; tourne sur eux à grands coups de pierres et rabats-les jusqu'ici.

– Les chiens les ramèneront, dit Espérit.

– Je leur apprends des tours, dit le maire ; ce n'est pas le moment de les déranger. File par le fossé et fais-moi tout redescendre, hardi ! »

Le troupeau ramené, Espérit trouva le maire émondant les feuilles grêles de deux grandes tiges d'osier.

« Prends ces amarines, dit le maire, et tordons-les à nous deux ; il nous faut façonner un grand cerceau pour faire sauter les chiens. Nous allons rire ! »

On façonna le cerceau, on fit sauter les chiens ; le maire était en belle humeur.

« Voici le bon moment », se dit Espérit...

« Et cette *Mort de César*, reprit-il d'un air de finesse, si nous la montions à Lamanosc ? qu'en pensez-vous, notre maire ?

– Déjà quatre heures ! s'écria Marius en tirant sa grosse montre ; on m'attend à la commune, adieu ! adieu ! je te laisse le troupeau ; tu passais pour bon pâtre dans le temps ; tiens, prends ma gaule, amuse-toi bien, et bonne garde ! Si tu aimes la musique, tu trouveras des fifres dans la besace !... Surtout, attention aux jeunes mûriers ! »

Et le maire Tirart monta vers la mairie.

# III

À quelques jours de là, trois grandes charrettes étaient en charge devant la maison du maire Tirart, rue des Pique-Nierres. Les chevaux se cabraient en agitant leurs clochettes, les chiens jappaient ; les routiers, gens d'Avignon et du Pontet, criaient et juraient comme des païens, les oisifs de la commune s'attroupaient autour des voitures et donnaient gravement leur avis. Assis sur une trousse de feuilles, Marius Tirart fumait silencieusement sa pipe, sans prêter l'oreille aux réflexions des badauds. Espérit, qui depuis huit jours rôdait autour de lui, s'approcha et salua poliment, la barrette à la main.

« À l'amitié, monsieur Marius, je vous trouve bonne mine : toujours le même, et gaillard, gaillard comme une épée ! Nous en fumons une ? C'est fort bien. Chacun sa fantaisie : moi, j'aime mieux une goutte d'eau de coing pour tuer le ver dans la matinée ; chacun ses idées… Les uns aiment le vin rouge, d'autres le blanc, d'autres le muscat. Figurez-vous que ma tante de Méthamis n'a jamais goûté viande de sa vie ; à son âge, elle donnerait toutes vos boucheries pour un oignon doux. Est-il vrai, notre maire, que les Turcs fument des pois de senteur ? Pour les marchés et les dimanches, il pourra bien m'arriver d'allumer un bout de cigare, je ne dis pas non ; les jours ouvriers, je n'y ai pas goût. Ceci peut vous étonner, puisque c'est le parrain de ma mère qui a fumé le premier à Lamanosc, en revenant de la marine, quand nous étions terre du pape. Il était le seul à fumer dans la commune : aussi l'appelait-on Pipette. Jugez un peu comme tout a changé depuis que nous sommes à la France ; mais tout ce que je dis là n'appointerait pas un fuseau, ainsi que disent les vieilles, d'autant plus que j'ai à vous parler d'une grande affaire qui fera bien honneur à Lamanosc. Vous savez que l'année dernière, j'ai été à Montalric pour leur fête ; alors je me suis dit : « Espérit, tu vois là une belle vote ! Ah ! si notre maire voulait, ce serait encore plus beau, à Lamanosc, pour notre Saint-Antoine !

– Voyons ! que veux-tu ? dit brusquement le maire, voilà une heure que tu me cires la guêtre. Je te vois venir, tu viens pour m'offrir ta feuille de mûrier ; je te l'achète, tu sais mon prix ; si ça te va, j'envoie ce soir les sacs à ta tuilerie.

– Je ne vends pas ma feuille, dit Espérit, puisque je fais couver ; vous le savez bien, vous qui m'avez fait compliment pour ma graine.

– Alors, combien, ta graine ?

– Je vous répète qu'il ne s'agit ni de moi, ni de ma feuille, ni de ma graine, mais de la commune : est-ce clair ? Ne tenons-nous pas aujourd'hui le 7 mars ?

– Oui, le 7 mars 1844... Eh bien ! après ?

– Le 7 mars, fort bien. Qui de 31 ôte 7, nous restons à 24 ; 24 et 14 sont 38, c'est-à-dire un mois, huit jours, plus cinq mois entre mars et septembre : cela fait juste six mois huit jours, d'ici à la Saint-Antonin, qui tombe le 14 septembre. Nous avons donc devant nous six mois huit jours, pour tout préparer. Savez-vous que nous pourrons faire des merveilles ? Ce sera un beau travail... Mais vous ne m'écoutez guère, monsieur Tirart ; si je vous dérange, il faut le dire... »

M. Tirart n'était pas en belle humeur ; il n'entendit rien de tout ce discours. La garance baissait rapidement : elle était tombée de 32 à 29 et de 29 à 26-25 ; les cocons ne se maintenaient pas ; le conseil municipal de Lamanosc, sourdement travaillé par l'huissier Fournigue, se montrait de plus en plus hostile et refusait d'autoriser la construction d'une fontaine dont les travaux étaient commencés depuis six mois. On parlait même de porter les dépenses à la charge du maire, et de clore la session par un vote solennel de méfiance longuement motivé. Les vingt-huit considérants étaient déjà rédigés ; il n'était bruit que de ces vingt-huit considérants, libellés en beau langage parlementaire pondéré, cadencé, roide et vague, hérissés de textes disposés en progression : au point culminant, la grande question de l'abreuvoir. Ce chef-d'œuvre révélait le génie d'un avocat de la cour royale, très expert en ces matières, homme savant et maladif, la terreur des autorités du pays, Me Mazamet, pour l'appeler par son nom.

« Monsieur Marius, reprit Espérit, c'est donc le 14 notre vote, de manière qu'alors nous avons bien six mois devant nous.

– Eh ! Tarascol, cria le maire, dur à toi, tout est sanglé, retirez les échelles. Hardi ! tout va ! faites partir ! »

Les voitures s'ébranlèrent lourdement, oscillèrent en avant et reculèrent bientôt de quelques pas jusqu'au grand bourbier qui s'étend le long du jardin.

« Attelez les renforts, dit le maire. Zoou ! des pierres sous les roues ! Hardi ! les enfants ! les deux grosses balles à l'avant ! Bouclez à droite et sautez tous sur les brancards !

– Vous avez raison, dit Espérit ; avec cette charge à l'arrière, c'était un mauvais tirage. Maintenant revenons à notre projet. Voici ce que je me suis dit : l'année dernière, la jeunesse de Montalric a joué la comédie de César, et très bravement. Alors j'ai eu une idée... »

Les voitures étaient dégagées, les chevaux piaffaient, se levaient droit, et faisaient sauter leurs colliers de sonnailles.

« Ah ! tu as une idée ? dit le maire de son air goguenard. Tu as une idée ? reprit-il en sautant d'un bond sur le strapontin. Eh bien, va la vendre à la foire de Beaucaire ! Hardi, Tarascol, au grand trot ! »

Cette saillie plut beaucoup aux rouliers, qui se mirent à la commenter, sans trop savoir de quoi il s'agissait, mais très vivement, chacun à sa façon. Il serait dangereux de risquer la traduction de ces quolibets qui arrivaient à l'oreille d'Espérit à travers le bruit des coups de fouet, des roues grinçantes et des grelots. La langue provençale est pleine de hardiesses, surtout dans le dialecte des charretiers.

« Voilà un état qui rend bien grossier », se dit Espérit, sans prêter plus d'attention à ces brocards.

Il reprit le chemin de sa tuilerie à petits pas, les bras derrière le dos, tirant la jambe. L'argile étant prête, il se mit à travailler sur sa roue. « Notre maire est un homme de la bonne graine, disait-il en tournant ses chandeliers de terre ; solide, dur au travail, pas fier et juste. Il est bien entendu pour le bétail comme pour la terre ; à première vue, il vous dirait le poids d'un bœuf sans se tromper d'une livre, et l'on peut voir qu'il se donne un rude mal pour la commune. Je ne suis pas contre lui dans cette affaire de l'abreuvoir ; ce monument me paraît bien utile pour les bêtes qui reviennent de la montagne, et si les municipaux font ce coup de lui faire payer la dépense, je répéterai partout que c'est une volerie. Il m'est dû douze écus pour mes travaux de conduite, plus quatre francs de ciment romain, si ce n'est pas la ville qui paye, je refuse franc et net. M. Marius est dans son droit contre ces bavards du conseil, mais ce n'est pas une raison pour rudoyer le monde, surtout quand on vient lui parler du bien de la commune. J'aurai son dernier mot. À vendredi !»

Le vendredi 16, à deux beures du matin, Espérit était déjà réveillé.

« Tous ces coqs sont fous, disait-il en se roulant dans le foin, je ne comprends plus rien aux heures. Voilà la troisième fois que je prends la lune pour le jour. »

Il se leva de nouveau, mit le nez à la fenêtre, regarda les étoiles, et se frottant les oreilles : « Je me suis encore trompé, ce n'est pas l'étoile marinière, le petit homme est toujours dans la lune. »

Il s'étendit dans la crèche pour dormir plus au frais, mais le sommeil ne vint pas. Depuis dix jours, Espérit avait bien rêvé à sa tragédie, mais jamais avec cette persistance, cette passion obstinée qui l'envahissait tout entier. Il avait beau fermer les yeux et remuer la tête, il ne voyait que toges et draperies antiques traînant dans la poussière, tachées de sang ; à chaque instant, des formes lumineuses passaient devant lui dans des attitudes solennelles ; les déclamations héroïques bourdonnaient à ses oreilles ; ses yeux étaient attirés avec violence, dans une vision bizarre, par le scintillement des poignards et l'éclat de la pourpre romaine. « Me voilà timbré, disait-il en tapant des poings contre les barreaux de la crèche. Le sang me brûle les veines et la cervelle me danse dans la tête. Cela tient au temps ; l'air est lourd, nous allons avoir un orage terrible. » Cette nuit de mars était des plus belles : pas un nuage du côté du Ventoux ; les étoiles brillaient dans un ciel limpide, un vent frais passait dans les cyprès de la tuilerie et faisait onduler leurs cimes.

Enfin l'aube parut. Aux premières lueurs du crépuscule, Espérit était à l'abreuvoir, étrillant et lavant son ânesse. Les troupeaux sortaient des étables, les alouettes chantaient dans les blés, des tourbillons de poussière montaient sur le chemin, de toutes parts on entendait tinter les clochettes des chèvres et des capitaines béliers.

Le soleil tournait du côté de Villes lorsque Espérit et la Cadette arrivèrent à la croisette de Saint-Pierre-de-Vassols. La Cadette s'arrêta net au milieu du chemin. Espérit s'orienta, mit une paille dans ses doigts et se fit un cadran de la main.

« Six heures ! dit-il. Il y manque dix minutes. Notre maire est réglé comme un papier de musique, il ne sera à la croisette que sur le coup de sept heures. C'est fort bien. Pour ne pas manquer son monde, il faut toujours arriver une petite heure à l'avance. Puisque j'ai du temps, je m'en vais dire mes vêpres de dimanche ; qui sait si après-demain j'aurai le loisir d'aller à l'office ? Allons, Cadette, tu es libre. »

Il détacha le mors de l'ânesse, pour qu'elle pût brouter à son aise l'herbe rare des talus, et pendant que Cadette cherchait sa vie sous la haie, Espérit se promenait à pas croisés au bord du fossé, priant et chantant, le licou attaché au bras, le livre d'heures dans la main gauche, la droite armée d'une branche de romarin pour chasser les mouches.

Sept heures sonnaient au clocher de Saint-Pierre-de-Vassols, lorsque le maire Tirart parut à la croisette. Espérit tenait le milieu de la route et faisait caracoler son ânesse.

« Salut, monsieur Marius et la compagnie ! Ça va bien que vous soyez seul, nous allons reprendre notre affaire. Voici près d'une heure que je vous espère, et nous allons causer à notre aise. Vous savez que nous ne sommes pas des ennemis ?

– Oh ! s'écria le maire, encore ta comédie, je gage ! Voilà pourquoi tu m'arrêtes à l'embuscade comme un franc voleur.

– Bien parlé, notre maire ; jouez cinquante louis d'or, et vous les gagnerez. Cette nuit je me suis dit : "Espérit, tu as eu tort l'autre jour de déranger notre maire, qui était à ses affaires de garance ; mais c'est aujourd'hui vendredi : puisqu'il va à la ville pour son marché, tu iras l'attendre sur la route de la ville, vous ferez ensemble une petite lieue, et tu pourras lui expliquer ton système sans lui brûler son temps." Alors j'ai réveillé la Cadette et me voilà. Je vous disais donc que l'année dernière on avait joué la comédie de César à Montalric, alors je me suis dit que, si vous vouliez, ce serait encore plus beau à Lamanosc pour notre Saint-Antonin. »

L'ânesse s'était piquée d'honneur et galopait à grands sauts pour suivre l'amble de la jument du maire. M. Tirart crut qu'Espérit voulait jouter avec lui ; il donna de l'éperon et mit sa bête au trot.

« Eh ! eh ! dit-il, cette Cadette va comme le vent, dans un quart d'heure nous verrons le pont des Fontaines. »

Espérit tourna bride vivement, et dit au maire : « Vous gagnerez le prix tout seul, monsieur Marius. Vous ne connaissez pas la Cadette, elle n'a pas idée de lutter avec les bêtes riches. Bon voyage, monsieur Marius et la compagnie ; je vois que vous êtes pressé. Nous parlerons plus tard de notre affaire. Nous sommes gens de revue, la vote n'est que dans six mois. Qui a le temps a l'argent…

# IV

Trois semaines s'étaient écoulées depuis la rencontre d'Espérit et du maire à la croisette de Saint-Pierre-de-Vassols. Le maire Tirart se promenait dans ses garancières du plan Leydet, au Limon, terroir de San-Blaze. Il était venu dans la matinée au plan Leydet pour un rendez-vous d'affaires ; tout en attendant les courtiers, il inspectait ses garances, et du pied poussait les pierres.

« Mauvais chantier ! disait-il, et son pied chassait toujours les cailloux. Partout du chiendent ! »

Et bientôt la main suivit le pied, puis le corps suivit la main, et tout à coup voilà le maire à genoux dans le sillon, en habit noir, sarclant les herbes folles, arrachant les pierres, les rejetant sur le chemin, à droite, à gauche, en deux tas, cailloux et chiendent. Le voilà s'animant à ce travail, prenant feu, poussant toujours devant lui, avançant des pieds et des mains, si bien qu'il alla ainsi jusqu'au bout du sillon, sans lever la tête, à la lisière même du champ. Cette lisière est longée par une ravine ; la route passe à l'autre extrémité. Au milieu des pins, des genévriers, des chênes verts de la ravine, on a laissé pousser un saule en toute venue. En se relevant pour prendre haleine, le maire fut surpris de voir s'agiter la cime de ce saule. Il se mouilla le doigt pour sentir de quel côté le vent se levait.

« C'est singulier, dit-il, il n'y a pas un brin de bise, et ces branches tournent et volent comme des plumes. »

Les hautes branches s'inclinèrent au ras du sol, et bientôt une barrette rouge se détacha sur ce fond de verdure claire.

« Espérit ! dit le maire, c'est donc toi, maraudeur ?

– Peut-être bien, monsieur Marius ; à votre amitié.

– Et dans quel pays vas-tu ainsi, par ces chemins, avec cette besace ? Oh ! la belle besace de voyage, pleine et rebondie des deux côtés ! Nous allons donc passer la mer ?

– Ni la mer, ni le Rhône, monsieur Marius, ni l'Ouvèze, ni même l'Auzon ; pas plus loin que le plan Leydet, pour vous servir. Il se peut bien que je reste ici tout le jour. Je suis un peu las, votre compagnie me plaît, et vous savez bien que nous avons à parler longuement ensemble, notre maire, très longuement, sans rien oublier. Vous avez eu le temps de réfléchir. La Cadette n'est pas là, et votre jument ne prendra pas le mors aux dents.

– Encore ta comédie ? Va-t'en au diable !

– Oh ! pour cela, jamais ! monsieur Marius. Cherchez un autre moyen de vous délivrer de moi ; mais je crois que cette fois-ci il vous faudra les gendarmes. En attendant, je vais casser une croûte ; voici une yeuse qui a poussé ici exprès pour moi…

– Je ferai couper tous ces arbres, dit le maire, ça me dévore trois éminées de bonne terre.

– Les bûcherons ne manquent pas dans le pays », dit Espérit.

Il s'assit tranquillement sous le chêne vert, la tête à l'ombre, le corps au soleil, puis il tourna sa besace, la fit glisser sur l'herbe, l'ouvrit et la vida lentement, posément, en homme qui a du temps devant lui.

« La table est mise, dit-il. À votre service, monsieur Marius. Si cela vous va, tirez votre couteau et piquez dans la marmite. Et maintenant, écoutez-moi. Aussi vrai que nous sommes des braves gens et que voilà un poivron au bout de mon couteau, il faut qu'aujourd'hui vous m'entendiez, notre maire. Vous êtes venu ici pour faire pacte pour vos huiles, et vous voyez clair ; après la récolte, elles tomberont bas, il n'y a plus à craindre de gelée, et cette année les olives casseront les branches dans tout le bas pays, de l'autre côté de la Durance. Vous attendez ici Tonin du Vallat de la Bernarde, qui doit en même temps estimer votre garance en terre : mais sa bête est malade, il n'arrivera au plus tôt que sur les neuf heures. Regardez l'ombre du rocher ; nous avons une heure pour causer à l'aise. Voici donc mon petit système : l'an passé, la jeunesse de Montalric a joué une comédie, et très bravement...

– Ah ! l'horrible chantier ! dit le maire, c'est tout pierre et chiendent. Regarde un peu si ce n'est pas une abomination ! Je suis sûr qu'il n'a pas un pied de profondeur. Tiens, Espérit, ajouta-t-il en prenant de la terre à poignée et la pétrissant, vois quelle forte terre ! touche-moi ça, comme c'est beau ! et penser que voilà trois années perdues ! »

Espérit vanna la terre dans ses mains, et répondit au maire qui le regardait fixement, les lèvres ouvertes, l'œil en feu : « Belle terre, mauvais travail. Je me sens une grande joie. Pousse, brave chiendent, pousse pousse, pousse toujours, et que toutes les mottes se changent en sables et cailloux ! et que le plan Leydet ne soit bientôt plus qu'une lande sauvage ! Ah ! notre maire ne sait pas qu'il y a des épargnes qui ruinent ! Pousse, brave chiendent, pousse toujours ! Voilà ce que c'est que de faire travailler des étrangers, des vagabonds ; est-ce que les bras manquent dans notre commune ? »

À la pointe du plan Leydet, du côté de la route, il y a un bouquet d'ormeaux libres qu'on appelle la Tousque. Au pied de ces arbres, on a creusé un trou profond, où l'eau suinte sous les mousses et les capillaires. Cette source est la seule qu'on rencontre en venant de la plaine : aussi les voyageurs s'arrêtent-ils toujours à la Tousque pour faire boire leurs bêtes et prendre courage avant la montée. Le meunier de Malaucène venait d'y faire halte, avec ses mules, sans qu'Espérit y prît garde. On entendait encore le clarin grêle des sonnettes qui marquaient dans le lointain un rythme monotone.

« En voilà un qui trouve sans doute la terre trop basse ! s'écria le maire lorsque le meunier fut parti. Il ne m'a pas salué, parce que je suis en habit : c'est son droit ; mais s'il est aussi trop fier pour ramasser les crottes de ses bêtes quand il a des paniers vides, c'est mon droit d'en profiter. Il ne faut pas que ça ne serve qu'à fumer la bise. Arrive, Espérit ! »

Alors le maire courut à la Tousque, et se mit à balayer la route avec ses mains.

« Vous avez raison, dit Espérit, qui était venu l'aider. Attendez que je vous casse une branche.

– Ni branche, ni rien, dit le maire. Et ces mains, Espérit ? Crois-tu donc que je ne sois pas le fils de mon père ? Un ménager qui n'aime pas le fumier, c'est comme un soldat qui craindrait de se salir avec la poudre : moi, ça me réjouit les mains.

– Et ça réjouit la terre, dit Espérit.

– Dis donc que c'est le sang de la terre ! Avec du fumier, je voudrais couvrir le Ventoux de blés, de luzernes, de garances, depuis les Abeilles jusqu'à la Sainte-Croix ! C'est le vin, c'est le feu de la terre ! »

Quand le fumier fut bien balayé, poussé dans un sillon, relevé, tassé, maçonné de terre, Espérit ouvrit de nouveau sa marmite, piqua un poivron, et reprit ainsi son discours le couteau à la main : « L'an passé, monsieur Marius, la jeunesse de Montalric a joué la tragédie de César. Or, Montalric ne vaut pas Lamanosc.

– Mais tu me l'as dit vingt fois, s'écria le maire exaspéré. Tu me feras devenir bouc avec ta vote de Montalric. Puisque tu veux parler, raconte-moi une autre histoire. Voyons, qu'as-tu inventé de nouveau, médecin des puces ? Où en est ta musique ? Tu passes pour sorcier, dis-moi ce que tu as vu dans la lune ?

– Monsieur Marius, dit Espérit, j'ai vu dans la lune qu'un maire doit écouter les gens du pays quand ils viennent pour le bien de la commune. Il n'y a pas à branler ni à lever la tête comme le roi d'Espagne. Ah çà, oui ou non, voulez-vous m'entendre, notre maire ? C'est la dernière fois que je vous le dis. Eh ! brigand de sort ! ce n'était pas ainsi autrefois, quand nous étions terre du pape. Les consuls écoutaient tout le monde ; il y en avait pourtant qui étaient seigneurs, monsieur Tirart ; mais de ce temps, on n'était pas fier comme à l'heure d'aujourd'hui. Ah ! nous sommes tous fils du père Adam, après tout. De tout temps nous avons été en république dans nos communes du Comtat, et vous n'y changerez rien.

– Le voilà parti ! dit Tirart en riant ; allons, Espérit, calme-toi, ou je te fais arrêter comme ennemi du gouvernement, et je t'envoie à Paris, de brigade en brigade, la corde au cou, pour avoir voulu insurger le pays contre la France.

– Les braves gens ne s'arrêtent pas ainsi entre eux dans leur commune, monsieur Marius. Je ne suis pas l'ennemi de la France, mais je tiens pour la justice. Vous savez bien que je ne vous parle pas pour moi, mais pour le bien de notre endroit. Alors, écoutez-moi, reprit-il en jetant loin de lui son couteau, ou sur mon nom, ça tournera mal pour tous deux ; je vous le dis : je sens les oreilles qui me chantent.

– Marche, marche, dit le maire, conte-moi ton affaire ; tu es dans ton droit ; mais dépêche-toi, et surtout pas de menaces ; si les oreilles te chantent, les poings me dansent, gare la musique ! »

Espérit lui tendit la main : « Touchez là, notre maire, à l'amitié ! Vous êtes un brave homme, je vais vous raconter mon système de fil en aiguille ! »

Enfin Espérit put expliquer de point en point son grand projet, et le maire écouta de son mieux l'exposé des motifs que le terrailler lui présentait avec tout le luxe de ses périphrases et de ses métaphores. Les comparaisons, les proverbes, les souvenirs, les anecdotes, abondaient dans cette œuvre longuement méditée. Tirart avait fait vœu de patience, il entendit tout ce discours sans trop se mettre en colère ; mais quand le terrailier eut fini, les objections vinrent en foule : « Comment feras-tu ?... Oseras-tu louer une salle ?... Et l'argent ?... Où prendras-tu des décors, des costumes, des acteurs ?... Qui de vous sait le français ? Le plus malin de vous est de ma force... Et l'argent ?

– Ça me regarde, ça me regarde, répondait invariablement Espérit. Je n'ai besoin que de votre permis. »

Quand la matière fut épuisée, il se leva et dit au maire : « Je ne vous demande pas d'écrit, votre parole me suffit. C'est une affaire décidée.

– Nous verrons, nous verrons ; ton idée a du bon, mais laisse-moi réfléchir, je ne te promets rien. Ah ! si j'avais un autre conseil municipal !

– Alors, salut, notre maire. Un dernier mot : là, à combien la garance ?

– Vingt-six, vingt-cinq ; c'est selon.

– Vingt-six ? Ah ! ah ! vous ne savez guère votre métier. Il faut que vous ayez un sort pour faire fortune. Peut-être voulez-vous dire trente-deux ? Il arrive que la langue tourne quelquefois aux plus instruits.

– Vingt-six, monsieur le docteur.

– Trente-deux, monsieur le maire, sûr et certain. Demain trente-quatre et peut-être trente-huit !

– Impossible. J'étais avant-hier à Vaison, j'ai livré à vingt-sept ; une heure plus tard, je perdais cent écus.

– Monsieur Marius, c'est comme je vous le dis, et vous savez que je ne suis pas un monteur de plans. Tenez, je ne veux pas vous faire languir plus longtemps, il est venu de grandes nouvelles d'Amérique et de Russie. Lisez-moi cette lettre que mon cousin le courtier d'Avignon m'a envoyée cette nuit par un exprès ; un homme de la Charité est arrivé il y a deux heures toujours courant. Mon cousin me dit de tout acheter. Je n'aime pas le commerce, gardez cette lettre et faites l'affaire à vous deux. Que décidez-vous pour cette comédie ?

– Trente-deux ! c'est incroyable ! Espérit, ce sera entre nous deux de compte à demi.

– Et cette comédie, notre maire ?

– Tu y penses donc toujours ?

– J'y penserai pendant dix ans, vingt ans, trente ans ; j'y penserai au cimetière, si vous vous refusez toujours au bien de la commune.

– Eh bien, à dimanche ! nous verrons.

– Il me faut cette permission aujourd'hui même : voulez-vous, oui ou non ?

– Allons, arrange-toi avec le curé ; s'il consent, je consens. Nous marchons comme les cinq doigts de la main, et je ne veux pas me brouiller avec lui pour tes comédies.

– On aura la permission du curé, dit Espérit en nouant sa besace. Salut, notre maire, et grand merci. »

Et sans plus tarder, il se suspendit aux branches du saule et descendit dans la ravine, courant vers le presbytère.

M. le curé faisait sa classe dans son bas verger, sous les noisetiers qui s'étendent en tonnelle jusqu'au grand bassin. Les espaliers étaient en fleur, et les premières asperges sortaient de terre.

« Espérit ! Espérit ! » crièrent les enfants, tout joyeux à la vue d'une barrette rouge qui sortait de la haie de grenadiers.

Espérit, qui ne passait jamais par les portes, arrivait des genoux et des mains par le mur à pierres sèches élevé en contrefort du côté de la rivière.

« Bonjour, toi ! dit le curé. Tu viens à propos. Mon azerolier est malade ; regarde aussi les pruniers, je crois que les greffes n'ont pas pris ; tu trouveras dans le bassin des plançons de toute grandeur, de quoi enter tout le verger. »

Espérit ouvrit sa serpette et choisit parmi les branches qui trempaient dans l'eau. Tout en écussonnant et taillant les sauvageons, il exposa son grand projet. Les écoliers avaient jeté leurs livres sous les arbres et couraient dans les herbes, à plat ventre, pour chercher des violettes.

« À te parler franc, répondit le curé, je te dirai que je ne m'en soucie guère. À quoi bon cette tragédie ? N'avez-vous pas la lutte, les courses, les trois-sauts ? Ne trouves-tu pas que le bal me donne déjà assez de mal ? »

Espérit insista.

« Nous verrons, nous verrons, dit le curé ; mais d'abord je ne veux pas qu'il y ait de filles dans ta tragédie.

– Il n'y aura pas de filles.

– Crois-tu que ce soit plus beau, que des garçons se déguisent en femmes ?

– Il n'y aura pas de garçons déguisés en femmes.

– Et comment ? »

Espérit ouvrit sa besace et tira un volume de Voltaire soigneusement enveloppé de papier, sur un lit de feuilles, entre deux fromages blancs.

« *La Mort de César* ! monsieur le curé, *La Mort de César* ! Lisez-moi cette phrase de l'introduction : “On n'y trouve point d'amour, l'auteur n'a pas avili ce grand sujet par une intrigue de galanterie.” Qu'en dites-vous ? Maintenant tournez la page et voyez-moi la liste des personnages. Où trouvez-vous une femme ? Serait-ce le grand César ? serait-ce Marc-Antoine ? Décime, Dolabella ? ou bien encore Cassius, Casca, Cimber ? J'ai beau chercher, ni dames ni demoiselles. Les licteurs peut-être ? les sénateurs ? les Romains ?

– Et celle-là ? » dit le curé en montrant la gravure.

C'était l'édition de 1785, dont un volume dépareillé se trouvait dans les mains d'Espérit. Les dessins sont de Moreau jeune. L'image placée en tête de *La Mort de César* représente la dernière scène de la tragédie. Au premier plan, une femme, allaitant un enfant, montre au peuple le dictateur assassiné, étendu sur le lit de parade ; pour légende le vers célèbre :

***Du plus grand des Romains, voilà ce qui nous reste !***

Espérit n'avait pas prévu cette objection. Il n'était pas encore revenu de sa surprise, lorsque le curé lui dit en riant : « Prends courage ; je ne veux pas te chercher une querelle d'Allemand. Je ne vois pas de femmes au tableau des personnages, et rien ne t'oblige à copier la gravure.

– Vous consentez donc ? dit Espérit.

– Je ne l'ai jamais dit.

– Vous vous y opposez ? Et cette tragédie qui a été jouée en 1745, par des religieuses dans le couvent de Beaune ! et moi qui vous ménageais une surprise pour votre Jeudi saint !

– Quelle surprise ?

– C'est mon affaire. Ne pouvez-vous pas vous fier à moi ? Et les reposoirs de l'année dernière ! et les jardins de l'église ! les jets d'eau, les allées sablées, le lac, les fontaines, les grottes, la montagne de fleurs derrière l'autel ! avait-on jamais rien vu de pareil à Lamanosc ? Tout cela n'est rien à côté de ce que nous avons cette année : procurez-vous le plan de Jérusalem et de l'Olivette, ainsi que la description de tous les costumes du temps ; je ne vous en dis pas davantage. Et que diriez-vous encore si, pour la Noël, vous voyiez entrer tout à coup à la crèche de votre église des bergers en vestes bleues et roses, suivis de leurs moutons blancs comme neige et chantant du Saboly , avec des galoubets et des tambourins, comme à Aix-en-Provence ? Et penser que vous me refusez cette tragédie, qui serait pour le bien de la commune ! Sans vous tout serait décidé.

– Reviens dans huit jours ; nous verrons, nous verrons. »

Espérit mit en avant un argument décisif qu'il tenait en réserve.

« Je n'ai pas grande confiance, dit le curé ; mais enfin c'est ton idée. Tu me réponds de tout. Et le maire ?

– Il y consent. Il n'y a pas une heure que nous étions à causer de cette tragédie.

– As-tu son permis ?

– J'ai sa parole ; les papiers sont pour les coquins.

– Allons, agis comme tu l'entendras ; tu fais de moi ce que tu veux. C'est votre idée, marchez ; je ne suis pas le maire après tout. »

# V

Espérit s'attendait à une résistance plus vive de la part du curé. Ce succès inespéré lui donna beaucoup d'assurance, et le lendemain dimanche il s'en alla résolument dans les cabarets de Lamanosc pour lever une bande de tragédiens. Depuis longtemps, il avait fait son choix ; les rôles étaient distribués d'après le caractère, les habitudes, les passions des acteurs qu'il avait en vue. Une seule chose l'inquiétait : comment satisfaire à toutes les ambitions que cette tragédie allait susciter ? De quelle façon ménager ou repousser les candidatures rivales qui allaient se produire ?

Il fit le tour des auberges les mieux fréquentées du village : Le Mouton Couronné, Le Petit-Paris, Le Grenadier des Alpes, Le Panier Fleuri, La Mule d'Or, La Croix de Malte, Le Tivoli du Midi.

Comme il n'était pas homme de cabaret, sa présence fut remarquée ; il fut entouré, poussé, harcelé de questions et bientôt de moqueries, lorsqu'il eut lancé ce mot de tragédie, qui n'avait pas un sens bien clair pour les paysans de Lamanosc. La plupart l'entendaient prononcer pour la première fois de leur vie ; c'étaient ceux qui riaient le plus et qui ne se lassaient pas de malmener Espérit. À La Mule d'Or, cela faillit même tourner à mal. Espérit s'adressa d'abord au teinturier Triadou, dont l'humeur sombre lui paraissait bien cadrer avec le personnage de Brutus ; Triadou s'imagina qu'on voulait se moquer de lui en lui proposant ce rôle. Il était d'un naturel méfiant, et d'habitude il prenait les choses à contre-sens ; il lui arrivait d'entrer en colère si on le saluait et de se mettre en fureur si on oubliait de lui faire bon accueil.

« Il y a quelque chose là-dessous », pensait-il.

Le teinturier était du reste un personnage important de la commune ; il possédait un gros bien au terroir des Baux, et depuis longtemps on le considérait comme un des premiers lutteurs du pays.

Le malheur voulut qu'au moment où Espérit s'adressait à Triadou, le joyeux chansonnier Perdigal entrât à La Mule d'Or. Le chansonnier savait à fond son Triadou, et l'excitait à plaisir quand il y prenait fantaisie.

« Calme-toi donc, dit-il en faisant le bon apôtre ; il n'y a pas offense, vieux brutal, Espérit a raison. »

Le teinturier brisa sa chaise.

« Ah ! vous croyez me mener, s'exclama-t-il, nous allons voir. »

Espérit et Triadou avaient déjà quitté leurs vestes et s'apprêtaient à se gourmer, lorsque le caporal Robin fit son entrée. Robin s'interposa et fut accepté comme arbitre. Il était à Lamanosc depuis trois semaines. Le soupçonneux Triadou, qui toute sa vie s'était tenu en garde contre ses meilleurs amis, avait eu, dès le premier jour, foi à Robin et lui avait livré son âme. Il croyait, admirait, imitait tout ce qui venait de Robin. Le caporal revenait d'Alger ; il était très épris de couleur locale et ne savait plus marcher qu'avec des babouches ; Triadou était convaincu que Robin n'avait pu faire un pas sans ses pantoufles. Le caporal se coiffait d'un tarbouch, jurait en arabe et ne parlait jamais provençal ; il avait rapporté d'Afrique la passion des couleurs voyantes, des histoires fabuleuses et de la liqueur d'absinthe. Triadou, autrefois si sobre, ne quittait plus la Mule d'Or ; il se costumait, fumait à la turque et portait une calotte rouge ; rien n'était comique comme son obstination à parler français, et quel français ! Si l'on s'avisait de sourire aux récits de Robin, qui avait tué tous les lions du désert : « C'est vrai », disait Triadou d'un air féroce, le poing levé ; et son témoignage était d'un grand poids, car il était fort tueur de loups, et, quoique chasseur, ne mentait jamais.

Le caporal Robin monta sur une table et s'assit les jambes croisées. Il se fit longuement expliquer la querelle, puis il décida avec la gravité d'un juge en séance, qu'il n'y avait pas insulte, quoique Espérit eût poussé la plaisanterie trop loin, que les choses devaient en rester là, et qu'il n'y avait plus qu'à boire à la ronde aux frais d'Espérit. Tous les habitués de La Mule d'Or ratifièrent la sentence du caporal et l'affaire s'arrangea, sans plaies ni bottes, le verre à la main. Après boire, Robin releva sa chibouque et donna l'ordre à Triadou d'embrasser Espérit. On se quitta donc bons amis, mais il ne fallait plus songer à venir parler tragédie à La Mule d'Or.

Au Grand Alexandre, Espérit fut accueilli par les mêmes quolibets, qui l'avaient déjà assailli dans toutes les auberges du village ; mais d'un mot, Cayolis, le maréchal ferrant, arrêta les rieurs :

« Il n'y a pas à se moquer, dit-il, une tragédie, c'est une pièce de théâtre, comme qui dirait une comédie. »

« Je suis sauvé, pensa Espérit, Cayolis s'en mêle. »

Dominique Cayolis était un bel esprit, très écouté à Lamanosc, habile d'ailleurs et connaissant bien les bêtes, en santé comme en maladie. Il avait fait son tour de France jusqu'à Lyon, par Toulouse et Bordeaux, et s'était établi depuis peu dans la commune comme maréchal-ferrant. Son influence était grande, et rien n'avait encore altéré le prestige que lui donnaient ses longs voyages. Espérit lui destinait le rôle de Jules César.

« C'est une pièce de théâtre, dit Cayolis, mais rien n'est beau au monde comme *La Muette de Portici*. Je l'ai vu jouer à Toulouse ; écoutez un peu le grand air de Masaniello. »

On se pressa autour du beau Cayolis, qui se mit à chanter en appuyant la main sur son cœur.

Il fut très applaudi.

« Maintenant, dit-il, attaquons le trio ; Espérit, fais la basse. »

On chanta le trio, puis le quatuor, puis le sextuor, puis les chœurs, si bien que le concert dura jusqu'à la nuit. Impossible de dire un mot de la tragédie.

Il ne restait plus qu'à visiter le Café d'Apollon. Cette auberge est fréquentée par les bourgeois de la commune, qui ne sont pas assez nombreux pour former un cercle ; on y rencontre encore quelques petits marchands qui se donnent des airs de bourgeois en frayant avec la bonne compagnie. Les paysans et les ouvriers ne s'y hasardent jamais.

Le Café d'Apollon était un lieu très respecté, très redouté, une sorte de tribunal qui décidait en dernier ressort des réputations. Ce tribunal tirait une grande force de sa permanence ; il n'y a que cette auberge et celle de la Mule d'Or qui soient fréquentées pendant la semaine. C'était encore un grand centre d'élections, et l'huissier Fournigue y avait un pied-à-terre. Les habitués disaient toujours « le cercle » en parlant du Café d'Apollon. C'étaient bien les plus mauvaises langues du pays, le notaire Giniez en tête ; mais on ne pouvait pas trop se plaindre, entre eux ils ne se ménageaient guère et se détestaient cordialement. Cette auberge était située sur la place, et souvent, en allant aux offices, les filles faisaient un détour pour entrer à l'église par la petite porte latérale, dans la crainte de passer sous les yeux des terribles censeurs. Espérit pensa fort sagement qu'il n'avait rien à espérer au Café d'Apollon ; le notaire Giniez voulut l'arrêter sur la porte ; mais le terrailler fit la sourde oreille et descendit à son château des Saffras.

« Il faut avouer que ça n'a pas pris, dit-il. Enfin ! à dimanche prochain. »

Vint le dimanche, et les choses n'en marchèrent pas mieux. Partout même échec, aux auberges, au jeu de boules, au cours, au plan de l'église, où se louent les journaliers.

« Mauvaise journée ! se dit-il ; ce sera pour l'autre semaine : petit à petit l'oiseau fait son nid. »

Espérit n'était pas homme à se décourager pour quelques moqueries au début d'une entreprise. Il connaissait par expérience les résistances et les retours soudains de l'opinion publique, et souvent déjà par sa ténacité il avait vaincu les routines les plus obstinées. Lorsqu'il avait parlé pour la première fois de border la rivière de peupliers et d'oseraies et d'établir en aval une écluse comme à Coromb, tous les rieurs avaient été contre Espérit ; on l'avait même chansonné, car à Lamanosc on fait des couplets à tout propos et souvent très bien tournés ; Perdigal s'y est rendu célèbre par ses rimes provençales. En dépit des chansons et des railleries, barrages et digues flottantes s'étaient élevés en moins d'un an.

« Eh bien ! dit alors le Café d'Apollon, à la première crue d'eau tous ces travaux seront emportés. »

L'orage éclata et les digues résistèrent.

« Ce sera pour les pluies d'automne », disait le notaire Giniez.

À l'automne, il en fut de même, et de même les années suivantes ; l'écluse tint bon et fut encore consolidée par le tassement des terres. On en retira du franc limon à charretées, les peupliers poussèrent comme des pêchers et donnèrent bientôt un bel ombrage ; les talus, les berges, se gazonnèrent naturellement, et tous les matins le notaire Giniez venait s'étendre dans ces herbes pour y lire son journal.

Il n'y avait dans la commune que des pénitents gris ; Espérit, qui était d'une famille de pénitents noirs, décida qu'il fallait restaurer cette confrérie. Comme toujours on se mit à dire dans le village : « Voilà encore des almanachs d'Espérit, des "almanacheries ". » On fit des chansons. Les pénitents noirs n'en furent pas moins rétablis.

Le conseil municipal voulait faire raser la tour Saint-Sébastien, dont l'histoire est des plus glorieuses. C'est là qu'ont combattu au XII^e siècle les consuls de Lamanosc, morts les armes à la main pour les libertés de la commune. En 1359, les grandes compagnies d'Arnaud de Servole l'ont incendiée ; en 1562, elle a soutenu trois assauts, quand les huguenots vinrent mettre le siège devant Lamanosc. Espérit se mit en tête de sauver cette vieille tour, et la Sébastiane ne fut pas démolie.

Espérit avait introduit dans le pays les mûriers nains et les oliviers de Crimée : on lui devait encore l'industrie des glaces que Lamanosc expédie à Marseille. Ce sont des neiges tassées qui se conservent toute l'année dans des glacières naturelles, formées au nord de la montagne par des anfractuosités de rochers où ne pénètre jamais le soleil.

Cet Espérit qui faisait tant de choses à Lamanosc n'était ni du conseil, ni de la fabrique : les intrigues d'élections le révoltaient; il avait même refusé toute dignité dans la confrérie qu'il venait de restaurer. Heureux de s'effacer, il ne pensait jamais qu'à l'œuvre poursuivie et s'y donnait tout entier. C'est ainsi qu'il gardait toujours la force et la franche liberté d'un esprit désintéressé. Le projet une fois conçu, le but marqué, sa volonté se dressait, se roidissait et poussait droit. Nul n'avait au même degré l'énergie, l'action lente, continue, de l'idée fixe, frappant sans cesse au même point, comme ces suintements des grottes qui creusent goutte à goutte de vastes coupes dans les durs basaltes.

Ce grand vouloir se rattachait à un patriotisme ardent et naïf toujours en éveil ; il serait difficile de faire comprendre le vrai de cette passion à ceux qui par eux-mêmes n'en ont pas éprouvé la douceur et la violence. Espérit avait eu dans la vie une grande joie, vers les premiers temps du choléra. Jusque-là il avait tout admiré dans Lamanosc, mais au hasard, par instinct d'amour, sans se rendre compte de rien. « Bon air, belle vue », il n'en savait dire ni penser davantage, du moins, le croyait-il. À l'époque du choléra, des familles riches de Lyon et de Paris vinrent se réfugier à Lamanosc. Espérit, qui savait un peu de français, leur servait de guide. Les premiers jours, ces étrangers trouvaient tout ravissant, le portail, les tours, les rues tortueuses, jonchées de buis, le torrent, les fondrières du chemin, non par grand amour des champs et du village, mais par caprice de nouveauté, de contrastes. On les voyait dispersés çà et là, dessinant les brèches du rempart, l'arche du pont, le clocher, ou se poursuivant, s'appelant, avec des cris de surprise à la vue d'une baraque vermoulue, d'une fleur, d'une herbe, d'une couleuvre, comme des enfants qui auraient découvert l'île de Robinson. Les demoiselles couraient les champs et revenaient en se couronnant de lavandes et de romarins. On faisait de grandes expéditions dans la montagne, et chemin faisant les étrangers reprenaient leurs longues discussions sur le pittoresque, la nature et l'art, les bois, les eaux, les neiges, les paysages et les couchers de soleil. Tout en conduisant les ânesses, Espérit ne perdait pas un mot de ces discours ; il en retenait le plus possible, mais sans bien comprendre ; souvent le sens d'un mot, d'une phrase lui échappait, mais il prenait la phrase à la volée telle qu'elle lui arrivait, et il la fixait dans un coin de sa mémoire, comme il eût fait d'une phrase latine ; elle restait des années entières inerte et sans vie, puis tout à coup ressuscitait et livrait passage à l'idée captive.

« C'est singulier, disait-il plus tard lorsqu'il essaya d'analyser ses impressions ; il paraît que c'est comme la garance ; à ces idées, il leur faut bien rester deux ou trois ans en terre ; oui, si la graine est bonne, ça sortira toujours. »

Au bout de quinze jours, il arriva que les belles dames n'admiraient plus rien et s'ennuyaient à mourir. Espérit ne s'en inquiétait guère ; de tous leurs discours, il avait retiré grand profit Un monde inconnu lui apparaissait ; son esprit avait reçu le choc, il le sentait ouvert et dégagé et comme mis en mouvement dans un courant de lumière. La journée finie, il s'en allait le long des prés, méditant et rêvant, le nez aux étoiles, ruminant ses rêveries, cherchant et comparant, pensant à tout ce qu'il avait entendu – phrases de livres et singeries dans la bouche de ces citadins, mais pour Espérit idées neuves et vives, provoquant un travail original, libre et sincère, raisons nouvelles d'aimer le pays, et de s'attacher encore par mille liens plus étroits à cette chère patrie de Lamanosc ; semences de rêverie pour des années entières, rêverie ordonnée, ravivée sans cesse, maintenue dans ses vraies limites par la grande piété d'Espérit, pouvant s'étendre sans péril sur ce fonds de mœurs pures qui lui servait en quelque sorte de support.

Cabantoux, le pâtre ou quelque vieux paysan l'accompagnait dans ses courses du dimanche qui se prolongeaient très avant dans la nuit ; un profond sentiment éclatait par moments sous leurs discours décousus ; ils ne savaient que parler du pays et, leurs cœurs s'élevant, penser aux choses éternelles. Dans nos villages du Haut-Comtat, au fond de ces vallées préservées qui s'étendent au sud de la montagne, il n'est pas rare de rencontrer de ces hommes méditatifs, et la religion vient encore affermir la belle gravité de leurs âmes. Elle crée en eux l'habitude des longues réflexions, du recueillement, des recherches de l'esprit, le sentiment de l'invisible, toute une vie intérieure active et concentrée.

# VI

De son état, Espérit était d'abord paysan ; mais comme il réussit dans les tuiles et plus tard dans la terraille, il n'alla plus au chantier que pour les fortes journées de garance. Il était du reste connu pour un homme bien adroit de ses doigts, très sûr dans la taille des mûriers et des vignes, et pouvant donner un coup de main aux maçons comme aux menuisiers, un peu serrurier, un peu bourrelier, maréchal au besoin, jardinier entendu : et surtout bon fontainier, car la baguette lui tournait. Ces industries l'aidaient à vivre, et sans quitter la terre, il pouvait donner plus de temps à ses inventions.

Il avait étudié jusqu'en sixième à Sainte-Garde, et les jours de fête il portait une longue lévite taillée droit comme une soutanelle. De là le titre de moussu (monsieur) Espérit qu'on lui donnait communément par manière de plaisanterie ; mais d'année en année le sens moqueur de ce mot moussu s'affaiblissait à mesure qu'Espérit devenait un personnage. À la longue, on l'accepta comme tel dans une certaine mesure : n'être raillé qu'à demi, c'est tout ce qu'on peut demander de respect à l'humeur joviale du peuple comtadin.

La maison d'Espérit était bâtie à quelques jets de pierre du village, en arrière, de la route de Carpentras, sous un prolongement de rochers formant voûte. L'aire en terre battue où séchaient les tuiles était fermée à l'est par des amoncellements de bois et de branches disposés en bûches ; tout autour rampaient des vignes et des câpriers dont les feuillages couvraient les murs en retombant sur le chemin. À l'autre extrémité, les argilières, les fours, les puits à roues, un plan d'oliviers et d'amandiers, et plus loin encore les fumiers rejetés derrière une haie de cyprès qui les masquait. Partout des fleurs et des plus rares, dans des vases, des caisses, des tuyaux de fontaines, sur les murs et sur les toits, aux corniches, aux lucarnes, à toutes les marches des escaliers extérieurs ; des violiers dans les fentes des murailles et des iris dans les cailloux. À l'entrée, derrière deux colonnes romanes retirées des ruines de Notre-Dame-des-Vans, des cyprès très hauts, très épais ; sur le portail, des rangées de courges brillant au soleil comme des canons de cuivre fourbis.

À la base des rochers où s'adosse cette maison s'étendent en longueur des bancs de sable durci qu'on appelle dans le pays des saffras. Le pic et le ciseau jouent à l'aise dans ces roches sablonneuses, mêlées de cailloutis ; Espérit y creusa d'abord des caves, puis des serres, puis des escaliers. D'année en année, la maison s'étendit ainsi de tous côtés, par voûtes, terrasses, galeries et cabanons. Espérit creusait, creusait toujours, et poussait devant lui son terrier, à droite, à gauche, en haut, en bas, niches sur niches, jardinets sur jardinets. Au plus haut de ces constructions s'élevait une sorte de tourelle en bois, à balustres crénelés, où grinçaient des girouettes et des horloges à vent ; sur un pivot tournait un ange en métal creux, portant à l'écusson un saint clou et sonnant de la trompette quand la bise se levait. Cette bicoque était connue dans le pays sous le nom de « Château des Saffras » ; de là le titre de Marquis des Saffras qu'on donnait souvent à Espérit. Il avait établi son laboratoire sous un auvent, dans une cour intérieure du château, où le public n'était jamais admis. Depuis quinze ans s'entassaient dans ce hangar les ressorts, les rouages, les instruments, les ferrailles qu'il achetait de toutes mains. C'est là qu'il poursuivait en secret ses inventions et surtout son grand œuvre : la fabrication d'un orgue et la construction d'un monument en terre cuite. Il s'était creusé une fosse dans son jardin, et ce monument était destiné à lui servir de tombeau. Il devait représenter Espérit étendu sur un lit d'herbages, une croix sur la poitrine, un chien sommeillant à ses pieds. Quand l'idée lui vint d'élever ce tombeau, au retour d'un voyage qu'il fit en Avignon, il essaya d'abord de le sculpter au couteau, en pierre tendre de Saint-Didier ; ces sculptures étaient horribles. En observant des enfants qui faisaient leurs portraits sur la neige, il imagina de s'étendre tout nu, face contre terre, sur une couche de glaise préparée, et de couler du plâtre dans ces empreintes. Il n'obtint d'abord que des moulages informes, d'un art barbare, qui rappelaient les dieux mexicains. Après mille essais, il arriva enfin à modeler un personnage en argile qu'il se proposait d'enduire d'un beau vernis vert qu'il avait inventé. Au four, les armatures prirent feu et firent tout éclater. Le monument en était là, lorsque Espérit se résolut à faire jouer *La Mort de César*. Il avait bien d'autres projets en tête pour lui et pour la commune, mais il les ajournait sagement ; l'orgue même et le tombeau étaient négligés depuis qu'il avait conçu son grand dessein de tragédie ; il fallait, avant tout, que *La Mort de César* fût représentée à Lamanosc.

« Ça ne prend pas, ça ne prend pas ! répétait Espérit ; je n'ai pas trouvé le bon biais. Quand je leur parle de la belle comédie de Montalric, ils me disent tous : “À Montalric, c'est différent. – Et à Monteou, à Saint-Didier, à Baume-de-Venise, au Thor, à Vedènes ? – Oh ! pour là-bas, c'est différent. – Et en quoi ?” Toujours la même réponse ; on dirait qu'ils se sont donné le mot. »

« J'aurais dû demander l'avis de M. Lagardelle, dit-il un jour en apercevant le maître d'école qui étalait ses compas et ses niveaux d'eau sur le banc de sa porte ; c'est un homme instruit et qui me sera d'un bon conseil. »

« Salut, monsieur Lagardelle !

– Salut, Espérit. »

On entra dans la salle et l'on se mit à parler tragédie ; dès les premières paroles, le magister fut saisi de colère.

« Une tragédie ! s'écria-t-il en levant les bras. Ah ! malheureux, retourne vite à ton four ! Tu n'es jamais sorti de ton village et tu veux faire jouer des pièces de Paris ! Je te reconnais bien là, et tu seras donc toujours le même ? On est jardinier, on est fontainier, on sait faire sécher des tuiles au soleil, on tourne tant bien que mal un chandelier de terre, et puis un beau jour, sans rime ni raison, quand la tête vous part, on se lance tout à coup dans les beaux-arts ; c'est à faire suer des clous ! Par hasard, serais-tu gradé et diplômé ? Montre un peu tes parchemins. T'imagines-tu qu'on me confierait des expertises et des arpentages, si je n'avais pas fait mes preuves devant les juges compétents ? Mais il paraît que pour les belles-lettres c'est différent, et tu me soutiendras peut-être que je n'ai pas le droit de te demander tes titres ! Alors n'oublie pas de réserver un rôle à la Cadette. Ah ! pauvre ignorant ! maître sot ! Toi, jouer une tragédie ! Toi, Espérit ! Sais-tu seulement ce que c'est qu'une tragédie ? T'en doutes-tu ? T'es-tu jamais demandé quel était le plus fort auteur tragique ? As-tu la moindre teinture de la rhétorique ?

Soupçonnes-tu les lois du goût ? Voyons, répondez, monsieur le tragédien, monsieur le docteur, combien comptez-vous de styles ? À quoi reconnaissez-vous le sublime ? Sauriez-vous faire la différence entre le noble et le digne, entre le pondéré et le modéré ? Tu n'en sais rien ; moi, je le sais, et cependant je ne m'avise pas de monter des tragédies. Pourquoi ? parce que je ne suis ni un vaniteux ni un présomptueux, et que votre ignorance à tous m'est bien connue. Je ne monte pas des tragédies, et pourtant j'aurais pu en composer tout comme un autre, car je suis l'enfant de la nature... »

Espérit s'était rapproché de la porte à pas de loup.

« Monsieur Lagardelle, dit-il, je vous donne mon salut ; je vois bien que nous ne nous entendons pas. »

À quelques jours de là il fit une dernière tentative, au Panier Fleuri, au Petit Paris, au Grand Alexandre. Perdigal rima une chanson, et les moqueries reprirent de plus belle. Il fut même décidé que le tragédien serait berné, s'il venait à reparaître au cabaret. Espérit commençait à perdre patience ; il s'en alla le long de la rivière, assez irrité ; son bâton sifflait dans sa main et faisait voler les fleurs de mauves et les tiges bleues des jusquiames.

« Ah ! c'est un sort, disait-il ; les gens qui ont de l'esprit ne veulent pas me donner un coup de main pour le bien de la commune. Eh bien ! je ramasserai les mendiants sur les routes, et j'en ferai des consuls et des dictateurs ! On verra jouer les bêtes et les infirmes. Oui, Bélésis le muet, Bélésis le manchot, sera sénateur ; Cabantoux le fadad, la bête du bon Dieu, comme vous l'appelez, sera Brutus ou Cassius, et toi-même, le fêlé, le timbré, Espérit de la lune, Espérit des cigales, tu seras Marc-Antoine ou Jules César. Oui, cette tragédie marchera, et vous l'applaudirez, ou j'y perdrai mon nom ! »

Le pâtre Cabantoux accepta les yeux fermés ; il prit de confiance le rôle qui lui était offert, sans se douter en rien de ce que pouvait être Brutus. Bélésis le muet suivit son camarade Cabantoux, et dans la soirée *La Mort de César* fut mise à l'étude au château des Saffras. Bélésis n'était pas muet de naissance : à l'âge de six ans, il était tombé d'un toit en servant les maçons ; dans cette chute, il s'était brisé le poignet et fracassé les mâchoires.

C'était un petit homme grêle, chétif, nerveux, toujours malade et toujours gai, d'une imagination très active, d'une vivacité d'écureuil. Cabantoux et Bélésis étaient la risée du village, Cabantoux pour sa lourdeur, Bélésis pour sa pétulance. Boiteux, défiguré, déjeté, Bélésis aimait passionnément la danse ; il s'y montrait fort agile. Au bal comme dans la rue, l'animation, l'impatience de tous ses mouvements excitaient les moqueries des plaisants de Lamanosc, qui ne voyaient que le grotesque de cette gentillesse naturelle retenue captive dans un corps infirme.

Cabantoux était berger, Bélésis tournait la roue chez les cordiers. Tous les jours, à la nuit tombante, le manchot et le fadad se rencontraient à l'étable du maire Tirart, et partaient de là, bras dessus, bras dessous, pour la tuilerie, où les attendait Espérit. À leur arrivée, le terrailler mettait la barre au portail, les deux amis se faisaient une place au milieu des copeaux amoncelés sous l'auvent du hangar, Bélésis à plat ventre, Cabantoux sur son séant, dans un trou ; Espérit montait sur l'établi, et d'une voix perçante déclamait les vers de Voltaire. Bélésis prenait un grand intérêt à cette lecture ; lorsqu'un passage le frappait, il lui arrivait souvent d'être saisi d'une envie folle de parler qui se trahissait par des gestes et des cris saccadés. Cabantoux se tenait dans sa niche de copeaux, raide, immobile comme une statue. Les mains collées sur ses genoux, l'œil fixe, l'oreille dressée, il écoutait avidement les récitations d'Espérit, sans parvenir à comprendre une seule tirade. Quand on l'interrogeait, il soufflait bruyamment, suait à grosses gouttes, fermait les poings, balançait la tête et restait court. Sa bonne volonté était à toute épreuve, il ne se lassait pas d'écouter et d'être réprimandé, mais cette attention obstinée restait toujours sans récompense ; en quinze jours de leçons, il n'avait pas fait un progrès. Il paraissait impossible de lui faire apprendre deux vers ; les eût-il retenus, il les aurait récités d'une façon exécrable. Espérit n'avait pas lieu d'être beaucoup plus content de lui-même. En donnant des conseils à Cabantoux, il s'apercevait à chaque instant de sa propre faiblesse ; il sentait bien que ces conseils portaient à faux, il le sentait fortement, mais sans pouvoir rien préciser. Nuit et jour il récitait et déclamait son premier acte, à la tuilerie, dans les bois, sur les chemins ; il lisait et relisait la préface, les notes, l'introduction, les commentaires ; ces études opiniâtres ne servaient qu'à lui révéler des difficultés qu'il ne soupçonnait pas, et le jetaient de plus en plus en grande méfiance de lui-même. « Au lieu d'avancer, je recule, disait-il, c'est tous les jours pire. Le professeur Lagardelle avait raison. Ah ! mauvais Espérit, tête fêlée, tête cassée ! Ce serait pourtant le bien de la commune, cette *Mort de César* ! reprenait-il. Et d'ailleurs on l'a bien jouée à Montalric, et Lamanosc vaut bien Montalric. Plus belle vue, meilleurs airs, moins d'ivrognes ! Nos terres sont plus fortes, nous travaillons mieux la vigne, et je trouve que chez nous les gens ont plus de biais. Ah ! si l'ami Marcel était au pays ! »

Ces belles raisons ne le tiraient pas de souci. Il n'allait plus à ses tuiles ni à son jardinage ; les orgues, la sculpture, la mécanique et toutes les inventions étaient délaissées. Pendant la nuit, il relisait avec acharnement son volume, et le jour il errait dans les champs comme une âme en peine.

# VII

Un matin, comme il traversait la route de Flassans, il fit rencontre du maréchal-ferrant, Dominique Cayolis, qui venait d'acheter ses mules aux ormeaux de Notre-Dame. Cayolis était en belle humeur.

« Holà ! dit-il, holà ! seigneur, salut !

– Salut, Ménicon, à l'amitié !

– Salut, Espériton ; as-tu toujours des fourmis dans la tête ?

– Et toi, quelle chanson nouvelle ? Où vas-tu ?

– Devant mes jambes ; la terre est grande.

– Toujours le même. Viens-tu avec moi ?

– Avec toi ? quand les poules auront des dents.

– Alors adieu, Ménicon, moi je vais à Flassans.

– Flassans ? mauvais port de mer ; les chats y meurent. »

Espérit s'était éloigné de quelques pas lorsque Cayolis le rappela.

« À propos, dit le maréchal, c'est demain marché ; il faudra que tu me portes cette montre chez l'horloger ; un jour elle va, un jour elle ne va pas ; elle est comme la tête d'une femme, pleine de cigales ; on dirait les affaires du gouvernement. »

Espérit ouvrit la montre et toucha les ressorts avec une paille.

« Ce n'est rien, dit-il ; ta montre n'a rien à faire à la ville, je m'en charge ; entrons à la tuilerie.

– Bien parlé, dit Cayolis ; les médecins des montres, vois-tu, sont comme ceux des gens, ils leur donnent des maladies. Eh bien ! en avant, au château des Saffras ! Écoute un peu, Spiriton, je me sens en voix :

*Léonor, mon amour brave*
*L'univers et Dieu pour toi,*
*Pour toi...*

On revint aux Saffras ; le terrailler prit ses pinces et remit la montre en état.

« Déjà ! dit Cayolis, tu es un habile homme. Voilà mon oignon qui chante, gai comme un pinson. Eh ! eh ! reprit-il d'un air fin et goguenard en poussant Espérit par le bras, eh ! eh ! c'est plus facile à faire marcher qu'une comédie !

– Eh bien ! parlons-en, de cette comédie, répondit le terrailler. Pourquoi n'en es-tu pas ? Je ne t'ai pas cherché, mais puisque tu me provoques, je veux en avoir le cœur net. Il faut que tout soit tiré au grand clair. Allons ! pourquoi n'en es-tu pas ?

– Mauvaise affaire, dit Cayolis, mauvaise affaire ! Assieds-toi là, tu vas m'entendre raisonner ; mais commence par descendre cette bouteille qui flâne à ta fenêtre, le soleil pourrait l'enrhumer. Très bien. Cabantoux, rince les verres ! maintenant, verse, Spiriton, et tais-toi. Pas un mot, ou tu es un homme perdu. Mauvaise affaire que la tragédie, mauvaise affaire ! On n'en joue plus à Bordeaux ; j'aime mieux *La Muette*. Moi, je suis comme les linottes en cage, j'ai la pépie, verse encore ; ce « coudounat » se fait. Spiriton, Spiriton, tu n'entends rien au théâtre ; je vais t'expliquer les choses, mais surtout tais-toi. Je n'aime pas qu'on me coupe le fil quand je vais dire du nouveau. J'ai la parole. »

Cayolis avait la parole facile, et l'eau de coing lui déliait la langue. Il raconta ses voyages, ses bons mots, ses aventures ; pendant une heure il discourut tout à l'aise sur *La Muette*, les jeux floraux, la façade du théâtre de Bordeaux, le commerce colonial, les chœurs de Toulouse, la politique secrète de l'Autriche. Quand la bouteille fut vidée, Ménicon s'arrêta et dit au terrailler : « À toi maintenant ! Cayolis t'écoute. »

Espérit prit la parole ; Cayolis ne songeait pas à le contredire ; il sifflait gaiement dans sa clef d'agate, faisait sonner la montre et tinter les breloques en corail. Quand on l'interrogeait il répondait d'un visage riant pour approuver. Cayolis avait pris le volume de Voltaire et regardait très attentivement les gravures en fredonnant une ariette. Espérit était en train de déployer ses plus beaux arguments, lorsque Ménicon l'interrompit brusquement.

« Voyons ces rôles ; quel est celui qui a ce costume ? dit-il en montrant le dictateur étendu sur un lit de parade, la poitrine et les bras nus.

– Jules César, l'empereur !

– Eh bien ! dit Cayolis, je jouerai César, c'est décidé.

– Un beau rôle, dit Espérit, mais difficile. C'est dur à apprendre. Il y en a long, je t'avertis. Trois cent dix vers.

– Rien, dit Cayolis, rien, rien. Pour la mémoire, je suis le sans-pareil. Chante-moi une chanson, celle que tu voudras, la plus longue de ton cahier ; que je ne sois plus Cayolis si je laisse en route un seul mot ! »

Espérit entonna une très vieille complainte que Ménicon ne connaissait pas. Le maréchal dédaignait les airs du pays, et ne s'adonnait qu'aux chansons d'opéra qui faisaient valoir sa belle voix blanche. Il était très connu pour sa manière de chanter *Amour sacré de la patrie*, non seulement à Lamanosc, mais dans tout le canton et dans plusieurs villes du tour de France. La complainte avait vingt couplets ; à la fin du cinquième, le terrailler s'arrêta en voyant que Ménicon ne cessait de rire et de causer, de tirer les oreilles à Cabantoux et de fouailler les chiens.

« Et le sixième ? dit Cayolis ; allons, reprends tes antiennes pendant que je vais essayer un pas. »

De glissades en glissades, Cayolis courut jusqu'à la porte, tourna autour des meubles, battit des entrechats, revint et repartit en valsant avec une chaise, pendant qu'Espérit chantait sa complainte. Au dernier vers, le maréchal s'arrêta, fit une pirouette et psalmodia la complainte, les vingt couplets furent répétés sans erreur.

« Voilà, dit Cayolis en secouant Cabantoux qui le contemplait avec stupéfaction ; je te donne trente ans pour en faire autant, et toi, Spiriton, qu'en dis-tu ? Pour ta *Mort de César*, ce sera de même. C'est décidé, je me charge de ce rôle. Perdigal, qui est poète, jouera Brutus, et le général Robin, Marc-Antoine. Tu vois bien qu'il te faut des gens qui aient voyagé. Quant à toi, comme tu n'as pas bonne tête, tu vas rester dans les figurants avec Cabantoux et Bélésis. Pour les autres rôles, sois tranquille, ne t'inquiète de rien ; je me charge de tout. Ce soir j'aurai enrôlé la troupe, et dimanche, à deux heures, nous venons tous manger la salade au château des Saffras. Que tout soit disposé, et demain, au marché, n'oublie pas les merluches.

– Tout sera prêt, dit Espérit, et toi, fais à ta guise ; je te conseillerais seulement de choisir les acteurs à nombre égal dans les paysans et les moussus.

– De quoi ! de quoi ! dit Cayolis. Des conseils ? Ris-tu ou fais-tu l'amour ? Holà, holà, seigneur ! Ne te mêle que de ta cuisine. À dimanche... »

Et le beau maréchal partit en chantant la cavatine de Robert. Au jour fixé, à l'heure dite, Cayolis fit son entrée aux Saffras avec Robin, Perdigal, Triadou et douze compagnons très décidés, six paysans et six moussus.

Ces mots de paysans et de moussus servaient à désigner les deux partis qui divisaient alors la commune. À Lamanosc, il y a toujours eu deux factions en présence. De 1831 à 1834, la politique s'était assoupie ; il semblait que le calme allait renaître dans le village, lorsque tout à coup on vit sortir de terre deux nouveaux partis, celui du curé et celui du vicaire. Les premières chansons provençales de Perdigal datent de cette époque. Le pays était en feu, l'autorité supérieure intervint, et le vicaire fut déplacé. À quelques mois de là, un médecin italien vint s'établir dans un hameau voisin de Lamanosc ; la faction du vicaire se jeta aussitôt du côté de l'Italien et lui improvisa une clientèle ; les animosités se réveillèrent, et, bon gré mal gré, le docteur de Bologne et le docteur de Montpellier se trouvèrent les chefs des deux grands partis. La guerre dura trois ans – trois ans de rixes, de chansons et de procès. À la longue, les passions se lassèrent ou changèrent de but. Le vieux médecin de Lamanosc, sentant sa fin approcher, maria sa fille au docteur italien : les partis se débandèrent, et la fatigue générale ramena l'ordre dans la commune.

Ce ne fut qu'à la vote de 1838 qu'on vit reparaître deux factions, sous le nom de paysans et de moussus. Il serait difficile de définir exactement ces deux partis. II n'y a pas de prolétaires à Lamanosc, et les ouvriers des corps d'État ont tous un champ qu'ils cultivent eux-mêmes ; les paysans sont propriétaires, les moussus portent la veste, et plusieurs d'entre eux vont en journée. Tout ce qu'on peut dire, c'est que, dans le parti des moussus, on rencontre un plus grand nombre de forts cultivateurs et d'artisans.

Les douze jeunes gens qui suivaient Cayolis étaient les chefs des deux partis, et le seul fait de leur rencontre dans une même troupe témoignait de la grande influence du maréchal, car jamais les haines n'avaient été si violentes à Lamanosc. La guerre était partout ; une même ardeur emportait les vieillards et les enfants : aux bals, aux promenades, à l'église même, aux confréries, on voyait les filles se grouper en deux bandes ennemies. Cayolis était très considéré des deux partis. À son arrivée, il ne s'était pas laissé engager dans leurs luttes ; l'homme qui avait habité les grandes villes n'avait plus que du dédain pour ces querelles de village ; sa rare bienveillance naturelle l'aurait d'ailleurs toujours éloigné des inimitiés et des colères.

Espérit vint recevoir ses convives dans la cour ; aussitôt Cabantoux sonna la cloche, et Bélésis mit le feu aux bombes de terre alignées sur la terrasse. Les tables étaient dressées sous la tonnelle ; à l'entrée flottaient deux drapeaux tricolores ; au fond, sur les colonnes romanes, on voyait *le buste du roi* et la statue de saint Antonin, patron de la commune, entourés de fleurs et de feuillage. Les tables étaient garnies d'assiettes en forme de feuilles de vigne, revêtues d'un beau vernis vert inventé par Espérit ; au centre, sur un socle de bois sculpté, une dame-jeanne de clairette ornée de pampres ; les poissons et les salades étaient servis dans des poteries brillantes rangées tout autour de la dame-jeanne. Le caporal Robin loua l'ordonnance du banquet, et Cayolis déclara qu'à Toulouse on n'aurait pas mieux fait. Au dessert, la dame-jeanne était vide ; Cayolis et Robin lurent quelques tirades de Voltaire ; on les applaudit avec fureur, et les rôles furent aussitôt distribués.

« Maintenant, chantons la gloire ! dit un paysan.

– Toujours, répondit le caporal, mais n'oublions pas que le muscat est l'ami de l'homme. »

Chanter la gloire signifie toutes chansons sur l'Afrique, l'empereur, les aventures de terre et de mer, le retour au pays, en général tout ce qui n'est ni complainte ni romance d'amour. Espérit mit en perce le baril de muscat de Beaune. On chanta la gloire chacun à tour de rôle, et quand tous les convives eurent fait montre de leurs talents, Cayolis leur dit : « Maintenant, les amis, nous allons monter *La Muette* ; mais commençons par former deux chœurs. Perdigal, tu vas appareiller les voix.

– Les moussus à droite, les paysans à gauche, dit le poète, c'est tout simple.

– Je ne connais ni paysans ni moussus, répondit Cayolis ; je n'en ai pas vu à Toulouse, je n'en ai pas vu à Bordeaux, et le général Robin vous dira qu'il n'y en a pas en Alger ; ainsi, qu'il n'y en ait plus à Lamanosc ! J'entends que, pour le chœur de *La Muette*, on se donne tous la main et francs amis. Autrement, pas d'*Amour sacré de la patrie* ! Allons, Spiriton, le vieux grenache, nous allons fraterniser. Qu'on me donne le drapeau.

– Tout va bien, se disait Espérit ; voilà donc une affaire finie, ce n'est pas sans peine. Enfin, Paris ne s'est pas bâti en un jour. Cette tragédie marche bien, ce sera plus beau qu'à Montalric. »

Lorsqu'on eut chanté les chœurs de *la Muette*, Perdigal prit son fifre et joua des quadrilles ; le muet courut à l'écurie et revint avec un collier de grelots autour du cou et deux sonnailles de mule pendues à la ceinture. Les acteurs sortirent du château des Saffras en faisant la farandole, Cayolis en tête, le drapeau à l'épaule, Bélésis à la queue, traînant gaiement sa jambe infirme, et dansant de son mieux en faisant tinter ses sonnettes. M. Lagardelle était assis devant sa porte et lisait du Crébillon.

« Holà ! dit M. Lagardelle en relevant ses lunettes, holà ! holà ! quelle est cette fête nationale ?

– *La Mort de César*, répondit Espérit. Allons, les amis, à la danse, deux places au milieu ! »

Les rangs s'ouvrirent, quatre mains vigoureuses saisirent le magister, et la farandole repartit en l'entraînant dans sa course. De son côté, Cayolis avait enlevé le maire Tirart, qui s'était trouvé sur le passage de la troupe. Massapan, le tambour de ville, voyant danser son maire, prit ses baguettes et battit la caisse à côté de Perdigal. Les habitués du Café d'Apollon, s'étant aventurés sur la place, furent entourés et mis à la danse. En quelques minutes, la farandole comptait cent cinquante personnes. Quant à la tragédie, Espérit seul y pensait encore.

*

* *

Il avait été décidé qu'on se retrouverait toutes les semaines, à la même heure, au château des Saffras. Les réunions eurent lieu comme on se l'était promis ; les acteurs vinrent avec empressement au rendez-vous, et les répétitions furent suivies très assidûment.

C'étaient de singulières répétitions. Le caporal Robin s'était chargé de dresser les conjurés, et, sous ce prétexte que de tout temps les conspirations se sont ourdies dans les souterrains, il commençait par mener ses élèves à la cave, une torche à la main. Alors on mettait le siphon au tonneau, Robin poussait un cri de hyène et d'une voix caverneuse déclamait le monologue du second acte. À chaque tirade, on se versait des rasades, et quand le monologue était terminé, les assassins de César reprenaient leurs torches, croisaient les bras et portaient le caporal en triomphe.

Triadou, le teinturier taciturne, admirait Robin, mais il ne l'imitait pas. C'était son premier acte d'indépendance ; en toute autre circonstance, il copiait servilement le caporal.

« Toi, Triadou, disait Cayolis, tu conspires en silence. » C'était vrai à la lettre : le teinturier restait ainsi des heures entières sans desserrer les dents, non seulement par goût, mais encore par système, parce que telle était sa manière de concevoir le personnage de Cassius, qui lui était échu.

Le caporal était, avec le terrailler, le seul qui eût pris quelque intérêt à la tragédie ; les disciples de Cayolis chantaient *La Muette* sous la tonnelle ; le beau maréchal avait choisi les voix les plus agréables ; son sextuor était bien monté, et les chœurs manœuvraient avec ensemble. Perdigal, qui méprisait les vers français, trouva plus gai d'exercer ses élèves au jeu de boules ; du jeu de boules, il les fit passer au jeu de quilles, lequel était inconnu à Lamanosc ; comme quilles, on se servit des tuyaux de terre qu'Espérit fabriquait pour les fontainiers. Quand tous les tuyaux furent cassés, on les remplaça par des vases, des tuiles et des poteries. Avec de tels maîtres, le nombre des acteurs fut bientôt triplé, tous les jeunes gens du village voulaient venir aux Saffras. La pièce n'en marcha pas mieux : à la classe de Perdigal, comme autour de Cayolis et de Robin, paysans et moussus ne songeaient qu'à vider les dames-jeannes de clairette et de muscat. Après boire, il arrivait souvent que les chefs des deux grands partis se gourmaient en règle, ou se cassaient des bouteilles sur la tête. Quand ils étaient de bonne amitié, c'était encore pis ; Perdigal prenait son fifre et les faisait danser – danses lourdes et violentes ! Tout était dévasté, les jardins, les plates-bandes, la pelouse et les jardinets ; de la cave aux terrasses, le château des Saffras était mis à sac ; on traînait les échelles et les tombereaux en travers de la route, qui se trouvait ainsi barrée du côté de la campagne ; les tragédiens faisaient alors une sortie par la petite porte, arrivaient sur les derrières des passants et des curieux, les chassaient devant eux à coups de gaule, et les faisaient entrer de vive force à la tuilerie pour boire et danser.

Espérit avait introduit dans la troupe un ami du maître d'école, le vieux sergent Tistet, pour neutraliser l'action de Robin. À la vue de ces désordres, l'honnête Tistet se retira ; Cayolis l'approuva beaucoup, mais il resta aux Saffras pour ne pas compromettre sa popularité.

Le terrailler dit alors à Cabantoux : « Le sergent Tistet a raison. Toi, dès que les citoyens seront partis, tu barricaderas le château, et dimanche visage de bois. S'ils veulent pénétrer de force, que les fusils soient chargés, et samedi soir, en rentrant le troupeau, amène-moi les chiens de la Crau, ainsi que les dogues du maire. »

Espérit mit ensuite la clef à ce tiroir de sa crédence qui ne s'ouvrait que pour les cinq grandes fêtes.

« Allons, dit-il, allons, Espérit, voici le moment d'endosser la lévite ; il n'y a plus que ia Pioline où l'on puisse te venir en aide. »

Il réunit ses plus belles hardes, la soutanelle des grands jours, le pantalon de velours bleu, le corset (gilet) jaune, les bas chinés et les fins souliers de castor. Ce costume complet fut soigneusement plié dans un panier, et le ferrailler descendit dans la cour, le paquet sous le bras, un bout de miroir à la main. L'ânesse était à la porte, sanglée et bridée ; Espérit n'eut qu'à l'enfourcher, et la Cadette partit au trot sur la route de la Pioline.

# VIII

La Pioline est une gentilhommière démantelée où l'on élève à foison toutes sortes de bêtes : entre l'étable et la ferme, les porcheries ; autour du corps de logis s'adossent et montent les maisonnettes des chèvres, des lapins, des oies, des canards. Un gros et tortueux mûrier, planté sous Henri IV, sert de retraite aux dindons ; les paons voyagent des platanes de l'allée aux marronniers de la grande terrasse. Aux corniches des toits, sur les cheminées, aux lucarnes des greniers, des pigeons par centaines, des ruches dans les jardins ; dans les cours, des bandes de coqs russes, des poules, des pintades, des lièvres privés et des perdrix familières qui souvent viennent picorer sur les tables du salon. Tout ce petit monde remue, s'anime, s'agite et tourne sans cesse ; dès qu'on ouvre une porte, une fenêtre, les bêtes arrivent par volées ; ce ne sont que cris et battements d'ailes, fourmillements de pattes, de becs et de queues. À tous les angles des murailles, on voit des poussinières, des cages, des volières. À l'arrière du chenil, un jeune renard, donné par Perdigal, traîne et secoue sa chaîne ; vis-à-vis, dans une loge grillée, sont deux loups pris au piège par le chasseur Malaterre ; enfin, près des serres des terrasses inférieures, on garde les animaux rares que les officiers de marine envoient, au retour de leurs voyages, à leur ami Cazalis, le seigneur de la Pioline – le lieutenant de vaisseau Jean-de-Dieu Cazalis, ancien commandant de *La Ville-de-La Ciotat*.

« On ne saura jamais ce qu'il y a de bêtes à cette Pioline, dit un jour le petit pâtre Cascayot, c'est pis qu'une arche de Noé ; quand les pigeons s'y envolent, le soleil en est noir. » De là le mot d'Arche-de-Noé, employé aussi communément que celui de Pioline par les paysans, grands donneurs de surnoms.

À la montée des Mourgues, Espérit se cacha dans un bouquet de romarin et fit sa toilette.

« Voici l'évêque des cigales, dit la servante Zounet, qui faisait de l'herbe pour ses lapins, à grands coups de faucille dans les fossés. Oh ! le bel astre ! Spiriton, tu es beau comme un soleil !

Tu vas donc à la noce ! Il te manque les rubans et le bouquet. Si c'est moi que tu viens demander en mariage, je t'avertis qu'il faudra que tu m'habilles en dame.

– Salut ! la Zounet, dit Espérit, le lieutenant est-il de bonne humeur ?

– Mais toujours, répondit la servante. Crois-tu que nous soyons, comme toi, des têtes virées ? Si tu veux le voir, descends à l'Olivette, près des cerisiers. Tu feras bien d'y rester pour faire peur aux oiseaux. »

Espérit lâcha la Cadette dans les joncs et courut au verger d'oliviers. Mlle Sabine, la fille du lieutenant, était assise sous le mûrier, et les moutons venaient prendre du sel dans sa main ; Espérit fit un détour pour éviter Mlle Sabine, et d'un bond franchit la muraille du jardin. Sous les cerisiers, il aperçut le lieutenant, qui lançait des mottes aux chèvres de Cascayot. Le lieutenant pestait, jurait, appelait à grands cris Cascayot. Le petit pâtre faisait la sourde oreille et glissait en rampant sous les pampres de la muraille.

Espérit s'avança vers M. Cazalis et lui présenta timidement sa requête. Aux premières paroles, et sur ce seul mot de tragédie, le lieutenant prit un air joyeux.

« Comment donc ! dit-il, c'est une excellente idée. Tu es un homme d'esprit ; mais d'où diable t'est sortie la pensée de venir me consulter ? Pourquoi moi plutôt qu'un autre ?

– Tout va mal au château des Saffras, répondit Espérit, alors je me suis souvenu de ce que j'avais entendu à la Pioline il y a trois ans. Vous rappelez-vous quand je suis venu arranger le petit jardin ? Vous étiez assis sous le quatrième figuier, celui des figues-dattes, qui a gelé au gros froid ; vous lisiez à Mlle Sabine des vers d'*Athalie*, et l'on peut dire que vous leur donniez un bon coup. Vrai ! c'était un plaisir de vous écouter.

– Mon ami, dit M. Cazalis, c'est que j'ai vu Talma... Et je l'ai connu, reprit-il avec ce mouvement d'orgueil dont ne peuvent se défendre les vieillards qui ont approché les comédiens renommés.

– Talma ? dit Espérit, Talma ? »

Et, ne comprenant pas, il regardait le lieutenant d'un œil triste et inquiet comme celui des chiens. Le lieutenant s'empressa de lui raconter Talma, Cinna, les parterres de rois, M^lle^ Mars et le décret de Moscou. Les chèvres sautaient de tous côtés dans le verger, faisaient ébouler les murailles et mordaient à belles dents les pousses des jeunes arbres ; mais M. Cazalis ne prenait plus garde à ces rapines : il était tout entier au plaisir de décrire les grands triomphes de la Comédie-Française.

« Ah ! Talma ! Talma ! dit-il en finissant. Mon ami, je n'ai jamais vu Lekain, mais sois certain qu'il n'allait pas à la cheville de Talma ! Spiriton, voici trente ans que je n'ai été à Paris, mais je n'y tiens pas ; il n'y a plus de théâtre, le théâtre est mort, c'est fini.

– Vous ne voulez donc pas en être ? dit Espérit. Sans vous, qu'allons-nous devenir ? Non seulement pour les bons conseils à la Talma, mais il n'y a que vous pour pouvoir gouverner cette bande de gueux. »

De sa vie le lieutenant n'avait refusé un service ; dans cette circonstance moins que jamais pouvait-on mettre en doute son obligeance ? Il appartenait à une génération qui a aimé la tragédie avec une ardeur, un enthousiasme dont nous ne pouvons plus aujourd'hui nous faire une idée. La proposition d'Espérit ranimait en lui la vieille passion toujours vivace ; M. Cazalis se sentait renaître, toute sa jeunesse se réveillait. Il fit à peine quelques objections pour la forme, et séance tenante il fut convenu qu'on se mettrait à l'œuvre au plus tôt.

« Allons ! allons ! dit le lieutenant en congédiant Espérit, tout cela s'arrangera ; mais surtout que ma sœur Blandine n'en sache rien : c'est une femme terrible, elle trouverait mille raisons absurdes pour nous détourner. Amène-moi ton escouade dans la semaine et que je les mette au pas ; une fois que vous serez installés, ma sœur n'y pourra plus rien ; nous aurons pour nous les faits accomplis, comme on dit dans les gazettes. Va au plus vite, je prends cela sur moi ; d'ici là, qu'elle ignore tout ; si elle s'en doute, nous sommes perdus. N'oublie pas que c'est à une heure que M^lle^ Blandine sort tous les jours pour aller donner ses consultations. Quand une fois elle a bourré ses poches de fioles, d'onguents, d'herbes sèches et de petites boîtes, rien au monde ne pourrait la retenir à la Pioline, et pour qu'elle rentre, il faut que le tout soit vidé, les paniers comme les poches. Allons, allons, tout ira bien ; maintenant prends ton sac et tes quilles, et va voir si je suis à Lamanosc. »

La Cadette eut bientôt franchi la distance qui sépare la Pioline des Saffras. En approchant du château des Saffras, l'ânesse se mit à braire gaiement et partit au trot. Espérit leva la tête ; une fumée légère montait en spirale derrière les cyprès de la tuilerie, et le portail était ouvert à deux battants. Espérit sauta dans le fossé, courut jusqu'à la petite porte et déterra la clé, cachée sous les pierres.

« C'est bien ma clé, dit-il, et c'est bien ici le château des Saffras ; voilà la première fois que je ferme de tous côtés, et ma porte est ouverte ! Il y a du nouveau...Voyons la niche. »

La niche était vide, la chienne Flore jappait joyeusement dans la cuisine. Au fond de la cour, Espérit l'aperçut accroupie devant le foyer, la queue en l'air, le museau dans les cendres ; derrière la Flore, la Cadette, déjà installée à la grande table, buvant au broc et mangeant les salades ; dans la cheminée un jeune paysan, les pieds à la crémaillère, caressant la Flore et séchant ses guêtres à la flamme des genêts. C'était l'ami d'Espérit, le fils du boulanger de la commune de Seyanne, Marcel Sendric, qui revenait au pays après une absence de quatre années.

« Voilà César, dit Espérit en sautant an cou de Marcel ; comment es-tu là ? depuis quand de retour ?

– À Seyanne depuis ce matin, dit Marcel, aux Saffras depuis une heure. Tu vois que je n'ai pas perdu de temps ; les mules étaient au moulin, je n'ai pas voulu attendre, et je suis venu par le chemin de la rivière. Pendant la nuit, l'orage a enlevé la planche, et pour passer la rivière de Mèdes avec de l'eau jusqu'aux reins... »

Espérit ne l'écoutait plus, il s'était reculé de quelques pas pour mieux le voir.

« Mais lève-toi donc, lui dit-il, là, droit ! Jour du ciel ! comme tu as grandi !

– Et tes cyprès aussi, répondit Marcel. Il y a quatre ans, on n'aurait jamais pu escalader la muraille. »

Espérit regardait toujours son ami avec admiration. Il s'écria tout à coup : « César, tu vas régner ! »

Marcel ne comprit rien à cette citation de Voltaire.

« Oui, tu seras Jules César, reprit Espérit. Tout va bien. Tu verras quels braves gens, ces Cazalis. As-tu rencontré Cayolis ? il a pris une bien belle voix ; il en est, lui aussi. Le sergent Tistet est de retour. Nous avons pour nous le curé et le maire. Il faut décidément que tu sois César, et puisque tu es des nôtres, moi je serai Marc-Antoine. Après-demain nous irons à la Pioline.

– J'irai où tu iras, dit Marcel, je serai ce que tu voudras, je ferai tout ce qu'il te plaira, mais je te jure que je n'ai rien deviné et que je ne devinerai rien, si tu ne commences pas par le commencement. »

C'était demander l'impossible : Espérit avait commencé son histoire par la fin, et, dans son impatience de dire et d'apprendre en quelques minutes tout ce qui s'était passé pendant ces quatre années de séparation, il s'engageait dans mille digressions, questionnait sans cesse Marcel sur son voyage, sa famille, les causes de son retour, écoutait à peine les réponses, donnait les nouvelles du pays et reprenait le récit des mésaventures de la tragédie. Le désordre de ces premières confidences fut encore compliqué par un discours du fadad ; le brave Cabantoux, qui venait d'arriver, s'avisa de donner une explication de *La Mort de César*. Enfin, comme les trois amis avaient toute la nuit devant eux, à la longue ils finirent par s'entendre.

Le lendemain Espérit présenta Marcel au lieutenant.

« Voici mon camarade, dit-il en entrant, voici Jules César : je serai Marc-Antoine. Comme les autres acteurs ne travaillent guère au premier acte, je les ai laissés au village ; il y a d'ailleurs à faire de grands changements, et tant de monde aurait peut-être effrayé M^lle^ Blandine pour la première fois.

– Ma sœur est loin, dit le lieutenant ; on est venu la chercher à midi ; il y a deux malades à la ferme de San-Bouzielli ; nous voilà libres comme l'air, ne perdons pas de temps ; êtes-vous prêts ?

– Nous sommes à vos ordres, dit Espérit, et nous venions prendre votre heure.

– À l'instant même, répondit M. Cazalis ; ma sœur ne rentrera qu'à la nuit, nous avons toute la journée devant nous ; mais, si cela marche, nous pourrons doubler la répétition. Allons, vivement ; donne-moi le bouquin, prenez place et commençons. »

On lut le premier acte. M. Cazalis n'eut que des éloges pour Marcel ; mais il ne ménagea pas les leçons et les critiques au terrailler. Ce n'était pas sans raison : il était difficile de rencontrer un plus singulier Marc-Antoine. Espérit se laissa malmener sans rien dire ; le succès de son ami le remplissait de joie et d'orgueil.

Marcel lisait avec goût, sans accent, dans un sentiment vrai, un peu froidement au dire de M. Cazalis, qui ne craignait pas les grands éclats de voix et les pompes du débit. À ce jeu fin et délicat il aurait préféré sans doute la déclamation solennelle et le grand style des vieux classiques ; mais cette réserve même le surprit ; il fut surtout frappé de la simplicité de Marcel, de son naturel et de l'aisance de ses manières, et comme il avait l'habitude de penser tout haut, il lui dit à la fin de l'acte : « Mais c'est très bien, mon ami ! c'est très bien... Là, franchement, n'y a-t-il pas quelque ruse sous jeu ? Est-il bien sûr, monsieur, que vous soyez un paysan ? Mais alors pourquoi cette veste ? Je ne sais que supposer...

– Ne supposez rien, lui dit en riant Marcel, je m'appelle Sendric, et je suis le fils du boulanger de Seyanne.

– Impossible ! » s'écria le lieutenant.

À peine ce mot lui était-il échappé, qu'il en eut honte comme d'une inconvenance, et, dans son trouble, il crut tout réparer en ajoutant : « Mais ces manières, cette distinction ? Par qui diable avez-vous été élevé ?

– La belle question ! répondit Espérit, par sa mère, la Damiane ! »

Le lieutenant se taisait, dans la crainte de commettre une nouvelle sottise. M$^{lle}$ Sabine, qui filait à la fenêtre, se leva vivement et s'approcha de Marcel pour lui présenter les excuses de M. Cazalis ; mais elle se troubla à son tour, rougit comme une cerise, et s'arrêta près de la table sans pouvoir prononcer un seul mot. Le lieutenant ne savait plus quelle contenance faire. Dans sa confusion, il se levait, s'asseyait, tournait sa tabatière, et regardait sa fille pour qu'elle lui vînt en aide. Mlle Sabine n'osait ni s'avancer ni relever la tête ; elle avait repris sa quenouille et filait très vite ; mais ses doigts agiles se prenaient dans la bourre de soie, l'emmêlaient et cassaient les fils.

Enfin le bonhomme prit un grand parti ; il s'avança vers Marcel, et lui tendit la main : « Monsieur Sendric, dit-il d'une voix très émue, je suis le lieutenant Jean-de-Dieu Cazalis ; voulez-vous recevoir mes excuses ? Vous êtes le premier homme auquel de ma vie j'aurai demandé pardon. »

Marcel ne s'était nullement senti blessé. S'il y avait eu offense, l'insistance qu'on mettait à la réparer l'eût encore aggravée aux yeux d'un vaniteux ; mais en ce moment Marcel ne songeait qu'à la cordialité qui éclatait dans cette maladresse même : il était très embarrassé de l'embarras de ses hôtes, et volontiers il leur aurait demandé pardon pour tout le trouble dont il était cause. Il lui fut impossible de trouver une seule parole, et pour toute réponse il serra la main de M. Cazalis.

Le lieutenant insista pour retenir Marcel à dîner. Marcel aurait voulu partir, il était attendu à Seyanne ; mais il craignait qu'on ne vît dans son refus quelque rancune : il accepta, et le lieutenant sortit avec lui pour aller visiter les semis de melons et les nouvelles vignes. Espérit disparut sous les saules du Grand-Vallat ; on ne le revit qu'au dîner. Ce dîner fut très gai. Dès les premiers moments, on causa avec un grand abandon. M. Cazalis voulut connaître l'histoire de Marcel ; Marcel raconta sa vie, et tout d'abord il s'établit entre lui et ses hôtes une sorte d'intimité. Il semblait qu'ils s'étaient connus de tout temps.

Avant la nuit, Marcel voulut prendre congé de M. Cazalis.

« Je prends toute votre soirée, dit le lieutenant ; on vient de m'avertir que ma sœur coucherait à San-Bouzielli ; restez, restez, nous relirons le premier acte : nous voilà libres comme l'air. »

Marcel répondit qu'on ne pouvait pas se passer de lui à Seyanne pour la fournée du soir.

« Ce n'est pas vrai, dit Espérit ; pendant que vous étiez aux nouvelles vignes, je suis parti pour Seyanne et j'ai enfourné le pain avec le petit frère Damianet, la preuve c'est qu'on va vous servir les fougasses. Appelez la Zounet. »

La Zounet vint servir les gâteaux apportés par Espérit, et le premier acte fut de nouveau mis en lecture. Il était très tard lorsque le lieutenant consentit à laisser partir ses acteurs ; il les accompagna jusqu'au bois des Gargoris et leur donna rendez-vous pour le lendemain.

« La troisième répétition, dit-il, ce sera pour la foire de Vaison, mais demain soyez exacts ; c'est jour de lessive, nous serons libres comme l'air. Ah ! mon ami, dit-il à Marcel, vous ne savez peut-être pas ce que c'est qu'un jour de lessive. Ce jour-là le tonnerre pourrait tomber sur la maison sans qu'on y prît garde. »

# IX

Le jour de la foire de Vaison, Marius Tirart vint remiser ses troupeaux à l'étable de la Pioline pour leur donner quelque repos avant de les diriger sur les bergeries des Abeilles. Il n'était pas midi, et le maire, qui ne perdait pas son temps dans les cabarets, avait déjà trouvé le temps d'aller au marché, d'y vendre ses bœufs, d'acheter et de ramener du nouveau bétail. M. Cazalis le garda pour la répétition, et lorsque les acteurs furent partis, il voulut savoir ce qu'en pensait le maire.

« Ce n'est pas trop mal, répondit Tirart, et le petit Marcel Sendric me plaît pour son bon air ; mais si mon neveu Lucien s'en mêlait, ce serait une autre affaire. Quand il en sera, vous verrez de quel pied marchera cette comédie ; vous m'en direz des nouvelles, lieutenant ; vous verrez, vous verrez. Vous ne le connaissez pas, mon cadet, car voilà onze ans que je le tiens dehors, et Dieu sait ce qu'il m'en coûte ! les yeux de la tête, mon ami, les yeux de la tête ! Le collège royal, les chevaux, les facultés, les livres, les arts d'agrément, les voyages, l'argent de poche, que sais-je ? Combien de ballets de garance y ont passé, et du bétail, et des soies ! Enfin c'est cher, mais on peut dire que toutes ces dépenses lui profitent. La bonne instruction, monsieur Cazalis, c'est comme du fumier sur la terre, il n'y faut pas regarder, et ce n'est jamais trop payé. Je vous jure que pour le travail de tête il n'a pas son pareil. Toujours le nez dans les livres. Eh ! pourquoi, grand Dieu ! Sa fortune est faite. En voilà un original ! Quel drôle de corps ! Il aime Lamanosc à la folie, et n'y peut jamais rester ; il nous adore, et nous le voyons une heure ou deux tous les trois ans ; il pourrait passer avec nous la vie la plus heureuse, comme un coq en pâte, à ne rien faire, tranquille comme Baptiste, et depuis six ans qu'il est sorti des écoles, il court le monde, l'Italie, l'Allemagne, l'Angleterre, les pays étrangers, que sais-je ? il a tout visité. Il finira par s'en aller dans les îles. Quand il vient ici par hasard, je crois le tenir, bast ! on tourne la tête, plus de Lucien. Ah ! quel homme ! Mais cette fois-ci je lui ai mis la main dessus, et je vous jure que nous le tenons. Dès demain je viens vous le présenter en règle.

– Aujourd'hui même, dit le lieutenant. Je n'entends pas d'une autre oreille, et je veux qu'Espérit lui trouve un beau rôle ! Eh ! la Zounet ! une plume et de l'encre... Très bien. Maintenant prends mon porte-voix et sonne le petit pâtre ; qu'il se tienne prêt à porter cette lettre à Lamanosc. Asseyez-vous là, notre maire ; écrivons au neveu. Prenez votre temps. Vous dites qu'il arrivera dans une heure ; il est midi. Nous dînons à quatre ; votre neveu aura donc tout le temps nécessaire pour se reposer et s'équiper. Je vous déclare que je ne veux pas entendre une objection. Écrivons, écrivons. Vous êtes mon prisonnier et je vous garde. Vous n'avez pas encore visité mon nouveau plantier de grenache, et j'ai à vous consulter pour mes semis de melon ; ainsi c'est entendu. Nous aurons aujourd'hui le notaire Giniez, M. Lajarije, Corbin l'aîné...

– Oh ! celui-là me va, dit le maire. Quel rude homme ! une santé de fer. En voilà un bâti à chaux et à sable ! Et son frère qui n'a qu'un souffle, que devient-il, ce petit Corbin, avec ses inventions de lunatique ? Veut-il toujours nous faire voyager en ballon ?

– Toujours, dit M. Cazalis, et nous l'aurons tout à l'heure avec le vice-président du cercle. Il vous expliquera son système. Nous aurons aussi notre ami le contrôleur Dulimbert.

– C'est un homme bien aimable », dit le maire.

En ce moment le petit pâtre entra.

« Ah ! te voilà, Cascayot, dit le lieutenant, arrive à l'ordre. »

Cascayot fit deux sauts de carpe par manière de révérence, et retomba sur ses mains en arbre droit. Pendant que le petit pâtre cabriolait autour de la table, le maire termina sa lettre lentement, péniblement, non sans songer au secrétaire de la commune, qui d'ordinaire lui évitait ces rudes corvées.

« Voilà qui est bien, lui dit M. Cazalis ; maintenant, Cascayot, mets tes jambes à ton cou, et file sur Lamanosc comme l'éclair ; tu auras la pièce.

– Monsieur Marius, reprit-il, je suis de votre avis ; M. Dulimbert est bien aimable.

– Un homme charmant à table, dit le maire.

– C'est le mot, répondit le lieutenant, un parfait convive. »

De son côté, la Zounet disait en hachant ses fines herbes : « C'est un homme fort aimable que M. le contrôleur, et qui sait se tenir à table, un homme bien ! Comme il fait attention à tout, comme il apprécie tout ! et toujours un mot d'éloge si à propos ! Il m'agrée fort de lui donner à dîner, et ça lui profite. Il n'est pas comme son ami le notaire Giniez, qui toujours rit jaune et qui reste maigre comme un coucou. Il a pourtant les dents longues, ce mauvais Giniez. En fait-il des malheureux avec ses fonds perdus ! Il est déjà rentré vingt fois dans son argent, et Dieu sait quand il mourra. Ah ! ces fonds perdus, c'est le malheur du pays.

– Taisez-vous donc ! s'écria M^lle^ Blandine, taisez-vous, langue de vipère !

– Me taire ! dit la Zounet ; moi, me taire ! quand je serai au cimetière... J'ai le temps, les vers ne m'ont pas encore mangé la langue. »

À quatre heures, le neveu Lucien n'était pas arrivé : les autres convives étaient réunis, M. le contrôleur Dulimbert était dans les transes. Il prit sa montre et compta quinze minutes.

« Le quart d'heure de grâce est expiré, dit-il en décrivant un demi-cercle avec sa montre. Voyez : seize minutes ; un Bréguet ! Nous courons sur les dix-sept. Je suis d'avis d'attendre notre jeune ami à la manière des bons aïeux, les pieds sous la table. »

Le lieutenant aurait voulu gagner encore une douzaine de minutes ; mais la Zounet arriva sur la terrasse le visage en feu, les poings fermés, la coiffe à l'envers.

« Vous êtes servis, dit-elle, je ne veux pas que tout brûle ; si vous n'arrivez pas, je vais inviter les chats. »

Les convives impatients coururent au salon, et M. Cazalis les suivit lentement, en braquant une dernière fois sa lunette marine du côté de la route de Lamanosc.

Vers six heures, au sortir de table, le lieutenant se remit en vigie à l'angle de la terrasse ; un groupe s'était formé autour de M. Corbin aîné, qui racontait ses exploits de chasse ; le maire se promenait à grands pas en maugréant, et le plus jeune des Corbin traçait des courbes sur le sable.

« Messieurs, messieurs, dit le lieutenant, voici un brillant cavalier qui tourne le bois de Lubat. Je gage que c'est le neveu. Attention !

– Je l'ai vu avant vous, dit Tirart ; mes yeux valent bien vos lunettes.

– Le voilà aux peupliers, reprit M. Cazalis ; il met sa bête au galop. Savez-vous qu'il est très bien en selle ! Notre ami Marius, vous avez là un joli cheval pie ; je ne vous le connaissais pas. »

Le maire était déjà dans l'allée et criait à pleins poumons : « Cadet ! Cadet ! » Il arrêta net le cheval lancé au galop, saisit Lucien par les hanches, l'enleva et l'embrassa rudement, après avoir jeté la bride au paysan qui chevauchait derrière en grand costume de laquais.

« Le voilà, le voilà ! » dit-il en lançant son neveu dans les bras du lieutenant, qui s'avançait le chapeau à la main.

Lucien s'excusa en très bons termes d'arriver si tard ; M. Cazalis le prit aussitôt en amitié. En tournant la haie, M. Marius marcha sur le pied de son ami et l'interrogea du regard ; le lieutenant passa la main derrière Lucien, serra la main du maire et hocha la tête en signe de grand contentement.

La compagnie s'était levée ; le maire prit son neveu par la main et le présenta en grande cérémonie à tous ses amis. À chaque salut du neveu, M. Dulimbert se penchait à l'oreille de M^lle^ Blandine, et disait : « Parfait, parfait ! Cet air anglais me plaît bien. »

M. Tirart était déjà très près de M. Dulimbert, dos à dos ; le contrôleur passa rapidement derrière lui, tourna jusqu'aux arbres, revint droit sur Lucien et prit du champ pour faire ses trois pas.

« Monsieur François Lucien, dit-il avec un geste noble qui datait du Directoire, votre présence nous comble de joie ; recevez les hommages dont je suis le faible interprète. »

Lucien salua et vint s'asseoir à côté de M^lle^ Blandine. Pour engager la conversation, M. Corbin aîné parla chasse, et M. Corbin le jeune posa des axiomes sur la navigation aérienne ; à chaque mot, Corbin l'aîné l'interrompait avec mépris, et le chétif songe-creux, ainsi malmené, se troublait et bredouillait les larmes aux yeux.

« Monsieur Lucien, avez-vous le goût des voyages ? disait M. Dulimbert. Aimez-vous les beaux-arts ? »

À toutes ces interrogations, Lucien répondait par des monosyllabes, avec une politesse glaciale que rien ne pouvait entamer. Le laconisme et la froideur de Lucien déroutaient les hôtes bruyants de la Pioline ; ils le regardaient avec surprise et n'osaient plus dire un mot.

« Mais parle donc, parle donc », disait le maire en poussant son neveu du coude. Il s'était fait un grand silence.

« Et de sept ! dit tout à coup le notaire Giniez, en faisant claquer ses doigts maigres.

– Voici le notaire qui compte ses maîtresses », dit Corbin aîné en riant aux éclats.

Peu à peu le naturel prit le dessus ; le rentier, le contrôleur, les Corbin, qui avaient commencé par échanger quelques phrases banales, ne tardèrent pas à jaser comme des pies. Ils parlaient tous à la fois, chacun pour soi, chacun de soi, chacun se décrivant, se louant, racontant avec complaisance ses goûts, ses humeurs, ses manies, les proposant comme des règles inflexibles, les seules, les infaillibles lois du bien-vivre et du bien-agir. La grosse voix du maire Tirart éclata enfin au milieu de ces commérages : « Aura-t-on bientôt fini avec tous ces moi ? dit-il. Il n'y en a que pour vous. Moi je me couche, moi je me lève, moi j'aime les gazettes, moi les juges, moi les voleurs, et moi par-ci, et moi par-là ! Au diable tous ces moi ! il n'y en a que pour vous. Allons, à ton tour, Cadet ! »

Le neveu Lucien n'eut garde de répondre à cette invitation, et M. Dulimbert se hâta de dire : « Toujours original, notre ami Marius, toujours original ! Âh bien ! je vous donne mille fois, dix mille fois raison. L'égoïsme est le plus vilain des vices, c'est un défaut que je ne puis souffrir. J'ai lu dans le *Livre du Bon Ton* que rien n'est malséant comme de parler de soi. Lisez ce livre, monsieur Marius, lisez ce livre ; j'y retrouve à chaque instant les préceptes de mon pauvre amiral de La Jonquière. Ah ! quelles manières ! quelle table ! quelle distinction ! Je sais de lui une histoire qui le peint tout entier. C'était en 1827, fin octobre, au temps des grives, mais l'amiral donnait la préférence aux ortolans : moi j'inclinerais peut-être pour les becs-figues.

– Et moi je tiens pour les ortolans, s'écria le notaire Giniez ; je ne vous ferai pas une concession, seulement il faut savoir les engraisser ; ce gibier demande de grands soins ; n'oubliez jamais de leur crever les yeux quand vous les mettez en cage ; je viens de faire des dispositions très ingénieuses dans ma volière. Ces jolies petites bêtes sont logées comme des princesses ; des treillis dorés, des mangeoires de marbre, une pendule pour régler les heures des repas, un thermomètre, un ventilateur. Il faut de grands soins, c'est si délicat. Monsieur Lucien, je me ferai un plaisir de vous expliquer tout mon système, si vous m'accordez l'honneur de votre visite. J'ai obtenu des résultats fabuleux.

– Mon ami Giniez, je vous crois, dit le contrôleur, votre procédé est infaillible. Oh ! les ortolans ont leur mérite, qui oserait le nier ? Nous sommes bien près de nous entendre, mon ami ; je n'ai jamais eu l'idée folle de les déprécier, j'indiquais seulement une préférence très légère pour les becs-figues, voilà tout, et j'admets... »

Une décharge de mousqueterie interrompit la narration du contrôleur ; les invités de la Pioline se levèrent en grand émoi, les paons poussèrent des cris de détresse, et les colombes s'échappèrent de tous côtés sur les toits. Les volées de coups de fusil se succédaient vivement, et la terrasse fut bientôt envahie par une troupe de paysans qui venaient faire fête à Lucien : c'étaient les tragédiens, les amis de famille, les camarades d'école, tous ceux qu'Espérit avait pu ramasser dans la vallée à leur retour de la chasse.

« Cadet ! Cadet ! Tchois ! Tchitchois ! »

De tous côtés on n'entendait que ces cris ; Lucien était entouré, poussé, enlevé ; on l'embrassait, on lui serrait les mains et les épaules, on lui tirait des coups de fusil dans les oreilles.

« Bon Dieu ! dit Perdigal en lui tournant la tête, comme tu es maigre ! Il paraît que le pain est cher là-bas !

– C'est que les airs n'y sont pas aussi bons qu'à Lamanosc, dit Espérit.

– Comme tu es maigre ! dit Cayolis. Ah ! les gueux, comme ils t'ont fait pâtir dans leurs collèges ! Regarde-moi, il fait meilleur sur le tour de France !

– Ah ! mon pauvre Tchitchois, reprit Perdigal, tu fais pitié. Ah ! tu n'es pas beau. Tu t'es fait bien laid par là-bas, tu ressembles à Espérit. »

Perdigal flattait beaucoup le terrailler. Espérit, avec son grand nez recourbé, ses grands bras, ses longues mains, ses jambes longues, si longues, qu'elles raclaient la terre quand il enfourchait la Cadette, Espérit ne ressemblait en rien au beau, à l'aimable, à l'élégant Lucien ; mais Perdigal, en vrai paysan, n'admirait que les brillantes santés, les joues pleines et rubicondes.

M. Cazalis avait déjà traîné une dame-jeanne de muscat sur la terrasse ; le maire Tirart était en grande joie ; il courait dans les groupes avec le lieutenant, le verre et la bouteille aux mains, criant, chantant, versant à boire. Au milieu de ces amitiés expansives, Lucien essayait de faire bonne contenance, il se prêtait de son mieux à ces ovations, mais sa gêne était extrême. Après onze ans d'absence, il se trouvait tout à fait dépaysé à Lamanosc ; de ces camarades d'école, il n'en connaissait aucun ; leur accueil bruyant le déconcertait tout autant que les façons de l'oncle, les questions du notaire, les rires de Corbin aîné et la politesse surannée du contrôleur. À chaque instant, il semblait être blessé, froissé, et d'autant plus vivement qu'il paraissait d'un caractère fier et réservé.

À l'extrémité de la terrasse, M^lle^ Sabine ramenait ses pigeons et ses pintades en leur jetant du grain ; Lucien se trouva rapproché d'elle par les poussées de la foule. C'était surtout en présence de M^lle^ Sabine qu'il souffrait de cette familiarité des mœurs provençales, des allures de l'oncle Tirart, des surnoms donnés par les camarades et principalement de l'horrible diminutif de Tchitchois, qui revenait avec insistance dans toutes leurs formules d'amitié.

Ce fut bien pis, lorsque le sergent Tistet fit aligner tous les tragédiens l'arme au bras, et qu'Espérit, s'avançant à leur tête, vint d'un grand sérieux proposer le rôle de Marc-Antoine à Lucien.

« Espérit a bien parlé, dit le maire ; allons, Cadet ! un beau discours aux amis. Monte sur la table. Vive le roi ! »

Lucien refusa d'une façon qui trahissait tout son déplaisir. Ce mouvement d'impatience blessa l'instinct méfiant des paysans.

« On ne te forcera pas, dit Espérit ; ici nous sommes tous libres ; tu ne parais pas content, et si nous t'ennuyons, il faut le dire. Es-tu fâché qu'on t'appelle Cadet, Tchitchois, comme à l'école ? Il paraît que ton nom de François ne te va plus. Va pour Lucien ; toi, appelle-moi toujours comme tu voudras : Jean de la lune, roi des almanachs, l'avocat des chats, le marquis des Saffras, tu peux choisir ; à l'heure d'aujourd'hui, je ne sais plus combien j'ai de surnoms, et tous les jours il en pousse de nouveaux, comme le chiendent dans les bonnes terres. Tu ne dis rien, tu fais le fier, le Franciot, tant pis pour toi ; tu reviendrais du bout du monde que tu nous retrouverais toujours les mêmes ; salut, salut, à Lamanosc nous sommes en république, tous égaux ; c'était ainsi quand nous étions terre du pape, ce sera de même jusqu'au jugement dernier ; la France n'y changera rien, ni toi non plus ; salut, salut. »

Le maire Tirart fit entendre raison au terrailler. On se serra la main, mais la mauvaise impression était reçue, les tragédiens reprirent leurs fusils et sortirent de la Pioline.

Sur un signe de Lucien, le laquais galonné courut alors à l'écurie.

« C'est une trahison », dit le lieutenant en voyant arriver les chevaux équipés.

Lucien demanda la permission de se retirer.

« Ni ce soir, ni demain, dit M. Cazalis. La chambre bleue est préparée depuis ce matin ; nous vous gardons toute la semaine. Quand je devrais couper les jarrets de votre beau cheval, vous nous resterez.

– Oui, oui, dit Tirart, je le veux.

– Monsieur Cazalis, dit Lucien, je suis attendu ce soir à Vaison ; les chemins sont très mauvais, et je tiendrais à me trouver dans la plaine avant la nuit. Mon oncle vous dira que j'ai rendez-vous à Vaison avec Lord Henswood, mon compagnon de voyage ; demain, à l'aube, nous recommençons les fouilles ; nous avons déjà découvert une tombe romaine.

– Certainement, certainement, dit le maire.

– À une seule condition, dit le lieutenant, c'est que vous nous reviendrez, la semaine prochaine, à pareil jour, et vous retrouverez ici tous nos amis. Est-ce entendu ?

– J'allais vous en demander la permission », répondit Lucien. Il ajouta quelques paroles très courtoises, et vint prendre congé de tous les hôtes de la Pioline. Après avoir baisé la main de Mlle Blandine, il sauta en selle et partit au galop.

« À la semaine prochaine ! » lui cria de loin M. Cazalis.

Lucien était à l'extrémité de l'allée ; il fit cabrer son cheval et salua une dernière fois, en agitant son chapeau.

« Vous l'aurez mort ou vivant », dit le maire.

LIVRE II

# Les Tirart et les Sendric

# I

Le maire Tirart revint de la Pioline à Lamanosc fort courroucé contre son neveu ; il ne s'accommodait pas de ces débuts silencieux de Lucien ; à ses yeux, c'était un échec. Il y avait à prendre une revanche éclatante au plus tôt ; il le fallait à tout prix, l'honneur de la famille s'y trouvait engagé.

On s'était donné rendez-vous à huitaine. Ces huit jours d'attente parurent très longs au maire. Dans le courant de la semaine, pour prendre patience, il se fit lire *La Mort de César* par le magister Lagardelle, secrétaire de la commune.

« C'est plein de bons sentiments, dit-il, bien pensé, bien écrit. Je ne connaissais pas cette comédie, elle me plaît. Le rôle de Jules César est le plus beau.

– Les avis sont partagés, répondit le magister ; d'aucuns tiennent pour Antoine.

– Du tout, du tout, dit le maire ; je maintiens Jules César, c'est le plus beau rôle ; je le veux pour Lucien : Lucien sera César. »

Il fit appeler Espérit et lui dit : « Il faut faire aujourd'hui même tous les changements. Il est arrêté que Lucien sera César. »

Le terrailler refusa net. Le maire insista.

« N'en parlons plus, dit Espérit ; c'est le rôle de Marcel, et si j'ai un regret, c'est d'avoir cédé Antoine à votre Lucien. À vous parler franc, il ne nous revient guère. »

Tous les tragédiens se trouvèrent de l'avis d'Espérit. Le maire, irrité par ces oppositions, se contenait à grand-peine. Il se rendit à la commune en maugréant ; il brusqua les affaires et malmena ses conseillers. Dès qu'il fut libre, il sella sa jument, la Leydette, et partit pour Seyanne. Il avait pris le parti d'aller demander directement le rôle de César à Marcel.

En arrivant à Seyanne, le maire trouva la boulangerie fermée ; il appela, heurta aux fenêtres, sauta dans les cours, chez les Sendric, chez les voisins : personne ne répondit. Du rempart à la porte de l'église toutes les portes étaient barrées ; la rue était déserte ; les chats dormaient sur les murailles, les poules sautaient dans les jardins et s'en allaient à la picorée. Le maire traversa tout le village sans rencontrer âme qui vive. De guerre lasse, il reprit le chemin de Lamanosc, mais à la Calade, en entendant de loin les chansons des lessiveuses, il revint sur ses pas et descendit au lavoir. Au milieu des enfants qui manœuvraient par là, armés de roseaux, M. Tirart reconnaît Damian Sendric, le frère de Marcel. Damianet commandait l'exercice, et faisait aligner ses amis au bord de la rigole, les pieds dans l'eau.

« Où sont tes gens ? dit le maire.

– C'est à moi qu'il faut parler, dit le petit Damian : c'est moi qui garde la maison. Vous faut-il du son ou de la farine ?

– Il me faut voir ton frère, et sur l'heure !

– Ma mère la Sendrique est en foire, dit Damianet ; mon parrain l'a accompagnée avec les cousines. La tante Laurence a toujours ses douleurs et vous la trouverez filant sa quenouille. Allez lui dire bonjour, elle en sera contente. Entre-temps, je monterai votre cheval, et je le ferai sauter dans la rivière pour l'amuser.

– Et ton frère ?

– Je vais vous dire à quelle heure Marcel est parti avec Spiriton. On venait de passer la crécelle dans la rue pour le catéchisme. À Lamanosc, est-ce que vous faites la doctrine dans la matinée, comme ici ? Pour moi, j'aimerais mieux que ce fût sur le tard.

– De quel côté sont-ils partis ? dit le maire.

– Il y a une heure, par les Grands-Vallats. Savez-vous un chemin plus court ? Par où donc voulez-vous qu'ils prennent, puisqu'ils ont acheté une coupe de fayards à Ventoux, dans la combe de Canal ? Ils en auront bien pour huit jours avant d'avoir tout coupé, c'est loin, et quels chemins ! Nos mules auront leur travail : heureusement qu'elles sont les plus belles et les plus fortes du pays. Moi, si j'étais maire comme vous, je ferais faire des grandes routes dans toute la montagne, et je voudrais monter en carrosse jusqu'à la Sainte-Croix. Avec la poudre on brise tout ! »

Le maire partit au galop. Quelque diligence qu'il fît, il n'arriva à Canal que dans l'après-midi. Il passa encore une heure ou deux à battre le pays, tout au long des lisières du bois. « Marius, se dit-il, voilà une journée perdue. Ce rôle de César me coûtera cher ; il me le faut à tout prix. »

Il était décidé à ne pas rentrer à Lamanosc sans avoir vu Marcel Sendric ; mais comme ces passages de montagne lui étaient entièrement inconnus, il ne savait plus de quel côté se diriger. Il aperçut alors au milieu des joncs un petit berger qui s'étendait à plat ventre au bord d'une source en puisant de l'eau dans son soulier. Le troupeau courait à la débandade dans les taillis réservés. À l'appel du maire, l'enfant prit la fuite, et disparut derrière une roche en sifflant ses chèvres. Tirart se lança sur lui à bride abattue. L'avantage n'était pas de son côté. Le chevrier courait comme un serpent sur la corniche du piton ; le maire tournait autour en faisant dresser sa jument, mais à chaque instant la Leydette bronchait ou trébuchait au milieu des mûres et des racines hors de terre, et le petit sauvage répondait par un éclat de rire strident.

« Ah ! méchant gueux, cria le maire en tirant de son gousset une monnaie d'argent, pourquoi ne veux-tu pas gagner la pièce ? Vois comme elle luit ! Il y a le portrait du roi ! Deux mots, et c'est pour toi. Veux-tu me conduire ? Je te promets encore un beau fifre pour la Saint-Antonin.

– Vrai ? dit l'enfant. N'est-ce pas un mensonge ?

– Je suis Tirart, dit le maire. As-tu vu Espérit ?

– Faisons pacte, dit le berger ; mais n'avance pas. D'abord jure-moi qu'il n'y aura pas de prison.

– C'est juré ; mais descends vite, et montre-moi mon chemin.

– Votre chemin ? dit le chevrier d'un air de finesse. Vous le connaissez mieux que moi.

– Oui ou non, veux-tu la pièce ? De quel côté a passé Espérit ?

– Et il n'y aura pas de prison pour lui ?

– Ni pour lui ni pour personne. Me prends-tu pour un gendarme ? Vous êtes donc tous en contravention, tas de bandits ? Mais ce n'est pas mon affaire. Que le gouvernement défende ses forêts !

Vois la pièce, comme elle brille ! Franc argent ! »

L'enfant regardait la pièce avec des yeux ardents, une vague terreur le retenait encore ; le mot de gendarme lui bourdonnait aux oreilles.

« Ce matin, dit-il, Perdigal m'a averti que les gendarmes avaient maintenant le droit de se déguiser. Il en a vu habillés en femme. Et si tu trahissais...

– Mais puisque c'est juré, dit le maire. Je suis Tirart. Oui ou non, veux-tu la pièce ?

– Eh bien ! il faut jurer encore une fois. Allons, signe-toi, et casse la paille. »

Le maire obéit. « Enfin, personne ne me voit », se disait-il.

« Et le fifre, est-il toujours promis ? dit le berger.

– C'est tenu, le plus grand fifre de la foire.

– Eh bien ! alors, jette la pièce là, à droite, sur la pierre blanche, dans les herbes.

– La voilà, mais tu promets de me mettre dans le chemin d'Espérit ? Tant que je n'aurai pas entendu les sonnailles de ses mules, je veux que tu marches devant moi, quand il faudrait aller jusqu'aux étoiles.

– Et dans la lune ! C'est promis ; mais commence par reculer de vingt pas... Encore, encore... Fort bien, il me faut mes quarante pas d'avance. Maintenant il faut dévaler de cheval et rester à dix semelles plus loin en arrière. »

Le maire se soumit de bonne humeur à tous ces caprices tyranniques. Lorsqu'il eut mis pied à terre, au moment de compter les dix semelles, la colère le prit ; puis, la colère se tournant en gaieté, la gaieté se tournant en colère, il se soulageait par des discours entremêlés de rires et de jurons.

Le petit pâtre descendit de sa forteresse. Il s'approcha de la pierre blanche avec défiance, à pas de loup, l'œil au guet, la tête dans les épaules, comme un chasseur à la piste. D'un bond, il enleva son butin, et, marchant vivement à reculons, regagna son rocher, les yeux toujours fixés sur le maire, la pièce aux dents. Alors il s'arrêta, tordit un coin de sa chemise, y fixa la pièce dans une poignée de terre, noua et renoua une vingtaine de fois la guenille ; puis il enroula ce bourrelet sur sa poitrine, le tassa encore et boutonna la veste par-dessus.

« En avant, dit-il en prenant sa course ; en avant, les amis, et que ta cavale ne gagne pas une sueur ! »

Le maire se remit en route au petit trot. Son guide courait devant lui en jonglant avec des cailloux, chantant, sifflant, gambadant, alerte et rieur, mais toujours méfiant, et d'un œil soupçonneux maintenant les distances. À chaque cabriole, tout en lançant ses pierres sous jambe, il n'oubliait jamais de jeter un regard de côté pour s'assurer des bonnes dispositions du maire. Lorsqu'ils furent arrivés au plateau en saillie qui domine les mamelons des deux gorges : « Voici les bêtes d'Espérit, cria le chevrier. Entends-tu les clochettes ? Tourne à droite et salut. À l'amitié ! »

En trois bonds, il fut hors du chemin, sous les buissons de mûres, et, sautant de racine en racine jusqu'aux dernières pentes, il n'eut plus qu'à se laisser rouler sur les cailloutages pour descendre en quelques secondes jusqu'au fond de la gorge.

C'étaient bien les mules d'Espérit et de Marcel qui pâturaient dans la clairière, mais les bûcherons étaient en forêt. Le maire, n'osant s'engager plus avant, fit halte au carrefour, où viennent aboutir tous les sentiers de ces cols.

« Mes hommes passeront ici forcément, dit-il en débridant sa jument ; et me voici à l'embuscade jusqu'à la nuit s'il le faut. Allons, mademoiselle de la Leydette, vous êtes libre ; cherchez votre vie, belle marquise. »

Perdigal, qui revenait de la chasse, vint à passer par là.

« Carnier bien garni ! lui dit le maire en soupesant la gibecière vide ; c'était bien la peine d'aller si loin dans ce pays de déserteurs ! Je suis un homme de la plaine, mais quand je chassais, je ne rentrais jamais sans une belle pièce à mettre au croc pour les amis.

– De votre temps, vous étiez plus fins que nous, répondit Perdigal.

– As-tu rencontré Espérit et Marcel dans ton chemin ?

– Oui, dit effrontément le poète ; mais si vous attendez ici, vous avez le temps de lire la gazette. Ils montent par là, à droite, par ce sentier d'où je sors. Allez toujours tout droit, le long des arbres, sans quitter la rive ; vous ne pouvez pas les manquer. Montez toujours.

– Merci, grand chasseur ! dit le maire.

– Toujours tout droit, monsieur Marins, toujours tout droit, à moins que votre Leydette ne vous laisse en route ! Je ne sais pas si elle a le pied marin.

– Des jarrets d'acier ! dit le maire en sautant en selle. Tu vas la voir filer comme un lièvre. À propos de lièvres, n'oublie pas de mettre quelques cailloux dans ton carnier ; cela lui donnera bon air. »

À la descente, Perdigal aperçut Espérit et Marcel qui remontaient la rive gauche en marquant des arbres. Le maire était à leur poursuite dans la direction opposée.

– Bon ! se dit Perdigal, en voilà un qui ne couchera pas dans ses draps. D'ici à quatre heures, il sera nuit noire, et Tirart ne sera pas bien loin des grands précipices. Il est trop têtu pour revenir sur ses pas, il ira jusqu'au bout ; mais quand il n'y aura plus de chemin, il faudra bien s'arrêter. Alors le père Tirart s'en retournera par les bois pour prendre les traverses ; une fois dans les fayards, à la nuit, s'il s'en tire, il est plus fin qu'un renard et dix gendarmes. Les derniers que j'ai envoyés par là y sont restés six heures sans se reconnaître, et encore c'était en plein jour. Père Marius, je te donne jusqu'à demain pour t'y retrouver, à moins qu'il ne te pousse des ailes. Père Tirart, tu auras le plaisir de compter les étoiles ! »

Pendant que le poète Perdigal retournait à Lamanosc en compagnie de ces joyeuses pensées, le maire Tirart gravissait la montagne et s'éloignait de plus en plus d'Espérit et de Marcel, qui suivaient sur la gauche un chemin tournant, entre les taillis et la ravine.

À la sortie du bois, Espérit dit à Marcel : « Notre coupe est marquée pour aujourd'hui ; les mules sont fatiguées du premier voyage ; pendant qu'elles se reposent dans les herbes, nous avons le temps de monter jusqu'aux glacières. Nous allons voir si tu reconnaîtras les chemins. Depuis que tu es parti pour les écoles, il y a eu de forts ravages dans notre Ventoux. À la descente, nous prendrons des plants de framboisier pour M^lle^ Blandine : je sais un fourré d'épines où sont les plus beaux ; jamais bêtes ni gens n'y ont passé.

Espérit connaissait tous les coins et recoins de sa montagne : avant d'entrer dans le terraille, il avait été berger chez les Cazalis, et toutes les années, au printemps, il revenait encore explorer ces combes pour y chercher des plantes rares qu'il acclimatait dans les jardinets de son château des Saffras. Les yeux fermés, il aurait retrouvé les traverses et les passages écartés ; il les indiquait avec orgueil à son camarade, et de préférence il choisissait les plus difficiles. Pour Espérit c'était une fête de ramener ainsi l'ami Marcel au fond de ces gorges qu'ils avaient parcourues si souvent ensemble au temps de leurs premières chasses, ou lorsqu'ils venaient garder les troupeaux de la Pioline.

À chaque pas, il l'interrogeait pour lui raconter avec mille détails ces grands événements de l'enfance ; les faits, les dates, les moindres circonstances s'étaient gravées dans sa mémoire ; pas un coup de fusil dont il n'eût souvenir, pas un sentier, pas un trou de roche qui n'eût son histoire.

Marcel, joyeux comme un échappé des villes, courait dans le vent tête et poitrine nues : cet air pur l'enivrait, il arrachait à poignée les herbes de montagne, et la senteur sauvage lui montait au cœur comme l'odeur même du terroir et je ne sais quoi de plus intime encore. Sous ces acres parfums, il retrouvait par mille analogies secrètes l'accent des choses de Provence, toute la nature, le génie même du pays dans sa grâce et dans son âpreté.

Au-dessus de la zone des hêtres, les végétations s'appauvrissent, les thyms et les lavandes poussent seuls çà et là dans les fissures : quelques pas encore, et la terre a disparu ; en face, les dernières crêtes se dressent à pic, entrouvertes à la base, hérissées de dentelures aiguës.

« En avant, en avant ! » criait Espérit.

Et les voilà lancés à l'escalade, et d'un pied hardi bondissant sur les saillies, des genoux et des mains rampant sur les étroites corniches, descendant et remontant par les crevasses, entre les arêtes vives, passant sous les déchirures des roches comme des oiseaux de proie qui rentrent dans leurs aires. Arrivés aux plus hautes cimes, seuls et libres, dans ces déserts inviolés, saisis d'une émotion de jeunesse et d'indépendance, ils se donnèrent la main avec un élan de cœur à briser leurs poitrines. Ils s'étaient assis au bord des gouffres ; autour d'eux, au fond des abîmes, s'étendaient les neiges où jamais le pied de l'homme ne s'est posé, et leurs regards ne pouvaient s'en détacher ; la blancheur vierge de ces neiges fascinait leurs yeux. Espérit tordait et roulait sa barrette en ruminant un discours.

« Je ne sais pourquoi, dit-il après un long silence, mais, à regarder ces neiges, il m'arrive de penser à notre demoiselle Sabine. Et toi, Marcel ? »

C'était la première fois que le nom de M^lle^ Sabine était prononcé entre eux.

« Comme toi », dit Marcel, qui ne voulait pas mentir, mais il était fort troublé, et les questions d'Espérit l'inquiétaient vaguement. Il reprit sa hache et sauta sur le chemin. « Partons, dit-il, la nuit approche, et nous enfournons ce soir.

– La nuit ? dit en riant le terrailler, nous avons encore nos deux heures de jour ; qu'as-tu donc appris dans les villes ? Tu ne connais plus rien au soleil. »

# II

Perdigal ne s'était pas trompé dans ses prédictions ; le maire Tirart alla jusqu'aux précipices, sans tourner la tête, sans songer une seule fois à rebrousser chemin. À la nuit, il revint par le bois de hêtres et s'y égara, et comme, pour abréger, il s'obstinait toujours à couper en biais au lieu de suivre le lit des torrents, au sortir des fayards, après tant de détours, il se trouva tout à fait désorienté, à tel point qu'il se dirigea du côté du Ventouret en croyant se rapprocher de Lamanosc.

Il n'y avait plus de traces de sentiers ; le maire n'avançait qu'à tâtons, en tirant sa bête par la bride au milieu des ronces ; à chaque pas, le terrain s'éboulait sous leurs pieds, de toutes parts craquaient et s'écroulaient les pierrailles.

« Voici notre chemin qui marche, disait-il à sa jument ; courage, mon enfant, on arrive toujours ; allons ! c'est Perdigal qui te payera l'avoine. »

En descendant ainsi au milieu de cette avalanche de cailloux entraînés par milliers derrière lui, obligé de relever à chaque instant sa monture, boitant lui-même, harassé de fatigue, le maire Tirart arriva vers minuit au fond d'une combe sans issue, fermée comme un cirque. La jument était déferrée, blessée aux genoux.

« Marius, dit-il à très haute voix, il me semble que c'est ici que nous sommes invités à passer la nuit pour entendre chanter les rossignols. Voilà une belle auberge et dont je n'avais jamais ouï parler, bien bâtie, tout en taille, en bon air ; c'est grand péché que le toit soit resté dans la lune. Très bien, très bien, Marius ; il me paraît que Perdigal chasse la grosse bête. »

Et pour rendre sa pensée encore plus claire, il ajouta en riant aux éclats : « Et la grosse bête, c'est Tirart Marius. Marius est dans le trou, qu'il y reste. Bien joué, Perdigal ! Le gueux va faire une chanson sur moi, et toute la nuit ils la chanteront à la Mule d'Or, en dansant et vidant des fioles. Buvez, chantez, cassez tout, braves gens, vous êtes libres ; mais tout n'est pas perdu, Marcel a bon cœur, et demain je vais lui écrire une grande lettre. J'étais l'ami de son pauvre père. Il n'osera pas me refuser. »

Le maire Tirart philosophait de la sorte en cherchant un abri pour sa jument. Il finit par découvrir une de ces avances de rochers sous lesquelles les bergers viennent faire leur cuisine pendant l'orage. La voûte et les parois étaient noircies par la fumée, et des monceaux de feuilles brûlées obstruaient l'entrée. Le maire ramassa des feuilles sèches et quelques menus branchages dans les creux, sous les pierres plates ; il arracha çà et là des buis, des absinthes et des capillaires, et tant bien que mal il apprêta une litière sur ces cendres. La jument s'y étendit ; le maire lui attacha son gilet sur les yeux pour la garer du serein, et des lambeaux de sa chemise il lui fit des bandages autour des genoux. Pendant qu'il s'occupait de ce pansement, la jument mangeait sa litière ; elle était si affamée qu'elle dévorait tout, branches et vieux buis comme verdure.

Cette partie de la montagne est très dévastée. Pendant toute la nuit, Tirart chercha dans les crevasses des herbes pour sa bête ; la récolte était maigre, et pour sa part il mâchait des racines et des oseilles sauvages. Il avait grand-faim et grand froid, mais son vrai souci, c'était toujours cette lettre qu'il se proposait d'écrire à Marcel ; à cette seule pensée qu'il faudrait mettre la main à la plume sans le secours du secrétaire de la commune, il oubliait toutes ses mésaventures du jour et de la nuit.

À l'aube, la jument se roula dans les cendres, et sans prendre l'avis de son maître, se mit en route du côté du soleil. Le maire, qui revenait avec une poignée d'immortelles et de thym pour regarnir la crèche, ne trouva que la selle et le licou ; il chargea les harnais et courut en criant après la fugitive qui hennissait et galopait devant lui. Au sortir de la gorge, la Leydette s'arrêta net, se dressa sur ses jambes de derrière, et choisit son chemin. Le vent soufflait du sud et lui apportait l'odeur des herbes fraîches. Elle coupait à droite, à gauche, prenait les traverses, évitait les montées, comme si ces sentiers de chèvre lui eussent été familiers. La Leydette était en humeur de liberté et paraissait décidée à ne plus porter le bât de sa vie. Le maire la suivait toujours selle au dos.

« Ah ! si Perdigal me voyait ! » disait-il.

Une sorte de guérite, faite de terre et de pierres longues agencées en écailles, coupait brusquement le sentier au versant opposé de la colline ; tout autour, des plates-bandes garnies de fleurs ; en avant, des ruches alignées au milieu des romarins et des serpolets. La jument s'en alla droit aux giroflées du parterre, caracolant et sautant par-dessus les ruches. Déjà les essaims irrités tournoyaient autour d'elle, lorsque l'homme aux abeilles sortit de son trou, dénoua le rouleau de cordes qui lui ceignait les reins et lança son nœud coulant. La Leydette fut ramenée à son maître honteusement liée aux jarrets. Il se trouva que l'éleveur d'abeilles était un ancien berger du plan Leydet, qui s'était établi depuis quelques années au terroir de Sault ; sa femme tenait auberge à l'entrée du village. Il s'empressa de remettre le maire en son chemin, et voulut même l'accompagner jusqu'à Sault.

En passant sur le communal de cette paroisse, le maire fut frappé de la beauté et de l'abondance des aspics (lavandes) en pleine floraison. Dans les déchirures et les enfoncements de terrain, partout où la terre n'avait pas été emportée par les pluies, des touffes épaisses se détachaient par grandes plaques bleues sur les roches grises.

« Je n'ai jamais fait ce commerce des aspics », dit le maire.

Chemin faisant, il ne cessa d'interroger son compagnon sur les prix de vente et de revient, la récolte, le tirage des lots, les débouchés et les transports, si bien qu'en arrivant à l'auberge, il se trouvait au courant du négoce des lavandes comme un courtier émérite.

La cour et le hangar de l'auberge étaient obstrués par des charrettes chargées de balles de lavande.

On dételait les chevaux. Au moment du départ, on venait d'apprendre la faillite du commissionnaire qui avait acheté ce chargement. Les vendeurs, assis en rond sur leurs carniers, devisaient entre eux de ce marché rompu, mécontents, soucieux, ne sachant à quel parti s'arrêter. Le maire s'approcha d'eux, et s'informa de l'affaire. Après avoir compté toutes les balles, il fit descendre un des sacs, l'ouvrit, l'éventra, plongeant des bras et de la tête au milieu des fleurs ; un tourbillon de poussière bleue volait autour de lui et retombait sur sa figure et sa poitrine, baignées de sueur ; les épis brisés s'y collaient, ses cheveux et ses courts favoris frisés en étaient hérissés.

« Je tiens les prix, dit-il en calculant sur ses doigts, et je prends le marché pour moi. Je suis Tirart Marius. Parole donnée ! Maintenant, qu'on attèle la cavalerie et qu'on me fasse un grand trou dans une balle à la première charrette ! Hardi ! hardi ! les enfants ! Trois fioles de vin dans l'avoine. Il faut que nous soyons à Orange au coup de midi. »

Avant que les chevaux fussent harnachés, il s'était déjà endormi d'un profond sommeil ; il ne se réveilla qu'à l'arrivée, au moment où les chars passaient devant l'arc de triomphe d'Orange. Marius Tirart était en affaires un très habile homme, actif, prudent, hardi, et d'un bonheur à déjouer les chances les plus contraires. Avant tout, il avait la main heureuse. Où les plus experts se ruinaient, il faisait merveille. Dans la matinée, lorsqu'il avait fait marché, les lavandes étaient en baisse, et déjà tous les achats étaient suspendus ; à midi, une heure avant l'entrée du maire à Orange, l'expéditionnaire de cette ville recevait un courrier du Var qui lui annonçait une hausse imprévue ; ordre était donnée de tout enlever. Le maire vendit en bloc son chargement à des prix très élevés, et son coup d'essai fut un coup de maître. Frais et dispos, gai comme un pinson, la sacoche bien garnie, il partit à franc étrier pour Avignon, d'où il s'était promis de ramener Lucien à Lamanosc.

Au débotté, le maire courut chez son neveu.

« Me voici, me voici, dit-il, entrant le fouet à la main ; trois lieues en une heure, et sur un cheval de labour ! Devine un peu où est la Leydette... je te le donne en mille... à Sault ! Tu vas rire comme un voleur. » Il raconta, tout au long, son voyage de la veille, la nuit blanche, les trafics de lavande, etc. « C'est pourtant ce fou de Perdigal qui me vaut ces rossignols, dit-il en passant la main sous sa chemise pour faire sonner la sacoche, et sans lui je ne serais pas ici. Tu ne m'attendais guère, j'imagine. Que dis-tu de cette surprise ?

– Vous arrivez à temps, dit Lucien, dans une heure je pars pour Marseille. »

Il prétexta des affaires et des travaux urgents qui devaient le retenir encore une quinzaine en voyage ; mais Marius ne voulut rien entendre à toutes ces belles raisons ; il s'était emparé du neveu et le tenait bien. Lucien cherchant à s'esquiver, le maire fit bonne garde, et sans plus tarder il ramena son prisonnier à Lamanosc.

# III

Au jour fixé, ils arrivèrent chez les Cazalis. La compagnie était déjà réunie sur la terrasse ; tous les invités se trouvaient au rendez-vous, à l'exception de Corbin l'aîné, retenu au lit par le plus grand des hasards, ainsi qu'il l'écrivait à M. Cazalis dans sa lettre d'excuse.

« Mon frère jouit d'une santé de fer, disait doucement Corbin le jeune par manière de représailles ; voilà sa première pleurésie.

– Je ne vois pas M. Dulimbert, dit le maire.

– Silence, répondit à voix basse le rentier Lajarije ; il n'est pas loin, au salon. Sachez, entre nous, qu'il vous ménage une surprise de serviettes. »

Le contrôleur avait l'art de plier les serviettes en coquilles, en éventails, en colimaçons, en cocardes, en tulipes. En dehors de ces fantaisies classiques, M. Dulimbert risquait encore très souvent des innovations hardies. Entre chaque repas, il se plaisait à chercher des motifs originaux, des effets inattendus et variés. Il en rêvait la nuit, et dans le demi-sommeil des grasses matinées, mille formes nouvelles venaient assiéger son esprit ; les loisirs de la journée étaient tout entiers consacrés à l'étude de ces combinaisons capricieuses. C'était M. Dulimbert qui, dans les grandes occasions, se chargeait à l'avance de la décoration des plats, c'était lui qui réglait la hiérarchie des places, la correspondance des vis-à-vis, la graduation des vins, en toute chose la convenance et la parfaite symétrie. Son habileté consommée se révélait dans les moindres détails comme dans l'ordonnance générale des services ; il s'acquittait de cet office avec une rare vigilance, en homme qui comprend bien quelle importance est assignée aux dîners dans la vie de province. Ces soins divers n'étaient d'ailleurs qu'un jeu pour le contrôleur, une routine, un délassement après les grandes tensions d'esprit que nécessitait la disposition savante des serviettes. C'était là toujours la difficile, la sérieuse affaire de la journée ; M. Dulimbert y mettait toute sa passion, toute sa conscience.

Pendant que le contrôleur, enfermé à double tour dans le salon, vaquait à ses travaux ingénieux, la conversation s'était engagée sur la terrasse, comme la première fois, par un feu roulant de questions adressées à Lucien. Le neveu saluait ou répondait par monosyllabes ; le maire Tirart n'y tenait plus.

« Mais parle donc », disait-il en jouant des coudes.

Le vice-président du cercle et le notaire s'étaient remis à compter leurs maîtresses en se désarticulant les doigts. Le rentier Lajarije marquait les points, Corbin le jeune suivait de l'œil le vol des colombes, le maire fouaillait ses chiens, M. Cazalis s'acquittait de son mieux de son devoir de maître de maison ; mais on ne peut pas toujours parler de la pluie et du beau temps, et les commérages de la gazette ont une fin. Le lieutenant avait épuisé toutes les ressources de son esprit, il était à bout d'artifices et ne savait plus quelle contenance tenir. M. Dulimbert survint fort à propos pour le tirer d'embarras.

Le travail des serviettes était terminé ; le contrôleur accourait, le nez au vent, frais et fleuri, tout pimpant et sémillant.

« Ah ! cher ami, dit-il en trottinant autour de Lucien, votre présence nous comble de bonheur. »

Il avait préparé un petit compliment de circonstance qu'il récita tout d'une haleine.

Lucien ne savait que répondre ; tous les convives s'étaient rapprochés de lui et lui adressaient avec insistance mille questions oiseuses.

« Il faut en finir ! » se dit Lucien.

Et, comme on le pressait de nouveau sur ses voyages, il leur raconta une Angleterre de fantaisie, où les plus excentriques des trois royaumes ne se seraient pas reconnus ; puis, par les Indes arrivant en pleine Allemagne, il leur donna brusquement un grand discours de philosophie germanique, à ravir de joie les plus fins connaisseurs.

Le notaire, qui voulait se montrer entendu, hasarda quelques objections ridicules ; alors Lucien, emporté par ses instincts moqueurs, s'avisa de prendre M. Dulimbert pour arbitre.

« Vous êtes mille fois trop poli, dit le contrôleur, c'est bien aimable à vous de me choisir ainsi pour juger ces débats ; je vous sais un gré infini de cette gracieuseté, mais je dois vous avouer qu'il y a très longtemps que je n'ai revu ces matières. Du reste, mon opinion est de tout point conforme à la vôtre, et je crois même me rappeler que vous êtes en parfait accord de vues et de sentiments avec mon pauvre ami La Jonquière. Quel homme ! Ses connaissances étaient universelles, comme les vôtres, monsieur Lucien. Ah ! quelle noblesse ! quel cœur ! quelle distinction ! Je sais de lui une histoire ravissante. »

Ce contre-amiral La Jonquière était un dîneur très célèbre, dont M. Dulimbert savait tous les bons mots ; depuis dix ans, M. Dulimbert obtenait de grands succès en répétant ses propos de tables en société.

« C'était en 1827, reprit le contrôleur, au temps des truffes ; devinez ce qu'il me dit ?... »

Lucien se tenait à quatre pour garder son sérieux.

« Entendons-nous bien, dit-il, pas de réticences. Permettez-moi de vous rappeler à la question. Quelle est votre opinion sur les lois de Manou ?

– Dame, dit M. Dulimbert, j'incline de votre côté, votre opinion me paraît... mais je ne vous dissimulerai pas que mes connaissances roulent spécialement sur la mythologie. Je possède à fond mon Demoustiers. »

Lucien, s'amusant à prolonger l'embarras du contrôleur, reprit bravement son discours. Jamais si grands mots n'avaient résonné à la Pioline, sous ces jujubiers où viennent bourdonner les abeilles.

Marius émerveillé contemplait son neveu et le montrait au lieutenant ; aux bons endroits du discours il soufflait, sifflait, clignait des yeux d'une certaine façon enthousiaste ; du pied, du genou, du coude, il poussait à chaque instant son voisin d'un mouvement plus vif, marquant ainsi la progression des belles périodes à la tudesque ; ses yeux pétillaient, ses gros sourcils gris se rejoignaient gaiement. La tante Blandine regardait en dessous d'un œil soupçonneux.

On se mit à table. Pendant tout le dîner, Lucien ne cessa de discourir ; au grand plaisir de la galerie, il s'était emparé de la conversation, et ce fut en vain que M. Dulimbert essaya par trois fois de glisser ses historiettes entre deux dissertations. Dès qu'un bon mot de La Jonquière paraissait à l'horizon, Lucien s'empressait d'arrêter le contrôleur, en lui adressant à brûle-pourpoint des questions saugrenues sur la symbolique, la mythique ou l'anthropologie. M. Dulimbert s'en tirait tant bien que mal par des réponses évasives et des balivernes de politesse courante, puis, s'esquivant au plus vite, il laissait le champ libre à son terrible interlocuteur. L'infatigable Lucien rentrait aussitôt en scène et dissertait de plus belle sur toutes choses, comme un docteur. Il est certain que le neveu Lucien n'avait songé d'abord qu'à s'amuser de la bonhomie de ses hôtes, mais bientôt, par un singulier entraînement, il fut lui-même l'acteur le plus passionné de la petite comédie dont il avait voulu se donner le spectacle.

Son tempérament de rhéteur l'emportait : une fois la bride lâchée, sa faconde naturelle se donnait carrière ; il n'en était plus maître ; l'eût-il voulu, il lui eût été impossible de rentrer dans ce rôle silencieux et dédaigneux qu'il s'était imposé le jour de son arrivée à la Pioline. Ce n'était plus par espièglerie, ni pour réjouir la vanité de l'oncle Tirart qu'il jasait et discourait de la sorte : par l'excitation du succès, sous le charme de ses propres paroles, il en était venu à parler pour parler, avec amour, avec délices, enivré de cette ivresse qui montait à la tête de Cayolis, le beau maréchal, dans ses jours de triomphe au Grand Alexandre. Toute la compagnie était dans le ravissement ; la tante Blandine seule se tenait encore en méfiance, elle baissait la tête et ses yeux inquiets ne cessaient d'interroger la physionomie de Lucien. Les amis Tirart et Cazalis avaient l'habitude de sommeiller une dizaine de minutes, au dessert, entre le grenache et le muscat, mais en l'honneur du neveu ils firent volontiers le sacrifice de leur sieste digestive ; ils luttèrent de leur mieux contre le sommeil qui commençait à les gagner. Pour se tenir en éveil, le lieutenant se tirait la barbe et le maire se mordait jusqu'au sang. Quand à M^lle^ Sabine, elle s'était levée de table, avant le dessert, à l'heure du manger des oiseaux ; personne ne s'était aperçu de son absence : l'attention des convives s'était toute concentrée sur le neveu, et Lucien n'était occupé que de Lucien ; il se mirait dans ses phrases. Sabine allait et venait, comme une abeille, du jardin aux terrasses, de la cour aux volières. Les pigeons sautaient sur ses bras, les poules et les pintades la poursuivaient à grands cris et s'élançaient, la plume hérissée, sur son tablier chargé de graines. Elle les dispersait en leur jetant au loin des poignées de millet noir et de maïs. À chaque instant, elle revenait puiser au sac avec sa sébile ; mais à peine rempli, le tablier était attaqué par les maraudeurs, et souvent enlevé, mis au pillage, avant que M$^{lle}$ Sabine l'eût vidé dans les mangeoires.

Le maire et le lieutenant, à demi vaincus par le sommeil, joignaient les mains, hochaient la tête, et s'assoupissaient en cadence le nez sur leurs verres. Lucien parlait toujours. Le contrôleur, renonçant à placer les bons mots de l'amiral La Jonquière, s'était mis à l'aise dans sa bergère pour digérer. Tombant en rêverie, il pensait avec délices aux loisirs de sa jeunesse et de son âge mûr, à toutes ses années écoulées dans le rien faire et le bien vivre.

« Messieurs, messieurs, dit tout à coup le maire sortant de son demi-sommeil, il ne faut point s'acoquiner à table. Après dîner, le grand air ; il y a là-dessus un proverbe de l'école de Salerne. Lucien, toi qui sais tout, comment dis-tu cela en latin ? Allons, sois moins timide, va donc offrir ton bras à M$^{lle}$ Sabine. À la terrasse ! et marchez devant moi, que j'aie le plaisir de vous voir ! Ah ! les beaux enfants ! Je retrouve mes vingt ans de les voir si bons amis. Cascayot, détache les chiens ! Sont-ils à jeun ? »

Pendant que le maire baignait ses dogues à la fontaine, les convives restèrent dans le salon pour causer à l'aise et parler du neveu. Ce fut d'abord un concert unanime d'éloges, et le notaire Giniez lui-même devenait louangeur.

« Oh ! parfait ! oh ! très fort, très fort, disait le contrôleur de sa voix de tête, dans son demi-sommeil et roulant de petits yeux blancs.

– Et moi, je vous dis que c'est un sot ! s'écria tout à coup M$^{lle}$ Blandine. Qu'avez-vous à vous regarder ainsi stupéfaits ? J'ai dit le mot, je le maintiens. Oui, c'est ainsi, monsieur mon frère, et je ne vois pas pourquoi vous me marchez sur les pieds pour me faire taire ; je ne parle pas à l'aventure, comme une corneille qui abat des noix ; me prenez-vous pour un Lucien ?

– Mais, ma sœur, dit le lieutenant, vous êtes d'une imprudence ! Retenez donc vos paroles, je vous en supplie, et que notre ami Tirart ne vous entende pas !

– M'entende qui voudra ! dit la tante, je ne parle pas pour les murailles ; je suis ainsi, comme saint Jean Bouche d'Or, c'est à prendre ou à laisser, me laisse qui voudra ; je ne suis pas à marier ; qui s'y frotte s'y pique.

– Ma sœur ! ma sœur ! dit M. Cazalis.

– Il n'y a pas de ma sœur qui tienne, ce que j'ai dit de votre Lucien je le maintiens ; faut-il le répéter ?

– Mais taisez-vous, taisez-vous donc, dit le lieutenant, je veux qu'on se taise.

– Le roi dit : "Nous voulons", repartit M^lle^ Blandine. Eh ! eh ! bientôt on ne pourra plus parler dans cette maison ! Jean-de-Dieu ! vos jurons ne m'intimident point ; vous n'êtes pas ici sur votre frégate, et tant qu'on n'aura pas bâillonné tante Blandine, tante Blandine gardera son franc parler, et l'entende qui voudra ! Avec moi, on n'a pas besoin d'écouter aux portes ; ce que je pense de votre Lucien, je le dirai partout et toujours, à votre nez, à sa barbe, dans la rue comme dans la maison, et s'il le faut, j'irai le crier sur les toits. J'ai dit le mot, je le maintiens : un sot !

– Oh ! ma sœur, dit le lieutenant.

– Oh ! mademoiselle, dit le contrôleur.

– Oh ! monsieur Dulimbert », dit la tante Blandine en levant les yeux et joignant les mains pour contrefaire le contrôleur, et n'y réussissant qu'à demi. Avec son menton de galoche et ses mouvements anguleux, la vieille fille mimait d'une façon bizarre le doux et gras contrôleur, ses gestes mous, ses airs béats et galants.

« Un si parfait gentleman ! reprit M. Dulimbert, très heureux de pouvoir glisser si à propos ce mot d'anglais.

– Voilà que vous parlez cheval, vous aussi ? dit la tante ; ah ! péchère ! Admirez-le bien, votre mirliflor, admirez-le, péchère ! péchère ! »

C'est ainsi que la tante traduisait l'exclamation populaire de « pécaïre », car elle ne parlait jamais comtadin. « Il faut garder son rang », disait-elle, et son respect pour la langue française allait si loin, qu'elle disait toujours « la salée », « la poivrée », pour désigner la salade, la poivrade, et tous les mots à désinence pareille qui lui faisaient l'effet d'horribles provençalismes.

« Mademoiselle ! mademoiselle ! murmurait le contrôleur.

– Votre Lucien est un sot ! cria l'impétueuse demoiselle ; un sot, entendez-vous ? Un maître sot, un sot en trois lettres : est-ce clair ?

– Les femmes ! les femmes ! » dit M. Cazalis en s'éloignant.

M. Dulimbert salua d'un air tendre, et de son geste le plus affable : « Toujours malicieuse, dit-il, et de l'esprit jusqu'au bout des ongles ! »

# IV

Rien ne prouvait encore que la tante Blandine eût raison. Lucien était très souvent guindé, gourmé, cassant et rogue ; il parlait à tout venant de ses synthèses, il en parlait avec une infatuation comique, en faisant sonner haut les mots barbares. Les termes de l'argot d'outre-Rhin revenaient à profusion dans ses discours les plus familiers, comme les jurons arabes dans les déclamations du caporal Robin ; mais il y a un âge où l'on peut donner dans ces ridicules sans être précisément un sot : il est juste de faire la part de la jeunesse, qui court tête baissée à l'imitation, prend tous les masques, essaye tous les costumes que lui offre le goût du jour.

Chaque époque a ses pédanteries en vogue : hier la grecque, la romaine ou l'anglaise ; demain peut-être l'orientale ou la chinoise. Il y a quelques années, c'était le tudesque qui nous tenait en respect, et Lucien germanisait avec une assurance intrépide. À travers son fatras perçaient à chaque instant des vivacités, des impatiences qui trahissaient un esprit souple, capricieux, animé, souvent très frivole et non sans grâce ; son étourderie éclatait par saccades sous ces gravités d'emprunt ; à la longue, elle se dégageait franchement, et le Lucien officiel persistant encore, l'humeur volage se faisant jour, la pétulance provençale brochant sur le tout, c'était le plus singulier bariolage qu'on pût imaginer. Les habitudes de sa vie offraient les mêmes contrastes ; il s'était composé par avance des rôles de morgue et de roideur, et d'ordinaire il les jouait à merveille, d'un air sec et vieillot, à l'anglaise ; mais dans les occasions qu'il jugeait de peu d'importance, il sortait volontiers de son personnage d'apparat, car il aimait le mouvement et le bruit. Il se retrouvait alors dans sa vraie nature remuante et joviale, communicative, espiègle, envahissante ; alors aussi, pour l'entrain, la rondeur, l'entregent, il n'avait pas son pareil.

Tout ce tapage faisait l'effet d'une cordialité brusque, et dans ces moments de franche bonne humeur Lucien rappelait d'une certaine façon l'oncle Marius – quelque distance qu'il y eût entre la rusticité du maire et l'extrême élégance de son neveu.

Il y avait entre eux des ressemblances très vives et fugitives : dans leurs traits, leurs gestes, leurs allures, on retrouvait un air de famille qui frappait à la première vue et disparaissait presque aussitôt. Pour parler comme à Lamanosc, Lucien tirait de sa mère (une Tirart). Lucien c'était bien le type Tirart, mais transformé, policé, aiguisé pour ainsi dire et gracieusement affaibli ; toute la rugueuse écorce était arrachée. Dans les goûts, les mœurs, les habitudes, dans toute la nature, quelles différences plus profondes encore ! Entre l'oncle et le neveu, il y avait des abîmes, des siècles. Quoi de commun entre ce Marius des foires, à demi barbare, et ce Lucien déjà si raffiné, sceptique, indolent, artiste, qui traversait la vie en curieux, sans autres soucis que ses plaisirs, ne s'attachant à rien, touchant à tout d'une humeur vive et légère ?

L'oncle Marius s'était costumé d'un habit noir qu'il ne quittait plus depuis qu'il était maire ; mais sous cet habit noir il était resté paysan jusqu'à la moelle des os, paysan de la vieille race, laborieux et sobre, opiniâtre, serré en affaires, dur à ses ouvriers comme à lui-même, généreux par boutades, très passionné dans ses amitiés comme dans ses haines, très probe d'ailleurs, intègre et juste. Tout en répétant nuit et jour que Lamanosc était un pays inhabitable, ingouvernable, peuplé de coquins, de fourbes, de factieux, de rebelles, il avait pour Lamanosc un attachement profond, fanatique, aussi violent que le patriotisme d'Espérit. Il tenait au sol par les racines, comme un chêne.

Lucien, au contraire, se sentait tout à fait étranger dans son pays natal. Il admirait fort Lamanosc et la montagne, la beauté des sites, les prés, les moulins, les vieilles mœurs, le vieux langage provençal, mais pour rien au monde il n'eût accepté de vivre une année dans cette poétique bourgade. L'oncle caressait l'espoir de le retenir et de le fixer auprès de lui. Il voulait jouir de son neveu, s'en faire honneur ; il mettait en lui tout son orgueil d'enrichi. Ces loisirs, ces élégances de Lucien, c'était son œuvre à lui Marius, sa création, sa fantaisie, le luxe de sa vie.

« Qui dirait que c'est mon neveu ? » répétait-il souvent avec sa grosse vanité, mêlée de tendresse et de bonhomie.

Il était tout réjoui, lorsqu'il entendait dire autour de lui : « Ce Lucien est né au bon moment. De sa vie il n'aura rien à faire. Son oncle a du foin à lui mettre dans les bottes.

– Savez-vous que le père Tirart ne se ferait pas couper les oreilles pour cent mille écus ?

– Ni pour cent cinquante, répondait Tirart. Oui, certes, qu'il n'aura rien à faire, je travaille pour lui ; je ne suis bon qu'à ça. »

Sur ce point, Lucien était tout à fait de l'avis de son oncle. Et l'oncle travaillait, travaillait sans cesse, et de ses mains infatigables il édifiait sa fortune avec la fierté, l'énergie, l'assurance d'un baron féodal bâtissant sa tour sur le roc. Aux foires, aux marchés, aux abattoirs, on l'aurait reconnu entre mille à sa mine joviale et décidée, à ses airs de commandement. Confiant dans sa destinée, certain du succès, sûr de lui-même, il marchait en maître au milieu de tous, il était là dans son empire : c'était là qu'il fallait le voir avec tout son cortège de marchands et d'acheteurs, ou bien encore chez lui, aux Piques-Nierres, dans sa grande cour, un samedi, le jour de paye, dans son coup de feu des fins de semaine. Il fallait le voir sous son portail, debout à l'entrée du petit escalier, un pied sur chaque borne, sifflant les chiens, versant à boire, faisant passer les moutons entre ses jambes, les comptant un à un en leur tâtant les côtes, pendant que les courtiers venaient prendre ses ordres, acquitter leurs notes ou présenter leurs factures. En même temps les ouvriers et les journalières défilaient devant lui, le pic à l'épaule, le panier sur la tête. Il congédiait ceux-ci, embauchait ceux-là ; éloge ou blâme, à chacun son mot, et tous les comptes réglés, il recevait d'un côté, payait de l'autre. Ses deux mains allaient et venaient comme une navette de tisserand, et les pièces d'argent tintaient sans cesse dans sa longue sacoche de cuir, toujours en mouvement, à chaque instant vidée, remplie, tordue et rejetée dans la chemise entrouverte, au milieu des échantillons, des cordes, des clous, des registres qui gonflaient et faisaient rebondir cette chemise comme une besace.

Après les bergers et les paysans, c'était le tour des commissionnaires, des loueurs, des charretiers et des marchands. Toujours en habit noir, manches retroussées, sans gilet ni cravate été comme hiver, nu-tête, la plume dans les cheveux, la balance romaine sur l'épaule, le fouet au cou et la fourche sous le bras, il courait sans prendre haleine d'un bout à l'autre de la grande cour encombrée de machines et de denrées, l'œil à tout, la main à tout, à l'achat, aux échanges, à la vente, aux arrivées, aux départs ; il enjambait les sacs, les corbeilles, il escaladait les balles de garance et les meules de foin, puis retombait au milieu des blés, des graines, des soies, pour peser, charger, mesurer, donner des quittances, clouer les caisses ou rouler les boisseaux. Et la sacoche tintait toujours et sautait avec l'écritoire et le marteau, de la chemise aux mains, des mains à la chemise, vaste poche.

Quand Lucien se trouvait à Lamanosc, il s'amusait beaucoup de ce spectacle. Au fond de la cour, on lui avait construit un très joli pavillon sur les dessins qu'il avait envoyés de Venise : une galerie mauresque courait sur les deux façades. Lucien s'étendait en travers de ce balcon, et de là, les coudes sur les coussins, il regardait travailler l'oncle en fumant des pipes turques.

# V

Le maire Tirart n'avait pas renoncé à l'espoir de conquérir le rôle de Jules César pour son neveu Lucien. Le lendemain du dîner à la Pioline, il écrivit à ce sujet une longue lettre très affectueuse et très impérieuse à Marcel Sendric. Marcel lui céda ce rôle de bonne grâce : il était entré dans cette tragédie pour ne pas désobliger le brave Espérit, il en sortait sans déplaisir, car il avait bien peu de temps à consacrer à cette *Mort de César* ; les plus lourdes charges de famille pesaient sur lui.

Il y avait deux ans que le père de Marcel était mort, laissant les siens dans la plus grande détresse. Pendant dix-huit mois, la Damiane s'était efforcée de mener la boulangerie de Seyanne avec un apprenti ; à bout de ressources, malade, épuisée de fatigues et de peines, elle s'était enfin décidée à rappeler son fils, qui se trouvait alors à Lyon. Marcel n'avait pas hésité : il avait renoncé à ses études pour prendre en main les affaires de la famille, et d'un grand courage il venait se remettre à ces ouvrages manuels dont il était tout à fait déshabitué.

Jusqu'à l'âge de seize ans, Marcel avait travaillé comme ouvrier dans la boulangerie de son père, le Sendric. Il n'en serait peut-être jamais sorti sans un de ces hasards qui souvent changent toute une destinée. Les Sendric avaient en Dauphiné un cousin de leur nom qu'ils n'avaient jamais vu : c'était un régent de mathématiques, très savant, très pauvre, d'humeur vagabonde et libre, qui ne prenait pied nulle part, et qui depuis trente ans s'en allait de ville en ville, changeant de collège tous les six mois. Vers 1833, ce cousin vint à Seyanne pour recueillir un millier de francs que lui laissait sa grand-mère. Quand il se vit cette fortune, il déclara qu'il se chargeait de l'avenir de Marcel : il le prit pour élève, l'emmena, et pendant huit ans le garda auprès de lui. Si pauvrement que vécussent le maître et l'élève, la succession de la grand-mère finit par s'épuiser à la longue. Marcel étudiait avec une grande ardeur, et le vieux régent ne voulut plus se séparer de son jeune compagnon. À bout de ressources, il s'adressa en secret aux Sendric pour obtenir quelques secours. Toutes les années, à la récolte des cocons, il recevait d'eux quelques centaines de francs à l'insu de Marcel. À l'automne,

Marcel venait passer une quinzaine de jours à Seyanne ; mais dans les derniers temps, la gêne fut si grande chez les Sendric, qu'il fallut renoncer à ces voyages de vacances. Lorsque Marcel revint au pays après quatre ans d'absence il put mesurer la grandeur des sacrifices qu'on s'était imposés pour lui : il en avait le cœur navré. Ces souvenirs, les misères présentes, l'avenir si incertain de cette pauvre maison des Sendric dont il était maintenant le chef, tous ces soucis, ces inquiétudes, jetaient dans son âme une mâle tristesse. Habitué à se sevrer de toute joie, il se reprochait comme une faiblesse la grande amitié qui le rattachait déjà à M^lle^ Sabine et il aurait voulu ne plus retourner chez les Cazalis ; mais l'ami Espérit avait décidé que Marcel serait César. Lorsqu'il apprit que Lucien prenait ce rôle, il s'en alla dans les cabarets, exciter les tragédiens contre le neveu du maire, et tous déclarèrent qu'ils n'acceptaient pas la démission de Marcel.

Marius Tirart résolut d'en finir par un coup d'autorité. Il prit un arrêté en mairie, et le neveu fut nommé Jules César au nom du roi. Massapan, le tambour de ville, reçut l'ordre de proclamer ce décret à son de caisse ; il fut hué, battu, poursuivi à coups de pierres jusqu'à la commune.

« Il faudrait assembler le conseil, dit alors le secrétaire Lagardelle ; tout ceci tourne à l'émeute : voici le moment de délibérer.

– Le conseil, c'est moi, dit le maire, et je n'ai besoin de personne pour défendre ma commune. Écrivez, je dicte. Massapan, tiens-toi prêt à leur porter ce discours.

– Rien ne presse, répondait le tambour, qui rechignait à la besogne, rien ne presse ; attendons la nuit, ils se calmeront. Donnons-leur le temps de réfléchir.

– Crève qui a peur ! s'écria le maire. Massapan, donne-moi ta caisse ; Lagardelle, mon écharpe ! »

Alors il monta au balcon, et après avoir battu un ban, il annonça au peuple que la troupe était dissoute, la tragédie supprimée, et que force resterait à la loi.

Dès que Lucien fut informé de cette querelle, il s'empressa d'accepter le rôle d'Antoine, qu'on lui avait offert dès son arrivée. Pour tout apaiser, il vint de lui-même dans les auberges où se réunissaient les tragédiens, et par ses manières engageantes il se concilia tous les esprits. Perdigal mit la chose en chansons. Espérit s'en allait répétant partout qu'on s'était bien trompé sur le compte de Lucien, et que sans Lucien il n'y avait pas de tragédie possible. Il arrêtait les passants dans la rue pour leur raconter toutes les belles choses qu'il venait d'apprendre de Lucien sur le théâtre ancien et moderne. À la Mule d'Or, le caporal Robin fit voter des libations abondantes en l'honneur du neveu ; au Grand Alexandre, on chanta pour lui les chœurs de *la Muette*, et dans la soirée, Cayolis et ses amis vinrent donner la sérénade sous les fenêtres du maire.

Il fut décidé que les répétitions seraient reprises sans délai. Une nouvelle distribution des rôles était devenue nécessaire ; Espérit mit à profit les bons conseils que lui donna Lucien, et tous les changements furent acceptés sans discussion. Le méfiant Triadou consentit à céder son rôle de Brutus à Cayolis, le sergent Tistet prit le personnage de Cimber, et Robin celui de Cassius. Le magister Lagardelle accepta les fonctions de régisseur, Perdigal devint Dolabella, et Cabantoux Décime. Les chefs des deux grands partis (paysans et moussus) furent définitivement rejetés, en compagnie de tous les hommes remuants, dans le groupe des sénateurs et licteurs, personnages muets.

# VI

Tous les dimanches, au coup de neuf heures, la famille Cazalis partait de la Pioline pour la seconde messe, le lieutenant sur son âne, la tante Blandine sur sa mule entre les deux petits enfants du fermier juchés dans les enserres, les autres à pied avec le reste de la bande, la Zounet en tête, Zounet dans tous ses atours : robe verte et tablier violet empesés fortement et se tenant raides avec des plis droits, gorgerette plissée, fichu rouge montant jusqu'aux oreilles et faisant bosse sur le dos, le tout couronné par un bonnet emphatique hérissé de ruches, enguirlandé à profusion de rubans de couleurs, rubans flottants, rubans en cocardes, en choux, en chicorées, en bouffettes, tuyautés, fuselés, dentelés, tressés en torsades, courant en zigzags, s'enroulant en spirales. Cascayot, pendu à la queue de la mule, cabriolait, gambadait et faisait claquer son fouet en postillon. M^lle^ Sabine courait en avant sur son petit cheval corse, que les paysans avaient surnommé le Garri (le Rat). Si elle rencontrait quelques bonnes femmes en chemin, de gré ou non, il fallait qu'elles lui donnassent leurs paquets ; celles qui, par grande politesse, s'obstinaient à les garder étaient poursuivies au galop dans les terres. M^lle^ Sabine enlevait d'un tour de main les sacs et les paniers sous leurs bras, sur leurs têtes ; elle les accrochait aux anneaux de sa selle, devant, derrière, à la bride, aux courroies, et le Garri reprenait sa course, sautait les fossés, revenait par les haies et les vignes, bondissant comme une chèvre dans les cailloux et les épines.

Au moment où les cloches de Lamanosc sonnaient le premier coup de la messe, la famille arrivait invariablement à la lisière des Estrasses. Entre les Crayons et les Estrasses, les Cazalis étaient rejoints par les gens des granges, qui les attendaient pour faire route de compagnie – les uns marchant sur les talus, pieds nus, souliers neufs sortant des poches –, les gens à bêtes, assis sur leurs montures, jambes pendantes, nez en l'air, un pampre à la main. Les hommes venaient se grouper derrière le lieutenant, et les femmes à côté de la tante Blandine, et l'on causait des affaires du temps. Chemin faisant, la caravane se grossissait encore, et lorsqu'on arrivait à Lamanosc, on était toujours une forte troupe, surtout si l'on se rencontrait au-dessous de Florans avec les gens des hameaux.

D'ordinaire Marcel Sendric venait se mettre dans la bande avec l'ami Espérit ; mais, à son retour d'Avignon, Lucien avait pris l'habitude de mener son beau cheval pie sur la route de la Pioline, à l'heure du passage des Cazalis. À dater de ce jour, Marcel cessa d'aller aux Estrasses. Cependant, dès que le premier coup de la messe sonnait au clocher de Lamanosc, il ne pouvait plus rester à Seyanne, et sans s'en rendre compte, à son insu, il se trouvait toujours dans la ravine des Crayons au moment où la famille longeait les précipices. Alors une sorte de crainte l'emportait, il s'enfuyait derrière les taillis, et de loin regardait passer les Cazalis.

# VII

La maison des Sendric est bâtie au nord de Seyanne, vis-à-vis de la Pioline ; les constructions sont engagées dans les ruines du rempart, et la cour de la boulangerie tourne sur la droite. S'il vente sud-est, le son des cloches de Lamanosc arrive dans cette cour par joyeuses volées claires et vives, qui se prolongent en échos jusqu'au fond de la cuisine. Quand soufflait ce vent des cloches, on voyait Marcel se dresser et relever la tête, comme un jeune cheval au bruit du canon.

« Voici le temps d'orage, disait alors la tante Laurence en se tournant vers la mère de Marcel, notre Marcel sent le vent. Regardez, la Damiane, quel fort courage ! Voyez donc briller ses yeux, et comme il fend son bois ! Qui croirait qu'il peut ainsi charger nos sacs et les faire sauter sur l'épaule ? Allez, je sens bien qu'il se force ; la bonne volonté n'y est que trop, il est dur au travail, notre Marcel, il y va comme un massacre, mais à son âge on ne se refait pas à notre métier quand on est resté si longtemps dans les villes, sur les livres. Il aura beau se tuer d'ouvrage, jamais il ne vaudra ses grands-pères, ni comme fournier ni comme bûcheron. Depuis trois cents ans, nous étions les meilleurs fourniers du Comtat et les plus anciens. À mon sentiment, vous n'auriez pas dû rappeler Marcel, puisqu'il n'en avait plus que pour quelques années dans ses écoles, et d'ici là vous auriez pu patienter encore, comme vous l'avez fait depuis la mort de votre Sendric ; ou bien mieux eût valu ne jamais l'y envoyer, dans ces villes, et pour tant d'années ! Encore une idée de son pauvre père, avec ses mécaniques ! Le brave cher homme, Dieu ait son âme ! »

Et, dès que la Damiane s'était éloignée, la tante reprenait : « J'y ai perdu mes yeux à pleurer tous leurs malheurs ! Ah ! la mathématique, la mécanique ! Mitamat ! Mitamat ! ce père Sendric nous a fait bien du mal ! »

Les bonnes femmes qui venaient voisiner chez la tante Laurence haussaient les épaules et répondaient à l'unisson : « Mitamat, Mitamat ! »

Ce surnom de Mitamat (moitié-fou) avait été donné au père de Marcel en 1827, à l'occasion d'un singulier marché dont on parle encore à Seyanne. Un jour de foire, on l'avait rencontré, entre Modène et Saint-Pierre-de-Vassols, tout gaillard et réjoui, campé fièrement sur une bête rétive harnachée à l'espagnole et d'apparence bizarre. Jamais on ne vit la pareille sur le terroir de Seyanne. C'était un âne que le Sendric avait acheté à des Bohémiens, mais un âne sans oreilles, et dont la queue touffue traînait jusqu'à terre, un âne blanc et noir, zébré à la croupe ainsi qu'aux jambes, le corps et le poitrail mouchetés de taches fauves. En passant la rivière, ce bel âne avait déteint, les peaux rapportées s'étaient décollées, laissant à nu les brûlures, les raies de feu, les escarres, et l'échine et les côtes trouées, crevassées, rembourrées d'étoupes.

Depuis 1827, les commères du pays vivaient sur cette histoire de l'âne peint et rapiécé *(l'aze pinta et petassa)*. On en donnait le récit plaisant toutes les fois que le nom du Mitamat était prononcé. Au pré, aux fontaines, à la rivière, les cousines de Marcel l'entendaient raconter à nouveau toutes les fois qu'elles venaient étendre ou laver leur lessive ; et lorsqu'elles s'apprêtaient à charger leurs cinq grandes corbeilles de linge, les battoirs s'arrêtaient, l'on criait de tous côtés :

« Il ferait bon d'avoir un âne, l'âne du Mitamat, l'âne du Mitamat ! » L'aînée des cousines ripostait par des quolibets, pendant que ses deux sœurs s'agenouillaient comme elle pour recevoir le fardeau sur la tête ; elles se relevaient en dansant, les poings sur les hanches ; puis prenant aux anses les deux autres corbeilles, les balançant par bravade, elles partaient d'un pied léger et couraient sur les gazons, le long des fossés, jusqu'à la Calade. Elles avaient disparu, qu'on entendait encore leurs rires éclatants et les voix perçantes des lavandières se répétant en échos le refrain : « L'âne du Mitamat ! l'âne du Mitamat ! »

Le Mitamat garda toute sa vie le goût des trocs et des négoces ; il aimait à rôder dans les foires et les marchés, et si depuis sa mésaventure de 1827 il n'achetait plus des ânes de Bohême, ses profits n'en étaient pas plus clairs. À la longue, il était pourtant devenu très entendu pour l'estime du bétail et des denrées, et Marius Tirart assurait qu'il s'était souvent bien trouvé d'avoir pris l'avis du Sendric avant de faire pacte avec des maquignons ; seulement il arrivait toujours que ces habiles spéculations du Mitamat péchaient en quelque point ; il n'y manquait que l'opportunité. Ainsi il achetait des chevaux en santé et jeunesse, de bonne race, aux meilleures conditions ; mais il se trouvait que c'était juste au moment où les fourrages étaient hors de prix. D'autres fois il vendait sa feuille de mûrier très cher, mais sans calculer qu'il faudrait bientôt en racheter à plus haut prix pour nourrir les vers à soie que la Damiane élevait dans ses greniers.

Lorsque le Sendric faisait son tour de ville, un sac d'argent sous la veste, on pouvait être sûr qu'il ne rentrerait pas au logis sans avoir rempli sa charrette : vieilles ferrailles, literies, vaisselles, chaudronneries, batteries de cuisine, taillanderies, charronnages, tout lui était bon ; il ramassait de tout chez les revendeurs d'antiquailles.

« Il faut, disait-il, qu'une bonne maison soit meublée à plein et fortement outillée, avec du rechange. Je veux qu'à ma mort mes enfants trouvent leur affaire au grand complet. »

Loin d'acheter au hasard, il se montrait fin connaisseur : aux ventes après décès, s'il se trouvait quelques pièces de valeur enfouies sous les monceaux de débris et de vieilleries, c'était le Sendric qui les découvrait le premier, avant tous les brocanteurs, et c'était lui qui enlevait à vil prix ces lots dédaignés par les plus avisés.

« Des marchés d'or ! disait-il à son retour en vidant la charrette ; il y a de ces occasions qui ne reviennent jamais ; il ne faut pas les laisser échapper. Savez-vous qu'il y a des moments dans la vie où l'on n'est point mécontent de se trouver sous la main des pièces de raccord, acier ou cuivre, ou bien de l'excellente ferronnerie d'autrefois ? Si jamais mes enfants font bâtir, pensez-vous qu'ils seront bien malheureux d'avoir en magasinage sous le hangar, des poutres et des solives comme on n'en trouverait plus d'ici à Toulon ? Mais voyez donc quelles pièces de choix ! et pour rien, pour un morceau de pain ! Un marché d'or ! »

Avec ses marchés d'or, le bonhomme ruinait la maison. Il y eut de mauvaises années, et souvent la détresse était grande au logis. C'était un crève-cœur pour le Sendric : il se désespérait, et passait souvent des mois entiers en vains efforts pour réparer le mal. Alors il n'y avait plus pour lui ni fêtes, ni dimanches ; lorsqu'il n'était pas à la boulangerie, il était à sa terre, et les plus rudes besognes ne l'effrayaient pas. Moissons, semailles, vendanges, il se chargeait des plus gros ouvrages sans jamais prendre un aide, et quand la Sendrique lui louait des gens de journée, il les renvoyait. Il s'imposait les plus dures privations et ne cessait de travailler sans relâche. Le soir, après la journée, il reprenait l'aiguillon ; il attachait une lanterne aux cornes de son bœuf et s'en allait ainsi labourer toute la nuit.

« Me croirez-vous maintenant ? répétait la tante Laurence dans son cercle de voisines. Quand je vous disais qu'il est Mitamat ! Vous verrez qu'il va maigrir et tuer notre gros Bannarut (c'était le nom du bœuf). Quel commerce ! Il ne sait plus qu'inventer pour faire le mal. »

Si le Sendric s'échappait un instant du travail pour venir embrasser son dernier né Damianet, en entrant dans la cuisine, exténué, tout en sueur et pâle, il entendait la tante Laurence qui disait à l'enfant d'une voix dolente et mourante : « Dors, bien doux trésor, pauvre amour, nous verrons bien si on a le cœur de te réveiller quand tu reposes. » Le Sendric s'avançait sur la pointe des pieds ; la tante, qui avait l'ouïe très fine, feignait de ne rien entendre, elle roulait son fauteuil plus près du berceau d'osier, se penchait sur Damianet, et se remettait à chantonner son petit discours de berceuse comme si elle eût été seule : « Dors bien, pauvre amour, doux trésor de la France ! »

Si Damianet criait et pleurait en perçant ses dents, la tante Laurence murmurait dans son coin : « Ah ! pleure bien, pauvre abandonné ! c'est une vie de malheur qui t'attend ; que tes beaux yeux les pleurent bien, toutes leurs larmes, et qu'il ne t'en reste plus pour ces temps de ruine qui arrivent, quand il te faudra souffrir mort et passion ! Il faut bien qu'il s'habitue à pâtir de la faim ; il lui est déjà mort quatre frères et sœurs, à ce pauvre chéri. Je suis folle de les tant pleurer. C'est bien pour leur bonheur qu'ils sont partis de cette maison de misère, les chers anges ! »

Si l'enfant riait et s'égayait, elle venait pour jouer avec lui, l'exciter des mains et de la tête, et tout en le cajolant, elle répétait :

« Ris bien, Risarel, ris-le tout ton plaisir, bel astre du ciel, doux agneau blanc de mon âme ; prends-le bien ce bon temps qui ne durera guère. Quand la famine rôde autour des maisons, il y a maintenant des pères qui vont tirer la cadole pour lui ouvrir la porte ; à l'heure d'aujourd'hui, ce sont les pères qui mettent les familles sur la paille. »

Tous les griefs de la tante se faisaient jour de cette façon par des paroles affectueuses adressées à Damianet. La tante Laurence chérissait le petit Damian, qu'elle choyait et caressait comme son fils, mais elle l'aimait plus passionnément encore contre le Sendric. Elle n'osait pas injurier directement le Mitamat devant la Damiane, qui lui imposait par son grand air doux et sévère, et son inquiétude s'exhalait par ces tendresses taquines. Le Sendric, qui se faisait intérieurement de grands reproches, donnait tout bonnement raison à la tante Laurence ; il s'éloignait le cœur gros et retournait à son travail ; on peut dire qu'il ne s'y ménageait guère. Dans ces boulangeries de village, il faut que le même homme suffise à tout, comme gindre, fournier, marchand, qu'il aille au bois, qu'il aille aux farines. Le Sendric excellait dans toutes les parties de son métier ; au besoin même, il eût fait un bon meunier. Il était surtout renommé comme bûcheron, au dire de la tante Laurence elle-même. Elle racontait que le Sendric n'avait qu'à faire le tour d'un chêne pour vous dire au juste ce que la coupe vaudrait de quintaux en bûches, racines et ramures, et cela à première vue, d'un coup d'œil aussi sûr que celui de Marius Tirart lorsqu'on lui montrait un bœuf au pacage, et qu'il vous en donnait la pesée à une livre près.

En dehors de ses négoces, dans le train de la vie courante, le Sendric était un homme de sens avisé et prudent, il voyait très juste, surtout lorsqu'il n'avait pas à traiter de ses propres affaires, et ce n'était pas sans profit qu'on le consultait avant de porter un procès chez l'avocat ; on aimait à l'avoir dans les arbitrages pour son esprit de justice et sa sagacité ; enfin, c'était ce qu'on appelle un homme de bon conseil. Lors donc que pendant un certain temps il se résignait à ne plus trafiquer, tout allait pour le mieux à la maison. Cette grande sagesse lui durait des mois et des mois, quelquefois l'année franche ; puis, un matin, dès que les affaires se trouvaient tant bien que mal remises en état, le Sendric se glissait à Pécarie, sellait la mule et partait au galop pour Vaison,

Carpentras ou Malaucène. Chemin faisant, il supputait à l'avance les bénéfices de la journée.

« La chance nous revient, se disait-il ; ce soir comme notre Sendrique sera surprise ! Tout va au mieux. J'ai bonne idée pour aujourd'hui, et ce ne sera pas long ; quand on a la veine, on peut enlever les plus forts marchés en moins d'une heure, en un tour de foire ! »

Comme toujours, ce tour de foire durait jusqu'à la nuit, et le Mitamat s'engageait dans les spéculations les plus malencontreuses. Il est juste de dire que très souvent il n'y avait pas à l'accuser d'imprévoyance ou de maladresse ; la fatalité s'en mêlait. S'il cédait ses cocons aux prix courants, on pouvait être certain que le lendemain il y aurait une hausse inespérée ; s'il attendait, les soies descendaient, descendaient au-delà de toutes les prévisions. De même pour les blés, pour les safrans, les vins, les garances : achats ou ventes, il n'arrivait jamais à l'heure propice.

Le malheur voulut que ce guignon fût interrompu de temps à autre par quelques succès sans importance. Mieux eût valu une suite de revers continus : à la longue peut-être se serait-il découragé et corrigé ; mais parfois il lui survenait de maigres aubaines, et c'était assez pour l'enhardir. La fortune, qui se jouait de lui, semblait lui ménager à point de rares faveurs afin qu'il osât davantage ; sur ces hasards heureux, il greffait de nouvelles illusions vivaces, il se jetait dans les grandes entreprises et s'y aventurait sans hésiter. Au retour de ces belles équipées, il abordait la Damiane d'an air triomphant : « Eh bien ! notre Sendrique, quelle affaire ! de l'or en barres ! Que dis-tu de cette surprise ? » Il racontait alors ses exploits de la journée et s'animait à ce récit : « Ah ! quelle affaire ! un coup du ciel, ton pesant d'or ! Cette fois j'ai trouvé la pie au nid, et l'on ne répétera plus que j'ai un sort. Nous voilà sauvés, mais vous ne dites rien, bonne Damiane, qu'avez-vous donc ? » Et, la voyant toute consternée, il perdait contenance ; il la regardait de son œil doux et vague, et disait piteusement : « C'était pourtant une belle occasion, et je n'ai pas cru mal faire. »

La Damiane retenait ses larmes et lui parlait des enfants, de leur avenir.

« Mais c'est pour eux, tous ces commerces ! s'écriait-il ; moi, je n'ai besoin de rien ; je vis de rien, et pour vous autres je me tirerais volontiers le sang des veines. Suis-je un homme de cabaret ? Ai-je fait parler de moi depuis que nous sommes établis ? De ma vie ai-je regardé une autre femme que toi ? M'a-t-on jamais vu les cartes à la main ? Pourquoi donc ce malheur qui nous poursuit ? Il faut qu'on ait jeté un sort dans notre maison, nous avons un sort... Ah ! mes pauvres amis, il n'y a que mes mécaniques pour vous tirer d'affaire. Il y a là une fortune. Quand nous pourrons les monter, ce sera un beau jour. »

Le Sendric avait en projet toutes sortes d'engins : pièges à loups, casse-pierres pour les routes, bateaux à hélice, scies à vapeur pour les carrières, charrues à vent, moulins et fours mobiles pour les armées de terre et de mer, machines à vanner, à tisser, à faucher, à herser. Le long coffre du hangar était rempli de plans et d'études, et depuis le four jusqu'aux plus hautes étagères, on ne voyait dans les casiers que rouages, plaques numérotées, tuyaux de tôle, planchettes, cuivres et ferrailles.

« Il y a là une fortune, se disait-il jour et nuit ; de l'or en barres et nous ferons un rude bien au pays ! Mais où prendre l'argent pour tous ces brevets ? Oh ! s'il me venait quelque bon coup de commerce ! »

# VIII

Toutes ces histoires du Mitamat, Marcel les apprit en grande partie par Espérit. Comme il ne quittait jamais sa mère pendant les quinzaines de vacances qu'il venait passer au pays, il avait ignoré jusqu'à son dernier voyage tout ce qui se racontait à Seyanne sur le Sendric, car personne n'aurait osé se railler du Mitamat devant la Damiane.

Espérit et la Damiane avaient été les seuls confidents du Sendric ; on n'avait jamais parlé des projets de machines à la tante Laurence, et pendant plusieurs années elle fut très intriguée en voyant le Mitamat charbonner les murs de dessins et de chiffres. Enfin il y avait eu grand conseil de voisines, et l'on avait décidé que le Sendric voulait se lancer dans l'arpentage. À cette époque personne ne se doutait encore des travaux mystérieux du hangar, le portail de la petite cour était condamné depuis plusieurs années, et l'on ne pouvait arriver à l'appentis que par le bûcher, sur les derrières, en longeant un couloir tortueux et sombre, formé de palissades, obstrué de débris et de vieilleries. Les chiens avaient leur chenil dans ce défilé, et jamais les commères ne s'y seraient aventurées. Pour gagner la fenêtre basse qui servait d'entrée de ce côté, il fallait encore passer sous une charrette disloquée, dressée contre le mur. Le Sendric se rendait à son laboratoire par ce chemin, et lorsqu'il y était entré, par surcroît de prudence, il tirait encore les verrous derrière lui. Chez les Sendric, les fins de trimestre étaient souvent très difficiles à passer. Les billets souscrits arrivaient de tous côtés, à la grande surprise du Mitamat, qui ne se trouvait pas toujours en mesure. Le Mitamat était un très habile calculateur, on disait de lui : « Il chiffre comme un ange ! » Le Mitamat avait la mémoire des idées et des faits, des sons, des formes, des couleurs, la mémoire des noms, des lieux, des visages ; mais il n'avait pas la mémoires des échéances. Il confondait toutes les dates, il mêlait tous les comptes, et de ses créances il s'en souvenait encore moins que de ses dettes. Le matin d'un de ces jours d'échéance que le Sendric oubliait si bien, la Damiane vint à la hâte au hangar, pour l'avertir d'un protêt dont on était menacé ; elle était accompagnée du petit Damian, qu'elle n'avait pas voulu laisser seul avec la tante Laurence. Le temps pressait, le billet était déjà dans les mains de l'huissier Fournigue.

« Voilà une mauvaise affaire, gare à nous ! répondit le Sendric ; Fournigue est dur comme les pierres ; pour une heure de retard, il saisirait chez son propre père. Il ne nous fera pas grâce d'une minute, gare à nous ! Mauvaise affaire ! Il faut y penser. Asseyons-nous dans les copeaux. Ah ! Fournigue a le billet ? »

Dans tout le canton, les pauvres gens ne parlaient qu'avec terreur de ce Fournigue, homme haineux, impitoyable, âpre au gain, et de plus très ardent à son métier par goût du métier même, en artiste : le plaisir de la chasse…

Après un très long silence, le Sendric se leva et dit à sa femme : « Tout bien pesé, il faudra voir l'ami Espérit ; sans lui nous sommes perdus, mais j'ai bon espoir. Qu'on donne l'avoine à la mule. »

Le Mitamat n'avait jamais su trouver d'autre expédient pour parer aux périls des protêts. Au dernier moment, lorsqu'on annonçait l'arrivée de l'homme de loi dans le pays, le Mitamat se mettait à réfléchir la tête dans ses mains ; il rêvait, cherchait, s'ingéniait avec de grands efforts d'imaginative, il inventait mille combinaisons subtiles, et quoi qu'il fît, qu'il méditât cinq minutes ou la journée entière, c'était toujours pour aboutir à cette conclusion : « Espérit est un homme de ressources ; la femme, tenez-vous tranquille, je vais au château des Saffras. » Et c'était encore le parti le plus sûr ; sans les économies du sage, du prudent Espérit, jamais le Mitamat ne se serait tiré des griffes de l'huissier Fournigue.

Pendant qu'on délibérait ainsi sur cette grave affaire du billet, Damianet courait en liberté dans l'atelier de son père, du tour à l'établi, des étagères au grand coffre ; il ouvrait et fermait les tiroirs, s'accrochait aux cordages, faisait tourner les poulies ; il grimpait, rampait, sautait partout, la main dans tous les casiers, sous les tables, sur les bancs, sur les poutres. Lorsqu'il fallut partir, ce fut un des chagrins les plus vifs qu'il eût encore éprouvés ; il revint en larmes à la cuisine près de la tante Laurence. La vieille femme s'était inquiétée de la longue conférence de la Damiane avec le Sendric, et, se doutant de quelque mystère, elle essaya de faire parler Damianet, qui boudait à l'écart derrière une chaise ; l'enfant refusa obstinément de répondre à ses questions. Un mois s'écoula sans qu'il soufflât mot de son voyage au hangar, puis un dimanche, à l'improviste, en pleine assemblée de commères, il prit la parole, et de but en blanc il se met à raconter ce qu'il avait vu dans l'atelier de son père. Ces cylindres, ces découpures de bois et de métal, ces ressorts, ces plaques de toutes formes, c'était pour lui tout un monde de jouets bizarres et gigantesques ; il en était émerveillé. Ses souvenirs lui revenaient en foule ; on lui fit répéter vingt fois son récit.

« Oh ! quel malheur ! » disaient les voisines ; elles levaient les bras au ciel et s'apitoyaient sur la folie de ce père de famille. « Oh ! quel fourbe ! dit la tante, et moi qui n'en savais rien ! que se passe-t-il par là-bas dans ce hangar ? Quel serpent ! À nous deux, vieux renard ! »

Alors elle mit en campagne sa petite police, et pour sa part, surveillant de près le Mitamat, elle ne perdait plus un mot de ce qui se disait autour d'elle dans la cuisine. Lorsque Espérit venait argumenter et raisonner avec le Sendric, la tante ne s'enfuyait plus à l'autre bout de la salle en criant qu'on lui rompait la tête ; au lieu de maugréer et de s'emporter comme par le passé, elle se rapprochait des discuteurs, doucement, à reculons, pour leur ôter toute méfiance. Tant que les deux amis étaient aux prises, elle se tenait aux écoutes, blottie dans son fauteuil, la tête en avant sous sa quenouille, attentive, impatiente, allongeant son museau pointu, dressant ses fines oreilles, tout en éveil, avec des sursauts et des mines de souris en maraude.

Les commères conspiraient avec la tante, et le Sendric ne faisait plus un pas sans être épié et poursuivi. On savait à quelle heure il entrait au hangar, à quelle heure il en sortait ; dès qu'il était à ses mécaniques, on attirait les chiens hors du bûcher, et de magnifiques bombances les retenaient à la cuisine ; les enfants du quartier venaient se tapir derrière les fagots, et, par les fentes des cloisons, ils regardaient travailler le Mitamat ; au besoin, pour mieux voir, ils trouaient les planches au vilebrequin. Les plus délurés recevaient en récompense des morceaux de pain blanc et même des liards, s'ils restaient bravement aux aguets jusqu'à la fin des expériences.

Sur ces rapports, les conjectures et les commentaires allaient leur train, et l'imagination des voisines se donnait carrière. La tante brûlait d'en savoir encore plus long. Clouée sur son fauteuil, dévorée de curiosité, elle souffrait le martyre de ne pouvoir descendre au hangar, fureter ces cases et ces étagères mystérieuses, voir de ses yeux, toucher de ces mains. Son grand désir, son rêve, c'était d'arriver à faire parler le Sendric lui-même sur ses mécaniques, de le tenir en tête à tête, entre quatre murs, pour le chapitrer tout à l'aise, discuter avec lui, censurer, critiquer, conseiller ; mais comment s'insinuer dans la confiance de cet homme taciturne et solitaire, « qu'elle craignait comme le feu, disait-elle, et par quel bout le prendre ? » Elle vidait tout son sac à malices, elle mettait en jeu ses artifices les plus subtils ; le Mitamat glissait au travers, il était insaisissable.

« Ah ! quel farfadet ! il passe comme l'éclair ! »

Le plus difficile, c'était de le surprendre sans sa femme, il ne venait à la cuisine que lorsqu'il était certain d'y rencontrer la Damiane ; d'habitude il se tenait à ses côtés, aidait au ménage et ne s'écartait guère que pour les travaux du four. Avait-elle à sortir, il la suivait pas à pas.

« Oh ! le grand simple ! fredonnait la tante en essayant de l'arrêter au passage ; oh ! l'innocent ! toujours après sa Sendrique, comme un enfant dans les jupes de sa mère. Pauvre amour, on l'enlèverait peut-être ! Il est si beau ! Lui, un homme ! Oh ! jamais ! »

Et pour lui faire honte, à son retour elle racontait tout haut l'histoire de Coq-Poule (Gaou Gallino), le mari benêt de la légende populaire, qui savonne, cuisine, fait les lits, trait la chèvre, couve les œufs et les vers à soie.

Si par grand hasard le Sendric oubliait de sortir ou se trouvait retenu forcément à la cuisine en l'absence de sa femme, dès que la Damiane tournait les talons, tante Laurence congédiait les voisines.

« Partez, partez, je le tiens, je vais lui tirer les vers du nez ; mais qu'il ne se doute de rien. »

Elle virait son fauteuil et courait sus au Mitamat. En toute hâte elle abordait la grande question des mécaniques, mais avec des détours si compliqués, que le Sendric n'y comprenait rien.

« Ah ! quel fourbe, se disait la tante, quel fourbe ! Avec ces hommes-là, il faut une prudence d'enfer. Je vais plaider le faux pour savoir le vrai. »

Sans prendre garde à toutes ces finesses, le Sendric mettait en ordre le ménage, et rôdait çà et là ; tante Laurence le relançait avec une agilité extrême ; à coup de talons, elle poussait son fauteuil à roulettes en tous sens, entre les sacs, les boisseaux, les bûches, sans jamais chavirer. Elle parlait, parlait à cœur joie. Le Sendric se taisait et répondait par des coq-à-l'âne, et l'entretien se poursuivait ainsi à bâtons rompus : lui affairé et distrait comme d'habitude, tournant autour des meubles avec des mouvements brusques et furtifs ; elle, infatigable, sautillant et babillant, donnant la chasse au fuyard, le traquant dans tous les coins. Et sitôt qu'une porte venait à s'ouvrir, le Mitamat s'échappait comme le vent.

En 1838, à la Saint-Blaise, il arriva que la tante Laurence eut enfin toute une grande journée devant elle pour harceler le Mitamat et lui serrer les pouces. Les moindres faits de cette petite guerre domestique s'étaient gravés dans l'esprit du terrailler ; il les raconta à Marcel avec une grande vivacité de souvenirs, car il avait passé toute cette journée chez le Sendric, et très éveillé par la fièvre, très excité. La veille, il s'était blessé en fendant du bois ; on l'avait couché dans la cuisine, et de son lit il voyait, il entendait tout. On le croyait endormi.

Ce jour de saint Blaise, la Damiane s'en était allée en foire avec la famille et les amis, et le père Sendric avait été laissé de garde à la maison. La tante Laurence s'était levée à la pointe du jour pour ne pas perdre une minute ; déjeuner du réveil, toilettes, tisanes, fumigations, en rien de temps elle avait expédié tous ses grands travaux du matin sans aide ni secours. Elle était à son poste, à l'entrée de la cuisine, lorsque le Sendric descendit dans la cour. Il mit ses voyageurs en chemin, et revint s'asseoir sur la margelle du puits, à quelques pas de la tante. La foule se répandait dans la rue et sur la chaussée. Par la porte charretière toute grande ouverte, on voyait passer le défilé joyeux des gens de la foire pêle-mêle, en tumulte, bétail, piétons, voitures. Les enfants chantaient, sifflaient, les volailles piaillaient, les pourceaux en fureur hurlaient dans leurs cages ; autour des lourdes charrettes trottinaient et caracolaient les cavalcades ; les chiens jappaient et sautaient aux jambes des mules fringantes. Essieux grinçants, cris de bêtes, grelots, clochettes, piaffades, à tous ces bruits du dehors le Sendric prêtait tristement l'oreille. Il ne pouvait se décider à rentrer dans sa cuisine, et la foule s'étant écoulée, il restait là contre le mur, les bras pendants, tête basse, engourdi et rêveur, grattant la terre avec ses pieds. Quelques pâtres attardés arrivaient par les traverses dans le bas du village ; d'autres, longeant les vieux remparts, rejoignaient à la hâte le chemin de la foire ; de loin en loin, on entendait encore les galopades des ânesses et les piétinements des troupeaux tintant clair sur cette route sonore taillée dans le roc. À ces derniers appels, le Sendric se réveillait en sursaut, puis retombant en songerie, il amassait à poignée des pierrettes qu'il triait et jetait lentement, une à une, au fond du puits.

« Brave homme, lui dit la tante, vous me faites compassion. À vous voir, on dirait un prisonnier. Holà ! que je vous plains de manquer une si belle foire, notre Sendric, et comme cette journée vous sera longue ! Les voilà donc tous partis, la femme, les enfants, les amis ? Qu'allez-vous devenir ? Tout votre monde dehors, Espérit malade dans un coin, et la vieille tante à garder, une pauvre Laurence moitié sourde, infirme, qui ne sait rien, qui n'a jamais rien vu, que vous avez toujours méprisée ! Ma société ne vous divertira guère, j'imagine. Près de moi, l'ennui vous prend vite ; votre air le dit bien. Comme vous languissez, brave homme ! Hélas ! le chagrin vous mine.

– Ah ! oui, vraiment », dit le Sendric. Et la tante reprit, en soupirant comme lui, par manière de condoléance : « Oh! cette journée sera longue, bien longue. Oh ! ils ne rentreront pas de sitôt. Dans les foires, on n'a jamais fini ; vous en savez quelque chose, vous qui ne manqueriez pas un marché, si l'on vous laissait faire. Quand vous êtes par chemins, vous vous inquiétez peu de ceux qui sont au village à sécher d'ennui. Vous le voyez maintenant, lorsqu'on est séparé, le gros chagrin, c'est pour ceux qui restent. À votre tour aujourd'hui ! Il n'est pas mal que vous appreniez par vous-même que la maison n'est pas très gaie pour ceux qu'on y délaisse. Enfin, sans rancune et de bon cœur, je vous offre ma compagnie. Si vous voulez, nous allons profiter de cette matinée pour causer à la douce, comme une paire d'amis, et de tout ce qui vous intéresse. J'en ai long à dire, savez-vous ? Je ne suis pas dans les personnes d'esprit, mais j'ai beaucoup de jugement, et qui m'écoute n'y perd rien. Vous n'avez à pétrir que sur le midi au plus tôt, et réglé comme vous êtes, je sais bien que vous ne changerez pas vos heures. D'ici là, si le languir vous prend, je suis tout à vous. Allons, père Sendric, puisque vous ne savez que faire de votre personne, venez un peu vous asseoir à mes côtés, sur l'escabeau ; nous allons essayer de vous distraire. »

Le Sendric lui répondit : « Ce n'est pas le travail qui manque, notre tante. Pour l'heure, je vais vous relever ces fumiers tout au long du mur, sans m'écarter. Quand vous aurez besoin de moi pour vous servir, appelez.

– Oh ! ne vous gênez pas pour moi, dit-elle ; si vous avez à courir dehors, je ne vous retiens pas, vous êtes votre maître ; partez, partez. Vous n'aimez guère votre intérieur, c'est certain, et l'on dirait que cette maison va s'écrouler sur vous, tant vous redoutez d'y entrer. C'est peut-être à cause de moi ; ma présence vous pèse, je le vois bien ; ma société vous déplaît, vous avez une dent contre moi, je le sais, je le sais. Et pourquoi, juste ciel ! Qu'avez-vous à me reprocher ? L'intérêt que je vous porte ? J'ai beau chercher, je ne vois pas quel tort j'ai pu vous faire. On vous aura monté contre moi. Je ne sais pas qui vous pousse, mais vous êtes bien mal conseillé. Voyez, voyez ! à présent même, je suis à vous parler raison, et vous ne m'écoutez déjà plus. Vous êtes au supplice, vous voudriez déjà prendre la clé des champs, les pieds vous brûlent ; partez, partez ! Qui vous retient ? Laissez-moi dans la solitude et l'abandon ; j'y suis habituée. Un jour de plus ou de moins, je ne compte plus.

– Eh bien ! l'on va rentrer. L'on rentre, dit-il en lançant la fourche sur les fumiers. Me voici. Êtes-vous contente ? Que voulez-vous de moi ?

– Moi ? de vous ? Rien, rien, rien. Si c'est pour moi que vous êtes rentré, vous avez grand tort. Qui vous cherche ? Juste ciel ! qui vous cherche ? Partez, restez, sortez, à votre fantaisie, et que m'importe ? Vous êtes votre maître. Moi, je ne demande rien, je ne veux rien, je n'attends rien, ni de vous ni de personne ; je me suffis. Moi, vous appeler ? Oh ! jamais, jamais, je vous le jure ! »

Le Sendric s'était mis à ranger et nettoyer la cuisine.

« Eh ! là, père Sendric, cria la tante, puisque vous ne savez que faire, venez donc au moins m'enfiler mon aiguille. »

Il arriva lestement et vida l'étui.

« À votre plaisir, tante Laurence, pour ces aiguilles, très volontiers ; j'ai bon biais, nous allons vous en piquer une douzaine sur les bras du fauteuil, grandes et petites, prêtes à l'avance. M'y voici ! »

Les aiguilles enfilées, la tante ne voulut plus coudre. Il lui fallut son tricot, le rouet, la chiffonnière, la quenouille, les vieilles hardes ; à chaque instant elle changeait d'ouvrage, elle perdait ses ciseaux, son dé, les patrons, le fuseau, l'aune, sa tabatière ; au premier mot, sur un signe, elle était servie à souhait, puis le diligent Sendric reprenait en courant son travail ; mais tout aussitôt la tante le détournait du ménage.

« Eh ! l'ami ! puisque vous ne faites rien, rendez-moi un service ; soyez bon à quelque chose. »

Elle lui donnait à dévider de la soie, du fil, du coton, des laines.

« Encore cet écheveau ! c'est le dernier. Tout en dévidant, nous pourrons causer gentiment, comme de vieux amis. J'en ai long à vous dire, savez-vous ? Et sur quoi donc ! Devinez, devinez donc, je vous le donne en mille. Et par hasard, pourriez-vous me donner des nouvelles d'un père de famille qui va s'enterrer de grandes journées dans un fond de hangar, derrière les caisses, les tonneaux, dans les poutres, dans les planches, sous les tiroirs, sans avertir personne, comme un ours, comme un voleur ? Se cache-t-on pour faire le bien ? Jamais ! Jamais ! »

Au bout de quelques minutes, la tante était lassée du dévidage ; elle demandait son chapelet. Le Sendric mit quelque retard à l'apporter ; la tante trépignait.

« Ah ! quel malheur ! Il se sera perdu, il est bien perdu. Ne faites pas semblant de le chercher, notre Sendric, vous savez bien que c'est inutile. Qui me prouve que vous ne l'avez pas vous-même donné à détruire à votre Damianet ! Vous n'avez rien à lui refuser. Vous êtes d'une faiblesse ! Père Sendric, vous élevez bien mal vos enfants ; il serait temps de les corriger. Ce Damianet tourne mal ; c'est tout son père. Jamais en place ! Quel touche-à-tout ! Quel brise-fer ! C'est un furet. Je suis certaine qu'il a gaspillé ce chapelet et qu'il l'aura jeté dans le puits ; rien ne peut le remplacer, je ne l'aurais pas changé contre un chapelet d'or. Qui sait depuis combien de temps il était dans la famille ? Il est connu que nous sommes une des plus anciennes maisons du pays ; depuis des siècles, il y a toujours eu des Sendric maîtres-fourniers, de père en fils. La maison périra avec vous. Vous valez peu : eh ! bien, votre Damianet sera pis encore. »

Lorsqu'elle eut son chapelet, elle demanda ses Heures. Presque aussitôt elle referma son livre en criant famine. Pour couper court à ses doléances, le Sendric avança de deux heures le dîner ; la tante Laurence n'avait plus faim.

« Eh ! eh ! vous êtes bien pressé, vous ! Il paraît que le chagrin vous aiguise l'appétit. Pour un homme dans l'affliction, vous avez les dents longues, père Sendric. Moi, je ne suis pas comme vous, j'aime une vie réglée pour mes repas comme pour tout ; mais ici je ne suis pas chez moi, et certes on me le fait bien sentir : on me traite comme un enfant, on me change mes heures sans me consulter, de force on voudrait rompre mes habitudes. À mon âge, c'est mortel. Oh ! les hommes sont trop absolus ; il faudrait toujours faire leurs volontés. Moi, je ne veux plus céder à tous ces caprices, j'y suis décidée. Dînez, dînez sans moi, mangez tout seul, mangez, mangez tout, prenez ma part. Vous êtes affamé comme un loup, et tout ce dîner ne vous pèsera guère ; oh ! je vous donne ma part. Enlevez, enlevez mon couvert. Je n'en suis pas.

– Ni moi non plus, tante Laurence ; à votre moment. » Il reprit la marmite et l'accrocha à la crémaillère, au plus haut cran. « À votre moment, notre tante. Oh ! comme il vous plaira. Rien ne presse, on peut attendre, et le feu n'est pas à la maison. Nous avons nos deux heures devant nous. Je vous donne jusqu'à midi : d'ici là, usez du père Sendric à votre idée pour vous servir ; mais à l'Angélus, au coup de la cloche, j'ouvre mon pétris, je m'y braque, et si vous m'appelez alors autant vaudrait parler au mur. »

Bientôt la marmite fut décrochée de nouveau, puis raccrochée encore, puis encore déposée sur la nappe et rapportée sur les charbons. Tous les quarts d'heure, la tante tombait en défaillance ; à peine servie, elle n'avait plus goût à rien. Enfin, elle consentit à se mettre à table ; le Sendric s'occupa d'elle avec toutes sortes de soins, mais pour sa part il ne faisait pas honneur au dîner, et la tante lui cherchait noise pour sa grande sobriété.

« La faim vous ravage, et vous vous retenez, je le vois bien ; c'est un air que vous vous donnez devant moi. Forcez-vous donc, père Sendric, et ne vous laissez pas aller ainsi comme un imbécile. On se fait une raison. Mangez, mangez, l'appétit viendra, j'en réponds. Allons, du courage ! Le meilleur temps de la vie, c'est à table. Je sais bien que vous vivez comme un oiseau, mais enfin on ne se nourrit pas de l'air du temps, et pour quelques heures que vous êtes séparé de votre Sendrique, c'est par trop languir. Un jour d'absence, et vous voilà triste et malade à la mort ! C'est ridicule. Que voulez-vous qu'on pense de vous ? On en dit déjà bien assez, notre homme ! Si vous saviez comme on vous traite dans le pays ? J'en suis honteuse pour vous, et je ne sais que répondre. Puis-je dire : "Non", quand j'entends autour de mes oreilles : "Quel grand simple que ce père Sendric ! Quel innocent ! Ce n'est pas un homme. Sans sa Damiane il se croit perdu. Qu'elle s'écarte d'une minute, il n'a plus sa tête : il est muet, il est sourd, le voilà dans la lune. Toujours cette Damiane, cette Damiane ! Loin d'elle, vous êtes un corps sans âme !"

– Ah ! la Damiane est une maîtresse femme ! dit le Mitamat en hochant la tête.

– Elle a bien ses vertus, dit la tante.

– Oui, certes, et sur ma foi, tante Laurence ! À qui le dites-vous ? La Damiane et moi nous sommes comme les deux doigts de la main.

– Et vous ne la valez pas, notre Sendric ; vous ne la vaudrez jamais, entendez-vous ? Dans son petit doigt, elle vous vaut tout entier.

– C'est très certain, notre tante, vrai, sur l'honneur ! Vous parlez bien. Il n'y a pas deux Damiane au monde ; on irait jusque dans les îles sans trouver sa pareille !

– Oh ! c'est une personne fort méritante. Avec vous elle a bien eu ses traverses. Si je vous dis tout ce bien d'elle, notre Sendric, ce n'est pas pour vous peiner, croyez-moi ; si je savais de vous mortifier, je me tairais sur l'heure.

– Allez, allez toujours ! s'écria le Mitamat, qui ne se lassait jamais d'entendre l'éloge de sa femme. Parlons-en, de cette Sendrique, et jusqu'à demain si vous voulez. M'y voici. Avancez la marmite : j'ai grand-faim. »

Et d'un air réjoui il se servit une pleine écuelle.

En le voyant si bien disposé, la tante reprit avec insistance : « Oui, notre homme, vous avez là une bonne femme ; elle vous est fort attachée, et bien trop. Ah ! si vous saviez comme elle languit quand vous êtes dans vos foires ! Juif-Errant ! Maintes fois j'ai connu qu'elle se tenait à quatre pour ne pas pleurer comme une Madeleine.

– Vrai ? dit-il. Ah ! si jamais on m'y reprend, à ces foires, que je perde mon nom ! La tante, voilà bien six mois que je n'ai mis les pieds hors de la commune, sinon pour aller au moulin. Ces marchés, ces marchés, c'est fini !

– Dieu le veuille, brave homme, Dieu le veuille ! Suivez toujours mes avis, et vous n'en serez que plus heureux. Croyez-moi, renoncez-y, à ces foires ; c'est un gros chagrin pour votre Sendrique. Il serait temps de lui donner un peu de contentement. »

Puis elle ajouta finement : « Et d'ailleurs, à quoi bon maintenant tous ces voyages ? Que vous reste-t-il à acheter ? Votre hangar n'est-il pas garni du haut en bas ? On dit que c'est plein comme un œuf. À quoi bon ? Juste ciel ! à quoi bon ? Là, entre nous, brave homme, expliquons-nous donc une bonne fois pour toutes, et puisque nous sommes seuls, profitez-en pour me dire un peu ce qui se passe par là-bas dans ce hangar. Qu'y pouvez-vous faire ? Quels sont vos projets ? Parlez, parlez ; on ne vous trahira pas. »

Sur cette question, le Sendric se leva, l'écuelle aux mains, et d'un trait il avala son assiettée. L'horloge sonnait ; le Sendric était déjà au pétrin. Il ne fallait pas se risquer à l'importuner davantage. Dès qu'il avait les bras dans la farine, ce n'était plus un homme endurant, la tante le savait par expérience ; elle se résigna donc de son mieux, tant qu'elle le vit dans ce feu de travail. Cependant lorsque, après avoir aligné ses pains sur la planche, le Sendric descendit un autre sac et le vida dans la huche pour la seconde fournée, tante Laurence n'y tint plus. Elle s'ennuyait, elle soupirait, geignait, gémissait tristement ; bientôt il lui vint une petite toux d'impatience, aigre et sèche. Dans ses jours d'inquiétude, elle était sujette à ces crises nerveuses. Cette toux était involontaire et n'avait rien de joué, mais la tante n'était pas fâchée qu'on prît pitié d'elle ; l'accès arrivant, elle ne se retint pas, elle y mit beaucoup de bonne volonté, puis elle y aida, puis elle se força un peu, puis davantage, enfin la quinte éclata ; elle toussait à pleins poumons, si bien que le Sendric l'entendit, quoiqu'il râlât et criât très fort de son côté, ainsi que font les mitrons en soulevant leur pâte.

« Ah ! c'est gémir à me fendre le cœur, dit-il ; vous allez rendre l'âme. Par bonheur, le feu n'est pas mort ; patience, patience, laissez-moi vous préparer les quatre fleurs et des figues au lait. C'est un velours. »

La tante se fit bien prier pour prendre les tisanes ; elle les but lentement, goutte à goutte ; la toux s'étant calmée, elle se plaignit d'un mal qui lui passait dans les reins.

« Oh ! si j'avais mes jambes, disait-elle, comme j'irais volontiers vous mettre un peu d'ordre dans votre hangar ! Il n'y a que les femmes pour s'entendre à ranger. Y en a-t-il du remue-ménage par là-bas ! Y en a-t-il ! Vous ne devez plus vous y reconnaître. Il paraît que c'est plein partout. Et dans une confusion !

– Et d'où le savez-vous ? dit le Sendric.

– Qui me l'a chanté ? répondit-elle ; mon petit doigt. Il en sait long, très long, et bientôt peut-être serez-vous dans les étonnés. Ah ! vous êtes fin comme l'ambre, mais votre ancienne n'est pas encore dans les innocentes ; tante Laurence en a découvert de belles ! »

Le Mitamat n'entendait rien de ce petit ramage ; il prépara sa seconde fournée, et quand ce fut fini, il se disposa à sortir. La tante ne le perdait pas de vue.

« J'entends une charrette dans la rue, dit-il, ce sont mes soies qui arrivent peut-être ; je vais les peser. »

Pendant qu'il montait sur la table pour décrocher la balance romaine, tante Laurence virait son fauteuil et le lançait jusqu'à la porte, en travers pour lui barrer le passage. Il tourna du côté de l'escalier ; cette issue était fermée.

« Visage de bois, père Sendric, toc, toc, toc, la serrure est solide. »

Elle riait aux larmes, les poings sur les hanches.

« Toc, toc, toc, la porte tient bon ; pour l'ouvrir, il vous faudrait faire sauter la gâche. Je vous conseille de chercher la clé. Oh ! je me fais un bon sang, je m'en fais comme une bienheureuse. Cherchez à tous les clous, en haut, en bas, je vous donne jusqu'à Pâques pour la trouver. La clé est dans ma poche ; venez-y voir. Eh bien ! vous n'osez approcher ! Avez-vous peur qu'on ne vous mange ? Arrivez ici, et remettez-moi cette balance sur la cheminée, croyez-moi ; notre charrette ne rentrera que sur le tard, et nous avons tout ce bon temps pour nous conter nos petits secrets, à l'amitié, bien seuls, sans gêne, et tranquilles comme Baptiste. Approchez-vous donc, plus près encore, je suis dure d'oreille.

– Tante Laurence, dit-il, je suis bien inquiet pour nos blés, qui demeurent couchés depuis l'orage ; s'il ne vient pas un bon vent sec pour les relever, c'est encore une moisson perdue. Les biens de la terre en ont de dures à passer. Il faut me laisser sortir, que j'aille voir si le temps tourne au clair.

– Il n'y tourne que trop, notre Sendric, juste ciel ! Je le sens à ces douleurs qui me travaillent. Restez, restez, pas n'est besoin de sortir ; croyez-moi, dans une heure il va se lever une bise à décorner les bœufs. Je m'y connais sans regarder courir les nuages. J'ai des bras et des jambes qui marquent le temps. »

Il s'approcha d'elle avec empressement : « Ah! si vous souffrez encore, notre tante, il faut disposer du Sendric, sur ma foi ! Je suis ici pour vous servir. Tirons la camisole, que je vous donne une bonne frottée.

– Il s'agit bien de mes douleurs ! cria la tante exaspérée. Laissez-moi, vieux brutal, laissez-moi !

J'ai mon mal et je patiente. Nous allons nous expliquer, et cette fois, je vous le jure, vous ne me renverrez pas à la semaine des quatre jeudis. Nous allons tirer l'affaire au grand clair. Au fait ! au fait ! Et ce hangar, que s'y passe-t-il ? qu'y faisons-nous ? et ces mécaniques !

– Mes mécaniques ? dit le Mitamat fort surpris ; quelles mécaniques ! Allons, parlez, parlez ; qu'en savez-vous ?

– Ah ! vous y voilà ! Vous m'écoutez maintenant ; c'est fort heureux. La faim fait sortir le loup du bois. Nous avons martel en tête. On vous a mis la puce à l'oreille. Tiens, tiens, vous n'êtes plus sourd ! Il a parlé, quel miracle ! Ah bien ! méchant sournois, votre secret, qui le tient ? On les connaît, vos mécaniques. Et ces horloges, hein ? vieux renard ! et ces tournebroches ? »

C'était ce qu'elle avait pu imaginer de plus compliqué ; elle n'entrevoyait rien au-delà.

« Des horloges ? dit le Sendric, des tournebroches ? Moi, je fais des tournebroches ?

– Eh ! oui, vous en faites. N'essayez pas de jouer au plus fin ; vous êtes pris. Oh ! quel front ! Il n'en convient pas ! Et pas plus tard qu'hier matin, qu'avez-vous donc fabriqué ? Et l'autre dimanche après vos écritures, vos pattes de mouches ? hein ? Vieux hibou ! Des tournebroches, des tournebroches ; osez donc le nier ! »

Le Sendric ne répondait pas, il s'apprêtait à scier un tronc d'arbre. La tante l'appelait d'une voix câline : « Sendriquet ! Sendriquet ! arrivez donc vous reposer un peu par ici. Laissez-moi ces yeuses ; le bûcher est plein ; rien ne presse, et vous êtes fatigué, pécaïre ! Voulez-vous donc toujours vous abîmer de travail ! Venez, venez-vous délasser sur cette chaise, et nous causerons comme une paire d'amis. Ménagez-vous, mon bon. Pour sûr, vous en faites trop. Il y a temps pour tout, notre homme, et si vous forcez la nature, vous ne ferez pas long feu. Avec ça que vous êtes déjà si vaillant ! Vous tomberez tout d'un coup, et vous tomberez étique ; c'est comme je vous le dis ; il ne faut pas croire que vous soyez de fer et de bronze, d'autant que pour vous soigner vous n'écoutez personne ; vous prenez un teint vert qui ne me dit rien de bon. Et quels yeux ! quelle voix ! Vous semblez un fantôme ; c'est une pitié ! Jaune comme un coing ! Et maigre ! maigre ! à passer entre les cornes d'une chèvre ! »

Le Mitamat sciait silencieusement son chêne. Pour le piquer et l'exciter à la riposte, la tante répétait sur tous les tons : « Vous rougissez donc bien de notre métier de fournier ? On dit partout que vous voulez vous mettre horloger. À votre âge, c'est un peu tard pour changer d'état. Pierre qui roule n'amasse pas mousse. Monsieur méprise ses gens et son village. Monsieur veut être bourgeois dans les villes, la canne à la main. Qui vivra rira. »

Quoiqu'elle fît, elle ne réussit pas à l'émouvoir. Le Sendric scia toutes ses bûches sans lever la tête, et lorsqu'il les eut empilées, d'une enjambée il vint jusqu'à la porte.

« Tante Laurence, peut-on passer maintenant ?

– Non, non, non !

– Très bien, dit-il ; je m'en vas faire une échelle. Voyez-vous ce fagot, notre tante ? J'ai là de quoi tuer le temps jusqu'à la brune, à leur retour. Aussi bien, ces barres de saule étaient trop belles pour être mises au four. Quand elles m'auront passé par les mains, ce sera un plaisir. Regardez-moi travailler ; il y en a de plus gauches que moi.»

À l'arrivée des gens de la foire, l'échelle était terminée, et le Sendric ratissait, ratissait toujours. La tringle de fer rougissait au feu, tout le fagot était à terre, débité en barres, barreaux et planchettes. Il avait disposé toutes ses pièces pour monter des chaises ; il en aurait ajusté des douzaines et des centaines ; il aurait ratissé, ratissé jusqu'à la fin du monde sans que la tante parvînt à lui arracher une seule parole qui eût trait aux machines. Une fois retombé dans son mutisme, il s'y tenait obstinément et durement.

Des scènes comme celle de la Saint-Blaise, dont Espérit avait été le témoin muet et n'avait oublié aucun détail, se renouvelèrent plus d'une fois entre le Mitamat et la tante Laurence, sans que celle-ci pût rien tirer de lui. En public, elle le provoquait par des questions détournées, des railleries, des allusions ; mais le Sendric n'écoutait guère et restait muet. La tante se vengeait en le harcelant de toute manière, même pendant les veillées de la famille. Les soirs de fournée, au départ des pratiques, la tante Laurence éteignait la lampe, et l'on venait travailler dans la cheminée pour ménager l'huile. Si l'on avait soupe, la Damiane allait coucher ses enfants. Le Sendric, n'entendant plus de bruit, se croyant seul, rêvait à ses machines. Il restait accroupi sur son banc, les pieds à la crémaillère, dessinant et chiffrant sur les cendres du foyer du bout de son croc de boulanger ; la tante Laurence filait derrière lui, à la clarté du four entrouvert. Lorsqu'il était bien absorbé dans ses calculs, d'un coup de quenouille elle le décoiffait lestement.

« Eh ! pauvre homme, dormez-vous ? Avisez donc votre barrette qui s'en va dans les braises. Réveillez-vous, Jean de la Lune ! Le feu tombe, et vous allez manquer cette cuite. »

# IX

Marcel ne se lassait pas d'entendre ces histoires que lui racontait Espérit ; il se les faisait répéter bien souvent, longuement, dans les moindres détails ; rien n'était indifférent pour lui dans le récit minutieux de ces petits drames domestiques. De son côté, la tante Laurence lui racontait à sa façon les méfaits du Mitamat ; Marcel l'écoutait avec un vif intérêt. À l'aide de ces récriminations passionnées de la tante tout autant que par les récits sympathiques d'Espérit, avec ses souvenirs personnels ainsi ravivés, éclairés, il reconstruisait dans le passé toute la vie de son père, qu'il avait si peu connu ; il en devinait les souffrances, les angoisses, les illusions, les habitudes, il en pénétrait l'intimité, et toutes les choses dont il avait été témoin dans son enfance s'expliquaient maintenant pour lui d'une façon imprévue. La Damiane reconnut alors que le moment était venu de ne plus rien cacher à Marcel. Jusque-là, elle avait été avec lui d'une extrême réserve sur tout ce qui touchait aux dernières années du Sendric, à sa fin, aux causes mystérieuses de sa mort. Marcel apprit par elle cette douloureuse histoire, et toute la triste vérité lui fut dévoilée.

Au plus fort de ses embarras d'argent, le Mitamat avait hérité d'un vieil oncle maniaque et soupçonneux, qui depuis vingt ans lui fermait sa porte, un Sendric de Brantes, son plus proche parent, bourrelier très renommé, « qui gagnait, disait-on, ce qu'il voulait ». Il lui venait des pratiques des quatre coins de la Provence, et souvent même du fond du Dauphiné. « Personne n'avait jamais vu la couleur de son argent. » Tous les deux mois, un revendeur de la ville d'Orange venait l'approvisionner de pains bis achetés à la porte des casernes ; en échange, le vieux Sendric lui réparait ses bricoles. Le bourrelier passait pour très riche, mais on ne lui connaissait ni terres ni rentes, et de sa vie il n'était entré chez les notaires, il n'en parlait qu'avec horreur, quand il lui arrivait de parler, chose rare. Il vivait seul, à l'écart, en compagnie d'un chien très farouche. L'homme et le chien se nourrissaient d'herbages et de vieilles croûtes ; ils avaient pour gîte une baraque en pierres sèches, près du torrent, hors la bourgade. Dans la baraque, pour tout mobilier, un bahut de vieux chêne massif, plaqué d'ébène, une hache, un fusil, un télescope, des rasoirs, et des outils du métier, les meilleurs, les plus beaux qu'on pût voir, des aciers de prix sortis des fabriques anglaises. À Branles, on se racontait des histoires étranges sur ce mystérieux bahut, qui restait toujours cadenassé. Lorsque des indiscrets s'avisaient de questionner le bourrelier à ce propos, pour toute réponse il sifflait son dogue ou montrait le fusil. La hache lui servait à fendre les pains de munition durcis et moisis dont il vivait ; avec les rasoirs, il se faisait la barbe deux fois par jour ; enfin, il usait du télescope pour consulter les astres tous les soirs après souper, et le matin, avant de se mettre à la besogne, il se tirait des horoscopes, avec un jeu de tarots.

À quatre-vingt-trois ans, il n'avait rien changé à cette vie. Il couchait sur la dure, tout habillé, sans autre lit qu'une méchante paillasse de feuilles, le chien en travers servant d'oreiller. Un matin, on le trouva roide mort sur son grabat, les bras croisés, tête haute, le fusil entre les jambes ; au chevet, le chien hurlant et pleurant son maître. La justice arriva, on courut au bahut, que l'on croyait rempli d'or, on n'y vit que des jeux de cartes, des savonnettes, des piles d'almanachs triples liégeois, au nombre de quatre-vingt-trois, et tout autant de *Messagers* boiteux, numérotés, classés par années ; au fond, sous ces liasses, un baril de poudre, le Code et des chevrotines. Lorsqu'on voulut retirer le fusil, le dogue fidèle se jeta en avant sur le mort et saisit le canon avec ses dents. Le coup partit et lui brisa la mâchoire ; la canardière était chargée comme un tromblon.

On fouilla la paillasse, elle était bourrée de sacs d'écus. La maison fut explorée en tous sens, on s'attendait toujours à trouver d'autres richesses dans quelque cachette, et l'on se rappelait ce discours du bourrelier, qui avait dit un jour à son marchand de pain : « C'est dans mon trésor qu'on verra le testament. » C'était encore une drôlerie de ce vieillard énigmatique, car il avait toute sa fortune dans son grabat, et l'on vida de nouveau le bahut, on secoua les paquets d'almanachs, on renversa tous les tiroirs, sans trouver une seule ligne écrite de la main du défunt.

Le bourrelier ne laissant pas de testament, les trésors de la paillasse revenaient de droit au Mitamat. Lorsque cette nouvelle arriva à Seyanne, tout le village fut en émoi. Déjà le Sendric ne passait plus pour fou ; la tante Laurence n'osait plus le brusquer, elle lui parlait avec de grands respects, tout en hasardant quelques conseils sur le gouvernement de cette fortune inespérée, le placement des fonds, les garanties à prendre, la méfiance dont il fallait s'armer contre tout le monde, et surtout contre les amis.

« Gare aux emprunteurs, notre Sendric, et gare aux piqueurs d'assiettes ! Oh ! gardons-nous des piqueurs d'assiettes ! »

Dans les rues comme à la cuisine, le Mitamat ne rencontrait que des visages souriants : les petits polissons se rangeaient pour lui céder le haut du pavé, les notables le saluaient courtoisement, les commères lui tiraient des révérences. La tante Laurence prenait sa part de tous ces hommages, il lui en revenait un grand crédit, son cercle de voisines était triplé, on lui faisait une cour assidue, et la Bouillargue, sa vieille ennemie, n'était pas la moins empressée parmi ces visiteuses. La tante l'accueillit d'abord très mal ; mais elle fut entourée de tant de prévenances, elle fut si souvent et si adroitement flattée, soignée, cajolée, écoutée à plaisir, qu'elle finit par oublier les vieux griefs, et la Bouillargue, s'étant bien fait humilier, fut enfin reçue à merci. Cette Bouillargue avait sept filles, laides et méchantes à faire peur. Les aînées passaient leur vie à courir les bals et les promenades, pour se chercher des maris. On les rencontrait partout avec leurs airs précieux et leurs sourires aigres, coquetant de leur mieux, faisant des grâces aux passants. Elles avaient vieilli à ce métier, et leur mère, dépitée, les menaçait souvent de les dépouiller de leurs robes voyantes et de leurs bonnets à dentelles, si les maris n'arrivaient pas. La cinquième et la sixième étaient bossues ; elles tenaient la cuisine et ne portaient que des haillons. La Bouillargue n'avait plus d'espérance que dans la dernière de ses filles, alors âgée de quatre ans : c'était la femme qu'elle destinait à Damianet, et, dans ses rêves d'ambition, elle se ruinait en frais de toilette pour parer ce petit laideron, qu'elle conduisait tous les jours chez les Sendric. Depuis que Damianet était devenu un gros parti, toutes les mères de famille l'avaient pris en vive tendresse, mais personne ne savait le choyer comme la Bouillargue, qui, matin et soir, lui bourrait les poches de friandises.

« Je pensais bien que la chance nous viendrait tôt ou tard, disait le Sendric ; le tout est de savoir attendre. On va donc entendre parler de mes mécaniques ! »

Avec les grandes richesses du bourrelier, il y avait de quoi payer toutes les dettes, prendre des brevets et construire enfin les belles machines projetées, à commencer par ce moulin à vanner le blé, dit ventaire, dont le modèle en réduction était exposé sous cloche, à la plus belle place, derrière les étagères du tour. Ce musée secret n'était connu que de la Damiane et d'Espérit. Espérit avait aidé le Sendric dans son travail ; à eux deux ils avaient façonné le chef-d'œuvre avec des planchettes, des bouts de fer-blanc, des tôles et des ressorts de montres. Le petit moulin jouait à ravir. Lorsque le Sendric était bien triste, il venait au hangar, ouvrait la cachette, et, pour se donner du courage, il faisait tourner son petit moulin.

À la levée des scellés, le Mitamat se rendit à Brantes avec l'ami Espérit. La maison du bourrelier avait été mise à sac par les gens de loi ; ils avaient poussé leurs recherches jusqu'au grenier. Tous les placards étaient descellés, pas une cloison, pas un creux qui n'eût été sondé à coups de marteau ; on en retrouvait partout la trace. La cuisine avait été dépavée, les étagères étaient à terre, la paillasse éventrée était répandue sur le sol, et les feuilles sèches voltigeaient de tous côtés au milieu de liasses d'almanachs entassées en désordre au fond de la cheminée. Le Mitamat, homme soigneux et méthodique, reprit le classement de ces brochures avec les plus grands soins, dans les règles, année par année, à partir du premier cahier. Dans ces piles d'almanachs, il y avait une dernière liasse, déliée à peine, et que les hommes d'affaires, fatigués, pressés d'en finir, n'avaient feuilletée que du bout des doigts. En dépliant curieusement ces livrets, sans se hâter, page par page, le Sendric découvrit un carré de papier jauni, cacheté à triple cachet, sous la couverture d'un *Messager* boiteux. Ce chiffon de papier était un testament olographe parfaitement rédigé, écrit serré en lettres menues, d'une main ferme, sans ratures, daté, signé, inattaquable, par lequel le bourrelier instituait héritiers des parents très éloignés, au détriment des Sendric de Seyanne. Ce testament était longuement motivé, il y était parlé très amèrement des utopies du père Sendric, et l'oncle déclarait qu'il ne voulait pas que sa fortune tombât dans les mains d'un lunatique pour être dilapidée en inventions, sornettes, almanachs et visions cornues de Mitamat. L'histoire de l'âne peint était racontée, comme on pense, et dans le plus grand détail ; par surcroît, le Sendric était accusé formellement de chercher le mouvement perpétuel. Cette diatribe se terminait par une facétie d'avare : le bourrelier avait repris la plume pour léguer au Mitamat un petit écu de rente, à la condition expresse qu'il serait fait toutes les années des largesses d'avoine aux ânes du village, le jour de leur fête. Le testateur ajoutait plaisamment que cette fête n'était pas marquée au calendrier, mais que le Mitamat saurait bien la découvrir et la célébrer dignement avec ses pareils. Le Sendric s'empressa de porter ce pamphlet chez le notaire, et tous les projets de machines s'en allèrent à vau-l'eau.

À quelques années de là, il y eut une belle saison de garances et les vers à soie firent merveille ; le Mitamat ne s'étant pas mêlé des ventes, la Damiane put payer toutes les dettes, et comme il lui restait encore quelque argent, elle mit un sac dans la main de son mari. Le bonhomme partit pour Avignon, avec son petit moulin bien entouré de mousseline au fond d'une layette garnie de coton doux. Lorsqu'il arriva dans les ateliers de construction, on lui montra une machine tout à fait semblable à la sienne, déjà en usage depuis six mois et dont on réparait les volants.

« Ah ! je suis trahi ! » dit-il. C'était une rencontre malheureuse, voilà tout. Le Sendric n'en voulut rien croire, et n'écoutant plus que sa colère : « Espérit m'a trahi, dit-il, j'aurai son sang ! »

Comme le Sendric était de nature confiante et loyale, il ne fallut qu'un mot d'Espérit pour le faire revenir de ses injustes soupçons ; mais dans ce premier moment d'aveugle douleur, il aurait accusé la Damiane elle-même, si elle eût été seule dans le secret.

Il prit sa layette et la fracassa contre le mur, puis il l'écrasa dans ses mains avec le petit moulin. Il s'était blessé, et le sang coulait sur ces débris qu'il piétinait avec rage. C'étaient toutes ses illusions, toutes ses espérances qu'il foulait ainsi sous ses pieds, c'était sa vie même. Il traîna encore quelques années, mais à dater de ce jour ce fut un homme fini ; il avait reçu le grand coup.

Le Mitamat s'en retourna au pays, la mort dans l'âme. Il se préparait une grande fête à la boulangerie pour célébrer la prise du brevet. Dans la matinée, on avait convoqué la famille et les amis ; la longue table était dressée au milieu de la cuisine comme pour un jour de Noël. Les convives arrivaient en habit de dimanche. Espérit venait les recevoir et leur donnait une savante explication du ventaire. Personne ne doutait du succès. Qui aurait résisté quand la tante Laurence elle-même s'était laissée séduire ? Au départ du Sendric, la tante avait été mise dans le secret, on l'avait consultée, on avait écouté ses objections, elle avait tenu dans ses mains le petit moulin et l'avait soumis à toutes sortes d'expériences ; elle avait vanné des millets, des cendres, du tabac, des fleurs sèches, des sciures de bois, des lupins ; au dernier moment, elle ne voulait plus s'en dessaisir, tant elle se divertissait à tourner la manivelle, à voir sauter les volants et tournoyer les poussières.

La tante Laurence avait pétri de ses mains une grande galette figurant le chef-d'œuvre du Sendric.

Cette belle galette, dorée à l'œuf, relevée d'épices et festonnée d'anchois, s'élevait comme pièce d'honneur sur un socle, au centre du service, entre quatre chandelles de couleur. La tante s'était assise en avant de la table, pour être bien à portée d'entendre les éloges des arrivants qui venaient admirer la galette ; le petit Damian rôdait autour, en ouvrant de grands yeux émerveillés. Il avait une veste neuve tirée d'une vieille culotte de velours, et lorsqu'il avançait les bras entre les assiettes, la tante Laurence était dans les transes ; il lui fallait à la fois surveiller la toilette du neveu et faire politesse aux complimenteurs, deux grands soucis à mener de front ; elle n'y pouvait suffire et perdait la tête. Espérit lui venait en aide et ramenait Damianet près de lui ; il se tenait debout derrière la tante, une baguette à la main. Lorsque les nouveaux venus avaient pris place, Espérit touchait le gâteau du bout de sa baguette et recommençait la démonstration du ventaire. Damianet se faisait un siège entre les jambes du terrailler ; il écoutait de toutes ses oreilles, imitait les gestes et répétait gravement les mots nouveaux qu'il saisissait au vol.

Espérit en était à son sixième discours, lorsque le Sendric parut sur le pas de la porte. Il fut accueilli par un cri de joie, mais, au lieu d'entrer, il s'arrêta brusquement à la hauteur de l'évier, puis il ouvrit sa veste et sa chemise, saisit à deux mains le sac d'argent et le lança violemment sur la table. La belle galette reçut le choc et fut broyée comme verre.

Le Sendric s'était enfui ; on voulut le suivre, mais il avait tiré la porte derrière lui ; il n'y a pas de fenêtre à la cuisine des Sendric, et pour sortir il fallut remonter au premier étage et de là sauter dans la cour par les lucarnes. On était dans l'obscurité, on se heurtait, on se poussait au bas de l'escalier. La tante Laurence et les enfants criaient.

Pendant tout ce tumulte, le Sendric descendit à son hangar et s'y barricada : il ferma à triple tour les casiers, le coffre, les tiroirs et les étagères, et quand tout fut bien cadenassé, il escalada l'appentis, et revint par le mur jusqu'à la porte charretière, au-dessus du puits. On le vit alors s'asseoir tranquillement sur l'auvent, retourner ses poches et les vider sur ses genoux. Après avoir compté ses clés, il les examina curieusement, siffla dans les trous, puis les jeta une à une au fond de l'eau.

Le lendemain, il revint à son laboratoire avec des planches qu'il cloua sur toutes les serrures. En scellant le grand coffre aux papiers, il était d'une gaieté sinistre, on eût dit qu'il clouait sa bière. Il ne remit plus les pieds au hangar, et jamais depuis on ne l'entendit parler de machines, de trafics et de marchés, il n'en fut plus question ; par contre, il devint très mou au travail, il avait perdu toute l'excitation de sa vie, et la paresse le gagnait de jour en jour. Vers les derniers temps, il ne fit plus que languir dans l'insouciance et la fainéantise ; il laissait son ouvrage pour s'en aller vaquer dans les rues, au hasard, en compagnie des chiens errants ; quand les chiens s'arrêtaient, il s'arrêtait ; lorsqu'ils se couchaient au soleil, il s'étendait à terre avec eux. Il ne répondait plus à personne, et rien ne pouvait l'émouvoir, ni les remontrances des gens graves, ni les insultes des petits polissons. Pendant ces trois mois, on le vit passer ainsi de porte en porte, rasant les murs et traînant le pied, chancelant, appesanti, la face engraissée et blême. Sa santé, qui avait résisté aux plus dures fatigues, s'affaissa tout à coup ; il se mit au lit pour ne plus se relever ; il dormait des sommes de trente et quarante heures et se rendormait encore, si bien qu'un jour il ne se réveilla plus, et la mort le prit sans qu'on lui reconnût d'autre maladie que ces lourds sommeils continus…

# X

Cette invention du ventaire était la seule que le Sendric eût menée à bonne fin. À sa mort, il ne laissa que des plans et des ébauches absurdes, incompréhensibles au dire des savants qui mirent le nez dans ce fouillis de notes, de calculs et de dessins empilés au fond du grand coffre. Ces savants avaient été racolés par l'ami Espérit qui voulait tirer d'eux un bon témoignage en faveur du Sendric ; c'étaient des géomètres arpenteurs qui venaient cadastrer le pays, et le terrailler les avait entraînés au hangar en leur annonçant des merveilles. Après dix minutes d'examen, les géomètres se regardèrent en riant, et, laissant là Espérit tout triste et confus, ils retournèrent au cabaret où les attendait leur collègue Lagardelle. Les hommes compétents s'étaient prononcés, et sur cette décision sans appel il fut bien établi désormais que le Sendric était Mitamat, de sorte qu'on put bientôt, sans trop de mauvaise foi, lui contester son chef-d'œuvre, et lorsqu'on vit fonctionner dans le pays les nouveaux moulins à vanner, le Sendric fut accusé de plagiat.

À son retour à Seyanne, Marcel s'empressa d'explorer le coffre aux papiers. Il commença ce dépouillement avec une grande anxiété. Quelle joie ce fut pour lui de découvrir dans les études du Sendric mille preuves d'un génie inventif très original et primesautier ! Les combinaisons les plus nouvelles, les plus habiles, s'y rencontraient au milieu des singularités et des inexpériences ; c'étaient à chaque instant des lacunes incroyables ou des superfluités saugrenues que rien ne motivait, et dans ce désordre, dans ce chaos, éclataient très souvent des conceptions hardies, des pressentiments, des divinations étonnantes.

Cependant, il faut bien l'avouer à la décharge des gens du cadastre, les erreurs et les étrangetés faisaient masse dans l'œuvre du Sendric, et certes il fallait les yeux d'un fils pour chercher et discerner les idées heureuses disséminées çà et là sous ce terrible fatras. Tantôt il n'y avait d'ingénieux que les détails, les conséquences tirées droit d'un principe erroné, et tantôt, par une contradiction inexplicable, cette logique venait à faire défaut dès que l'idée première était vraie. Parmi ces projets du Mitamat, il y en avait un grand nombre de purement chimériques, et c'étaient les seuls qui fussent clairement et simplement traités, sans surcharges, sans inutilités bizarres ; il n'avait ce grand bon sens que lorsqu'il partait d'une idée fausse, d'une hypothèse en l'air, d'une méprise, et par contre sur les données les plus justes il ne savait que construire d'immenses utopies, si vastes et si touffues, qu'il finissait par s'y perdre : il n'en avait plus la clef. Il s'égarait dans son œuvre comme dans un labyrinthe, et s'il retrouvait le fil d'Ariane, tout aussitôt le fil lui cassait dans les doigts. C'était son moindre souci ; jamais il ne se croyait en si bon chemin que lorsqu'il était tout à fait dévoyé, et tout gaiement il s'en allait alors, trottinant à l'aveuglette, d'oisiveté en oisiveté, curieux, rêveur et musard. À chaque instant, des imaginations nouvelles se levaient devant lui ; il courait après comme un homme qui poursuivrait son ombre. Ainsi lancé au hasard, il passait à côté des vérités dont il avait eu l'intuition, souvent même il y touchait sans les reconnaître. Il n'avait d'ailleurs ni lois ni principes pour les fixer et les dégager, et celles qu'il rencontrait d'aventure semblaient n'arriver là que pour donner vie aux erreurs, et lui, de confiance, il s'avançait plus avant encore, en pleines chimères Une fois bien engagé dans l'inextricable, enlacé par mille difficultés vaines, il ne songeait plus qu'à raccorder entre elles toutes ces billevesées, à les assortir et les agencer finement, industrieusement, et loin de simplifier, il subtilisait à plaisir ; il compliquait, compliquait de plus belle, et toutes ses complications s'emmêlant, s'enchevêtrant, il les enjolivait encore de toute sorte de fariboles.

Ces côtés ridicules des plans du Mitamat étaient traités avec le même soin que les excellents, d'une main reposée, satisfaite, avec un amour infini. Vraie ou fausse, toute combinaison inusitée, imprévue, qui venait s'offrir, le séduisait par sa seule nouveauté ; il accueillait avec une égale complaisance le bon et le mauvais, l'inutile et le nécessaire ; sottises, balivernes ou divinations de génie se rencontraient et vivaient pêle-mêle dans son esprit, sans trouble, sans lutte, en amitié parfaite, sur le pied d'égalité. Et le plus singulier dans tout ceci, c'est que, n'étant jamais mécontent de ses essais, jamais pourtant il n'en voyait la fin.

Sa pensée ne pouvait s'arrêter à des formes définitives ; tous les jours il recommençait à nouveau et sans la moindre inquiétude, sans que jamais son inspiration vînt à languir, et jamais il ne se lassait de puiser à cette source intarissable des songeries. Nul doute, nulle hésitation, partant nulle certitude ; ni parti pris, ni décision, un quiétisme incurable : aussi jamais de refontes hardies, jamais les franches reprises, l'âpre travail, l'élan joyeux du dernier effort, le coup de griffe, le cri de victoire. Amoureux de soi-même, possédé par tous ses caprices et leur appartenant tout entier, il errait à loisir dans ses projets inachevés, à la merci d'une fantaisie vaine, captif et charmé, épris d'illusions, heureux de vivre dans l'inconscience et dans le rêve.

Marcel rentrait résolument dans cette œuvre confuse : il en détachait vivement les parties excellentes ; il les faisait ressortir sur ce fond de choses vagues et d'incohérences où s'était perdu l'esprit nonchalant du Sendric ; il les saisissait, il les dégageait avec la clairvoyance et la dextérité d'un esprit radical et libre, très exercé d'ailleurs au maniement des sciences ; sans parler de toutes les ressources qu'il tirait de ses études, par lui-même, par la franchise et la décision de sa nature, il était très apte à reprendre les tentatives du Sendric, à tirer du chaos tous ces germes d'inventions, à les appeler à la vie, à la lumière. Il avait ce qui toujours avait manqué au Mitamat : il avait la passion, la véhémence, l'élan de jeunesse.

Marcel avait pour ambition de réaliser un jour les œuvres de son père, de le continuer, de relever ainsi la mémoire de ce chercheur malheureux, en son vivant conspué, bafoué, et que les moqueries populaires poursuivaient encore au-delà du tombeau. Ses études étaient dirigées dans ce sens ; il y consacrait tout le temps que ne réclamaient pas les travaux de la maison, et en reprenant ainsi les conceptions avortées de son père pour les animer et les raviver, il se faisait une loi de ne modifier en rien les plans primitifs dont il pouvait tirer quelque parti : il s'attachait à les développer très rigoureusement, et partant de ce point où le projet déviait, détruisant toutes les inutilités qu'il rencontrait devant lui, il s'efforçait de poursuivre l'invention sur ses données premières, en innovant le moins possible, afin que tout l'honneur du succès pût revenir au vieux Sendric.

La Damiane s'associait aux espérances de Marcel. Seule, elle avait défendu le Mitamat contre les gens de la famille et du village. Sans croire précisément à son génie inventif, elle avait toujours compris qu'il y avait là quelque chose à respecter. Elle n'avait rappelé son fils qu'à la dernière extrémité. La tante Laurence, toujours mécontente, murmurait dans son coin que c'était un grand crime d'avoir retiré Marcel des écoles, qu'il aurait mieux valu vendre le four et le champ. La tante Laurence était tout à fait ralliée aux mécaniques, elle en donnait de très singulières explications toutes les fois qu'elle réunissait sa société, et si quelques commères s'étaient avisées de rire de la mathématique devant la tante Laurence, tante Laurence aurait cassé sa quenouille sur la tête des frondeuses. Tante Laurence n'avait pour Marcel que des tendresses, et le gros de ses humeurs retombait sur Damianet, qui commençait à se faire grand et mutin. Elle si économe, si avare, elle trouvait qu'on n'en faisait jamais assez pour Marcel, et, chose inouïe à Seyanne, elle parlait d'envoyer tous les jours à la boucherie ou chez le marchand de morue ; pour son neveu, elle aurait ruiné la maison. À table, elle lui servait des plats choisis préparés pour lui seul, et, prenant des airs dégoûtés : « Tire-toi de là ! disait-elle ; Marcel, cela ne vaut rien pour nous : tante Laurence se fait bien difficile ; mais à ton âge il faut être dur pour soi, on mangerait des cailloux. »

Les premiers jours, il n'avait rien dit dans la crainte de l'offenser, et la tante riait sous cape, convaincue qu'il ne se doutait de rien ; mais bientôt on comprit qu'il était très décidé à se contenter du maigre ordinaire de la famille. Alors il fallut inventer toutes sortes de ruses pour lui faire accepter malgré lui quelque bien-être, sans qu'il s'aperçût des grandes privations qu'on s'imposait. Ainsi l'on changeait l'heure des repas en commun sans avertir Marcel, afin qu'il pût être servi à part comme par mégarde, et la tante, l'appelant à l'improviste, lui criait : « Marcel, Marcel, descends donc, arrive ! Nous avons fini. Voilà le restant de notre dîner ; tant pis pour toi. Pourquoi es-tu en retard ! nous avons pris le meilleur ; aux derniers, les dents longues ! »

C'étaient tous les jours mensonges de cette force, et si Marcel, devinant la ruse, se levait de table sans vouloir toucher à ce dîner réservé, tante Laurence feignait de se méprendre sur la cause de ce refus, et jouait l'indignation.

« Ah ! tu nous méprises, disait-elle, tu ne veux pas de nos restes ! Oh ! mange donc ou je croirais que tu veux me faire un affront ! »

On avait disposé à l'usage de Marcel la seule pièce un peu habitable qu'il y eût dans la maison : c'était une petite chambre tout à fait isolée, au premier étage d'une vieille tour du rempart, et qu'on avait blanchie à neuf, parquetée, décorée avec soin, garnie de fleurs, ornée à grands frais. Tout le luxe de cette pauvre maison était là, et quel luxe ! Quelques vieux meubles rongés des vers, mais bien vernis, bien cirés et qu'on avait tirés des autres pièces. La tante, la mère, les cousines, s'étaient dépouillées des choses les plus nécessaires, et toutes s'étaient dépouillées avec joie. Et cependant quel sacrifice pour la tante Laurence de renoncer à la jouissance de cette fameuse commode disloquée, ornée d'un dessus de marbre griotte, et dont elle se faisait une si haute idée !

« Notre Marcel sera là comme un prince », disaient la tante et les cousines. Ces discours n'avaient rien d'exagéré chez des gens qui ne connaissaient rien de plus beau que la Pioline, et qui tenaient cette bicoque pour la plus magnifique, la plus somptueuse des résidences.

Le matin, à son lever, la tante se faisait porter dans la chambre de Marcel pour tout y mettre en ordre et surveiller le ménage ; on cirait le parquet sous ses yeux, et de ses mains elle fourbissait elle-même les cuivres des chenets et de la belle commode. Il fallait voir avec quel respect, quel orgueil elle époussetait les livres de son neveu Marcel, elle qui, du temps du Sendric, jetait à terre et poussait du pied les bouquins et les paperasses qui traînaient sur les tables. Puis, lorsque Marcel remontait à son cabinet de travail, tante Laurence roulait son fauteuil à l'entrée de l'escalier, et, se plaçant en sentinelle devant la porte, elle barrait le passage aux visiteurs importuns. C'était encore elle qui faisait la police dans la maison pour imposer silence aux tapageurs. Quelle belle occasion de quereller les chères amies et de gourmander le bruyant Damianet ! Elle criait à tue-tête qu'il fallait se taire ; on lui ripostait du même ton.

Dans tout le village, Marcel rencontrait autour de lui les mêmes amitiés ; ces moqueurs acharnés qui avaient persécuté si cruellement le Sendric n'éprouvaient pour son fils que sympathie et bienveillance. Les dernières années du Mitamat avaient été très malheureuses ; vers la fin surtout, les hostilités, les malveillances populaires s'étaient changées en haine ; le Mitamat était exécré. Personne n'excita jamais au même degré que lui cette révolte, cette férocité du bon sens public bravé, irrité par l'entêtement d'un maniaque incorrigible. Ces violentes et légitimes préventions de la pratique, de la routine contre l'innovation qui n'a pas fait ses preuves de vie, ces antipathies, ces colères, il semblait prendre plaisir à les exaspérer encore par son obstination douce, calme, invincible. Aux champs, au moulin, aux ateliers, toutes les fois qu'il se trouvait en rapport avec des paysans et des ouvriers, il prenait leurs outils, et, les examinant en connaisseur, souvent il lui arrivait de dire : « Voilà qui fera de bon bois de chauffage et tous ces bouts de fer retourneront à la forge ! Oh ! oh ! les pauvres cultures ! Quelles machines ! » Et d'autres propos sur ce ton. D'autres fois il se contentait de sourire, mais d'un sourire si méprisant qu'il mettait en fureur les plus pacifiques, et ce qu'on lui pardonnait le moins, c'était ce dédain si naïf, si naturel ; on ne voyait plus en lui qu'un vaniteux méchant, passionné pour le mal, un trouble-chrétiens, un porte-guignon. Si quelque malheur survenait aux moissons, aux fruitiers, aux vignes, pour les sécheresses comme pour les gelées, les grêles, les orages, on accusait le Mitamat ; le Mitamat avait jeté un sort sur les terres. Sans ce grand respect qu'inspirait la Damiane, on aurait été très loin contre le Mitamat et contre toute sa famille. Espérit lui-même était très mal vu pour sa fidélité aux Sendric.

Marcel désarmait toutes ces inimitiés ; au village comme dans la famille, il était aimé ; on avait foi en lui ; il ramenait la joie et la confiance dans cette maison désolée des Sendric ; il était l'espérance ; il portait en lui les dons heureux, la chance nouvelle, et comme une grâce de jeunesse, un charme, une bonne fortune qui conjurait les destins contraires ; il avait une étoile. D'un mouvement naturel, tous les cœurs venaient à lui. Personne dans Seyanne qui ne prît l'intérêt le plus vif aux études de Marcel. Comment dire leur bon vouloir à tous, leur amitié fraternelle ? Si on les eût laissés faire, ils se seraient distribué entre eux tout l'ouvrage de la boulangerie. Un matin, comme Marcel allait au labour avec son bœuf, il trouva la terre toute remuée de frais ; les sillons ouverts fumaient au soleil. Pendant la nuit, les garçons du voisinage étaient venus défoncer ce champ au clair de lune ; les pierres et les herbes étaient empilées au bord du fossé. Le bœuf s'étant mis à brouter sur ces tas : « Voilà son travail pour aujourd'hui, dit un berger qui ramenait les charrues. Sendriquet, retourne à tes livres, ton Bannerat se fait vieux, laisse-lui sa franche journée dans ces herbages. »

Au bois, à l'aire, dans la cour, au moulin, dès qu'il était chargé de travail, les plus malotrus du village s'empressaient de lui venir en aide. Il y en avait qui lui arrachaient violemment la bêche ou la pelle des mains, et qui de force se mettaient à sa besogne ; d'autres lui faisaient craquer les poignets et les retenaient dans leurs doigts serrés comme des étaux : « Sendriquet, tire-toi de là avec tes mains blanches ! »

Et d'autres en montrant leurs bras nus : « Touche ce nerf dur comme pierre ! »

Ou bien encore : « Notre Marcel, renverse donc comme moi cette charrette d'un coup d'épaule ! C'est plus lourd que tes livres ! Vois comme je charge tes sacs ! Il faut les monter jusqu'au grenier en battant des entrechats. Eh ! l'ami, ce n'est pas une plume ! »

Ces défis, ces bravades d'hercules n'avaient rien de méprisant, loin de là. Sous des formes grossières, c'était un sincère hommage rendu au travail de l'esprit. Ces souleveurs de quintaux, ces fanfarons des chantiers et des carrières qui portaient des blocs à bras tendu et qui jonglaient avec des solives et des échelles, tous ces héros de la force brutale venaient abaisser leur jactance auprès du petit Marcel, du petit Sendric, Marcelet, Sendriquet. Dans leurs bouches, ces diminutifs prenaient un sens tout affectueux ; on lui savait gré de sa faiblesse physique ; on l'exagérait à plaisir, et la force ne s'étalait ainsi que pour dire : « Nous sommes le secours et la protection ; laisse-nous ces durs labeurs, c'est bon pour nous. Pour nous, c'est un jeu, et notre Marcel a mieux à faire. Sendriquet, retourne à tes livres. »

À la première aube, quand les troupeaux sortaient des étables, les bergers qui s'en allaient à la montagne s'arrêtaient au pied de la tour où logeait Marcel ; la lampe du jeune savant brillait à la fenêtre, et jetait ses lueurs, comme une étoile du matin, sur cette route sombre.

« Voilà Marcel à ses livres, disaient les bergers. Salut, Marcel ! Adieu et bon courage ! »

« Bon courage, Marcel ! » Ce cri était dans tous les cœurs. On attendait de Marcel des merveilles, on rêvait pour lui des succès éclatants ; c'était l'enfant du pays, l'honneur de la commune, ils l'avaient adopté, ils avaient foi en lui ; ils mettaient en lui leur orgueil, et franchement, naïvement, sans arrière-pensées jalouses ; c'était une fraternité vraie, une amitié généreuse, quelque chose de semblable au désintéressement si chrétien de ces vieux soldats résignés à l'obscurité, inconnus après vingt batailles, et dont les âmes libres d'envie tressaillent quand la gloire vient prendre par la main leur jeune capitaine. Ils avaient bien compris à quel point Marcel était resté en union avec eux, par quelles attaches vives il tenait au pays. À son retour au village, après quatre ans d'absence, quelles émotions tendres et pures le remuèrent au plus profond de l'âme, quand il entendit de loin les sonneries du clocher de Seyanne ! Il traversait le cimetière, lorsque tout à coup les carillons reprirent à pleines volées : c'était un jour de Pâques, jour de triomphe et d'allégresse au ciel et sur la terre. Que de choses lui dirent alors ces cloches du pays ! Et, comme ces cloches qui chantaient pour lui, les amis, la famille, l'église, toutes les voix du foyer pouvaient lui redire : « Tu nous reviens tel que tu es parti, le cœur fidèle et jeune ; entre nous, rien n'est rompu ; ainsi que nous t'aimons, tu nous aimes, et tes pas ne sont pas ceux d'un étranger sur cette terre où dorment tes ancêtres ! »

## LIVRE III

# La Damiane et Sabine

# I

Le dimanche, après vêpres, la famille Cazalis retournait à la Pioline en compagnie des paysannes de la vallée – les hommes ont coutume de s'attarder dans les auberges, à la danse, au portail, aux jeux de boules. Lucien faisait route avec la caravane et galopait en tête. Mlle Blandine s'efforçait de retenir sa nièce auprès d'elle : elle saisissait la bride du Garri et la remettait à Zounet ; mais le petit cheval corse, qui avait le diable au corps, secouait la tête, donnait des coups de ganache, s'emportait et poursuivait le beau cheval pie de Lucien à travers champs.

« Bravo, bravo ! disait le lieutenant lorsque la tante Blandine ou la servante tournaient sur leurs selles et lâchaient prise ; bravo, les voilà partis ! Est-il gai, ce mauvais Garri ! Il relève les pieds comme un cabri. Quel ver coupé ! C'est tout feu. Mais voyez donc notre Sabine, comme elle le tient en main ! Ma très chère sœur Blandine, vous allez les voir courir ainsi jusqu'aux Estrasses ; il n'y a pour eux ni baies ni murailles. Les voilà au saut de la rivière ; hardi, Sabine ! Si j'avais cinq ans de moins je voudrais être de la partie. »

Aux Estrasses, Lucien faisait sauter son cheval sur le chemin, le ramenait à reculons, saluait Mlle Blandine, et venait caracoler à ses côtés en lui disant des galanteries ; la tante prenait sa mine rébarbative et chuchotait avec la Zounet. Jusqu'au chemin des sables, Lucien faisait sa cour à Mlle Blandine, comme si de rien n'était ; à tous les signes de mauvaise humeur, il répondait par des marivaudages raffinés, d'un ton précieux, en grasseyant avec l'air éventé, le sautillement d'un marquis de comédie. Au tournant de la colline, il repartait à fond de train.

« À toi, Sabine ! criait le lieutenant ; ma très honorée sœur Blandine, piquons des deux, suivons-les un temps de galop. »

Mais la tante se rangeait en travers de la route et maintenait les bêtes au pas.

« Vous, au galop ? disait-elle ; à votre âge ? un marin ? Quelle pitié ! Vous ?

– Et votre ânesse ? disait la Zounet.

– Taisez-vous, insolente ! interrompait le lieutenant ; qu'on se taise ! Et si la langue vous brûle, je ne vous donne la parole que pour les histoires de votre département. Allons, racontez-moi le menu du jour. Quels sont vos projets ? Il faut qu'aujourd'hui la Zounet se distingue : j'ai à dîner mon ami Lucien.

– Encore ? répliquait la servante.

– Encore et toujours, effrontée ! Aujourd'hui, demain, toute la semaine et tout l'été, si bon lui semble. J'espère bien que nous le garderons jusqu'au mardi. J'entends et je prétends que la chambre bleue reste en tout temps préparée pour mon ami Lucien, pour lui seul. J'en ferai l'inspection, et si tout n'y est pas en ordre, je vous chasse. Est-ce clair ? »

Aux yeux de la Zounet, cette chambre bleue était une des sept merveilles du monde ; quand les gens de son pays venaient lui rendre visite, elle les promenait avec orgueil dans toute la maison, de la cave au grenier, des volières aux étables, pour leur faire admirer les beautés de la Pioline. Ces villageois s'arrêtaient à chaque pas et donnaient des signes de contentement.

« Vous avez trouvé une bonne condition, disaient-ils ; voilà une maison bien montée. Les meubles n'y manquent pas, et tout est bien fourni en provisions comme en garnitures. Il fait bon d'être riche.

– Ce n'est encore rien ; à tout à l'heure ! répondait la servante, qui se réservait, comme surprise dernière, de les introduire dans la chambre bleue ; vous me direz alors s'il y a rien de pareil dans notre pauvre Saint-Léger. »

La chambre bleue était parquetée, tapissée de papier et plafonnée, tandis que les autres pièces du manoir étaient carrelées de moellons vernis, blanchies à la chaux et lambrissées. À chaque étage, les planchers étaient supportés par des solives fuselées et cannelées figurant des croix et des losanges. M. Cazalis aurait bien voulu détruire ces jolies poutrelles sculptées, mais la tante Blandine le tançait vertement dès qu'il s'avisait d'en parler, non qu'elle fût très éprise des vieilles boiseries qu'elle appelait des nids à poussière et des citadelles d'araignées ; mais elle disait que lorsque les maçons entraient dans une maison, ils n'en sortaient pas sans l'avoir démolie de fond en comble, qu'on se perdrait en dépenses imprévues ; qu'après avoir terminé les plafonds, les plâtriers génois voudraient mouler des rosaces ; il faudrait des dorures, des glaces, des pendules à sujets, de grands carreaux, des mousselines, des persiennes ! Bref, ce serait la ruine de la famille, comme si les dîners n'y suffisaient pas. Elle connaissait son frère, il n'était pas homme à s'arrêter dans les folies de bâtisse, si une fois on lui laissait prendre la manie d'innover. Enfin il n'y avait rien à désirer quand on avait un appartement comme la chambre bleue pour faire honneur aux étrangers de distinction.

Depuis que cette chambre bleue avait été mise à la disposition de Lucien, le maire Tirart était en joie ; il était très fier des succès de son neveu ; il méditait déjà de grands projets de mariage, et n'attendait plus qu'une occasion pour s'en ouvrir avec le lieutenant. Le lieutenant ne pouvait plus se passer de Lucien, et pour peu que Lucien s'y fût prêté, M. Cazalis l'aurait installé définitivement à la Pioline. Lucien se faisait encore bien prier quand on voulait le garder à la Pioline après les dîners, mais pour le retenir, le lieutenant inventait toutes les semaines des parties de chasse, des cavalcades ou des répétitions extraordinaires. La tante Blandine, que toutes ces dépenses effrayaient, préparait en secret de grandes machinations contre *La Mort de César*, sans oser encore toutefois engager franchement la lutte : elle aurait eu contre elle tout ce village, qui s'était engoué de tragédie.

« Ce beau zèle se lassera, se disait-elle en s'efforçant de prendre patience. Feu de paille, feu de paille ! Je connais bien les gens de mon pays. »

En dépit de ces prédictions, les amateurs de Lamanosc furent pendant un mois très assidus à *La Mort de César* ; il y eut trois répétitions très brillantes à la Pioline, et déjà il était question de mettre à l'étude le deuxième acte. La tante Blandine n'y tenait plus.

« Ah ! Zounet, disait-elle, on veut me pousser à bout. »

Et les dîners succédaient aux dîners.

« C'est une vie charmante, disait M. Dulimbert, nous voilà revenus au bon vieux temps. »

Cependant les jours de tragédie, on n'avait pas la visite de M. Dulimbert, car il redoutait la cohue ; d'ailleurs ou ne se mettait à table qu'après le départ des tragédiens, et le contrôleur n'aimait pas ces changements d'heure dans les repas. La Zounet était la seule personne qui s'attristât des absences de M. Dulimbert ; depuis l'arrivée du neveu, le galant contrôleur était bien oublié, bien délaissé ; M. Cazalis et ses amis ne pensaient plus qu'à Lucien.

« Vous en êtes tous ensorcelés, disait souvent la tante Blandine ; c'est à en devenir folle, mais je n'en démordrai pas, votre Lucien est un sot ; il n'a pas son pareil sous la calotte du ciel. Un sot en trois lettres, S.O.T. Oh ! c'est ainsi, mon frère Jean-de-Dieu, et tous vos airs irrités n'y feront rien, et, comme toujours, vous finirez par être de mon avis, mais vous y mettrez le temps. Son esprit, son esprit ? Je vous dis que vous en avez tous plus que lui, et s'il me fallait passer ma vie dans une tour avec une seule personne à mon choix, je prendrais plutôt Cabantoux, le fadad, entendez-vous ? ou même un homme de Sérignan ! »

Un homme de Sérignan ! À Lamanosc, il n'y a pas de pire injure ; dans toute la montagne, les gens de ce village de Sérignan ont un grand renom de sottise.

« Pourquoi pas Bélésis ? répliqua un jour le contrôleur, qui se piquait de finesse.

– Oui, Bélésis, répartit la tante Blandine, Bélésis, ne vous déplaise, monsieur Dulimbert. Aux bavards je préfère les muets. À bon entendeur, salut ; voilà la tante Blandine. Qui s'y frotte s'y pique. Oh ! c'est ainsi, et tous vos soupirs n'y changeront rien, monsieur Dulimbert, ni vos jurons, mon très cher frère. N'avez-vous pas honte d'être ainsi tous engoués de ce petit arrogant ? Oui, tous, jusqu'à Sabine, que j'avais crue si sensée ! Elle prend toujours sa défense, et contre moi ! Et maître Espérit qui s'en mêle ! Et l'oncle Tirart qui le consulte pour ses charrues et sa garancine, et qui va faire détruire ses belles fosses neuves parce que M. Lucien les trouve mal exposées ! Je vous répète que vous êtes tous fous, fous à lier ; vous ne voyez donc pas qu'il se moque de vous ? C'est comme lorsqu'il m'a baisé la main le jour de son arrivée à la Pioline ; croyez-vous que j'y aie été prise ? Il n'y est plus revenu, et il a bien fait. Quelle pitié ! Il parle modes, médecine, cuisine, chiffons ; il a tout lu, tout vu ; il n'est rien qu'il ignore ; il babille, il babille ! Vous verrez que bientôt il voudra m'apprendre à faire des tisanes.

Quand je pense qu'il a eu le front de vous expliquer la guerre de Calabre, où vous avez été blessé, de vous parler marine et voyages, et de vous battre sur les choses de votre métier.

– De me battre ? dit le lieutenant.

– Oui, de vous battre, ce qui s'appelle battre, battre sur toute la ligne. Il vous a battu, vous, Jean-de-Dieu Cazalis, battu de pied en cap, hier encore, sur la marine et sur la Calabre, comme il a battu le maire sur ses fumiers, Corbin le jeune sur ses ballons, et maître Giniez sur ses hypothèques. Et jusqu'à notre curé qui s'est fait mener comme un petit garçon sur sa théologie ! Et vous l'admiriez tous ! C'est une pitié ! Allez, allez, on ne me trompe pas, et j'y vois clair sans bésicles. Il y a dix ans, lorsque la fille de la Bouillargue eut son malheur, deux mois avant tout Seyanne j'eus son secret ; il me poussait des soupçons, et quand elle vint me rapporter le linge, de mon air innocent je laissai tomber mes ciseaux par mégarde, bien sûre qu'elle s'empresserait de les ramasser. Qui fut prise ? Cette effrontée. À la manière dont elle se baissa et se releva de côté, je devinai tout, et l'on a su plus tard pourquoi elle était restée six mois hors du pays. Tristes gens que ces Bouillargue ! La cadette vous paraît bien timide, bien honnête : je vous dis qu'elle vaudra sa sœur ; un pin fait un pin. Dans le temps leur grand-mère s'est sauvée avec un soldat. Du reste, cela ne me regarde pas, et je n'aime pas les commérages. Sachez seulement que tante Blandine a du nez, et votre Lucien me parlerait latin que je ne m'y fierais pas. Mon frère Jean-de-Dieu, vous êtes un vieux fou ! »

Il est à remarquer que ces antipathies de la tante avaient pris naissance dès l'arrivée de Lucien à la Pioline : c'était au discoureur qu'elle faisait la guerre, et, sans qu'elle s'en rendît compte, son grief principal contre Lucien, ce qu'elle lui pardonnait le moins, c'était encore son silence dédaigneux du premier jour.

# II

À Lamanosc comme à la Pioline, la tante Blandine se trouvait à peu près seule de son parti. Lucien avait ramené à lui tous les tragédiens, qui s'étaient montrés d'abord si hostiles. Espérit avait été séduit des premiers par les prévenances du neveu, et depuis un mois il vivait dans son intimité. Le marquis des Saffras ne parlait plus que de Lucien, il ne pensait plus qu'à Lucien, et la journée lui paraissait bien longue lorsque l'ami Cadet se trouvait retenu à la Pioline. D'habitude c'était lui qui venait réveiller le neveu, tous les matins, vers dix heures ; il frappait au volet avec son bâton ; ordre était donné de lui ouvrir au premier coup. Quand les servantes étaient en retard soit par oubli, soit par malice, il secouait violemment la porte du pavillon ou passait par la fenêtre du corridor qui donne sur la cour ; alors les chambrières se jetaient dans ses jambes, se pendaient à ses habits, entraient avec lui et portaient plainte à grands cris. Lucien les chassait, s'excusait gracieusement auprès d'Espérit, et l'invitait à s'asseoir au pied du lit pour causer de bonne amitié jusqu'à midi.

Cet accueil courtois donnait courage au terrailler, et dans son grand désir d'apprendre, il ne se lassait pas d'interroger Lucien sur toutes choses, avec une insistance, une importunité d'enfant. Souvent ses questions étaient des plus singulières ; Lucien ne refusait pas d'y répondre ; à toute heure de sa vie, il était en humeur de harangue. Il était de ceux qui ne peuvent se passer d'admirateurs et de subalternes, et c'était un besoin pour lui de paraître et de briller, même aux yeux des gens dont il faisait le moindre cas. Toute occasion lui était bonne : Espérit n'était qu'un prétexte à discours. Lucien avait horreur de la solitude et du silence ; retenu à Lamanosc par la volonté de l'oncle Tirart, ennuyé, inoccupé, ne sachant que faire de ses matinées oisives, il se contentait au pis-aller de la société d'Espérit. Il lui plaisait d'avoir un donneur de répliques toujours à portée de la voix, et tout d'abord il avait pris le premier venu qui lui tombait sous la main ; il avait pris Espérit par caprice de désœuvré, il s'en servait pour se tenir en haleine, disait-il, comme ferait un pianiste exilé au village, et qui, faute de mieux, s'accommoderait pour ses exercices d'une épinette de rencontre.

Avec Espérit, Lucien n'avait plus rien de guindé ; il se mettait à l'aise, au naturel ; il pensait tout haut, sans gêne et sans contrainte, en déshabillé pour ainsi dire, et son esprit brillant se jouait à travers mille paradoxes, avec tous les caprices d'une humeur vive et légère. Il n'en fallait pas davantage pour mettre en peine une âme confiante, inexpérimentée et curieuse. À midi Espérit retournait au château des Saffras, et tout en façonnant ses poteries, il méditait et ruminait les beaux discours de la matinée. Il se faisait en lui un travail sourd et continu très complexe, une sorte de germination lente, active et douloureuse. C'était tout à la fois des excitations d'esprit très subtiles, des éveils, et les plus vagues, les plus indéfinissables malaises. Comme il n'était pas fort habile à démêler ses impressions, il ne pouvait s'expliquer d'où lui venait cette mélancolie qui le gagnait dès qu'il n'était plus sous le charme des paroles de Lucien ; il restait émerveillé de tout ce qu'il avait entendu, et cependant les antipathies du premier jour lui revenaient avec force. À quel propos ? Pour quel motif ? Il le cherchait en vain.

Il s'en ouvrit un jour très franchement avec Lucien ; Lucien ne fut pas touché de la candeur de ces aveux, et la tentation lui vint de prolonger les inquiétudes qu'il avait fait naître à son insu. Il agit dès lors de parti pris, d'un dessein arrêté, avec la malice d'un écolier goguenard, pour se donner le spectacle des perplexités, des transes d'un esprit en désarroi. Il n'y avait pas grande ordonnance dans la tête de ce philosophe de village ; ce qu'il appelait sa connaissance s'était formé de pièces et de morceaux, comme l'habit d'Arlequin. Le peu qu'il savait, il l'avait appris d'aventure, à la volée, d'un vif instinct, ou par tâtonnements, d'efforts en efforts, obstinément, violemment. Sans cesse en quête de l'inconnu, il s'en allait tout droit devant lui, se butant ou devinant, mais toujours arrivant aux idées par le flair, comme le bon chien qui lève le gibier. Lucien s'amusait à lui faire perdre la piste. Le malheureux Espérit, tout à fait désorienté, battait alors les buissons, s'agitait, tournait et retournait sur lui-même. Ces embarras, ces perplexités égayaient le neveu ; il ne songeait plus qu'à lutiner la gaucherie, la sincérité d'Espérit, à mettre en défaut ses instincts, à tenir en éveil sa curiosité avide pour l'exciter et la tromper tour à tour. Il le jetait tous les jours dans des soucis et des étonnements nouveaux ; il l'intriguait à plaisir par ses badinages et plus encore par sa gravité équivoque : à des riens il attachait une importance extrême, il ravalait les choses les plus hautes, il traitait doctement les plus futiles.

Après ces longs entretiens, le terrailler s'en allait la tête pleine de discordances, ébloui et étourdi. Tout le déroutait dans les habitudes de Lucien : le ton comme les paroles, le geste, l'accent, le sourire, un je ne sais quoi d'insaisissable et d'irritant qui venait l'allécher et l'agacer, un certain tour donné aux choses les plus naturelles, et comme une odeur de mensonge s'exhalant de toutes parts. Cependant il se tenait en garde contre ces impressions, car il craignait d'être injuste pour l'ami Lucien ; il ne cessait pas de se reprocher ces antipathies qui l'avaient éloigné de lui dans les premiers temps. Sa confiance était sans bornes, et jamais il n'aurait soupçonné qu'on pût se faire un jeu de la parole. Il acceptait les yeux fermés tout ce qui lui venait d'un homme si savant ; il demeurait convaincu que Lucien ne pouvait se tromper, et il en concluait qu'il n'y avait rien de mieux à faire que de l'imiter au plus près possible. Il poursuivit ce dessein avec une bonhomie divertissante ; mais son esprit, dur, ne pouvant s'adapter à de telles fantaisies, il fallut souvent le violenter pour l'assouplir, comme un bois de chêne tordu au feu. Nuit et jour il se mettait à la torture, afin d'arriver à penser et à raisonner à l'instar de Lucien ; ainsi disait-il dans son langage. Il s'acharnait à cette besogne avec un véritable entêtement de paysan ; sa nature rétive lui opposait des résistances invincibles ; il se désespérait, il s'accusait de paresse et de lourdeur, et revenait demander conseil à l'ami Lucien. Lucien mettait à profit les confidences pour frapper plus juste encore au point vulnérable. Espérit se découvrait et se livrait de plus en plus ; il se livrait avec un entier abandon, il se laissait ingénument dominer, et par ses meilleures qualités il donnait prise ; on se faisait une arme contre lui de son humilité, de sa patience et de sa grande bonne foi.

Comment se serait-il tenu en garde ? L'adresse de Lucien était extrême, il effleurait tout à la légère et sans outrance ; il n'attaquait rien de front, ne brusquait rien, ne heurtait rien, et lorsqu'il craignait d'avoir été trop loin, il donnait le change par des retours imprévus. Habitué à fausser le sens des mots, ne s'arrêtant même pas aux acceptions arbitraires qu'il avait créées, leur conservant toujours une élasticité frauduleuse, et de la sorte prolongeant indéfiniment les confusions, il pouvait à son gré harceler et calmer Espérit, l'inquiéter, le ramener et le rejeter doucement dans de nouvelles anxiétés. Il réussissait surtout à ébranler toute notion précise dans son esprit, à n'y laisser subsister rien de fixe. Détruire en tout la mesure, la juste valeur, effacer les limites et sans cesse altérer les rapports des choses, c'était là son grand art ; il excellait à donner une allure fantasque aux idées, à les faire voltiger comme des feux follets, et dans cette mobilité, ce déplacement de toutes choses, par mille artifices, il prêtait aux apparences la vie qu'il enlevait aux réalités. S'il gardait quelques vérités, ce n'était que pour les gauchir et les présenter à faux sous des formes changeantes. Espérit se sentait attiré, saisi tout entier par une force vague, poussé pas à pas sur un terrain mouvant, dans un monde d'illusions et de métamorphoses.

Si cette tyrannie s'était exercée sur Espérit quelques années plus tôt, avant que l'homme entier se fût formé dans la solitude par un travail original et libre, et sans tous les secours que donnent la piété et l'innocence, Lucien sans contredit serait arrivé à fausser la droiture de ce paysan, curieux, questionneur, épris de nouveautés. Ainsi défendu par ses forces premières, le fond de cette franche nature resta intact, inaltéré, mais de grandes agitations n'en furent pas moins jetées à la surface. Ces inquiétudes se changèrent bientôt en angoisses inexprimables. Tout s'ébranlait en lui ; d'instinct, il repoussait tons ces sophismes qui l'enveloppaient, mais ce n'étaient là que des révoltes du cœur, et de bonnes raisons il n'en trouvait guère. Il se faisait en lui une réaction sourde et violente, passionnée, confuse, dont il n'avait pas conscience. Atteint et blessé, à son insu pour ainsi dire, dans ses plus chers sentiments, dans son ingénuité même, dans la naïveté de ses croyances, il souffrait vivement, mais sans pouvoir donner un nom à sa souffrance, sans en connaître la cause, car jamais Lucien n'avait été plus séduisant, plus aimable, jamais il n'avait usé de plus de ménagements et de prudence.

L'irritation ne tarda pas à succéder à ses premiers troubles, et Lucien rencontra des résistances inattendues. Espérit n'arrivait pas encore à se reconnaître au milieu de ce grand désordre de ses idées, mais déjà il ne cédait plus comme par le passé. Par une singulière contradiction, l'insouciant, le dédaigneux Lucien se sentit alors très désireux de retenir ce rustre sous sa dépendance. Ce ne fut plus pour se divertir des transes d'un pauvre hère qu'il mit en jeu ses industries les plus subtiles, ce fut réellement par un instinct despotique, pour briser cette originalité vivace et rebelle. L'espièglerie tourna peu à peu à la malignité. Ainsi malmené, Espérit devint querelleur, il prit goût aux disputes ; il s'en allait méditer dans les bois, cherchant des arguments, puis retournait auprès de Lucien, chargé de preuves, armé de pied en cap, en vainqueur, et, comme toujours, il se faisait battre honteusement. Après ces défaites, il revenait à la charge ; il s'acharnait aux controverses, il s'y jetait tête baissée, comme un sanglier dans les broussailles ; il s'enfiévrait, il s'exaspérait, il donnait des coups de boutoir dans ces fourrés épineux et n'en sortait que meurtri, déchiré, ahuri. À ces emportements, qui l'aurait reconnu ? En moins de deux mois, Lucien était arrivé à lui donner son ardeur contentieuse, ses habitudes d'esprit et de langage, âpres, inquiètes et criardes. L'honnête Espérit tournait à mal ; à tout propos il discutait, il ergotait, et d'une humeur agressive et chagrine : pour combattre les sophismes, il se faisait sophiste. Qu'étaient devenus sa douceur, sa modestie, son enjouement ? De jour en jour il s'aigrissait davantage et tombait en plus triste état de colère et d'impuissance.

# III

Dans ses grandes perplexités, Espérit avait complètement négligé la tragédie : il avait fini par ne plus venir à la Pioline. Marcel, de son côté, était retenu très souvent à Seyanne par ses travaux du four et des embarras de famille, et Lucien se souciait de *La Mort de César* comme des vieilles lunes. Quant aux autres tragédiens, ils étaient pour la plupart très mécontents de la nouvelle distribution des rôles. Espérit n'étant plus là pour les remonter, ils retombèrent sous l'influence de Perdigal. Perdigal, grand semeur de querelles, avait soin d'envenimer les dépits d'acteurs, d'irriter leurs amours-propres. Déjà tous les chefs de parti, rejetés dans les rôles secondaires, s'étaient retirés de *La Mort de César* avec éclat. Avec les amateurs qui montraient encore quelque zèle, avec les honnêtes et les simples, il s'y prit d'une autre façon : il s'ingéniait à leur persuader que le lieutenant renonçait tout à fait à la comédie ; il leur lisait effrontément de prétendues lettres de M. Cazalis. On était arrivé à la fin de juin, et depuis près d'un mois les répétitions étaient tout à fait interrompues. Vers cette époque, le maire Tirart eut à s'absenter une quinzaine pour ses trafics de soie et de garance. M. Cazalis dit alors à sa sœur : « Ma chère Blandine, notre ami Lucien va se trouver bien seul, bien isolé ; il faudra l'inviter à passer tout ce temps avec nous. Nous allons l'établir définitivement dans la chambre bleue.

– Oh ! le pauvre petit orphelin ! dit la tante. Comme il languira ! Péchère ! péchère !

– Eh bien ! pour le tirer d'ennui, dit M. Cazalis, nous remonterons cette tragédie. Du diable si je sais pourquoi elle ne marche plus ! »

Et comme la tante développait toutes les raisons de convenance qui s'opposaient à cette installation d'un jeune homme à la Pioline, le lieutenant lui répondit avec un grand calme : « D'accord, d'accord, mais, comme on dit dans la gazette, j'ai pour moi les faits accomplis ; Lucien a déjà reçu sa lettre d'invitation, et demain nous l'aurons à déjeuner. »

M^lle^ Blandine était très décidée à lui faire un vilain accueil ; contre toute attente, Lucien ne vint pas.

« Ce sera pour ce soir », dit le lieutenant.

On ne le vit ni dans la soirée, ni les jours suivants.

« Il y a là-dessous quelque inconvenance de ma sœur, disait M. Cazalis ; elle l'aura blessé avec toutes ses sorties ridicules contre *La Mort de César*.

– C'est bien possible, répliquait la tante. Ah ! plût au ciel !... »

Et déjà mille suppositions tourbillonnaient dans cet esprit inquiet : elle cherchait, elle inventait les raisons les plus singulières pour s'expliquer la disparition de Lucien. De fait Lucien était parti pour partir : deux mois de séjour à Lamanosc l'avaient lassé, et, mettant à profit l'absence de l'oncle, il s'était mis en route au hasard.

# IV

À quelques lieues de Lamanosc, Lucien fit rencontre de l'huissier Fournigue. En public, à Lamanosc, Lucien et Fournigue ne se parlaient jamais, mais seul à seul ils s'entendaient à merveille. L'oncle Tirart était très généreux, mais le neveu était un bourreau d'argent, et c'était Fournigue qui lui négociait ses affaires d'usure. L'huissier s'en allait aux Rétables, chez son patron l'avocat Mazamet, le célèbre Mazamet, l'auteur du terrible mémoire, dont la publication, toujours retardée, devait porter le dernier coup à la puissance du maire.

Lucien et Fournigue mirent leurs chevaux au petit trot et s'engagèrent dans la vallée. Au fond de cette plaine nue se détachaient brusquement les toits rougeâtres des Rétables, vaste logis seigneurial encore très imposant, construit dans le style de la Renaissance italienne, flanqué de deux pavillons massifs. De grands escaliers montaient autour et venaient rejoindre une terrasse en arceaux ; au nord s'étendaient de hautes futaies.

Voici comment ce domaine était tombé dans les mains de l'avocat Mazamet. Mazamet avait parmi ses clients un vieux gentilhomme agronome, couronné dans tous les concours, président de comice, médaillé d'or et d'argent en France et au-dehors. De succès en succès, l'agronome arriva à se faire exproprier. La veille de la vente judiciaire, Mazamet vint au secours de son client : il liquida moitié des dettes. En payement de ses avances, le château des Rétables lui fut cédé de gré à gré à moitié prix de sa valeur, et les autres créances furent passées en son nom.

« Entre nous, ajoutait Fournigue, je puis vous dire que jusqu'au dernier moment nous activions sous main les poursuites contre le vieux noble, et sans que le patron y parût pour rien. Oh ! c'est un habile homme ; il est très fort. Savez-vous qu'il a su tirer dix mille francs de ferraille de cette masure sans qu'il y paraisse, rien qu'avec les grilles des perrons, des jardins, des balcons, des puits ? Cette futaie que vous voyez là à l'ouest n'est que le débris d'un immense parc dont la coupe sombre a payé pour les deux tiers l'achat du château. Ah ! quel homme ! »

Quand on parlait de cet achat des Rétables, Mazamet avait coutume de répondre:

« Mauvais, mauvais placement ! Les terres ne rapportent plus rien, l'impôt monte tous les jours, et, gouvernés comme nous le sommes. Dieu sait où nous marchons. J'augmente mes charges, c'est une folie ; mais enfin j'ai sauvé mon client, mon ami. Ses biens étaient grevés d'une hypothèque générale, et les créanciers l'auraient jeté dans la rue ; ils étaient sans pitié. Il a fallu faire la part du feu. En fin de compte mon client ne sera pas sur la paille ; il lui restera encore deux fermes et sa maison de ville. »

On célébrait partout la belle conduite de maître Mazamet, et le client n'osait y contredire, car les hypothèques qui frappaient les deux fermes et la maison de ville avaient été transférées au nom de Mazamet ; les créances étaient toujours exigibles, et l'avocat se montrait encore très généreux en laissant courir la dette sans parler de remboursement. Fournigue racontait toutes ces histoires avec des transports d'admiration.

Depuis quelques années, maître Mazamet s'était retiré des affaires ; il ne plaidait plus que les causes politiques, les procès à grands fracas, et pendant l'été il venait tenir sa cour aux Rétables. L'affluence des visiteurs était grande ; maître Mazamet avait déjà tout un cortège de solliciteurs, et plus d'un fonctionnaire venait le voir la nuit à la dérobée. Son activité, sa fortune, ses intrigues, son éloquence diffamatoire lui avaient conquis une grande influence dans le pays. Il était très puissant, très redouté, et les oppositions coalisées l'avaient adopté comme candidat. Ses adversaires le combattaient timidement. Le maire de Lamanosc était le seul qui osât dire haut et net : « Ce Mazamet est un fort coquin ; c'est Tirart qui l'a dit, Tirart Marius ! Qu'on lui porte ce petit compliment de ma part. » Les gens sages trouvaient ces paroles de Tirart bien imprudentes. À leurs yeux, le maire était de ces hommes compromettants qu'il faut se hâter de désavouer au plus vite.

Parmi ses anciens camarades d'école, maître Mazamet comptait deux avocats renommés, chefs de partis dans ces partis équivoques où se recrutaient ce qu'on appelait les hommes possibles. Les noms de ces deux tribuns reparaissaient tous les six mois sur la liste des donneurs de nouvelles, quand le cabinet était menacé d'un vote hostile. Dans les petits journaux, on les appelait plaisamment les ministres au département de l'opposition. Aux vacances de l'avant-dernière session, l'un de ces orateurs à la mode s'était arrêté une semaine aux Rétables en revenant des eaux de Savoie. On lui avait fait une réception magnifique, avec des cavalcades, des musiques, des porteurs de torches qui couraient autour de la voiture ; pendant huit jours, les paysans avaient dansé sous les fenêtres du château. Les gazettes officielles du pays avaient insinué alors par malice que cet accueil n'était pas tout à fait désintéressé, qu'il y avait promesse formelle d'un portefeuille pour maître Mazamet dans la prochaine combinaison ministérielle si les factions triomphaient. On ajoutait d'un ton de mauvaise humeur que les électeurs étaient bien libres, après tout, de se faire les instruments, les marchepieds d'une ambition insatiable, etc. Mazamet n'avait eu garde de les contredire, et par ses soins l'article s'était trouvé reproduit dans plusieurs feuilles parisiennes, puis réfuté adroitement dans un journal ami. Une querelle s'était engagée dans la presse, et le nom de Mazamet était revenu souvent dans ces polémiques. Mazamet était intervenu alors dans une lettre fort habile, hardie d'allures, très mesurée au fond, ne concluant à rien, et qui l'avait mis en relief. Le grand courtier des élections, l'huissier Fournigue, faisait lire les articles pour et contre l'avocat dans tout le canton.

« Mazamet a le bras long, disait-il sans cesse aux notables des villages, quand il sera ministre il reconnaîtra les amis et les ennemis. »

Et les ennemis de répondre : « Quand il sera ministre, il fera comme les autres, d'un coup de pied il rejettera l'échelle. »

Ils n'avaient pas d'autre argument contre lui. Ils eussent été ses complices qu'ils n'auraient pas mieux dit. Quand il sera ministre ! Personne n'en doutait. C'était là le mot magique :

« Sésame, ouvre-toi ! » Les fonctionnaires tremblaient, les consciences se troublaient ; les portes secrètes se tenaient entrouvertes.

Au moment où Lucien et Fournigue passaient près du manoir de l'avocat, le jour baissait ; le vent de mer roulait de lourds nuages noirs sur les cimes du Luberon. Fournigue arrêta son cheval au tournant de la grande allée des Rétables.

« Piquez des deux, dit-il, si vous voulez arriver à la couchée avant l'orage. Dans moins d'une heure, toute cette vallée sera noyée.

– Alors, que Mazamet me donne un lit !

– Y pensez-vous ? objecta Fournigue, et que dira l'oncle Tirart ? Mais Tirart et Mazamet sont à couteaux tirés. Le mémoire sur l'abreuvoir va se publier. Tenez, là, dans mon bissac, j'ai les épreuves. Pour sûr, on ne vous attend pas aux Rétables.

– Raison de plus ! » dit Lucien en pressant le pas de son cheval.

Lucien entra chez maître Mazamet par curiosité, par bravade. En montant le perron, il prépara un petit discours moqueur à l'usage de l'avocat. Dès qu'on l'eut annoncé, Mazamet vint le recevoir dans le vestibule et l'introduisit au milieu de sa compagnie de la meilleure grâce du monde. D'après les récits de Fournigue, Lucien s'attendait à rencontrer un homme facétieux, brutal et fantasque. Il fut accueilli par un personnage très réservé, courtois, avenant, et qui ne rappelait en rien le portrait tracé par l'huissier. Pourtant Fournigue avait dit vrai en parlant des humeurs bizarres de l'avocat ; il y avait pour Fournigue un Mazamet intime qui n'était pas le Mazamet du public : il y avait un maître tour à tour hautain et familier, qui tantôt faisait asseoir à sa table l'huissier Fournigue, lui pinçait le nez et lui contait des drôleries, et tantôt le chassait à coups de pied comme un vaurien.

« Il n'est pas fier, disait Fournigue ; bon cœur, généreux, bourse toujours ouverte, mais il n'aime pas qu'on lui mange dans la main, surtout lorsqu'il a ses sciatiques. »

Me Mazamet présenta Lucien à ses amis avec toutes sortes de politesses et de gracieusetés. On parla longuement de la politique du jour. Il y avait, à l'angle de la cheminée, un homme obèse et blême qui gardait le silence par manière de dignité. On attendait avec déférence qu'il donnât son opinion.

« On m'écrit de Paris, dit-il enfin d'une voix grasse et lourde, pesant ses mots, on m'écrit que la santé du roi est très altérée ; si le corps résiste encore, l'esprit s'affaisse. Un grand esprit, ajouta-t-il avec un respect hypocrite. Personne ne rend justice comme moi à la haute raison du roi ; j'admire son génie, sa prudence, sa sagesse, et je vénère ses vertus ; mais le poids de l'âge courbe les plus fortes têtes. Ah ! messieurs, la jeunesse ! la jeunesse ! Tout est là. »

Toutes ces têtes chauves s'inclinèrent en signe d'assentiment. Quant au futur ministre, il se montra plein d'égards pour Lucien, il lui consacra toute sa soirée ; Lucien fut comblé d'attentions, de prévenances. Tout à fait séduit par ce grand enjôleur, il se laissait caresser, flatter, cajoler. Ils se plaisaient tous deux, ils se touchaient par mille affinités secrètes, ils se sentaient de la même famille. Tout à coup, maître Mazamet le prit à part et lui dit brusquement : « Et l'oncle Tirart ? Il m'est hostile, savez-vous, très hostile, et bien à tort, je vous le jure, car j'avais songé à le faire entrer au conseil général. Nous serons encore à temps pour le renouvellement de novembre. Le voulez-vous ? L'oncle Tirart ne voit que par vos yeux, et entre nous c'est très sage de sa part. Il se connaît en moutons, en vignobles, en garance ; il édifie une belle fortune à grand mérite ! mais tout cela ne fait pas l'homme politique. Vous comprenez bien que je ne veux en rien diminuer le maire de Lamanosc ; il a beau dire du mal de moi à qui veut l'entendre, je lui conserverai toujours une estime singulière. Ah ! le brave homme que ce père Tirart ! Quelle probité ! Quelle rondeur ! Un Comtadin de la vieille roche ! Cette race s'en va. Quel est donc le fou qui l'a monté contre moi ? Je tiens à gagner votre oncle, je ne vous le dissimule pas ; il m'est très dur de l'avoir pour ennemi. Je veux que ce malentendu ait un terme, et je serai doublement heureux si le père Tirart m'est ramené par vous. Il est bien entendu que si l'oncle Marius vient à nous, j'arrête l'impression du mémoire que j'ai rédigé sur cette ridicule affaire de l'abreuvoir. »

La glace était rompue ; on causa encore longuement de l'oncle Tirart, si bien que Lucien finit par s'engager très étourdiment. Il promit son oncle, les amis de l'oncle, et le père Cazalis par-dessus le marché.

« Comme vous y allez ! dit en riant l'avocat. Prenez garde, vous vous avancez beaucoup. Eh ! eh ! il est têtu, le brave cher homme ! Ce sera dur à enlever. Enfin vous y gagnerez vos éperons. Cinq voix ne sont pas à dédaigner ; mais c'est surtout l'amitié de l'oncle Marius que je voudrais conquérir. Je ne me pardonnerais jamais de l'avoir pour ennemi. Encore une fois, je veux qu'il soit des nôtres ; il me le faut à tout prix. »

Le ciel s'était éclairci ; Lucien prit congé de l'avocat. Maître Mazamet fit tous ses efforts pour le retenir aux Rétables ; mais, comme la nuit était très belle, Lucien qui se sentait en humeur de voyage, monta à cheval et partit à franc étrier.

# V

Pendant une quinzaine on attendit Lucien à la Pioline. Tous les matins, à l'heure du déjeuner, le lieutenant se mettait en vedette sur la terrasse, armé de sa lunette marine. Lucien était par chemins et ne songeait guère à venir. M. Cazalis rentrait en maugréant contre sa sœur.

« Et cet Espérit dont on n'entend plus parler ! disait-il ; personne ne sait ce qu'il devient. Voilà plus de six semaines qu'il n'est venu à la Pioline ! C'est incroyable ! Je n'ai pas souvenir de l'avoir offensé. Il y a encore là-dessous quelque mauvais tour de ma chère sœur Blandine. »

Il envoyait alors Cascayot au château des Saffras, mais Espérit n'y était jamais. Espérit, tout à ses tristesses, vagabondait au hasard, loin de Lamanosc, dans une humeur farouche.

Au départ de Lucien, il s'était cru délivré, et jamais il n'avait été plus asservi. Lucien avait semé l'ivraie à pleines mains dans les sillons d'Espérit, et maintenant tous ces germes fermentaient, le sourd travail s'en continuait sous terre. Le doute entrait dans cette âme sous des formes vagues et subtiles. À vrai dire, ce n'était pas dans sa foi même qu'il était ébranlé : les croyances tenaient en lui par tant de racines dans les profondeurs d'une vie honnête et pure, elles se mêlaient tellement à ses plus chers sentiments de patrie, de famille et d'amitié, qu'il était impossible qu'elles fussent renversées au premier choc ; mais toute leur vertu était comme énervée, languissante et sans efficacité. La vérité était toujours présente dans son cœur, mais voilée, obscurcie, et dans sa détresse il avait perdu tout désir de revoir cette douce lumière ; il se refusait à toute espérance.

Espérit ne s'appartenait plus, il n'était plus lui-même. Un grand vide se faisait dans son âme ; au fond de cet abîme, il jetait des regards avides, et saisi de vertiges, dévoré d'inquiétudes, effrayé, exalté sans causes, accablé de dégoûts, le cœur endurci, desséché, ne s'attachant à rien, il errait dans les lieux déserts ; fuyant ses meilleurs amis, il se sentait isolé, sans amour, sans courage en pleines ténèbres, et tous les jours il descendait plus avant dans ce morne égoïsme. Tout à coup la nouvelle se répandit à Lamanosc que la Damiane était en danger de mort ; on assurait même qu'elle ne passerait pas la nuit.

Espérit en fut informé par hasard, car depuis quelques jours il n'était pas rentré au château des Saffras, et déjà trois fois on était venu le chercher de la part des Sendric sans le rencontrer. L'avant-veille le mal s'était déclaré avec une violence extrême, les souffrances étaient horribles, et toute force de résistance semblait épuisée dans ce corps ruiné par tant de fatigues et d'épreuves. Espérit fut réveillé par ce coup de foudre. Il courut à Seyanne comme un insensé. Lorsqu'il arriva dans la cour des Sendric, tous les voisins, assemblés à l'entrée de la cuisine, silencieux, consternés, attendaient avec anxiété la réponse des médecins. Marcel sortit bientôt avec eux ; leur contenance attristée annonçait que tout espoir était perdu. Les femmes qui se trouvaient là ne purent retenir leurs sanglots et leurs cris. Dans son désespoir, la tante Laurence faisait pitié.

Marcel fit asseoir Espérit au pied du lit. La Damiane, qu'on croyait assoupie, le reconnut : « Spiriton, dit-elle, pourquoi n'es-tu pas venu plus tôt ? Je t'attendais. »

Il crut qu'elle faisait allusion à sa maladie, il allait s'excuser tant bien que mal pour ses longues absences ; mais elle, au milieu de ses plus horribles souffrances, elle s'oubliait tout à fait, elle ne pensait qu'à ses amis, à leurs peines, et tous les chagrins d'Espérit lui serraient le cœur.

« Tu es donc bien malheureux ? dit-elle. Allons, parle-moi de franchise. Tu as quelque chose à me dire...

– Vous savez donc tout ! s'écria Espérit. Sur quelques mots qui lui échappèrent sans ordre, sans suite et de peu de sens, elle eut bientôt tout compris. Les médecins rentrant exigèrent le silence ; Espérit s'éloigna sans avoir pu s'entretenir plus au long avec la Damiane. À peine avaient-ils échangé quelques paroles, qu'elle avait déjà le secret des tristesses d'Espérit, et lui se sentait tout changé, tout allégé ; il avait reçu le secours d'un cœur ami, et la paix de cette demeure se répandait dans son âme. Toutes les chimères qui l'assiégeaient s'évanouirent.

Dans l'après-midi, la Damiane fit appeler Espérit, qui se tenait à l'entrée de la porte, et tout d'abord elle voulut reprendre avec lui les confidences interrompues. Espérit, honteux qu'on s'occupât de lui dans un pareil moment, répondit à la Sendrique : « Ne parlons que de vous, notre Damiane, ou plutôt taisons-nous ; obéissons aux docteurs.

– Dans cinq minutes, dit-elle avec enjouement ; allons, assieds-toi là et parle-moi de franchise. A-t-on rien de caché pour sa marraine ?

– Ah ! marraine ! dit-il.

Ce doux nom de marraine, plus doux encore en provençal, *méïrine*, bien souvent il l'avait entendu et répété sans trop y réfléchir, mais en ce moment, auprès de la Damiane, la tendresse de cette appellation le charmait extrêmement, le sens affectueux de ce mot le frappait avec une force, une nouveauté extraordinaires, et lui revenait comme un souvenir lointain de la première enfance. Il s'attachait à cette parenté spirituelle avec des entrailles de fils. Ces Sendric, c'était toute sa famille. On l'avait mené là lorsqu'il avait perdu son père ; douze ans plus tard, il avait été recueilli par eux, à la mort de sa mère, la Siffréine, lui et sa sœur Espérite, celle qu'on appelait dans le pays la grande Espérite. Elle aussi était morte, à six mois de là, cette grande Espérite ; elle était enterrée à Seyanne, et sur ce rosier blanc, dont les branches couvraient la muraille des Sendric, les jeunes filles avaient cueilli la couronne qui parait son cercueil. La voix de la Damiane faisait revivre en lui tous ces souvenirs déchirants ; à mesure qu'elle parlait, il se sentait remué profondément. À la douceur, à la gravité de ces paroles, à l'accent jeune et pénétrant de cette voix émue par la plus tendre amitié, Espérit croyait reconnaître, il retrouvait vraiment la voix de sa mère et toute son âme, comme au jour où la Siffréine se relevait sur son lit d'agonie, pâle et tremblante, les mains roidies, les yeux éclairés des sourires de la mort, mais l'esprit vivant encore et libre, et toutes ses forces se concentrant dans ces adieux suprêmes. Dans ces dernières heures, la Siffréine n'avait eu qu'une sollicitude : mourante, elle enseignait encore à son fils les vérités du salut, et sur ses lèvres glacées, les dernières paroles, les dernières prières murmuraient le nom d'Espérit. Comme cette mère qu'il avait perdue, la marraine Damiane, cette seconde mère que lui donnait l'Église, au plus fort de ses souffrances, ne s'occupait que de lui ; agonisante, elle veillait encore sur Espérit ; elle lui prêtait assistance.

La nuit fut très douloureuse et très agitée pour la Damiane. Au matin, vers trois heures, une crise heureuse se déclara contre toute attente, et ses amis reprirent courage. Le mieux se soutint dans la journée, la nuit suivante fut plus calme ; et les médecins laissèrent espérer que si ce doux sommeil se prolongeait jusqu'au jour, la Damiane était sauvée. Le soleil était déjà très haut lorsqu'elle se réveilla. Les médecins recommandaient encore les plus grands ménagements ; Espérit évitait de l'approcher. Il avait pris pour lui les soins du ménage ; il ne venait au chevet du lit que lorsqu'elle sommeillait ; dès qu'elle rouvrait les yeux, il s'éloignait de quelques pas, de peur qu'elle ne vînt à lui parler. Quelles anxiétés pendant ces heures silencieuses qu'il passa ainsi auprès d'elle ! Et dans les jours qui suivirent, quels retours de joie, quelles craintes toujours nouvelles jusqu'à ce qu'elle fût entrée en pleine convalescence !

Cette convalescence de la Damiane fut très longue. Espérit ne quittait plus les Sendric ; le jour, il aidait aux travaux du jardin, et vers le milieu de la nuit, il relayait l'ami Marcel au chevet de la Damiane. À peine dormait-il quelques heures, mais ces fatigues lui étaient légères : auprès de sa marraine, il vivait d'une vie nouvelle, il lui suffisait d'être à ses côtés, de la voir, de l'entendre, pour se sentir ranimé. Sans longs discours, en quelques mots, souvent même sans paroles, elle le remplissait d'un grand courage ; elle répandait autour d'elle la chaleur et la lumière par sa seule présence, par le rayonnement de son âme.

# VI

La nuit, en veillant la Sendrique, Espérit pensait souvent à ces grandes inquiétudes dont il avait souffert dans la société de Lucien. Que d'années vécues dans ces quelques mois qui venaient de s'écouler ! Délivré maintenant de ces agitations stériles, redressé, ravivé, il reconnaissait quelle forte assistance lui était venue de la Damiane à l'heure même où tout semblait perdu, et combien, depuis ce moment, cette amitié lui était secourable ! Il se rappelait alors ce que Marcel lui avait raconté souvent de sa mère, quelle avait été l'action constante de la Sendrique sur son fils, et cette protection toujours efficace qu'elle étendait sur lui pendant les longues séparations. De loin comme de près, elle était toujours venue en aide à Marcel, toujours elle l'avait soutenu d'une main ferme. Pendant ces grands troubles des premières années de jeunesse, aux heures d'épreuves et de tentation, dès qu'il sentait faiblir son courage, l'image attristée de la Damiane se présentait à ses yeux, et la certitude entrait en lui, vive, directe et poignante, qu'il ne pouvait faillir sans qu'aussitôt tous ses actes n'eussent un douloureux retentissement dans le cœur de cette pieuse femme, si cruellement frappée, et qui ne cessait de s'offrir en sacrifice. Puis comme si de ses propres mains il eût craint d'élargir les blessures de cette âme déchirée, il s'arrêtait saisi de terreur, et le mal était vaincu. À son retour à Seyanne, lorsque Marcel fit ses confidences à sa mère, il la trouva informée de ce qui s'était passé. Au moment même où Marcel était en péril, elle en avait toujours eu la divination : il lui était donné un avertissement certain, elle se mettait en prières, l'âme serrée d'angoisses, et son fils recevait un grand secours. En tout temps elle veillait sur lui, et son amour l'enveloppait comme une armure de diamant ; les glaives de Satan s'y seraient brisés. Si Marcel était revenu au milieu des siens avec toute sa jeunesse, dans toute la grâce de son innocence, il le devait à sa mère ; il lui devait aussi cette simplicité d'esprit qu'il avait gardée dans sa fleur. Et pourtant qui fut plus exposé que lui ? Quelles tentations subtiles autour de cette âme ardente et pure, enthousiaste, ouverte à toutes les sympathies ! Que de fois Marcel était revenu chez sa mère, incertain et troublé, l'esprit ébloui et comme fasciné par les chimères ! Et dans ce village de Seyanne, auprès de la Sendrique, dans la société de cette paysanne, il retrouvait tout à coup le ton juste, le ton de son âme. Quelle douceur alors, quel rafraîchissement d'esprit inexprimable ! Par sa mère il rentrait dans l'unité, dans l'harmonie, dans la nature première ; il touchait à l'intimité des choses réelles, à la vie même, à la vraie vie. La Damiane était là au foyer domestique comme la vestale romaine sur les marches de l'autel, attentive et fidèle, veillant au feu sacré, et sans cesse d'une main pieuse elle ranimait cette pure lumière, la flamme de l'esprit.

C'était une âme pleine de constance. Gardienne des vieilles mœurs et des traditions de la race, du génie de la maison, de la foi chrétienne, gloire et richesse des bonnes familles, elle mettait son honneur à conserver ce trésor de croyance qu'elle tenait des aïeux, elle le transmettait à sa descendance tel qu'elle l'avait reçu, intact et vénéré. Elle se faisait une joie de cette obéissance filiale ; elle en était récompensée outre mesure. Par le seul fait de cette adhésion loyale, absolue, qu'elle donnait aux enseignements de l'Église, elle se trouvait en possession d'idées générales très étendues et fécondes ; son esprit travaillait sur ce fonds inépuisable, et jamais ne s'exerçait à faux. Les vérités même les plus hautes lui devenaient familières, mais alors seulement qu'elle était appelée à les réaliser dans sa vie : elle aurait redouté de recevoir des connaissances qui seraient restées sans emploi, elle les acceptait comme un secours dans l'action, pour enchaîner plus fortement sa conscience, pour marcher d'un pas plus ferme dans le chemin du sacrifice. Nulle trace de rêverie dans cette âme méditative, nulle curiosité vaine. Recueillie et toujours agissante, réveillée, toujours présente à elle-même, jamais elle ne donnait prise aux imaginations ; jamais son être ne se dédoublait pour ainsi dire, et ce n'était pas une partie d'elle-même, c'était toute sa personne qu'elle présentait à la lumière. Par cet accord constant de ses actes et de ses pensées, par l'unité de sa vie, par ce profond respect de la réalité, elle était entrée si avant dans la simplicité première, qu'elle se trouvait en rapport naturel et libre avec toute vérité, de quelque ordre que ce fût. Ainsi, même en dehors des choses de la foi, les problèmes les plus difficiles s'éclairaient pour elle d'une vive clarté, et dans les questions qui lui étaient tout à fait étrangères, d'un tact très sûr, elle discernait l'erreur sous les apparences les plus trompeuses.

L'enthousiasme religieux se rencontrait chez la Damiane avec un sens pratique très rigoureux qui n'en était que la confirmation. Cet esprit positif éclatait dans tous ses actes. Pour ce cœur si fortement attiré vers le souverain bien, pour cette âme qui montait si haut dans la claire intelligence de la beauté invisible, rien n'était à dédaigner dans les choses de la terre, dans les humbles devoirs. Elle acceptait la vie avec toutes ses laideurs et ses trivialités, elle la traversait sans illusions comme sans mépris, et dans sa persévérance elle se prêtait assidûment aux exigences les plus vulgaires d'une existence commune et bornée. Elle mettait toutes choses à leur place ; elle portait en elle la vraie mesure. Cette mère de famille, dont la maison ne se soutenait depuis vingt ans que par des prodiges d'économie et de vigilance, cette travailleuse infatigable, cette ménagère était pour tous un exemple du plus pur détachement. Nuit et jour elle veillait aux intérêts des siens avec une ardeur incroyable ; toutes ses heures étaient emportées dans un tourbillon d'affaires courantes, de ventes, de négoces, de tracas et de soins domestiques, et dans cette activité extraordinaire, au milieu de ces mille difficultés d'une vie disputée jour par jour, elle gardait son âme libre ; elle se donnait sans cesse, elle se possédait tout entière, toute au service du maître qu'elle adorait en esprit et en vérité.

À toutes les époques, en tous lieux, par son énergie, sa droiture et sa sincérité naturelles, la Damiane aurait donné l'exemple des plus mâles vertus, mais jamais avec cette grandeur naïve, cette humilité, cette tendresse que la femme chrétienne nous a révélées. Née à Rome, dans le sein du patriciat, aux temps glorieux de la République, elle eût été l'honneur des familles consulaires, la matrone vénérée, la compagne des héros, leur mère, leur amie. Sous la loi nouvelle, la Sendrique atteignait une dignité plus haute, et dans les plus obscures conditions, sans nom, sans fortune, illettrée, dans ce pauvre village de Seyanne, dans cette maison ruinée, on reconnaissait en elle cette noblesse incomparable des âmes fécondées par l'Évangile, les seules qui donnent tous leurs fruits.

Dans la société de cette femme forte, Espérit revenait réellement à lui-même. À la voix de la Damiane, sous cette calme influence, tout un monde de choses jeunes et naïves, de sentiments vrais, profonds, ingénus, renaissait et grandissait en lui. Quelle transparence donnée à l'âme ainsi replacée à son aurore, sur ce fonds divin des croyances, aux premières clartés de la foi dans l'âme ! Vives lueurs, aube lointaine, allégresse éthérée, chant matinal des voix les plus douces ! Et l'homme n'a rien à renier de cette piété de l'enfance soumise ; toute la vérité fut reçue à ces heures d'innocence ; qu'elle soit ressaisie à ces pures origines, et l'âge viril en sera illuminé. Pour tous les temps, la même loi demeure ; pour tous les temps, le même amour et la même espérance…

# VII

Espérit se laissait aller avec une joie d'enfant à ces impressions de bonheur. Il ne pouvait plus se séparer de sa marraine, et quoiqu'elle fût tout à fait hors de danger, par moments il s'effrayait encore des lenteurs de la convalescence, il en suivait les moindres crises avec l'émotion, l'inquiétude d'un fils. Pour retourner à Lamanosc, il attendit que la Sendrique eût repris ses travaux de ménage comme par le passé.

À son arrivée, il trouva Cabantoux et Bélésis tout à fait installés au château des Saffras, travaillant aux jardinets, sarclant les plates-bandes, arrosant les fleurs. Il s'informa du sort de sa tragédie.

« Oh ! il y a du nouveau, répondit Cabantoux. Qui sait tout ce que les Cazalis ont acheté ce matin au marché ? Le sergent Tistet est venu nous convoquer tous avec sa lettre, puis il est revenu furieux. »

Il n'en sut dire davantage dans un long discours d'une heure. Le muet, avec ses gestes, essayait de rectifier ce qu'il y avait de confus dans ce récit du fadad. À tout hasard, Espérit s'habilla et se tint prêt à partir pour la Pioline.

Il y avait en effet grand dîner d'apparat chez les Cazalis. Le maire et son neveu étaient de retour, et il s'agissait de célébrer en même temps l'arrivée d'un officier de gendarmerie qui venait prendre le commandement de la lieutenance. Pour ajouter à l'éclat de la fête, M. Cazalis avait invité ses chers tragédiens. La journée devait se terminer par une répétition de *La Mort de César* aux lumières, avec décors et costumes. Ces convocations s'étaient faites en grand mystère. En se mettant à table, M. Cazalis dit à sa sœur : « Ma chère Blandine, je vous ménage une surprise charmante ; dans une heure vous verrez arriver tous mes acteurs, et ce soir nous les garderons à souper. »

La tante riait aux éclats.

« Allons, vous prenez bien les choses », dit le lieutenant fort surpris de la voir en si belle humeur. L'heure passée, les tragédiens n'arrivaient pas. M. Cazalis regarda sa sœur avec méfiance. Au milieu du dîner parut le sergent Tistet, son papier à la main.

« Mon lieutenant, voici le contrordre, dit-il en lui présentant une grande circulaire toute chargée de paraphes ; est-il vrai que vous renvoyez la répétition à un mois d'ici ? Toute réflexion faite, j'en doute encore, sauf le respect que je vous dois. Si je ne m'abuse, ce n'est pas votre écriture ; vous peignez beaucoup mieux. »

Ce contrordre était écrit en entier de la main de Mlle Blandine, et tout au bas, sans le moindre scrupule, elle avait signé bravement : « Le lieutenant Jean-de-Dieu Cazalis. »

« Ah ! vous êtes le lieutenant Jean-de-Dieu ? dit Cazalis. Ma sœur, vous voilà prise la main dans le sac.

– Mais c'est un faux, s'écria le sergent Tistet, et très sérieusement il proposait d'envoyer la tante en cour d'assises.

– J'aurais signé le nom du roi », dit la tante.

Mlle Blandine triomphait : on s'amusa beaucoup de la déconvenue du lieutenant, et le sergent Tistet, qui ne comprenait rien à ces légèretés en matière d'écriture publique, se retira très vexé. Bientôt le maire et M. Cazalis s'assoupirent, comme c'était leur habitude au dessert, dès qu'ils avaient pris leur petit verre de muscat.

« Allez, allez toujours, disait Marius Tirart en se renversant sur sa chaise, je suis comme les lièvres, je ne dors que d'un œil. »

De temps à autre il relevait la tête en criant très haut : « Hum ! hum ! » afin de montrer qu'il était bien à la conversation. M. Cazalis usait de la même ruse pour gagner ses dix minutes de sieste digestive. L'officier de gendarmerie qui était brisé de fatigue ronflait tout bonnement, sans y mettre tant de finesse. Ce fut alors que Corbin l'aîné, qui cherchait une occasion d'être désagréable à Mlle Blandine, s'avisa de parler avec éloges des tragédiens. La tante riposta ; les railleries s'engagèrent. En sa qualité de savant, Corbin le jeune essaya de prendre la défense de Marcel.

« Ah ! dit-il, j'ai vu chez lui de belles mécaniques...

– Comme celles de son père, interrompit Lucien, un des vôtres… »

Et là-dessus, il se mit à raconter les vieilles histoires qui couraient dans le pays sur le Mitamat : ses manies d'invention, ses trocs, l'âne tricolore. Il lui prêtait en outre des trafics imaginaires, impossibles ; il inventait à son usage toute une ménagerie d'animaux fantastiques ; il mêlait plaisamment l'histoire du père et celle du fils ; il mettait en scène tous les Sendric, Marcel, les cousines, la tante, le petit frère, la Damiane elle-même, et bientôt, s'échauffant à ce jeu, il donna des portraits amusants de tout ce monde de Seyanne ; il reproduisit avec gaieté les personnages ; dans son adresse à les travestir sans dépasser la vraisemblance, il imitait très drôlement leurs gestes et leurs allures, car il était bon mime ; il était doué d'un certain sens comique très subtil, acre, aigu, l'instinct de la caricature. Lucien était en verve, l'hilarité de ses voisins l'excitait. Il avait à ses côtés quatre écouteurs enthousiastes, Corbin l'aîné, M. Dulimbert, le notaire et le rentier Lajarije. Le craintif Corbin le jeune n'osait plus se commettre avec lui ; il se taisait prudemment, ses yeux pâles erraient dans le vague ; il rêvait à ses ballons. La tante Blandine avait insinué son bas sous la table et tricotait avec acharnement sans mot dire. Sabine se trouvait ainsi isolée entre ce railleur impitoyable et ces bourgeois ridicules qui se riaient des choses les plus saintes : le travail, l'indigence et la simplicité. Son embarras était extrême : les sarcasmes de Lucien la révoltaient ; elle y aurait mis fin au début sans l'émotion extraordinaire dont elle était saisie, car à chaque parole de Lucien elle se sentait naître une sympathie plus vive pour Marcel.

Ce ne fut d'abord que le mouvement d'une âme généreuse, passionnée pour le vrai et que l'injustice irrite. Devant elle, on attaquait des absents, des malheureux ; d'instinct elle se rangeait de leur parti. C'était la première fois qu'elle fixait ainsi sa pensée sur Marcel, et mille sentiments qu'elle ignorait se levaient et venaient l'assaillir confusément. Quel nom donner à cette amitié enthousiaste ? Par le fait de Lucien, ces sentiments vagues se précisèrent bientôt avec énergie. Brusquement Sabine fut poussée et comme précipitée dans un monde nouveau, dans l'inconnu ; tout prenait à ses yeux un aspect inattendu.

Lucien poursuivait ses persiflages ; à mesure qu'il raillait, toutes ses paroles se transformaient pour Sabine. Il parlait de la Sendrique avec mépris, elle se sentait entraînée à l'aimer, à la chérir comme une mère ; il traçait de Marcel un portrait burlesque, et toutes les lignes de cette caricature se reproduisaient en traits héroïques dans l'esprit de Sabine. Bientôt, par la magie de cet amour qui s'éveillait en elle, la vie entière de Marcel lui apparut, la vie de Marcel et celle de sa mère ; elle en eut l'intuition vive ; son regard pénétrait au fond de ces âmes pures. La franchise de Marcel, le courage et l'innocence de sa jeunesse, la tendresse et la piété de la Damiane, ses sollicitudes maternelles, ses craintes, ses espérances, toutes ces choses frappaient soudainement Sabine ; elle les retrouvait dans le passé, dans le présent ; elle voyait Marcel dès ses premières années, elle le suivait de jour en jour, lui et les siens. Ces gens de Seyanne, elle les reconnaissait tous comme de vieux amis : l'honnête Mitamat, si ingénieux, si imprévoyant ; la tante Laurence, si impatiente et si dévouée ; l'oncle aveugle, sergent aux invalides d'Avignon ; et le petit Damianet, toujours en maraude dans les vignes et dans les champs de fèves ; et les cousines diligentes, dès l'aube à la fontaine, alertes et éveillées, tous les jours de la semaine, hiver comme été, neige, bise ou soleil, les mains dans l'eau de source, camisoles flottantes, têtes et bras nus, du savon jusqu'aux coudes, à la nuit tombante chantant encore et jouant du battoir. Par les moqueries mêmes de Lucien, tout cet intérieur des Sendric lui était révélé dans sa plus franche naïveté avec un accent de vérité poétique. Elle entrait au cœur de cette famille de braves gens, dans leur vie, dans leurs peines ; elle glorifiait leur honneur et leur pauvreté, leur constance, leurs longues épreuves ; elle touchait au vif leurs souffrances les plus cachées, elle s'y associait avec un grand élan. Ces impressions si nouvelles lui revenaient comme de lointains souvenirs, et son cœur ne pouvait plus se détacher de ces douces sympathies. Sabine se rappelait alors quelle intimité absolue s'était établie entre elle et Marcel tout d'abord, le premier jour, dès qu'ils s'étaient vus. Cet accord secret de leurs âmes n'avait pas été un instant interrompu ; elle le sentait, elle le savait par une divination certaine, et déjà elle pouvait affirmer que cette amitié loyale était à jamais et pour toujours au-dessus des hasards de la vie. Marcel lui était présent, elle lisait dans son cœur, elle répondait de lui comme elle répondait d'elle-même. Émue et recueillie comme si Marcel et la Damiane eussent été à ses côtés, seule avec eux, en union étroite, loin de ce monde étranger, elle n'entendait plus rien de ce qui se disait autour d'elle. Perdue dans cette rêverie profonde, attirée dans une sorte de vision intérieure, elle voyait grandir en elle l'image de Marcel, et son âme se livrait sans défense... Enchantement des choses jeunes : première heure ! Elle vivait d'une vie plus légère, d'une vie éthérée, dans les pures clartés de l'aurore.

La bruyante gaieté des convives rappela Sabine à la réalité. Elle entendit les noms de Marcel et de la Sendrique qui revenaient encore au milieu des quolibets. Indignée et toute frémissante, elle regardait fixement Lucien avec un visage irrité. Lucien admira ce regard enflammé par l'amour et la colère.

M^lle^ Sabine lui parut très belle, et dans l'animation singulière de toute sa personne il vit une certaine hardiesse de passion dont il fut ravi ; puis, se croyant en grand succès auprès d'elle, il reprit étourdiment ses persiflages.

Elle s'était levée pour lui imposer silence, mais telle était son exaltation qu'elle n'osait parler. Tout son être débordait de colère, elle redoutait de ne pouvoir en dominer la véhémence. C'était le premier cri de l'amour dans ce cœur tendre et sauvage. Avec tout son courage, elle s'efforçait de le retenir ; mais comment se tromper soi-même ? Elle fut saisie d'effroi en voyant à quel point déjà sa vie était tout envahie ; elle sentait cet amour monter en elle avec une violence qui la remplissait d'épouvante, elle résistait avec toutes les fiertés d'une âme éprise de liberté, elle cédait avec tout l'abandon d'une tendresse soumise ; en vain espérait-elle se dominer encore. Ainsi combattue entre l'indignation et la crainte de trahir son amour, retenue captive sous le charme et sous la terreur de cette jeune passion, indécise et tremblante, agitée par ses sentiments d'indépendance, oppressée en même temps par une félicité sans mesure, elle hésitait et se troublait de plus en plus. Lucien la contemplait avec des yeux ardents. Ébloui par l'éclat de cette beauté pathétique, hors de lui, et se méprenant toujours, il jouissait de ces angoisses dont il ignorait la cause. Il la croyait vaincue, fascinée ; dans sa joie il se versait de grandes rasades. Tout à coup le maire se dressa en sursaut, et, tapant des poings sur la table, cria de sa grosse voix : « Eh bien ! lieutenant, je crois que vous vous endormez ? »

C'était sa manière de se réveiller à table, et comme on ne le contredisait guère, il demeurait convaincu que personne ne s'était aperçu de son sommeil.

« Qui dort ici ? répondit M. Cazalis en se frottant les yeux, qui dort ? Holà ! holà ! moi je suis comme les lièvres. Hum ! hum !

– Allons au grand air, reprit le maire ; la Faculté de Montpellier ordonne formellement de sortir après le dîner. Arrive, Cadet. »

Le bonhomme était déjà sur la terrasse, à la fontaine, la tête sous le jet et se lavant à grande eau.

« Eh ! Cadet ! criait-il, arrive, arrive... »

Lucien s'était arrêté sur le seuil de la porte pour offrir son bras à Sabine. Il lui inspirait une telle répulsion, qu'elle vit une insolence dans cette simple politesse, et brusquement elle s'éloigna de quelques pas.

« Eh ! mon neveu ! criait le maire, ici, par ici, tu vois bien que les chiens me sont dans les jambes. Arrive donc ! Faut-il que j'aille te chercher avec la fourche ? »

La tante était très irritée contre Lucien : si Lucien lui avait offert son bras, elle aurait refusé net et sec ; mais avec sa nièce elle ne badinait pas sur les devoirs du savoir-vivre. Elle courut donc après Sabine pour la gourmander, et de force elle voulut la ramener vers Lucien. Au milieu de ce débat survint la Zounet. La Zounet conduisait par la main un grand garçon maigre et hâve tout couvert de sueur et de poussière, déguenillé, pieds nus.

« Deux lieues en une heure ! dit le jeune paysan en ouvrant sa chemise pour en retirer une lettre ; tout à la course, et pas plus fatigué qu'un dimanche. »

Puis, pour prouver son dire, il se mit à danser.

Ce courrier venait de la part des gens de San-Bouzielli, qui réclamaient les soins de la tante Blandine pour un des leurs atteint d'une fièvre maligne, où tous les docteurs perdaient leur latin, ainsi qu'il était dit dans la lettre d'invitation.

« Ah ! oui, les médecins, dit la tante, des ânes, des ânes rouges !

La Zounet, ma pharmacie, et qu'on bride la mule ; prends tes souliers ferrés. Sabine ! Sabine, cours à ma chambre ! Vite mes gants, mes mitaines, la petite fourrure, mon trousseau de voyage, mon manteau, la pelisse, le vieux châle, les bas de laine.

– Et le bonnet de nuit, dit M. Cazalis.

– Oui, certes, répondit-elle, et ma camisole aussi, ne vous déplaise ; croyez-vous que je vais revenir ce soir à dix heures par ces chemins affreux, ces précipices, au milieu des loups ? Je couche à San-Bouzielli, et j'y resterai tant qu'il me plaira, entendez-vous ? »

La tante s'équipa en toute hâte, bourra son cabas de fioles, de paquets, de petites boîtes, et, sans plus tarder, elle partit pour la ferme de San-Bouzielli, suivie de la fidèle Zounet.

« Ah ! c'est un coup du ciel, dit le lieutenant ; Cascayot, vole à l'écurie et selle le Garri. »

Dès que la tante se fut mise en route, Cascayot partit pour Lamanosc. Cascayot était porteur d'un message adressé au sergent Tistet. Aux termes du message, le sergent était chargé de convoquer sans délai tous les acteurs qu'on pourrait ramasser dans le village. On devait être rendu à la Pioline à neuf heures du matin ; à dix heures, répétition générale du premier acte, à midi, grand banquet.

# VIII

Le lendemain, il y eut donc tragédie à la Pioline, et lorsque la tante Blandine revint de ses consultations, elle trouva les tables du festin déjà dressées sur la terrasse. Les acteurs importants, tels que Robin, Tistet, Espérit, se promenaient de long en large en répétant leurs rôles, le cahier à la main ; quant aux autres artistes, ils rôdaient de tous côtés, des jardins à la cuisine. Perdigal jouait aux boules dans la cour, Cayolis chantait, Cascayot paradait sur le perron en grand costume du dimanche ; il portait à la ceinture un trousseau de clefs, insignes de ses nouvelles fonctions : dans la matinée il avait été élevé à la dignité de sommelier provisoire.

« Jour du ciel ! ce sont mes clefs ! » s'écria la Zounet.

Cascayot, se voyant poursuivi, sauta sur un arbre, et du haut des branches il faisait tinter ses clefs en narguant la servante.

« Ah ! vous voilà, chère sœur, dit le lieutenant en courant au-devant de M^lle^ Blandine ; déjà de retour ! Quelle chance ! Vous arrivez à temps. Dix heures précises ; nous n'attendons plus que Marcel ; il ne doit pas être loin. Sergent Tistet, un coup de cloche pour l'avertir.

– Messieurs, dit-il aux acteurs, voici ma sœur Blandine : c'est elle qui vous fera les honneurs de la fête. Ma chère sœur, donnez vos ordres pour que tout marche à ravir. Entrons, mes amis. »

En entendant sonner la cloche qui annonçait l'arrivée des acteurs, M^lle^ Sabine était sortie précipitamment ; elle traversait le salon lorsque son père l'aperçut, et sur un signe de Lucien il la rappela.

« Tiens, ma fille, dit-il, prends le Voltaire et reste avec nous pour diriger cet acte ; c'est notre ami Lucien qui t'en prie, il n'osait pas te le dire. »

Les tragédiens entraient en ce moment par la porte de la cuisine. À la vue de Marcel, M^lle^ Sabine eut un violent souvenir de la scène de la veille ; elle se rappela les injures de Lucien, ses parodies, ses mensonges. Toute la nuit elle s'était accusée de lâcheté ; elle se reprochait amèrement d'avoir laissé insulter celui qu'elle aimait. D'un premier mouvement spontané, irréfléchi, elle s'avança vers Marcel sans bien savoir ce qu'elle allait faire, mais dans le ferme dessein de lui rendre témoignage. Elle hésitait encore à l'aborder, lorsque Lucien s'approcha d'elle familièrement, et d'un regard ironique il lui désigna Marcel comme pour donner suite aux moqueries de la veille. Elle se sentit outragée par ces airs de connivence ; repoussant l'odieuse complicité qu'on lui voulait imposer, elle écarta Lucien avec mépris, et n'hésitant plus, s'exaltant dans son amour, d'une grande assurance, elle traversa la foule des acteurs, tête haute, l'orgueil et la joie dans les yeux ; elle alla droit à Marcel, et devant tous lui tendit la main.

« Très bien ! ma Sabine, dit le lieutenant. Notre ami Sendric, soyez le bienvenu. Pourquoi devenez-vous si rare ? Tenez, donnez le Voltaire à ma fille, je veux qu'elle dirige ce premier acte. »

M^lle^ Sabine était déjà loin ; elle courait derrière l'allée des cyprès, du côté des Patys. Effrayée de ce qu'elle venait de faire, elle s'était enfuie par la petite porte en évitant de passer devant la tante Blandine ; mais tante Blandine n'avait rien vu, rien entendu. Enfouie dans son fauteuil, tête basse, le nez sur son tricot, la tante rêvait aux moyens de réfréner les grandes audaces de son frère Jean-de-Dieu. Comment congédier sans trop d'esclandre cette bande de tragédiens ? Et qu'aurait-elle pensé si elle avait su que M. Cazalis se proposait de prendre à sa solde tous les acteurs récalcitrants, au taux le plus élevé des journées de travail ?

Tout à coup la Zounet fit son entrée à grand fracas, le visage en feu, les bras au ciel.

« Ah ! mademoiselle, mademoiselle, c'est une maison au pillage ! Cascayot leur a ouvert toutes les portes, ils sortent du cellier, le fruitier est ravagé, ils vont tout massacrer dans la garenne ! Il me manque trois poules. On est entré au pigeonnier, et ma cuisine est pleine de plumes !

– Faites-en des oreillers, dit le lieutenant.

– Et les sénateurs qui sont encore à la cave ! Quel malheur !

– Qu'ils y restent. Mes vins sont les premiers crus du Midi. À l'heure du dîner il n'en manquera pas un, et pour mon premier acte, je n'ai besoin que des grands rôles.

– Mais Perdigal et sa bande ? dit Zounet.

– Or çà ! la paix... silence ! Et vous, sergent Tistet, jetez-moi cette folle à la rue. Tonnerre de Brest ! consigne militaire. Restez de garde à la porte !... Mon ami, reprit-il en offrant le livre à l'officier de gendarmerie, à vous les honneurs de Voltaire. Nous commençons... Ma sœur, vous êtes bien aimable de nous être revenue. Je suis ravi de votre présence. Soyez tout oreilles... À toi, Espérit :

*César, tu vas régner...*

La répétition se poursuivit sans autre incident. À la fin de l'acte, l'officier se déclara fort satisfait de ce qu'il avait vu et entendu. Il donna de grands éloges aux acteurs, et la présidence du banquet lui fut offerte. Il accepta de grand cœur, s'assit au fauteuil et porta la santé du roi ; M. Dulimbert riposta par un toast aux dames, sexe charmant ; alors tous les beaux diseurs de la troupe prirent la parole et firent des motions : on but à la Pologne, aux arts libéraux, au peuple français, à l'empereur, à la guerre d'Afrique, aux Cazalis, à tout le monde, à Bolivar !

Après les toasts, le lieutenant lut un projet de règlement en dix articles par lequel les acteurs s'engageaient, sur l'honneur, à consacrer tous leurs dimanches à l'étude de *La Mort de César*. Le règlement fut voté d'acclamation sans qu'on en eût écouté un seul mot. On chanta au dessert tous les chœurs de *La Muette*, et les convives se séparèrent un peu gris et très heureux.

# IX

Marcel n'avait pas assisté à ce banquet, car il avait à faire dans la matinée un chargement d'épines du côté de la Bernarde, et la Damiane devait l'attendre jusqu'à midi pour la fournée. Il était retourné à Seyanne fou de joie, et la tante Laurence remarqua qu'il n'avait jamais travaillé d'un si grand courage. À la nuit, dès qu'il fut libre, il revint errer au hasard dans les chemins creux de la Pioline. Tout en battant le pays, il se trouva porté à son insu sous le balcon des Cazalis. Les chiens, qui le reconnurent, cessèrent d'aboyer et vinrent lui lécher les mains. Toute la façade du manoir était dans l'obscurité ; au tournant, vers l'aile gauche, une seule fenêtre était encore éclairée. La lampe de Sabine jetait des lueurs à travers les ramures des peupliers agités par le vent ; par moments une forme vague passait et se détachait sur l'ombre claire des rideaux. Marcel s'était assis aux pieds des chênes verts qui bordent ce chemin ; il pensait à sa bien-aimée, et son âme s'envolait dans l'immensité des cieux. Il restait là, sous cette fenêtre, les yeux attirés par le rayonnement de cette pâle lumière, plus brillante pour lui que toutes les étoiles qui scintillaient au firmament.

Vers les dix heures les rideaux s'assombrirent, la lumière courut le long des corridors, jusqu'à l'aile opposée. Marcel se leva en sursaut, frappé au cœur, sans pouvoir s'expliquer la cause de cette vague angoisse.

En ce moment, M^lle^ Sabine entrait chez sa tante. La vieille demoiselle se mettait au lit avec des précautions infinies. À demi déshabillée, elle préparait avec grand soin sa toilette de nuit. Sabine l'embrassa et lui dit résolument : « Ne me faites pas de questions, ma tante ; mais il faut que demain nous partions pour Valence : voilà deux ans que nous avons promis cette visite à nos parents du Dauphiné. Partons dès demain, il le faut. Ne m'en demandez pas davantage : en route, je vous dirai tout.

– Demain, demain ! dit la tante ; que s'est-il donc passé ? Ta, ta, ta, quelle fille décidée ! Et pourquoi ce voyage ? Allons, laissez-vous voir. »

Elle prit la lampe et la tourna brusquement pour en diriger la lumière vers la figure de sa nièce.

« Eh ! eh ! nous sommes bien pâle, et comme nous tremblons, Sabine ! Il y a là-dessous quelque gros secret, des chagrins d'amour peut-être ? oui, oui, des amourettes ! Tiens, tiens, des amourettes. Voyez-vous cette sainte nitouche ! Allons, contez-moi ça, Ninette, et dans le plus grand détail. »

M^lle^ Blandine entrevoyait des aventures romanesques, et déjà sa vive imagination battait la campagne.

« Ta, ta, ta, reprit-elle en se déshabillant à la hâte, qui l'aurait cru ? Vous allez tout me dire, mais laissez-moi vite me mettre au lit ; je veux prendre mes aises pour vous entendre, ne dites rien que je ne sois couchée. Ah ! m'y voilà ; passez-moi encore un oreiller sous les reins. Très bien. Je vous écoute maintenant. Ah ! nous avons des amourettes, des peines de cœur, et tante Blandine n'en sait rien, du moins par vous. Pensez-vous donc qu'elle n'a pas tout deviné ? Je vous aurais cru plus de fierté, ma fille, à votre père aussi ; mais cette tragédie tourne la tête à tout le monde. On m'aurait bien surprise, il y a vingt ans, si l'on m'avait dit qu'un jour les Tirart s'allieraient aux Cazalis ; mais consolez-vous, mon enfant, consolez-vous : ce mariage a beau me déplaire, il se fera, et pour cette seule raison il me déplaît. Est-ce qu'on a jamais fait le moindre cas de mes volontés ? Je ne suis rien dans cette maison, on me prend pour ma peine. Je suis une ménagère, une femme de charge, voilà tout. Est-ce que les femmes ont voix au chapitre ? Votre père en fait toujours à sa tête. Il y a longtemps que tout est décidé entre lui et M. Marius. C'est une honte que vous ayez pu vous engouer à ce point de ce cadet, vous, Sabine, vous ! Eh bien, épousez-le ; mais tante Blandine, vous ne l'aurez pas à vos noces, et si M. Jean-de-Dieu Cazalis veut donner des fêtes à son gendre, ce ne sera pas la Zounet qui se chargera des dîners ; la pauvre fille aimerait mieux sortir de la maison. Moi, je la suivrai de bon cœur ; je ne restais ici que pour vous, pour vous sauver de la ruine où vous courez tous par l'inconduite et la folie de mon frère. Oui, oui, je la suivrai. Ne me poussez pas à bout ; nous nous quitterons pour ne plus nous revoir. Il était pourtant bien convenu que nous devions vivre toujours ensemble, toujours, et que vous resteriez fille comme tante Blandine : c'était juré entre nous ; mais aujourd'hui que sont les serments ? Eh bien ! laissez-moi là, chassez-moi, mariez-vous tous, je ne demande pas mieux, je serai libre, je m'échapperai de cette maison où j'ai tant souffert, je n'aurai plus à me dévouer pour vous, à me tuer de soucis, de travail, de chagrins. Et pour qui ? pour des ingrats. C'est bien triste ! Oh ! mariez-vous, puisque vous êtes si pressée de vous délivrer de la vieille tante ; mais entrer dans cette famille, quel malheur ! Quoi ! j'aurais élevé ma Sabine pour un Lucien, moi ! et au prix de tant de soins, d'inquiétudes et de fatigues ! À la mort de votre pauvre mère, j'ai passé onze nuits de suite à vous veiller, toute malade moi-même, malade à l'extrémité, un pied dans la tombe, avec la fièvre et le frisson, toussant et crachant le sang ! Sacrifiez-vous maintenant, tuez-vous pour vos enfants, voilà votre récompense ! »

Elle sanglotait comme une désespérée.

« Ma tante, dit Sabine en lui prenant affectueusement les mains, écoutez-moi. Je suis venue pour vous répéter que votre volonté serait toujours la mienne, et que jamais, à aucun prix, je ne consentirais à être séparée de vous. Je vous l'ai dit bien souvent, je me le suis promis à moi-même : rien n'est changé, c'est irrévocable. Que puis-je vous dire de plus ?

– Vrai ? s'écria la tante. Tu es toujours décidée à ne pas te marier ? Eh bien ! tu es une brave fille, une fille de cœur ! Je craignais que tu n'eusses changé d'idée, j'en rougissais pour toi. C'est bien de persister ainsi dans nos projets. Tu as raison, Ninette, le mariage est une folie. Les hommes se valent tous. Tante Blandine s'est-elle mariée ? Elle n'en est pas plus malheureuse, elle a sa belle liberté, et personne au monde ne lui a jamais imposé ses caprices ; pour ma Sabine, ce sera de même. Ah ! je comprends tout maintenant : ce mariage te peine, mais ton père est un homme si violent que tu n'oses pas lui résister. Tu lui obéis, c'est bien, très bien, je n'aime pas les rébellions dans les familles ; mais tante Blandine est là, et si elle dit : “Veto”, nous verrons bien ce que fera M. Jean-de-Dieu Cazalis ! Ses jurons ne m'épouvantent point ; il n'est pas ici sur sa frégate. Console-toi, ma fille, je te défendrai envers et contre tous, et l'on saura si j'ai une volonté. Les hommes font beaucoup de bruit et de poussière, mais on en vient toujours à les mener par le bout du nez. Ce mariage ne me plaît pas, donc il ne se fera pas. Le Lucien ne m'est jamais revenu, et je n'attendrai pas longtemps pour lui signifier son congé. Ton père dira ce qu'il voudra ; avec moi, plier ou casser ! Avant quinze jours, Jean-de-Dieu aura à choisir entre Lucien et Blandine, et les choses n'en resteront pas là. Il faudra bien que tout ceci finisse : ces drames, ces tragédies, ces comédies ! Cet Espérit, ce marquis des Saffras, quelle tête fêlée ! Et ton père avec ses cavalcades, ses répétitions, ses banquets ! Il inviterait le genre humain ! Je vais vous mettre cette maison à la réforme ; il n'est que temps... Je réponds de tout ; mais pas de voyage à Valence. Ce serait une lâcheté ; j'aurais l'air de craindre mon frère et de reculer devant lui. Eh quoi ! tu n'es pas aux anges de ce que je dis ! Douterais-tu de moi ? Tu restes là muette et tout en larmes. Que se passe-t-il ? Mais parle donc. Pourquoi ces désespoirs ? Ah ! j'y suis, j'y suis, reprit la tante aussitôt sans attendre la réponse, et de joie elle se frottait les mains, tout m'est expliqué maintenant : ces tristesses, ces pleurs, ces projets de départ... Ma Sabine, pourquoi ne l'as-tu pas dit plus tôt ? Tu aimes, pauvre enfant ; ton cœur est pris. Oh ! je le vois bien, j'ai tout deviné ; rien ne m'échappe. Tu aimes et tu comprends qu'un tel mariage est impossible, tu es une fille vaillante et tu sais ce que tu dois à ta famille, à ta tante, à ton nom ; tu es une Cazalis ! Allons, du courage, ma bonne Sabine ; il faut en prendre son parti. Allons, contez-moi ces amourettes ; venez ici, Ninette, et faites vos confidences à la petite tante Blandine, racontez-lui tout dans le plus grand détail. Je me doutais bien qu'il s'était fait un grand changement en vous ; vous êtes d'une gravité qui n'est pas de votre âge ; vous cherchez la solitude. Ce matin encore je t'ai appelée deux fois, et tu ne m'as pas entendue. Hier, pourquoi es-tu restée si longtemps dans le bois des Pâtys ? Viens ici, ma Ninette, laisse-toi voir ; tourne-toi dans le jour. Nous avons les yeux battus et le teint brûlant ; nuit blanche, nuit blanche ! Tu l'aimes donc bien, ma pauvre Sabine ? Et depuis quand ? Comment cela vous est-il venu, vous si retenue et si fière ? »

M^lle^ Sabine était entrée avec l'intention arrêtée de ne rien cacher à sa tante, disposée à tout lui dire quand le moment serait venu, et très sincèrement, avec un entier abandon, comme une honnête fille qui n'a pas de secret pour sa mère. Cette démarche lui coûtait extrêmement ; elle n'avait pas hésité. Elle arrivait avec un grand élan, le cœur déchiré, et la tante l'accueillait avec des badinages, d'un ton plaisant, en personne amusée et curieuse. Étourdie par ce vil babil, froissée et blessée dans le sérieux de ses tristesses, M^lle^ Sabine sentait déjà s'éteindre tout désir de confidence ; le cours de ses pensées était changé. Maintenant, ce qu'elle redoutait le plus, c'était de trahir ce secret qu'elle aurait voulu se cacher à elle-même. Dans son trouble, elle était convaincue qu'on lui parlait de Marcel, et toutes ces questions de la tante l'effrayaient ; mais la tante n'avait en vue que le neveu du maire : elle reprit son discours avec volubilité, et M^lle^ Sabine fut rassurée en entendant le nom de Lucien qui revenait au milieu des caquets de la bonne demoiselle. Décidée comme elle l'était alors à se tenir sur la réserve, M^lle^ Sabine avait tout intérêt à prolonger cette méprise. Rien n'eût été plus facile : la tante s'engageait de si bon cœur dans son petit roman ! Il n'y avait qu'à la laisser partir et courir trotte-menu à la suite de son idée. Sabine ne le voulut pas ; sa grande loyauté souffrait de cette équivoque, il lui répugnait d'en profiter. À diverses reprises, elle arrêta sa tante pour lui dire très nettement qu'elle détestait Lucien ; la tante n'en voulut rien croire.

« Comme vous dites cela ! répondait-elle ; quel air ! quelle voix mordante, saccadée, comme une personne qui veut se dominer ? Vous ne l'aimez pas ? En êtes-vous bien sûre ! Tu as beau me répéter le contraire, je t'assure que tu en es folle, et j'en juge par cette insistance que tu mets à me démentir. Tu ne veux pas me tromper, je le sais, mais tu voudrais te faire illusion à toi-même ; la vieille tante le voit bien. »

La tante s'obstinait dans son erreur ; pour en finir, il n'y avait qu'à prononcer le nom de Marcel : c'eût été le devoir de franchise. Sabine s'y résolut ; elle n'en trouva jamais la force. Tout ce qu'elle put faire, ce fut de dire avec un grand effort de courage : « Ma tante, je vous jure que vous vous trompez ; aujourd'hui ne m'en demandez pas davantage, demain vous saurez tout... Mais, partons, il le faut... Si vous saviez ce que j'éprouve, vous ne me presseriez pas de questions... Vous ne m'avez pas comprise ? Vous ne me comprenez donc pas ?

– Et pourquoi ne vous comprendrais-je pas ? s'écria la tante. Ah ! je ne vous comprends pas ! Qu'en savez-vous ? Tante Blandine n'y entend donc rien au sentiment ? Vous seule sans doute pouvez en parler ! Ces amoureux sont tous les mêmes ; ils s'imaginent toujours qu'ils ont inventé l'amour ; on dirait qu'ils sont le commencement du monde ! Vous vous figurez peut-être que la tante Didine est née avec ses cheveux gris, ses rides, son tour, la patte d'oie et le menton de galoche, et que de son temps, il n'y avait pas de jeunes cavaliers fort tendres et mieux tournés que ton Lucien ? On vous les a refusés bel et bien. Alors, comme aujourd'hui, il fallait tenir son rang. On ne se marie pas pour soi, mais pour les familles. À vingt ans, le cœur vous chante, la tête vous part, on est amoureux à périr. Eh bien ! après ? On souffre, on pleure pendant des mois, des années, puis avec le temps tout s'arrange au mieux. Croyez-vous qu'aujourd'hui je donnerais ma chère liberté pour les plus beaux yeux du monde ? Allons, montrez du courage, ma fille, je ne veux pas qu'on s'attriste ainsi. Je suis furieuse que toutes ces larmes coulent pour un Lucien. »

Sabine voulut l'interrompre ; alors la tante s'emporta.

« Eh ! si j'en veux parler, moi, de ce Lucien ! Allez-vous peut-être me donner des leçons de convenance et de savoir-vivre ? Prétends-tu me dicter mes paroles ou m'imposer silence à la façon de ton père ? Jean-de-Dieu te donne là un triste exemple. Oh ! c'est trop fort. Dès qu'on parle de Lucien, il faut prendre des gants. Ces gens-là ! des gens de rien ! Oui, oui, c'est ainsi. D'abord, rasseyez-vous et écoutez-moi, je le veux. Maintenant que vous m'avez mis le feu au sang, vous voudriez partir ; restez, restez, tu resteras ; je n'ai pas fini, tu m'entendras jusqu'au bout. Je vais te faire passer ton Lucien par un petit chemin où il n'y a pas de pierres. Tous vos airs et vos gestes d'impatience n'y font rien ; je dis ce qu'il me plaît de dire, et je sais parfaitement ce que je dis. Voulez-vous par hasard m'apprendre l'histoire des familles ? La mère de Lucien n'était-elle pas une Tirart, et par les femmes une Boutournel ? Et les Boutournel vendaient des millasses et des oranges, de père en fils, non pas même en boutique, mais en plein air, avec une brouette de quatre sous, tous les vendredis, au marché de la ville, derrière la fontaine de l'Ange, contre la maison où se trouve aujourd'hui le libraire.

Est-ce clair ? Mais votre père ne sait rien de tout cela ; il a passé toute sa vie dans la marine. Il ne connaît pas les familles ; alors de quoi se mêle-t-il ? Il ne faut mépriser personne, mais il faut tenir son rang. Ce sont des gens de rien, voilà mon opinion. Je suis comme saint Jean Bouche d'Or ; me laisse qui voudra, je ne suis pas à marier. Ah ! si ton père m'avait écoutée ! S'il faisait des économies au lieu de tenir table ouverte, jamais il n'aurait eu seulement l'idée d'un tel mariage... »

La tante en était arrivée à raconter les méfaits du lieutenant Cazalis : sur ce chapitre, elle pouvait parler indéfiniment ; une fois lancée, elle ne s'arrêtait plus. Sabine n'essaya plus de l'interrompre ; elle en était aux regrets d'être venue, et, loin de provoquer des explications nouvelles, elle s'y serait refusée, si on l'eût interrogée encore. Elle rentrait en elle-même avec une joie amère, elle s'efforçait de vaincre cet amour qui remplissait sa vie : mais ce sentiment si profond, si douloureux, elle ne voulait pas le dévoiler, le profaner en quelque sorte, au milieu des commérages de la bonne tante. Quand ces grands mouvements de confiance sont ainsi refoulés, il se fait dans l'âme une réaction violente, et le cœur qui allait s'ouvrir se referme avec une froideur glaciale.

Sabine s'était assise au pied du lit, silencieuse et résignée, attendant avec mélancolie qu'il lui fût permis de sortir. Deux grandes heures s'écoulèrent ainsi : la mèche de la lampe était toute calcinée lorsque M^lle^ Blandine, épuisée par son long monologue, prit le parti de congédier sa nièce.

« Allons, ma fille, endormons-nous ; tout s'arrangera, comme dit ton père. Bonsoir, Ninette, embrassez-moi, et allez-vous coucher ; il doit se faire tard. Voilà deux heures que nous sommes à caqueter comme des pies. Demain, c'est le grand jour des confitures ; il faut qu'à l'aube toute la maison soit sur pied ; adieu, adieu.

– Adieu ma tante, dit Sabine. »

Elle s'éloigna avec ce déplaisir et ce malaise que laissent toutes les démarches inutiles. Ce n'était pas seulement par déférence qu'elle s'était rendue chez M^lle^ Blandine ; elle se méfiait de ses forces et venait chercher secours contre elle-même. Cette assistance qu'elle attendait lui étant refusée, elle ne l'implora plus, elle se résolut à lutter seule avec un plus grand courage. Elle rentra chez elle, décidée à garder cet amour à jamais secret, sans espérance, et tristement enseveli dans son cœur.

# X

Au point du jour, M^lle^ Blandine se leva diligemment pour mettre en train les confitures. Quoique le temps fût à la pluie, elle ne souffrait plus de ses douleurs ; à peine avait-elle dormi deux heures, et, loin d'être fatiguée, elle se sentait toute fraîche et guillerette, les membres agiles, la tête libre. Elle avait tant parlé, tant parlé, et de si bon cœur !

Il lui fallait ces longs discours pour se débrouiller les idées, et son esprit s'éclaircissait par ces ébullitions de paroles, comme une eau qui se clarifie en se vaporisant au feu.

Jusque-là, M^lle^ Blandine avait guerroyé contre Lucien sans trop savoir pourquoi, d'instinct, par esprit de contrariété et de tracasserie ; maintenant elle voyait un but noble, utile, proposé à toutes ses taquineries, elle pouvait se les justifier au nom d'un grand intérêt de famille ; elle se faisait des devoirs de ses plus chères antipathies.

La tante conçut ces trois projets et se promit de les mener à bonne fin : premièrement, congédier Lucien et rompre ce mariage ; ensuite, ruiner à jamais la tragédie, afin d'abolir ces dîners perpétuels d'une maison « toute par plats et par écuelles, où la vie se passait à table ». Elle avait trouvé sa méthode, et tout d'abord elle se mit à l'œuvre, mais prudemment, astucieusement, avec l'adresse et la persistance d'une femme qui suit son idée fixe.

Le moment était opportun : jamais M. Cazalis n'était plus faible qu'au lendemain d'un coup d'État ; elle, au contraire, tirait de ses défaites une force nouvelle. Le lieutenant, tout embarrassé de sa victoire de la veille, allait et venait dans la maison sans oser dire un mot. De la cour aux jardins, les acteurs avaient laissé des traces de leur passage ; les plates-bandes étaient saccagées, les semis piétinés, les arbres ébranchés ; on ne rencontrait partout que ramures cassées, fruits verts, débris de fioles. M. Cazalis ne savait comment dissimuler tous ces dégâts ; il avait pris avec lui deux ouvriers pour ratisser les allées et balayer en toute hâte les cours, les escaliers, le perron, les devants de porte ; la tante, venant à passer par là, feignit de ne s'apercevoir de rien.

Au déjeuner, elle arriva toute souriante et charmante. Le lieutenant s'était mis à table en tremblant : il avait à se faire pardonner sa grande victoire de la veille, le banquet des acteurs, la fête sur la terrasse, la répétition extraordinaire de *La Mort de César*, et, tout confus, tout penaud comme un écolier au lendemain d'une escapade, il se faisait petit, il s'effaçait de son mieux pour ne pas donner prise ; jamais la tante ne l'avait trouvé si prévenant, si rempli d'attentions aimables, si disposé à toutes sortes de concessions. Elle-même, loin de le brusquer comme d'habitude, répondait à tant de soumission par une aménité rare. Ce fut Lucien qui paya les pots cassés.

De tous les convives de la veille, Lucien était le seul que le lieutenant eût pu retenir ; il vint au déjeuner soucieux et triste, et la tante ne cessant de le harceler de ses malices, lui si vif à la riposte, il ne répondit pas. On s'étonnait de le voir si distrait, si mélancolique. Lucien avait veillé très avant dans la nuit sans pouvoir écarter l'image de Sabine. Les souvenirs de la journée lui revenaient sous mille aspects nouveaux et inattendus. Aimait-il Sabine ? L'aimait-il vraiment ou n'était-ce là qu'une des mille fantaisies qui traversaient son esprit vif et mobile ? Il l'ignorait encore, et c'était la première fois de sa vie qu'il songeait à se poser cette question.

L'oncle Marius avait décidé que ce mariage aurait lieu, et le neveu s'était laissé faire sans déplaisir. Cette alliance avec les Cazalis flattait extrêmement la vanité du maire de Lamanosc : Lucien n'y voyait rien à redire, mais avant de donner son consentement, il s'était fait prier suffisamment, afin de bien poser ses conditions. Ses projets, comme on le voit, n'avaient rien de très romanesque. Ce mariage, c'était pour lui l'indépendance et la richesse, la vie libre. Par cette issue, il sortait de tutelle ; il n'était plus à la merci de l'oncle Tirart, il brisait sa chaîne. Il se trouvait en outre que la mariée était bien née, honnête, gracieuse ; elle paraissait réfléchie, adroite et soumise ; Lucien n'en demandait pas davantage, et depuis trois mois il vivait auprès d'elle dans la plus parfaite indifférence. Du reste à peine la connaissait-il. Le dimanche, en revenant de Lamanosc, ils chevauchaient de compagnie et sautaient bravement les haies et les fossés ; mais dès que Sabine avait mis pied à terre, il n'avait plus l'occasion de la voir seule ; et si par hasard il se rencontrait tête à tête avec cette silencieuse et discrète personne, il ne trouvait rien à lui dire. Aussi préférait-il de beaucoup la société de M^lle^ Blandine, dont il aimait l'humeur querelleuse, et, lorsqu'il était de retour à la Pioline, il se laissait volontiers absorber par la tante ; or, quand la tante tenait les gens, elle les tenait bien.

Habitué à toutes sortes de succès et d'avances, gâté par la fortune, par la vie facile, Lucien avait tout à fait perdu le sens des choses intimes, et comme un sauvage amoureux des couleurs bruyantes, il n'était plus frappé que par les dehors très brillants, l'effet, l'éclat, la mise en scène ; toute simplicité lui échappait. Sabine était très belle, mais d'une beauté calme, modeste, et pour ainsi dire intérieure, qui ne se révélait pas tout d'abord. Jamais Lucien ne l'aurait admirée et comprise sans ces mouvements de colère généreuse qui l'avaient passionnée lorsqu'on attaquait Marcel, et ce jour-là même il s'était complètement mépris sur la nature de cette exaltation ; il avait tout interprété à son propre avantage. La veille encore, au moment où Sabine tendait la main à Marcel, dans cette démarche si loyale, si spontanée, il n'avait vu qu'un jeu de coquetterie pour l'exciter à la jalousie ; il s'en était amusé. Et voilà que tout à coup une jalousie vraie s'emparait de lui, une jalousie vague, sans motifs apparents, vive, inquiète, obstinée. Sans se douter encore de cette grande sympathie que Sabine vouait à Marcel, il devinait déjà à quel point il l'avait blessée par ses moqueries sur les Sendric. Il en était honteux ; il était malheureux de tout le mal qu'il avait pu lui faire ; il aurait voulu le réparer à tout prix.

Lucien n'en était plus à se faire illusion comme par le passé. Il comprenait bien quels abîmes le séparaient de Sabine, pour toujours peut-être, et pourtant il se sentait attiré de plus en plus vers elle ; il ne pouvait plus la quitter. Lui qui se faisait tant prier quand le lieutenant voulait le retenir, il passa toute une quinzaine à la Pioline sans y être invité, bien que la tante ne lui épargnât guère les taquineries, les querelles et même les affronts.

M^lle Sabine refusait de s'associer à ces malignités passionnées. Ses sentiments n'étaient pas changés ; mais par cela même qu'elle s'habituait de plus en plus à considérer Lucien comme un étranger, elle s'imposait vis-à-vis de lui des devoirs de courtoisie et de bienveillance. Cette conduite mettait la tante Blandine hors des gonds.

« Serait-ce un désaveu ? disait-elle ; c'est donc un blâme ? Eh quoi ? Sabine, je prends votre défense, et vous me laissez là toute seule contre lui ! Est-ce pour mon plaisir que je me donne des colères bleues contre ce pistolet ? Moi, qu'importe ! je ne suis pas à marier. C'est pour vous que je me brûle le sang, moi qui n'aime que la paix à la maison, moi qui ai horreur des disputes... et voilà comme vous me soutenez ! C'est révoltant. Et pourtant je sais bien maintenant que vous ne l'aimez pas. Du reste, qui aimez-vous ? »

Elle essayait ainsi, par toutes sortes de moyens, de renouer les confidences interrompues, et les injures ne réussissant pas, elle revenait à la charge avec ses plus douces cajoleries : Sabine restait retranchée dans sa réserve, la tante s'en irritait, et toute cette mauvaise humeur retombait sur Lucien, plus vive et plus acre. Lucien l'entendait à peine, il ne songeait qu'à Sabine. Tout son orgueil s'abaissait auprès d'elle ; il s'approchait d'elle avec l'humilité, la tristesse d'un amour sincère. Sabine devinait sa souffrance ; il y avait là un sentiment vrai qu'elle ne voulait ni méconnaître ni blesser, et pourtant elle ne pouvait y répondre en rien, elle ne s'appartenait plus, elle se devait toute à Marcel. Lucien l'aimait quand même…

# XI

L'avocat Mazamet tenait en réclusion une belle personne du nom de Félise – sa nièce disait-il –, la fille d'un officier mort en Afrique ; il l'appelait sa pupille. Cette grande demoiselle, déjà fort évaporée, entrait à peine dans ses seize ans, elle vivait sous la garde d'une horrible vieille, sa cousine, une mégère envieuse, acariâtre et méchante, affreusement louche, très irritée contre la jeunesse et la beauté. La duègne était une Mazamet, mais il lui était défendu de porter ce nom : elle n'était connue que sous son sobriquet villageois, lou Souleou (le Soleil). On l'appelait ainsi par antiphrase, à cause de sa laideur. L'avocat l'avait ramassée dans les bas-fonds de la misère ; elle était à sa dévotion.

Il lui avait racheté la bastide où elle était née, mais elle ne devait entrer en possession du petit héritage qu'après vingt ans de services irréprochables. En attendant ce jour de délivrance, elle traînait une triste vie de servante et d'espionne. Maître Mazamet la traitait durement, non par avarice, car il aimait le faste, et toute sa domesticité était sur un grand pied ; mais c'était pour lui comme un chien maigre à l'attache, dont la vigilance pourrait s'endormir dans le bien-être, et qu'on se garde bien d'engraisser.

Nourrie richement, vêtue de guenilles, elle reportait toutes ses haines sur Félise, dont le luxe et l'élégance l'exaspéraient. Pour aviver encore ces jalousies, Mazamet la condamnait à habiller de ses mains la belle cousine.

Maître Mazamet couvrait sa nièce de soie et de velours ; mais ces toilettes somptueuses ne servaient qu'à réjouir les yeux de l'avocat. Félise n'allait jamais à la ville ; lorsqu'elle sortait, c'était en compagnie du tuteur ou de la duègne, à la nuit tombante. Quand il y avait des hôtes aux Rétables, elle ne venait jamais chez son oncle ; l'entrée du château lui était interdite, elle restait alors consignée chez elle, dans l'arrière-logis, un vaste pavillon à l'angle du parc. Tout autour s'étendaient des pelouses bordées de haies et de hauts cyprès. Toutes les fenêtres du château qui donnaient de ce côté étaient murées, à l'exception d'une seule, celle de la bibliothèque où l'avocat se retirait pour rédiger ses mémoires. Quoique ce jardin fût tout à fait isolé et fermé de murailles, Félise ne pouvait s'y promener sans être épiée par le Souleou ; la vieille était toujours sur ses pas, méfiante, éveillée. Jamais dragon plus farouche ne rôda dans le jardin des Hespérides.

Un jour il arriva que Lucien vint aux Rétables pour s'entendre avec Mazamet sur la conduite à tenir vis-à-vis de l'oncle Tirart, car le maire de Lamanosc avait refusé avec colère les propositions de paix. L'avocat était absent. Lucien entra comme chez lui dans cette bibliothèque mystérieuse dont l'entrée était si rigoureusement interdite. La pièce était sombre, il ouvrit les persiennes. En se penchant à la fenêtre, il entrevit Félise, qui lentement se promenait sur l'herbe, en coiffure de bal. Sa robe rouge à ramages feu tranchait vivement sur ce fond de verdure. Elle jouait avec un immense éventail ; ses yeux brillaient comme des escarboucles. Aux premiers signes que lui fit Lucien, la languissante demoiselle se cacha derrière l'éventail ; d'un regard rapide elle s'assura qu'elle était seule au jardin. Alors elle s'enhardit jusqu'à venir sous la fenêtre, puis tout à coup elle tourna derrière les allées, comme pour s'éloigner ; mais ce n'était qu'un jeu pour agacer Lucien. Elle voulait d'ailleurs savoir ce qu'était devenue la vieille.

Ne l'ayant pas rencontrée sur la porte, Félise revint vers les massifs. À travers les ramures des cyprès, elle voyait Lucien qui lui parlait en gestes suppliants, passionnés. Il y avait un grand laurier-rose sur la fenêtre. Lucien en cassa une branche qu'il lança aux pieds de Félise. En se baissant pour ramasser la fleur, Félise laissa tomber son éventail ; d'un bond, Lucien fut à ses pieds. Félise retint un cri, puis se mit à sourire à ce hardi cavalier qui jouait sa vie pour ramasser un éventail. Ces courtoisies de casse-cou sont toujours très goûtées ; la belle recluse écoutait avec ravissement les marivaudages de Lucien, elle s'était déjà laissé prendre les mains, lorsque l'avocat survint à l'improviste. Il avait été averti par le Souleou, qui, de la lucarne du grenier, avait tout vu. La grande demoiselle s'effraya et prit la fuite en pleurant. Lucien s'attendait à une scène terrible. Il s'assit sur un banc, très décidé à rosser l'avocat si les choses allaient trop loin.

« Tudieu ! dit maître Mazamet en lui prenant les oreilles à deux mains et les frottant vivement – c'était son geste de bonne humeur et de grande amitié – tudieu ! camarade, comme nous allons en besogne ! Vous avez la main heureuse. Eh ! eh ! c'est un bon parti. »

Et, sur ce mot, maître Mazamet s'en alla en riant.

En traversant le corridor, Lucien entendit l'avocat qui rudoyait la vieille pour sa sottise et ses ridicules frayeurs.

« Ce jeune homme est notre ami, criait maître Mazamet ; c'est l'enfant de la maison. Si tu l'ennuies jamais encore, je te casserai les reins ! »

La vieille se trouva sur le perron au départ de Lucien, et comme elle voulait se montrer fort aimable pour le protégé de son maître, elle se mit à lui sourire, mais d'un sourire plus affreux encore que ses plus horribles grimaces de colère et d'envie.

Lucien sortit de ce château fort énamouré de la belle Félise ; au lieu de retourner à Lamanosc, il prit gîte dans un méchant village à une lieue de là, et le lendemain, dans la matinée, il s'en retourna aux Rétables, très décidé à s'y installer bon gré mal gré, coûte que coûte. Au moment de sonner à la grille, il ne songeait qu'à Félise, mais voilà que tout à coup le souvenir de M^lle^ Sabine lui revint avec une extrême douceur ; brusquement il tourna bride et partit pour la Pioline.

Les huit jours qu'il passa alors chez les Cazalis furent les plus remplis qu'il eût jamais vécus. Jamais si nobles tristesses n'avaient agité son âme ; il les accepta résolument, franchement, sans chercher à se séduire lui-même. Il était arrivé à la Pioline très épris de Sabine ; il l'aimait passionnément, mais il ne se dissimulait pas que rien au monde ne pourrait la rapprocher de lui. Il s'attachait avec courage à cet amour sans espoir et sans récompense. Cette grande douleur lui ouvrait une voie de salut, il y entrait d'un cœur vaillant ; mais pour se maintenir à cette hauteur, quels sacrifices lui étaient demandés ! Tout un homme artificiel à détruire, toute une vie fausse et mensongère à renier ; une vie nouvelle à fonder, originale et sincère.

Lui, tout rempli de vanités, d'imaginations, de choses rêvées, apprises, de sentiments factices, il se sentait appelé à la simplicité, à la vie intérieure. Sans lui parler, par la simple attitude de son âme, Sabine provoquait en lui ce travail, cet examen de soi-même, impitoyable et libre ; sans y prétendre, à son insu, par cette seule force de vérité qu'elle portait en elle, elle le mettait en demeure. Sous cet honnête et calme regard, Lucien était profondément troublé ; il se voyait dans toute l'indigence de ses fausses richesses, dans sa stérilité, dans ses misères. Tout un monde hardi d'activités, d'efforts, de salutaires souffrances lui apparut : il s'y jeta d'abord avec un très grand élan ; mais bientôt l'effroi d'un idéal si haut, si redoutable, le saisit, et, pour s'échapper à lui-même, il retourna aux Rétables. Tous ces trésors de tristesse et d'amour si courageusement amassés, en un jour, en une heure, il les dépensa indignement aux pieds de la Félise, puis, comme aux premiers jours, il revint à la Pioline pour retourner encore chez la Félise aux heures de paresse et d'insouciance. Pendant plus d'un mois, il alla ainsi des Rétables à la Pioline, de la Pioline aux Rétables, rapprochant à plaisir les sentiments les plus contraires. Avec Sabine il se purifiait pour ainsi dire ; il montait, il s'élevait dans les sereines régions de l'esprit ; avec Félise, il touchait terre ; il se délassait indolemment avec cette fille, toujours souriante et parée, passant ses jours à s'attifer, amoureuse de sa personne, de ses chiffons, de ses bijoux, et même de tous ceux qui consentaient à l'adorer comme une idole. Là, nul trouble, nulle angoisse ; une paix trompeuse et charmante, l'oubli de tous les grands et difficiles devoirs.

Dans les commencements, il avait rougi de cette double vie. Lorsqu'il avait revu Sabine en quittant Félise pour la première fois, il était tout honteux de son aventure de la veille ; mais à mesure qu'il fuyait la douleur et le sacrifice, ces sentiments s'étaient transformés : il en vint à trouver mille charmes dans ces contrastes, il les cherchait avec un raffinement extrême.

Cependant la tante Blandine poursuivait passionnément sa guerre contre Lucien, interprétant tout contre lui, ses paroles comme son silence, ses voyages comme ses longs séjours à la Pioline, et cela tous les jours, à toute heure, le soir, lui présent, lui absent. Elle minait le terrain sous ses pieds. Pour Jean-de-Dieu, elle redoublait de soins, de prévenances, de bons offices ; elle le charmait par ses câlineries et ses gentillesses ; plus de contrariétés, plus de résistances ; le lieutenant vivait à sa fantaisie, il ordonnait lui-même ses dîners, il invitait qui bon lui semblait ; il buvait du grenache à tous ses repas, il parlait tragédie sans exciter des moqueries.

« Ah ! ma sœur, que vous êtes aimable ! dit-il un jour avec un étonnement qui n'avait rien de joué. »

Toutes ces affabilités de la tante retournaient en acrimonies très vives sur Lucien.

« Elle se rattrape sur lui, disait plaisamment M. Cazalis ; voilà le gendre qu'il me faut ; j'aurai une vieillesse fort tranquille, j'ai trouvé mon paratonnerre. »

Et dans cette assurance d'une paix indéfinie, il dormait sur les deux oreilles. Tout à coup, un beau matin, M^lle^ Blandine le prit à part, et fort tranquillement, sans se fâcher, comme si c'était la chose du monde la plus naturelle, elle lui signifia qu'il fallait le jour même donner congé à Lucien. Le lieutenant se mit en colère ; la tante sortit sans lui répondre. Dans l'après-midi, au moment de la sieste, elle appela son frère d'une voix aimable et lui dit : « À propos, Jean-de-Dieu, puisqu'il est décidé que nous rompons avec ce Lucien, je crois qu'il serait mieux de lui écrire pour lui éviter les ennuis d'une explication.

– Mais rien n'est convenu, je n'y ai jamais consenti », s'écria le lieutenant.

Il jura ses grands dieux qu'il ne permettrait pas qu'on lui reparlât jamais de cette affaire. Un clou ne s'enfonce pas au premier coup de marteau. La tante revint doucement à la charge dans la soirée, puis le lendemain, le surlendemain, et tous les jours de la semaine, sans tenir compte des refus les plus nets, les plus positifs.

« Mon ami, avez-vous écrit cette lettre dont nous sommes convenus ? Aimez-vous mieux que j'écrive sous votre dictée ? »

Ce refrain monotone le poursuivait partout, il en avait le bourdonnement dans les oreilles, si bien que, pour obtenir un peu de répit, il finit par dire un jour : « Nous verrons, mais qu'on ne m'en parle plus. »

Le lieutenant avait donné sa parole à Tirart, et il lui en coûtait beaucoup de se dégager à la légère, quoique Lucien eût grandement baissé dans son esprit. Depuis qu'il aimait Sabine,

Lucien était très changé ; il avait perdu sa gaieté, sa pétulance ; on le trouvait ennuyeux. Le lieutenant était très amoureux de son repos, il s'était habitué à jouir d'une grande paix aux dépens de Lucien, et ce calme étant de nouveau troublé, il trouvait tout simple d'en accuser Lucien. Quant à M^lle^ Blandine, elle n'attendait plus qu'une occasion pour frapper un grand coup. Depuis le banquet donné à l'officier de gendarmerie, il n'y avait eu que deux méchantes répétitions à la Pioline, et Lucien avait évité de s'y trouver. La tante en fit son profit. Lucien ne dissimulant plus quel profond ennui lui causaient ces exercices dramatiques, elle prit feu et flamme pour la tragédie, et comme un jour, discutant avec sa sœur, le lieutenant, à bout d'arguments, lui disait : « Mais si nous perdons Lucien, qui donc jouera Marc-Antoine ? », elle lui prouva sans peine que Lucien s'était toujours fort peu soucié de cette *Mort de César* ; elle alla jusqu'à dire qu'il était le seul obstacle dans ces affaires de tragédie, et dans son emportement elle promit son concours pour mener à bonne fin la grande entreprise.

M. Cazalis résistait encore, mais mollement ; cette volonté faible, dont on faisait le siège tous les jours, se lassait, fléchissait, et finit par capituler. Lorsqu'il donna son consentement aux projets de la tante, il crut faire un grand acte de courage en exigeant d'elle que Lucien serait remercié avec toutes sortes d'égards et de ménagements… le plus tard possible. La tante promit tout, et dans son besoin de répandre sa joie au dehors, elle courut raconter cette grande victoire à la Zounet.

« Et vous allez laisser remonter cette *Mort de César* ? dit la confidente. Vous ! quel malheur ! et pour me faire encore tout saccager à la Pioline ! Oh ! non ! s'ils reviennent ici, tous ces comédiens, j'aimerais mieux sortir de la maison.

– Comme tu es simple, ma pauvre Zounet ! lui répondit sa maîtresse, tu es bien de ton village. Promettre et tenir sont deux, grande sotte ! »

Au-dehors, avec les étrangers, la tante était bien la personne la plus scrupuleuse qui ait jamais existé : esclave de sa parole, pour rien au monde elle ne se serait déliée des engagements les plus téméraires ; mais vis-à-vis de son frère elle se croyait tout permis, elle aurait violé les serments les plus solennels.

« Ah ! Zounet, reprit M$^{lle}$ Blandine, avec les hommes, crois-moi, il faut toujours avoir l'air de céder, on consent à tout, puis on va de l'avant comme si de rien n'était. Dès demain nous serons débarrassés de ce Lucien, et leur tragédie n'en a pas pour quinze jours dans le ventre. Soutiens-moi contre tous ces acteurs, et quand ils reparaîtront ici, nous leur ferons de telles avanies qu'ils n'oseront plus revenir. Ce que femme veut, Dieu le veut. Rappelle-toi le docteur italien qui nous arriva de Bologne il y a dix ans ; mon frère en raffolait, il ne m'a pas fallu un mois pour le mettre à la porte. Allons, vite, c'est demain, à deux heures, que ce Lucien doit venir ; que tout soit prêt, mon tour, le grand salon, ma robe puce ; pas une minute à perdre. Courez me repasser mes collerettes. »

# XII

Pendant que tout se décidait ainsi à la Pioline, Espérit, de son côté, ruminait de grands projets de guerre contre Lucien. Depuis quelques semaines, il lui était venu toute sorte de tristesses en pensant à M^lle^ Sabine ; il avait l'appréhension vague d'un grand danger qui la menaçait. Ces craintes le poursuivaient nuit et jour. Un soir – le même jour où M^lle^ Blandine arrachait à son frère le congé de Lucien –, en faisant cuire ses poteries, Espérit se sentit encore plus agité que de coutume, et, cherchant obstinément d'où lui venaient ces inquiétudes, recueillant ses souvenirs et les comparant, songeant à tout ce qui s'était passé à la Pioline depuis quelques mois, il n'arrivait qu'à des suppositions absurdes qui n'expliquaient rien. Pendant toute la nuit, il se tourmenta de la sorte et vainement.

Le lendemain, dans l'après-midi, fatigué de ces recherches, il prit le volume de *La Mort de César* pour se distraire. En récitant le rôle de Brutus, il oublia bientôt les Cazalis et, ne rêvant plus qu'à sa tragédie, il arpentait les prés en déclamant des vers. Tout à coup, au milieu du grand monologue, il jeta le livre sur l'herbe, et, se frappant le front des deux mains, il se mit à crier comme un fou : « Mais c'est clair comme le jour, on veut la marier à Lucien ! »

Lorsque Espérit fit cette belle découverte, il y avait bien deux mois que le maire Tirart disait à qui voulait l'entendre : « Nous nous marions avec les Cazalis ; c'est conclu, paroles données. Je veux être parrain au printemps prochain. Cette Sabine m'agrée fort pour ma nièce ; je lui donne un mari de cent mille écus. »

Espérit était peut-être le seul dans Lamanosc qui n'eût pas reçu les confidences de l'oncle Marius. Ce n'était pas la première fois qu'il lui arrivait de deviner à grand-peine des choses connues de tout le monde. Souvent, dans son métier de potier, il se donnait un mal infini pour trouver des procédés pratiqués depuis des siècles : par exemple, ce beau vernis vert qu'il avait inventé après tant d'expériences, et qui ne différait en rien de celui qu'employaient de tout temps les faïenciers d'Apt.

« Sabine épouser Lucien ! se disait-il ; il faut à tout prix éviter ce malheur ! »

Il s'habilla en grand costume, brida la Cadette et partit pour la Pioline.

À ce moment, Lucien était déjà entré chez les Cazalis. Le salon orange était dans tout son luxe ; la Zounet avait enlevé les housses des fauteuils, les chemises des chaises d'acajou, les robes des chandeliers, les gazes qui défendaient les cadres dorés et les glaces contre les injures des mouches.

La table à jeu des grandes soirées était ouverte devant la cheminée ; aux deux coins, M. Cazalis et sa sœur : le lieutenant relisant pour la troisième fois sa gazette, M$^{lle}$ Blandine droite dans sa bergère, parée comme une jeune dame de 1817 et jouant de l'éventail.

Aux graves airs de la tante Blandine, Lucien comprit d'emblée ce qui se préparait. Depuis quelques jours, il s'attendait à un dénouement brusque ; tout lui faisait pressentir une rupture prochaine que Sabine seule retardait par son extrême réserve. Dans ses dernières rencontres avec Sabine, il avait perdu toute espérance ; il savait maintenant, à n'en plus douter, qu'elle ne l'aimerait jamais, et le soin même qu'elle mettait à dissimuler ses antipathies était pour lui une souffrance ; par respect pour Sabine et ses volontés tout autant que par fierté blessée, il songeait déjà à rompre de lui-même.

Lucien s'était assis ; la tante lui tirait toujours de grandes révérences à la Louis XV ; puis, c'étaient des saluts, des saluts à n'en plus finir, des manières du plus grand style. Lucien voyait bien quelles colères secrètes fermentaient sous ce calme emprunté, quels dépits, quelles impatiences ; dans un premier mouvement d'espièglerie, il s'amusa à l'irriter par sa froideur et sa retenue, et déjà la tante s'était si fort enferrée dans ses politesses, qu'elle ne savait plus comment revenir à la charge ; elle se contenait à grand-peine dans ce rôle de dignité guindée. Elle allait éclater lorsque Lucien se leva et prit congé d'elle avec une courtoisie ironique, en affectant toujours de prendre très au sérieux ces cérémonials. Le lieutenant s'empressa de le reconduire, trop heureux d'en finir sans avoir rien décidé, car c'était un grand ajourneur de crises ; il croyait tout sauvé dès qu'il avait pu remettre les choses au lendemain.

« Le tout est de gagner du temps, disait-il, ça s'arrangera. On ne sait ce qui peut arriver. »

En rentrant, il était tout heureux de ce qu'il appelait une solution. Un orage terrible l'attendait.

M^lle^ Blandine aurait voulu que sa nièce assistât à ces explications. Sabine s'y était refusée ; dans la crainte d'une surprise, elle était sortie avant l'arrivée de Lucien, et, pour avoir un prétexte de promenade, elle conduisit sa chèvre assez loin dans le haut des Pâtys. Elle suivit d'abord la ravine qui longe le petit bois ; mais tout était brouté autour des aires, et pour que la chèvre pût trouver sa vie dans les buissons, il fallut monter jusqu'aux défrichements du Plan des Amandiers. Au milieu des jeunes cerisiers sauvages, elle s'arrêta pour planter le piquet de la chèvre. Elle venait de s'asseoir et relevait la tête pour fixer sa quenouille, lorsqu'elle aperçut Marcel et Damianet qui descendaient sur l'autre rive avec leurs mules chargées de genêts épineux.

Les deux frères devaient forcément passer devant Sabine, en suivant cet étroit sentier qui tourne dans la ravine. Elle les vit arriver et se hâta de plier son ouvrage et de retirer le piquet ; mais, dans son empressement, elle lâcha la corde, et la chèvre, se sentant libre, prit sa course du côté du chemin. Sabine la poursuivit en essayant de ressaisir la corde, qui traînait à terre.

La chèvre, toujours cabriolant, courut jusqu'au pont de sable qui reliait les deux rives ; c'était une sorte d'arcade creusée par les eaux entre ces collines, et que les orages d'automne ont emportée il y a quelques années. Au milieu de ce pont, la chèvre s'arrêta, narguant sa maîtresse. Marcel était descendu en courant sous le pont. La chèvre, se voyant couper la retraite, sauta dans le torrent et la corde s'entortillant dans les ronces, Damianet la reprit sans peine. Marcel ramena aussitôt la chèvre à Sabine.

C'était la première fois qu'ils se rencontraient depuis la grande répétition ; ils étaient très émus, car ils sentaient vaguement qu'ils ne devaient plus se revoir. Ils allaient se séparer, quand Lucien parut au détour de la route ; il fit reculer son cheval de quelques pas pour mieux les voir et les saluer à l'aise d'un air moqueur. Marcel pâlit de colère, Sabine eut peur.

« Restez ici, lui dit-elle, restez, je le veux ! »

Elle lui saisit la main et l'arrêta ; mais dès que Lucien eut disparu sous les arbres, Sabine, rougissant de cette familiarité qui semblait s'établir entre elle et Marcel, s'écarta vivement. Damianet se pendit à sa robe : « Pourquoi pars-tu ? dit-il, viens avec nous jusqu'à Seyanne ; c'est aujourd'hui la grande fournée, il y aura des galettes. Tiens, voilà des mûres, c'est tout pour toi ; les amis sont les amis. »

Les mules s'étaient emportées au galop ; Marcel rappela son frère, et Sabine s'éloigna de son côté. Elle se laissa conduire au hasard par la chèvre, qui s'était débattue longtemps pour sortir de ces terrains sablonneux, sans herbages, et qui, libre maintenant, courait gaiement vers le pré, en tournant autour de sa maîtresse de toute la longueur de sa corde, à grands sauts et ruades, cassant à belles dents les jeunes pousses au milieu des taillis.

À l'Olivette, Sabine rencontra Espérit, qui rôdait autour de la Pioline en habits de fête.

« Il fait bon qu'on vous rencontre, dit-il, j'ai à vous parler. J'étais déjà monté jusqu'à la terrasse, mais de la porte j'ai entendu la voix de M^lle^ Blandine dans le salon, et si fort, si fort, que la frayeur m'a pris. Comme elle menait le lieutenant ! Je n'ai plus osé entrer. Ah ! mademoiselle Sabine ! »

Il la regardait avec une terreur inquiète et ne pouvait se décider à parler.

« Eh bien ! quoi, mon ami ? lui dit-elle.

– Notre demoiselle, répondit Espérit en prenant son courage à deux mains, oui ou non, suis-je votre ami ? Eh bien ! sur ma foi, il ne faut pas que ce mariage se fasse.

– Mais quel mariage ? Que dis-tu ?

– Avec Lucien, pardi ! Mauvaise affaire, notre demoiselle, mauvaise affaire, croyez-moi. Ce Lucien ne vous va guère, je vous le jure ; il ne faut pas l'épouser.

– Mais ni lui ni personne, mon pauvre Espérit, dit-elle en s'efforçant de sourire.

LIVRE V

# La Saint-Antonin

# I

Lorsque le maire Tirart fut informé de la visite de Lucien à la Pioline et de la rupture qui en était la suite, il courut chez le lieutenant Cazalis pour tout renouer, et de son chef il présenta les excuses les plus gracieuses, au nom de son neveu, comme si le refus venait de lui seul.

« Mon Lucien s'est délié comme un étourdi, dit-il en finissant. Mademoiselle Blandine, vous qui êtes si raisonnable, comment avez-vous pu le prendre au mot ? Il en sera au désespoir, j'en suis sûr. Laissez-moi faire, et je vous le ramène avant deux jours. »

La tante sentait bouillonner toutes ses colères ; elle allait faire un éclat, et M. Cazalis se hâta de congédier le maire.

« Partez, partez au plus vite, dit-il en poussant Tirart sur le chemin ; ma sœur n'est pas dans ses bons jours. Il ne faut pas la brusquer en public ; mais quand nous sommes seuls, je fais d'elle ce que je veux. Au revoir, et ramenez-nous votre neveu dans deux ou trois semaines ; d'ici là j'aurai tout arrangé. Qu'il fasse un petit voyage d'un mois, et tout ira au mieux. »

Au lieu de rentrer à la Pioline après cet entretien, le lieutenant se glissa le long de la haie pour gagner furtivement le bois de l'Olivette et s'y promener jusqu'à la nuit ; mais la tante le guettait au passage. La scène fut des plus violentes.

« Comment ! c'est lui qui nous refuse ! ne cessait de répéter M$^{lle}$ Blandine. Oh ! c'est trop fort ! C'est nous qui sommes refusés, c'est nous qui allons rentrer en grâce ! Voilà où nous mènent vos ménagements, vos ajournements, vos politesses ! Vous dévoreriez tous les affronts. Ah ! il nous reviendra, ce Lucien !... Et vous oseriez le recevoir ?... Oh ! jamais, jamais ! Non seulement je lui refuse ma nièce, mais j'exige de lui des excuses, et des excuses publiques ; sinon, vous me verrez sortir de la Pioline, et pour toujours. »

Le lieutenant courbait la tête, laissant passer l'orage. Il se disait à part lui : « Bast ! me voilà tiré de souci pour une quinzaine au moins, et je m'en vais remettre à flot ma tragédie. »

Mais la tante avait déjà organisé une grande conspiration contre *La Mort de César*. À toute heure, elle assaisonnait ses discours de railleries contre la comédie, et dès la première répétition, les acteurs, pris isolément, à l'arrivée, au départ, furent comblés d'avanies par M^lle^ Blandine et la fidèle Zounet. Il n'en fallait pas tant pour blesser l'irritabilité des paysans ; presque tous résolurent de ne plus reparaître à la Pioline, et les quelques figurants que le sergent Tistet parvint à retenir faisaient la plus triste mine. La tante ourdissait trames sur trames, elle était décidée à pousser les choses à l'extrême ; c'était peine inutile : *La Mort de César* se disloquait d'elle-même, et l'anarchie intérieure y suffisait.

Le départ de Lucien avait tout remis en question. Dix concurrents se présentèrent pour le personnage d'Antoine, qu'Espérit avait repris ; le terrailler crut bien faire en donnant sa démission au profit d'un homme influent du pays. Vingt candidats nouveaux surgirent ; puis c'étaient tous les jours de nouvelles prétentions, souvent très bizarres : Cayolis voulait introduire des chœurs d'opéra dans la tragédie, d'autres exigeaient qu'on montât *Zaïre* ou *Mérope* pour faire jouer leurs promises ; le sergent Tistet déclarait qu'il resterait à l'écart tant que le caporal Robin n'aurait pas été exclu pour son inconduite, et le magister Lagardelle demandait que tous les rôles fussent mis au concours. À travers ces rivalités courait et batifolait Perdigal, semant à pleines mains les discordes. Toutes les passions que suscite le métier de comédien, il les mettait en éveil, en lutte ; il surexcitait à plaisir les vanités, les jalousies, il enflammait les amours-propres les plus grotesques ; il soufflait des ambitions aux plus lourdauds, aux plus ignorants, même à ceux qui ne savaient pas lire. Cette petite république était en feu. Robin voulut qu'on répétât à la Mule d'Or. Perdigal l'avait enfiévré d'orgueil : le malicieux poète était en train de lui persuader que « Tirart branlait au manche, et que lui, Robin, avait grande chance d'être nommé maire de Lamanosc ». Quant à Triadou, il faisait les frais de ces ambitions, payant à boire.

Dans la pensée d'Espérit, cette tragédie devait servir à rapprocher les cœurs, et il se trouvait au contraire que ce n'était qu'une occasion de déchirements et de disputes. Il en était consterné. Tous les jours de nouvelles difficultés se dressaient devant lui ; il mettait en jeu toutes les ressources de son génie ; il allait de l'un à l'autre avec un grand bon vouloir, usant de douceur, de patience et d'amitié ; il remettait tant bien que mal les choses en état. À peine remontée, la machine craquait et se détraquait de nouveau. Quelle que fût sa ténacité, si vif que fût son désir d'exercer aux tragédies les gens de Lamanosc, jamais il ne se serait aventuré dans cette entreprise, s'il avait pu prévoir à quels obstacles il allait se heurter, quelles crises il aurait à traverser. Au milieu de ce grand désordre, il s'attristait et se désespérait de plus en plus ; il avait voulu réunir, il divisait ; il avait espéré la fraternité, il ne suscitait que des haines, des discordes, des jalousies. Et le mal empirait tous les jours. Le marquis des Saffras en vint à désirer que la tragédie fût tout à fait abandonnée.

# II

Un jour de marché, il arriva que Perdigal et Triadou se rencontrèrent à la ville, sur la place du théâtre. La veille, des comédiens de passage, à bout d'industrie, criblés de dettes, avaient donné *Lucie de Lammermoor*, pour frapper un grand coup. La recette avait été nulle. Ces malheureux acteurs avaient été saisis à la requête des hôteliers, et l'on vendait leur vestiaire à la criée, dans la rue. Perdigal et Triadou arrêtèrent leurs charrettes. L'huissier tenait en main un magnifique pourpoint de Ravenswood, en velours fané.

« Triadou, voilà ton affaire, dit Perdigal ; quel costume pour jouer Cimber ! »

Le poète n'avait d'autre but que d'engager son ami dans une dépense inutile, absurde ; de tous les gens de Lamanosc, c'était bien celui qui se souciait le moins de la tragédie. Avec son impudence ordinaire, il persuada au teinturier que *La Mort de César* serait jouée ; il lui prouva, par toutes sortes d'arguments saugrenus, qu'elle n'avait jamais été en si bonne voie, enfin, qu'il y avait un ordre formel du préfet. Triadou le crut sur parole. Cet homme soupçonneux ne se méfiait jamais que de la vérité ; il ouvrit sa sacoche de cuir et paya le costume.

« Il y aurait là encore une belle toge pour Robin, dit Perdigal en montrant la toge d'Éléazar, que l'huissier passait au trompette de ville. Si j'étais en fonds comme toi, je l'achèterais pour le caporal... Tu as vendu tes moutons hors de prix, et l'on sait que l'argent ne te pèse guère. »

Triadou se laissa complimenter longuement sur sa générosité, et comme chez lui la vanité l'emportait sur l'avarice, il acheta le costume de Robin ; il aurait acheté toute la friperie, pour peu qu'on l'eût poussé.

Dans la soirée, il y eut exhibition de costumes à la Mule d'Or. Robin prit le Voltaire, et se mit à déclamer des tirades « à l'instar de Paris ». Son succès fut grand ; on but à outrance, les têtes s'échauffèrent, et la reprise de la tragédie fut votée d'acclamation.

Le lendemain, il y avait dîner à la Pioline. Au dessert, on annonça la députation de la Mule d'Or. Le notaire Giniez eut l'imprudence de leur dire : « Eh quoi !... y pensez-vous encore à cette *Mort de César* ? Mais, malheureux, comment ferez-vous sans Lucien ? »

Ce propos du notaire revint à la Mule d'Or, commenté, grossi, et prit les proportions d'un défi ; les amours-propres se piquèrent, et, dans leur désir de donner une bonne leçon aux bourgeois du pays, tous les acteurs se remirent à leurs rôles ; Perdigal lui-même prit à cœur le succès de la tragédie.

Sur ces entrefaites, il se trouva que la tante Blandine fut conviée à Méthamis pour un baptême. Elle avait déjà, de ci de là, quatorze filleules, toutes vouées au blanc et toutes dotées à leur naissance d'un brillant trousseau. Quand il s'agissait de confectionner ces belles layettes des filleules, tout le manoir des Cazalis était en révolution. La tailleuse Rosine arrivait avec une bande d'apprenties, et pendant quinze jours la Pioline était changée en atelier de couture ; la Zounet, la fermière, M^lle^ Sabine elle-même, étaient placées sous les ordres de la belle Rosine, et, toute affaire cessante, on travaillait pour la nouvelle filleule. Du matin au soir, des rires et des chansons ; la maison n'était plus tenable, partout des ouvrières et des chiffons ; le père Cazalis ne savait où donner de la tête ; on lui enlevait sa fille, il n'y avait plus d'heure pour les repas, on dînait à la diable ; personne ne s'occupait de lui, ni pour le gronder ni pour le soigner. Il était libre.

« Eh ! si votre filleule allait être un garçon ? » disait le lieutenant.

À quoi la tante répondait en haussant les épaules : « Est-ce que les lunes m'ont jamais trompée ? »

Elle avait de petits calculs à elle pour deviner la naissance des filles, et de fait, elle ne se trompait jamais dans ses prédictions, à tel point que, dans les familles privées de garçons, on l'accusait très positivement de maléfices, et quand il survenait une fille, on disait : « C'est cette vieille tante de par là-bas, dans son arche de Noé !... Avec ses lunes, nous n'avons plus de garçons ! »

À l'occasion de cette filleule de Méthamis, il y eut donc, comme toujours, grand remue-ménage à la Pioline, et, sans que M^lle^ Blandine y prît garde, le lieutenant put aller tous les jours à Lamanosc, dans les cabarets, conférer avec ses chers tragédiens. M. Cazalis était très aimé des paysans, il fut donc d'un grand secours à Espérit. Sa présence mit fin à tous les malentendus ; d'autorité, il imposa tous les changements nécessaires, il obtint sans conteste des remaniements de rôles réputés impossibles huit jours plus tôt. Quand la layette fut terminée, la tante Blandine partit pour son quinzième marrainage, en compagnie de sa nièce et de la Zounet, et le lieutenant mit à profit ces deux jours d'absence pour faire un coup à sa tête : il donna un grand banquet à la Pioline ; tous les acteurs y furent convoqués, jusqu'aux figurants. Les dernières difficultés furent enlevées à table entre deux vins ; la nouvelle distribution des rôles se fit au dessert, le verre à la main, et, dans la matinée du dimanche, un grand tableau, dont le double resta déposé aux archives communales, fut affiché en mairie par les soins du sergent Tistet. Ce tableau n'était que le résumé d'un travail général que le sergent avait entrepris et mené à réussite. On pouvait consulter chez lui un immense registre, tenu, comme un livre de caisse, en partie double, où tous les acteurs avaient leur compte arrêté, acte par acte ; scène par scène ; les vers et les hémistiches de chacun s'y trouvaient énumérés en leur ordre, dans des cases distinctes, ainsi que des valeurs additionnées par francs et centimes. Après le personnage de Cinna, le tableau ne désignait plus les acteurs que par des chiffres. Tistet pensait que, ces figurants n'ayant pas de nom dans la pièce de Voltaire, ils ne devaient plus avoir de nom d'homme dans la vie privée.

Il s'était fait un revirement subit dans l'opinion : les plus indifférents commençaient à se passionner pour cette *Mort de César*, et bientôt, pour faire droit à toutes les ambitions, il fallut doubler le nombre des sénateurs et des licteurs. La Saint-Antonin approchait. Pressés par le temps, les tragédiens s'étaient mis résolument à leurs rôles, comme de bons ouvriers de tout cœur à leur tâche. Des vieilles haines, des querelles de parti, des factions, des discordes, il n'en était plus question. Ce bon accord réjouissait Espérit tout autant que le succès de *La Mort de César*, qui de jour en jour prenait tournure. Ces grands travailleurs, qui dès l'aube jusqu'à la nuit restaient en chantier, prenaient sur leur sommeil pour étudier et s'exercer entre eux ;

ceux qui n'avaient que des rôles muets, tels que les licteurs, les sénateurs, les Romains, n'étaient pas les moins assidus aux répétitions. Ils s'étaient tellement identifiés avec leur tragédie, qu'ils n'en voulaient pas perdre un seul mot.

Dans la dernière quinzaine qui précéda la fête, les acteurs se réunissaient tous les soirs à la mairie. Les dimanches et les jeudis, on répétait à la Pioline. Sabine évitait de se trouver à ces répétitions ; Cazalis était convaincu qu'elle obéissait à quelque ordre secret de la tante.

« Ma sœur aura fini par lui monter la tête contre *La Mort de César*, disait-il ; c'est une tyrannie incroyable ; parce que M^lle^ Blandine n'aime pas la tragédie, il faut que ma fille en ait horreur. »

Le lieutenant déployait un grand zèle, il était toujours prêt ; on le rencontrait partout le Voltaire à la main, et, comme tout service vaut un service au dire des paysans, les tragédiens ne laissaient aucune occasion de se rendre utiles à leur directeur. Après la répétition, ils trouvaient toujours des prétextes pour travailler au bien de la Pioline. Tantôt c'était un chemin à empierrer, une muraille à soutenir, à couronner de grosses pierres, des talus à relever, à gazonner ; tantôt il fallait d'urgence tailler les saules, les haies vives, curer les fossés, vider l'écluse, ou bien encore c'étaient des arrosages de prés, des sarclages de garances. Le lieutenant se mettait en colère, et, pour les congédier de force, il jurait ses plus beaux jurons de marine, avec des menaces terribles contre les envahisseurs qui violaient son domicile : on n'en travaillait qu'avec plus d'ardeur, et lorsque M. Cazalis mettait le siphon au barricel de muscat pour rafraîchir ses hommes au départ, ces braves gens donnaient encore un bon coup de main dans les champs, avant de reprendre le chemin de Lamanosc, surtout si la lune était claire, si bien que la Pioline était tenue comme un jardin. Quant aux chasseurs de la bande, ils ne restaient pas oisifs ; les plus beaux coups de fusil se tiraient pour les Cazalis, et les gibiers les plus rares pendaient au croc de la Zounet.

Le soir, au retour de l'ouvrage, les paysans qui n'étaient pas de la troupe tragique s'en allaient sur l'emplacement du théâtre pour piocher, terrasser ou brouetter des sables, des pierres, des gazons. Les hommes des corps d'État travaillaient de leur côté très vaillamment à établir les charpentes, planchéier le théâtre, étayer les gradins, dresser les cloisons, les mâts et les échafaudages. Il y en avait de bien habiles, et chacun faisait de son mieux, charrons, menuisiers, serruriers, maçons. Les plus experts ajustaient les décors. Les enfants allaient à Ventoux couper des buis et des ramures vertes pour les poteaux et les arcs de triomphe. Pour façonner les costumes, les draperies, les tentures, les femmes veillaient très avant dans la nuit. On cousait d'une ardeur sans égale, les aiguilles allaient comme les langues et les langues comme le vent. Partout c'était la même animation, le même entrain, cette tragédie était vraiment l'œuvre de tous. Riches et pauvres, grands et petits, chacun aidait aux préparatifs, et de tous ses moyens : l'un venait au théâtre avec ses mules, l'autre avec son ânesse ; le maire prêtait ses voitures et le balayeur sa brouette ; tous les ménages se dépouillaient, les dons provoquaient les dons : de tous côtés, on recevait des rideaux à fleurs, carrelés, bigarrés, des nattes, des escabeaux, de vieilles tapisseries ; il n'était pas jusqu'aux grand-mères qui ne prêtassent pour les tentures leurs belles courtepointes à losanges de couleur.

Le groupe des censeurs protestait encore, mais timidement, à huis clos, et tout en se riant des acteurs, le prudent notaire Giniez fit voter qu'on enverrait à l'amphithéâtre les belles banquettes neuves du Cercle d'Apollon. Dans les rues, on se montrait du doigt les tragédiens ; à toute heure, on les voyait passer et repasser sous les fenêtres, devant les ateliers de couture, en gens qui sentent leur importance. Les licteurs et sénateurs n'étaient pas les moins fiers. Quelques hôteliers et gens de commerce se demandaient bien quels seraient les profits qui leur reviendraient de ce concours d'étrangers attirés dans le village par l'éclat de la fête, mais ce n'était là qu'une infime minorité. À Lamanosc, la grande masse vivait vraiment dans un ordre de sentiments plus nobles, désintéressés. Ils aimaient leur tragédie pour elle-même, pour ses beautés, ses émotions, ses pompes, et pour ce grand lustre qu'elle allait jeter sur la commune. C'était une heure lumineuse dans la vie de ce petit peuple ; les esprits étaient arrachés pour un temps aux grossières préoccupations égoïstes, aux misères de chaque jour ; une sorte d'activité intellectuelle leur était imprimée ; on se passionnait pour une chose idéale, immatérielle.

# III

Enfin le grand jour arriva. Le 14 septembre 1844, à cinq heures du matin, tous les acteurs étaient sur pied, en grande tenue de théâtre, et ce ne fut pas sans peine que le curé obtint d'eux qu'ils changeraient de costume pour assister à la grand-messe. C'était Triadon qui avait conçu ce beau projet de faire une promenade civique, et d'arriver ainsi à l'église, pour y prendre la statue du patron de la paroisse, qu'on aurait portée au milieu du cortège jusqu'au théâtre. Pour tout concilier, le maire décida que la statue de saint Antonin serait promenée jusqu'à la place, en avant du conseil municipal, puis ramenée à l'église par les gendarmes. Les choses se firent ainsi que l'avait réglé le maire. À l'issue de la grand-messe, le cortège se mit en bataille sur la place de l'église, et le défilé commença. Les vingt-quatre licteurs s'étaient divisés en deux escouades, blanche et rouge. Les douze licteurs blancs étaient en tête, avec les tambours ; les douze rouges fermaient la marche, avec les autorités et la musique.

Des places d'honneur avaient été réservées sur l'estrade pour le maire et la famille Cazalis, au milieu des notables. Le lieutenant, en grand uniforme, alla s'asseoir au fond de la loge avec sa fille ; la tante et la Zounet s'étaient déjà emparées des banquettes du devant ; jusqu'au dernier moment, M^lle^ Blandine avait juré ses grands dieux qu'elle ne mettrait pas les pieds au théâtre ; au départ, elle s'était fait prier, supplier, quoiqu'elle mourût d'envie de venir.

On commença par les luttes. Avignon avait envoyé le célèbre Quiquine, et l'ambitieux Djindjourle était venu de La Palud pour se mesurer avec cette vieille gloire ; mais la foule impatiente se montra d'une grande indifférence pour ces jeux, si populaires dans le Midi qu'ils portent par excellence le nom de « joies ». Les prix de la course et du saut furent mollement disputés ; à peine applaudit-on la belle Rosine, qui la première atteignit le but, le broc sur la tête, ras jusqu'aux bords, sans répandre une seule goutte d'eau sur ses brillants atours ; tout l'intérêt de la journée était à la tragédie.

À deux heures, un immense cri de joie s'éleva, les cloches sonnèrent à toutes volées, les fanfares éclatèrent, les confrères de Sainte-Barbe mirent le feu à leur artillerie, les tambours battirent aux champs, et la toile se leva.

Un grand silence se fit ; Espérit et Marcel étaient en scène.

Espérit s'avança lentement, gauchement, tête basse. À deux pas de la statue de Pompée, il s'arrêta net, les bras collés au corps, tremblant, très ému, les lèvres glacées, l'œil fasciné par les yeux ardents de la foule. Marcel lui tendit la main ; Espérit se sentit tout à coup une grande assurance. Sous la toge et le laticlave, il se retrouvait Espérit comme devant, la tragédie était bien oubliée ; sans nul souci de la chose romaine et des antiques discordes, loin du Capitole et de la sanglante Italie, il ne vivait plus qu'à Lamanosc, au milieu des siens, un grand jour de Saint-Antonin. Ce n'était pas le Tibre, mais la rivière de Mèdes, qui roulait ses eaux rougies par les sables, au pied de la colline, à travers les romarins et les lavandes. Dans le rôle du consul Marc-Antoine, il ne voyait plus qu'une chose, l'amitié fidèle ; Jules César, c'était Marcel ; il mettait sa fierté à lui rendre témoignage en public, et cette langue éclatante du vers l'enchantait comme une forme plus haute et plus lumineuse donnée à sa pensée.

*Antoine, tu le sais, ne connaît point l'envie :*
*J'ai chéri plus que toi la gloire de ta vie.*

*Content d'être sous toi le second…*
*Plus grand de te servir que de régner moi-même.*
*Ta grandeur fait ma joie…*

Il prononça ces vers avec un accent d'éloquence vraie ; dès ce début, les sympathies du public étaient conquises. Marcel lui répondit.

« Ah ! qu'il a de bonnes façons ! » disaient les femmes, en faisant sauter les petits enfants sur leurs genoux.

Tous les spectateurs battaient des mains.

« Bravo, bravo ! criait le lieutenant ; et pour applaudir il faisait danser son sabre dans le fourreau ; les gendarmes l'imitaient bruyamment. Vois donc, Sabine, quelle fière mine a notre Sendric, quel air de franchise ! »

Sabine, confuse et joyeuse, se retirait au fond de la loge, derrière les colonnes de feuillage, comme si tous les yeux de la foule se fussent portés sur elle.

« Eh bien, l'ami Tirart, répétait M. Cazalis, comme nous marchons ! Dirait-on jamais que ce sont là des paysans ? Mais qu'avez-vous donc, notre maire ? Vous êtes inquiet, chagrin ; vous ne tenez pas en place : que se passe-t-il ? »

Le maire Tirart était en grand souci. Il y avait là, à l'angle de l'amphithéâtre, quelques groupes de jeunes gens étrangers, isolés de la foule par la ligne de charrettes qui leur servaient de gradins. Ces jeunes gens étaient tous de Lardeyron, village ennemi de Lamanosc. C'était la première fois qu'ils revenaient à Lamanosc depuis la grande bataille qui s'était livrée en 1833 ; ils se tenaient à l'écart, en silence, mais leur attitude n'avait rien de provoquant.

« Cette grande sagesse m'effraye, disait le maire ; je n'en augure rien de bon. »

Et par prudence il envoya une estafette à la ville pour demander deux brigades de renfort.

« Mais applaudissez donc, disait M. Cazalis. Qu'avez-vous à toujours regarder votre montre ? Voyez comme vos acteurs sont bien en scène !

– Cet Espérit, dit Marius, cet Espérit avec sa tragédie !

– Elle ne vous plaît pas ? Vous êtes difficile. Moi, qui ai vu jouer Talma devant l'Empereur, je vous jure que je suis fort content.

– Mais voyez donc, dit le maire en étendant le bras du côté des charrettes de Lardeyron. Ils ne se quittent pas. Quatre-vingt-huit ! Je les ai bien comptés. Je crains une rixe terrible. Je n'aurai mes brigades que dans une heure au plus tôt, et d'ici là, que faire si le feu prend aux poudres ? Mes cantonniers sont sénateurs. Quatre gendarmes qui sont sur les dents, un garde champêtre qui n'a qu'un bras, un forestier qui est ivre : en cas d'émeute, voilà une belle armée pour le maire Tirart !... Cet Espérit !...

– Tout ça s'arrangera, dit le lieutenant. Je ne crois pas à ces haines de village à village. Comment pouvez-vous avoir de pareils préjugés ? Vous n'êtes donc pas partisan du progrès ? Voici Dolabella qui entre en scène ; il a fort bonne mine en Romain, ce maître Cayolis. Bien dit, ce premier vers. Voilà une marche de sénateurs très remarquable, très bien réglée ; le sergent Tistet s'est surpassé.

– Ah ! si j'avais mes trois brigades ! disait le maire, cet Espérit avec ses almanachs !... »

Des chants rauques et des roulements de tambours se firent entendre tout à coup du côté des vergers. Une bande de jeunes gens déboucha sur la route, tourna la colline au pas de course, et vint prendre position à l'entrée de l'enceinte formée par la ligne des charrettes. Le maire les compta ; ils étaient bien cent cinquante, tous de Lanjade et de Meyrenc. Cette farandole était menée par un grand maigre du nom de Sambin, agile, déhanché, tout vêtu de bazin blanc, avec des chaînes d'or sur la chemise entrouverte – un faraud. D'une main il faisait flotter son drapeau, et de l'autre il relevait le mouchoir qui formait le premier anneau de la farandole. Tout en gambadant, il entraîna la colonne en avant jusqu'à l'orchestre. Arrivé là, il battit quelques brillants entrechats, et retomba sur un seul pied, la tête en arrière, le drapeau sur la hanche. Alors la farandole vint se dérouler autour de lui, tourna et passa sous l'arcade formée par les mains unies des deux premiers danseurs. Pendant ce défilé, le tambour battait la charge, et Sambin, pirouettant toujours, agitait le drapeau et le lançait au-dessus de sa tête, comme une flèche, jusqu'aux plus hautes branches ; puis, le rattrapant en l'air, il le jetait de côté pour le faire virer sous ses jambes, à grande vitesse, au ras du sol, en jonglant des deux mains, ainsi que font les prieurs de Saint-Marc à la procession des jardiniers. C'était un défi en règle, une provocation insolente ; le peuple de Lamanosc y répondit par des cris de fureur. Alors le bataillon silencieux des gens de Lardeyron se leva et cria tout d'une voix : « Vive Lanjade et vive Meyrenc !

– À mort ! à mort ! répétaient les jeunes gens de Lamanosc en bondissant autour des charrettes jusqu'à l'orchestre. À bas Meyrenc ! À bas Lanjade et Lardeyron ! À mort ! à mort ! »

Cayolis récita ses deux vers d'une voix forte ; puis, jetant bas son costume de sénateur, il s'écria : « Attends-moi, Sambin, je suis ton homme. » D'un bond, le maire Tirart se trouva en tête de la farandole : il s'élança sur Sambin, et d'un mouvement si brusque, qu'il put enlever le drapeau au passage, il saisit Sambin par le bras, et l'arrêta net devant lui. « Amis ou ennemis ? dit-il, répondez ! Si c'est amis, prenez vos places, et malheur à qui vous attaque ! Si c'est ennemis, qu'on le sache. Venez-vous pour la bataille ? Dites-le ; j'en suis, qui en veut ? Les gendarmes ne sont pas loin ; vous ne voyez ici que l'avant-garde. J'ai écrit au préfet ; il en arrivera de tous côtés pour vous fusiller. Ah ! le premier de vous qui vient troubler ma commune, je le brûle, s'il n'aime mieux aller en cour d'assises. Et toi, Sambin, je te connais par ton nom, tu me réponds de tout. S'il arrive malheur, je te fais fusiller sur place pour l'exemple. Gendarmes, chargez vos carabines ! Allons ! tais-toi et tiens-toi, grand *cadeou* ! *cadélas* ! »

Au sens littéral, ce mot de *cadeou* signifie « jeune chien » ; mais on l'applique par métaphore à tous les adolescents et jouvens, qui n'ont pas encore tiré au sort, race bruyante et courageuse, fanfaronne, ardente au travail, à la danse, aux batailles. Il faut les voir, les jours de semaine, dans les chantiers de garance, défiant leurs aînés, s'attaquant aux plus durs sillons, creusant au plus profond. Et le dimanche, à la sortie de l'église, quels cris, quels rires, quelles poussées joyeuses ! Les voilà descendant à grands sauts les rues escarpées, courant par bandes et faisant sonner les pièces d'argent dans leurs poches, renversant tout, s'appelant et se heurtant à grands coups d'épaule, embrassant et mordant les chiens, tirant les mulets par la queue, bousculant les charrettes, ou faisant des grâces autour des filles, une grosse fleur à la bouche et le poing sur la hanche, le castor sur l'oreille et la veste jetée sur l'épaule, à la hussarde. Ces héros des votes, ces farauds de nos villages, ces fringants, ces glorieux, qui les reconnaîtrait dans ces conscrits tristes et timides qui, d'année en année, viennent remplir les compagnies du centre ?

La farandole s'était arrêtée derrière Sambin ; Sambin était encore tout étourdi de cette brusque attaque du maire ; l'attitude piteuse du cadeou excitait la verve moqueuse des manœuvres. On lui criait de tous côtés : « Oou, Sambin ! *cadeou* ! *cadélas* !

– Eh bien ! mon bon, qu'en dis-tu ? Il te l'a mise, la cocarde !

– Ohé ! court de langue ! »

D'autres chantaient :

*T'an toundut,*
*Cabassiu ;*
*La cigalo t'a mourdut*[1].

Sambin, réveillé par ces insultes, se cramponnait au drapeau ; il se cabrait et se tordait sous la main de fer de Tirart. Du haut de son arbre, Cascayot cria : « Eh! Marius, laisse-le donc, c'est un enfant. Il est comme les figues vertes ; si on lui écrasait le nez, il en sortirait du lait. »

Sambin fit un violent effort, se dégagea des mains du maire et fit appel aux amis. Tous les spectateurs s'étaient levés et répondaient par des cris de colère aux provocations de la farandole ; une cinquantaine de jeunes Lamanoscans se jetèrent en avant des charrettes. Les ennemis étaient en présence ; le choc était inévitable ; les gens de la farandole et de Lardeyron offraient la bataille ; la jeunesse de Lamanosc tout entière acceptait avec joie ; il semblait impossible de séparer ces combattants acharnés.

En apparence, que pouvaient contre eux ces notables du pays, ces curieux venus de la ville, ces étrangers indifférents ou peureux, ces femmes, ces vieillards ? Le maire Tirart n'avait pour lui que cette foule pacifique ; par son audace il la transforma. De toutes ces faiblesses unies, groupées, il fit une force immense : il en était maître, il la tenait pour ainsi dire toute ramassée dans sa main. Ces spectateurs étaient troublés dans leurs plaisirs, inquiétés dans leur tranquillité ; dans leur exaspération, dans leur effroi, ils investissaient le maire Tirart d'une dictature illimitée ; Tirart était l'homme du salut public ; il pouvait tout oser, même contre les siens ; il aurait arrêté une armée. Il s'avança seul au milieu des groupes menaçants et les fit reculer.

1 « On t'a tondu, grosse tête ; la cigale t'a mordu. » Refrain d'écoliers très populaire dans le Comtat.

« Tirart n'a pas deux justices, cria-t-il ; ce que j'ai dit pour Meyrenc et Lardeyron, je le dis pour Lamanosc. À moi, gendarmes ! le premier de la commune qui manque à l'hospitalité, je vous jure, sur mon nom, qu'il part à l'instant même pour les galères, en carrosse, vrai comme il n'y a qu'un Marius Tirart. Brigadier, droit ici ! Faites déblayer la gauche, du troisième au septième banc. Place à nos amis de Meyrenc ! Toi, Sambin, donne-moi ton drapeau, que je l'arbore en signe d'honneur et d'amitié, à l'estrade, sous le buste du roi, à côté du drapeau de ma commune. Et toi, dit-il au tambour de la farandole, va te ranger auprès du lieutenant, tu es tambour de ville, obéis. »

Alors le maire releva le drapeau, et, saisissant de nouveau Sambin par le bras, il l'entraîna lui et les siens jusqu'aux bancs déblayés par les gendarmes. Il était devenu le chef de la farandole, il la conduisait au galop, entre deux rangées de spectateurs ; il sautait les bancs à pieds joints, et, dans cette course, il dansait, lui aussi, très lourdement, et de sa main gauche il faisait virer le drapeau. Tout cela fut fait si vivement, avec tant d'assurance et de résolution, d'un tel entrain, d'une telle vigueur, que la farandole se laissa conduire et placer sans résistance aux bancs désignés. Cette manœuvre fut décisive ; la farandole se trouvait ainsi tout à fait isolée, à égale distance de ses alliés de Lardeyron et des jeunes gens de Lamanosc, engagée très avant dans la cohue des femmes, des vieillards, des marmots, au milieu des bourgeois, des belles dames et des paniers, coupée en plusieurs bandes, cernée, neutralisée de tous côtés par l'élément pacifique.

Déjà démoralisée par l'humiliation de son chef, le maire la désorganisait à fond en lui enlevant le tambour et le drapeau, et quand il leur dit : « Allons, les enfants, les mains libres et les mouchoirs dans les poches ! A-t-on jamais fait la farandole quand on est assis pour la comédie ? », tous ces mutins obéirent avec une précision mécanique, comme des soldats prussiens. Le maire remonta lentement les degrés de l'amphithéâtre, se retournant à chaque pas, et toujours salué par des acclamations enthousiastes. Arrivé au milieu de l'estrade, devant le buste du roi, il croisa les drapeaux, et les tambours battirent aux champs : « À l'union des quatre communes ! dit-il. Vive Meyrenc ! vive

Lardeyron ! vive Lanjade ! et vive Lamanosc ! Vive le roi, vive Tirart ! »

À ce dernier cri, il jeta son chapeau en l'air, et la foule répondit par des applaudissements frénétiques.

« Maintenant, silence ! dit le maire. Massapan, fais baisser et relever la toile, et qu'on recommence toute la pièce pour nos amis des villages... »

La tragédie fut reprise avec un grand succès. Dès la première scène, les gens de la farandole furent conquis, séduits par l'attrait du spectacle. Poésie creuse, tragédie de collège que cette *Mort de César*, les beaux esprits du dernier siècle en ont fait leurs délices. L'action du temps est des plus sensibles sur ces œuvres secondaires qui visent au sublime ; mais sous ces formes vieillies, sous cet apparat suranné vit toujours le grand drame de l'histoire, et l'instinct des masses ne s'attache qu'à l'intérêt très réel qui sort du fond du sujet même, de la grandeur des situations ; il s'y attache avec ce bon vouloir, cette force d'attention que l'enfance porte dans ses premières lectures, et pour un public neuf, inexpérimenté, enthousiaste comme celui de Lamanosc, ces évocations du passé seront toujours saisissantes et pathétiques. La patrie, la liberté, la gloire, l'horreur de la tyrannie, les ambitions en jeu, César et Brutus, ces grands noms, ces grandes choses, ces paroles magiques et ces souvenirs impérissables de Rome notre mère, ces appels aux passions, cette éclatante mise en scène des actions et des sentiments virils, c'était là pour eux toute la tragédie ; tout un monde héroïque revivait sous leurs yeux.

Pour eux, d'ailleurs, ce n'était pas simplement un plaisir, une fête ; c'était plus qu'un spectacle, c'était un acte, un événement de leur vie, un travail spirituel, l'éveil des intelligences. Quel sérieux et quel silence ! Quelle attention ardente, farouche, ombrageuse ! Les jeunes citadins, clercs et courtauds, qui s'étaient promis de rire de cette tragédie rustique, se tenaient cois, et prudemment rentraient en poche les clefs forées. Celui qui se serait avisé de siffler eût été lapidé sur place, déchiré en lambeaux. C'était merveille de voir à quel point la passion commune apaisait et disciplinait ces populations turbulentes. Les éléments les plus hostiles se trouvaient rapprochés, unis, confondus. Jeunes et vieux, paysans et moussus, gens de Lamanosc et des villages, factieux et mutins, ils étaient là tous dans la même attitude, inclinés en avant, les mains sur les genoux, suivant la déclamation sans perdre un vers, un hémistiche, une syllabe, et de la tête marquant en mesure les cadences des vers sonores.

La redondance même des périodes voltairiennes charmait l'instinct musical de ce peuple artiste, amoureux du beau langage. Comme ils écoutaient tous ! avec quel intérêt, quelle obstination ! souvent sans bien saisir le sens précis des mots, des idées, des tournures, mais s'ingéniant, devinant, s'excitant l'esprit pour pénétrer cette langue française qu'ils ne comprenaient qu'à demi ; lutte vive et féconde ! Le français pour eux, c'est la langue de la science, la science même, la vie supérieure qui les sollicite et les attire : avide désir de connaître, curiosité vierge que rien n'a lassée ni trompée, mouvements libres et sincères ; ascension des esprits montant et s'élevant de toutes leurs forces, comme ces plantes semées à l'ombre et qui cherchent la lumière.

# IV

La toile était tombée au milieu des applaudissements de la foule.

« Eh bien ! cette fois êtes-vous content, monsieur l'alarmiste ? dit le lieutenant. Que craignez-vous encore ?

– La journée n'est pas encore finie, dit le maire, j'aurais dû garder les « joies » pour l'entracte. Bast ! je m'en vais supprimer l'entracte. Ah ! si j'avais mes brigades ! »

Il manda Tistet et lui donna l'ordre de ramener les acteurs sur la scène.

« Impossible, répondit le sergent ; tous les acteurs sont à se rafraîchir chez Triadou, qui leur offre un punch, et moi-même je serais avec eux s'il n'était arrivé un malheur dans mes machines ; un décor vient de tomber sur le général Pompée. Tout est brisé jusqu'au socle. »

Cette statue de Pompée sortait de la fabrique d'Espérit. Le terrailler l'avait façonnée en terre glaise ; après l'avoir enduite de son plus beau vernis, il l'avait fait cuire au four. Cette grande poterie s'était fendue de la tête aux pieds, mais les draperies du costume dissimulaient assez habilement les lézardes ainsi que les maladresses du moulage, et le sergent Tistet lui trouvait une tournure très militaire.

« Comment remplacer le général, dit-il au maire ; où trouver un autre Pompée dans Lamanosc ?

– Eh bien ! qu'on supprime la statue !

– Jamais ! jamais ! dit le sergent, je ne le souffrirai pas ; c'est devant Pompée que nous devons jurer la mort de César ; pas de statue, pas de tragédie. »

Il y avait dans l'escalier de la mairie un Apollon du Belvédère en plâtre ; il fut décidé qu'on l'habillerait en Pompée. Espérit et Tistet se chargèrent du transport, et le maire les accompagna pour procéder légalement à l'enlèvement de l'Apollon. Toutes ces formalités prirent du temps ; lorsque Marius revint à l'amphithéâtre, les groupes ennemis étaient déjà en présence, préludant par des provocations fanfaronnes à la manière antique. Entre eux tourbillonnait la bande des manœuvres, arrogants et moqueurs, lancés en avant comme des tirailleurs pour engager la bataille. Il en sortait de tous côtés, ils se pressaient autour des charrettes, avec des cris de bêtes, des risées, des sifflets, se sentant excités, soutenus, usant très largement de leur droit d'insolence. Il fallait les disperser à tout prix, car déjà les gens de la farandole s'avançaient sur eux. Le maire tira sa grande bourse de cuir, et jetant à poignées toute sa monnaie au milieu des groupes d'enfants : « Allons, les mousses ! un tire-poil, *tiro-peou ! tiro-peou !* »

Ce jeu brutal est très populaire dans le pays. L'ardeur de ces petits sauvages égaya quelque temps les spectateurs des deux partis. Tous ces enfants s'arrachaient les cheveux à poignée pour se disputer les sous. Les plus maltraités se frottaient la tête, essuyaient leurs oreilles saignantes en s'écriant : « Moi, je ne sens rien, je suis bronzé. Encore des sous ! Je suis bronzé. Encore des sous ! Je ruinerais le maire. *Tiro-peou ! tiro-peou !* »

Mais l'attention du public se lassa bientôt ; ce n'était qu'un quart d'heure de gagné. Comment occuper cette foule indisciplinée jusqu'au lever du rideau ? Le maire fit annoncer que les luttes allaient être reprises ; il monta sur l'estrade pour signifier au peuple qu'un prix de cinquante francs allait être disputé à la lutte par la jeunesse, et il ajouta de très mauvaise humeur : « Je les prends de ma poche, l'argent est dur à gagner ! »

Cette lutte fut très animée. Lamanosc fut battu ; le maire allait décerner le prix au jeune vainqueur de Lardeyron, lorsque Cabantoux, qu'on n'attendait pas, entra en lice. En quelques secondes il eut terrassé le Lardeyronène. Cascayot vint balayer avec sa veste le sol piétiné par les athlètes, et, regardant le vaincu, il lui dit : « En cas que tu tombes encore, je te fais une belle place. »

Du côté de la farandole, des voix irritées criaient : « Il n'est pas tombé, il n'a pas touché de l'échiné ; il n'a touché que d'une épaule : le revenge, le revenge ! » Le lutteur de Lardeyron s'était relevé et défiait le fadad ; Cabantoux le renversa de nouveau à plat sur le sable, et si grande que fût la mauvaise foi des gens de la farandole, ils ne purent contester cette victoire…

Humiliés, furieux, ils s'apprêtèrent de nouveau à la bataille. Le maire se hâta de faire battre un ban.

« Aux trois sauts ! » dit-il en faisant tinter une bourse.

Il se rassit en maugréant. En proclamant ce nouvel exercice, le maire voulait ménager un triomphe à la jeunesse des villages. À Lamanosc, il y a de forts lutteurs, mais les gens de Meyrenc passent pour plus adroits, plus agiles. Depuis quatre ans, Sambin promenait dans toutes les votes la gloire de son village ; douze écharpes d'honneur, frangées d'argent, suspendues dans sa cuisine autour de son fusil, attestaient ses victoires.

On laissa d'abord sauter les faibles. Le garde de la commune plantait son sabre en terre pour marquer les coups. Sambin parut ; il mesura dédaigneusement l'espace parcouru par ses concurrents, et, sans prendre d'élan et les mains dans les poches, il les dépassa d'une bonne semelle ; puis s'assit négligemment en attendant qu'il se présentât des adversaires plus dignes de lui. Espérit et Cayolis se déshabillaient à la hâte pour venger Lamanosc. Le maire les supplia de laisser une couronne aux étrangers ; Cayolis consentit à rester dans les coulisses ; Espérit fit mieux encore : il se dévoua, sauta mollement et se laissa battre par Sambin, aux applaudissements des farandoles.

« Sambin a brûlé ! » crièrent les amis d'Espérit. La mauvaise foi de Lamanosc était évidente ; mais Sambin, pour leur enlever tout prétexte, reprit son élan en sautant d'une semelle en arrière de la traînée de terre qui marquait le point de départ. Alors le maire s'avança sur l'estrade sa bourse à la main... Il allait adjuger le prix à Sambin, lorsque la belle Rosine se mit à crier : « À toi, Ménicon, revenge Lamanosc ! » Cayolis, oubliant ses promesses, s'élança dans l'arène, et tout au début il gagna deux semelles sur Sambin. C'était un saut magnifique ; Sambin, revenant deux fois à la charge dans un élan désespéré, réussit à peine à le dépasser de quelques lignes. Sur ce coup douteux, le maire se hâta de proclamer la victoire de Sambin.

« Tirart n'est pas franc ! criait avec emportement la belle Rosine ; Ménic a gagné. »

Mais déjà les tambours battaient. Au coup de sifflet du sergent, la toile se leva, les musiciens attaquèrent vivement leur joyeux air national : *Fan courre lei gourrin*[2], et le tumulte s'apaisa.

Six heures sonnaient alors au clocher de Lamanosc.

« Nous sommes sauvés, dit le maire ; dans cinq minutes j'aurai mes brigades. Ici, Massapan ! charge-moi une belle pipe. Ah ! lieutenant, quelle rude journée ! Pour mille écus, je ne voudrais pas recommencer. Tiens, Massapan, prends ma cravate, et cours me chercher les bouteilles qui sont au frais dans le puits. Tu me ramèneras le brigadier. »

Le maire ne songeait plus qu'à se reposer le corps et l'esprit. D'un coup de main, il fit sauter tous les boutons de son costume ; il ouvrit sa chemise, desserra son écharpe, et s'étendit à la renverse sur la banquette, derrière les draperies de l'estrade. La poitrine et le cou nus, le corps tout à l'aise, il se roulait à cœur joie sur le velours, s'étirait bras et jambes, bâillait gaiement et s'éventait avec son chapeau.

« Ah ! lieutenant, disait-il, quelle journée ! Nous pouvons nous vanter de l'avoir échappé belle. Enfin, je respire !

– Et moi, je suis sur les épines, répondit M. Cazalis. Vous êtes bien heureux, vous, de voir tout couleur de rose. Savez-vous que ce deuxième acte est plein de dangers ? Mes deux meilleurs sujets, Espérit et Marcel, ne font que passer dans la première scène, et tout le poids de la pièce est porté par des rôles secondaires, Cimber, Cassius et tant d'autres. Il n'y a qu'un grand rôle, celui de Brutus, et c'est Robin, songez-y. Au premier acte, il a pu s'en tirer avec ses seize vers ; mais ici le monologue ! c'est à faire trembler.

– Bast ! dit le maire, arrive qui plante, ma journée est finie ; qu'il vente ou qu'il tonne, dans cinq minutes j'aurai mes gendarmes ! Et que tous vos acteurs se mettent à jouer les jambes en l'air, Tirart est là pour conduire la danse.

– Mais le monologue, mon ami, le monologue ! Avez-vous réfléchi que cet affreux Robin l'a voulu à tout prix ? Je tremble comme un enfant. Ah ! ce monologue est terrible, mon bon ami, et je vous jure que moi-même je n'oserais pas m'en charger.

2 « On fait courir les coquins à coups de tessons d'assiettes. » Début d'un air populaire du Comtat.

– Ta, ta, ta, dit le maire, tout ça s'arrangera ; voyez comme ils applaudissent Espérit ! Quelle attention ! On entendrait voler une mouche... Mais parlons plus bas ; nous sommes d'un mauvais exemple. Les voilà qui nous imposent silence. »

En effet, déjà quelques cris partaient de l'orchestre : « Silence au maire ! À la porte les bavards ! Marius à la porte !

– Les voyez-vous, reprit Tirart, comme ils sont sages ! Je n'ai qu'une crainte : peut-être me suis-je trop pressé ! Si j'ai pris l'alarme pour rien, que va-t-on penser de moi à la préfecture ? Les commis se moqueront du père Marius dans leurs bureaux... Mais voici les bouteilles ! Trinquons.

– Ah ! ce monologue, ce monologue ! » murmurait le lieutenant.

Espérit venait de réciter ses huit vers d'entrée, c'était à Robin de paraître en scène. On l'appelait à grands cris, il n'arrivait pas. Le caporal, comprenant toute l'importance de son rôle, était allé à la Mule d'Or pour réciter une dernière fois son monologue devant la glace. On attendait, on demandait Brutus. Ce fut Cayolis qui se présenta, Cayolis armé d'un drapeau tricolore et suivi de sa bande lyrique. Il entonna son grand air de *La Muette* : *Amour sacré de la patrie*. Il avait arrangé ce morceau pour six voix. Au refrain, le sextuor reprenait en chœur. À la rigueur, Brutus aurait pu chanter ce morceau sans trop d'invraisemblance ; mais il était assez extraordinaire qu'on acceptât pour chef des conjurés Dolabella, l'ami fidèle de César. Le public n'en parut pas moins charmé de cet intermède ; on ne s'étonna nullement de voir les partisans du dictateur appeler le peuple à la liberté. Cayolis fut applaudi pour la belle exécution de son sextuor.

On voulut faire bisser le chant patriotique ; Dominique Cayolis s'y prêta de bonne grâce, et par trois fois il salua courtoisement le public avec des entrechats incroyables. Il s'avançait de nouveau vers la rampe, la main sur le cœur, lorsque Robin parut en scène. Le caporal voulut imposer silence aux chanteurs ; un parti nombreux se déclara pour Cayolis ; d'un autre côté, les gens de la Mule d'Or appuyaient leur président ; le public était partagé, et déjà les chercheurs de querelles se menaçaient bruyamment. Alors Tirart fit avancer ses gendarmes sur la scène.

« Pas d'injustices ! dit-il ; Ménicon a fini, c'est au tour de Brutus. Qu'il joue seul. »

On obéit au maire, mais les spectateurs étaient déjà en grande majorité hostiles à Robin. Robin s'était fait attendre, et l'appui de l'autorité le compromettait encore. Il récita sa tirade, on l'écouta sans bienveillance. Le caporal ne méritait pas cet accueil ; il arrivait plein de son rôle, très monté, très en verve, et, s'il eût été soutenu, excité par le succès, il aurait fait merveille, car il avait du talent. Il faut bien l'avouer : ce bavard, ce vantard, cet affreux caporal toujours ivre, était sans contredit le meilleur acteur de la troupe, le seul, à vrai dire. Espérit et Marcel, portés par les sympathies populaires, avaient très bien joué ; mais ce n'était là qu'un succès d'occasion. Robin, au contraire, avait une nature de comédien, un tempérament ; au théâtre était sa vraie place. Dans la vie ordinaire, il était affaissé, inerte, hébété ; mais sous cette brute en somnolence il y avait un artiste véhément, passionné : dès qu'il était en scène, l'homme entier se transformait, l'ignoble troupier disparaissait ; une fois sous la toge, Robin n'était plus Robin ; à peine costumé, il était saisi d'une énergie extraordinaire, inconcevable ; il sortait soudainement de sa torpeur. Ses membres paresseux recouvraient une agilité, une aisance incroyables ; sa voix éraillée s'échauffait, vibrait et sonnait comme un clairon ; ses pieds brûlaient les planches, une sorte de fureur tragique l'enivrait, et, dans son lyrisme barbare, il avait alors une déclamation, des cris, des gestes d'un effet violent, inattendu : tout cela désordonné, confus, inculte, et non sans style. Il était, comme toujours, grossier, dur, extravagant ; il n'était plus vulgaire. Il aurait brillé dans des rôles fougueux et bizarres ; ses emportements s'adaptaient mal à la solennité de la muse française, et Voltaire eût été épouvanté de cette façon sauvage d'interpréter un rôle pompeux et noble. Robin avait fait de son Brutus un visionnaire en démence, inspiré, fanatique, marchant à la mort avec des ardeurs fantasques. Une heure plus tôt, on l'aurait applaudi à outrance ; mais il arrivait au mauvais moment, devant un public déjà mal disposé, rieur, amoureux du changement.

L'inattention des spectateurs l'irrita, il força ses effets. C'est ainsi que, pour frapper un grand coup, il s'avisa de répéter trois fois cet hémistiche de Voltaire : « Non, tu n'es pas Brutus ! » Cela fut très bien dit : c'était exagéré, mais en situation, après tout, et, quand on avait applaudi le sextuor de Cayolis, il n'y avait pas à s'irriter de cette innovation du caporal ; mais tout prenait une tournure singulière dans ce deuxième acte, un destin ironique semblait pousser les choses à contresens. On hua Robin, et lorsqu'il répéta pour la troisième fois : « Non, tu n'es pas Brutus », on crut que la mémoire lui faisait défaut, et des rires violents éclatèrent de tous côtés.

« Assez ! assez ! » crièrent quelques voix.

Des coups de sifflet retentirent. Robin, par bravade, recommença tout le monologue ; il voulait combattre et vaincre son public ; les injures, les colères de la foule l'exaltaient. Sans ménager ses forces, exaspéré, en délire, il courait comme une bête fauve sur le devant de la scène, le poil hérissé, les yeux hagards, sanglants, l'écume aux lèvres ; ses cris, ses rugissements dominaient les sifflets, les huées, les ricanements, les applaudissements ironiques. Tout à coup, il fut pris d'une défaillance subite, il sentit sa mémoire s'obscurcir et sa voix s'étrangler. Épuisé, haletant, il fit un dernier effort, désespéré, inutile, et, sans achever son monologue, il prit la fuite, poursuivi par des risées furieuses.

Au plus fort de ce tumulte survint le sergent Tistet ; d'un pas mesuré, il s'avança jusqu'au milieu du théâtre, et là, s'arrêtant sec, il ouvrit les bras pour prononcer ce vers de son rôle :

*Je t'embrasse, Brutus, pour la dernière fois.*

Mais il n'y avait pas de Brutus à embrasser, et personne ne se jeta dans les bras du sergent. Tistet restait dans cette attitude, les bras en l'air, attendant Robin pour le presser sur son cœur, et comme il répétait de nouveau : « Je t'embrasse, Brutus », on se mit à lui crier de tous côtés : « Mais embrasse-le donc, ton Brutus ! embrasse-le ! » Tistet leur répondit avec le plus grand sang-froid : « Messieurs, il ne vient pas, tant pis pour lui ! »

Et, se croisant les bras derrière le dos, il continua sa déclamation, comme si le caporal se fût trouvé à ses côtés pour lui répondre.

Cette tirade fut récitée d'une manière irréprochable, en douze temps, la tête fixe, et le sergent méritait des éloges pour sa belle tenue. Peu s'en fallut pourtant qu'il ne fût sifflé. Le public demandait toujours le caporal. Sans s'inquiéter de ces rumeurs, Tistet dialoguait tranquillement avec son Brutus invisible. Brusquement il se sentit saisi par le bras. C'était Robin qui sortait de la coulisse ; il entraîna le sergent jusqu'au trou du souffleur, et de là, lui montrant la foule, il se mit à hurler, en crispant les poings :

*Laisse là ce vil peuple et ses indignes cris.*

Le vers est de Voltaire, on crut que c'était une invention de Robin, un défi jeté à la foule, une menace, une insulte, et de fait, on ne se trompait pas sur les intentions du caporal ; c'était bien au peuple de Lamanosc qu'il adressait ce vers, qui dans la tragédie s'applique aux amis de César. Pour qu'on ne s'y méprît pas, Robin le répéta à diverses reprises avec une rage extrême ; puis, rejetant sa toge sous le bras, il se retira, tête haute, à reculons, avec une lenteur dédaigneuse. Ce fut alors un tumulte inexprimable, mille voix criaient en fureur : « À mort ! à mort ! Il nous a manqué ! À bas l'arrogant ! Il a insulté le peuple ! À mort ! à mort ! Gendarmes, traînez-le sur la scène, qu'il demande pardon au peuple ! À genoux, à genoux ! »

Espérit et Marcel proposèrent de baisser le rideau ; c'eût été le plus sage parti ; mais le sergent s'y opposa. Il déclara que ce serait une lâcheté et qu'il fallait faire son devoir jusqu'au bout ; tous les acteurs qui n'avaient encore rien dit furent du même avis. Il fut décidé qu'on rentrerait en scène et qu'on irait tout droit jusqu'à la fin de la tragédie, en supprimant le second entracte. Par malheur, Robin avait disparu pendant cette bagarre ; comment le remplacer ? Perdigal imagina alors de proposer le rôle de Brutus à Tistet. Il fut donc convenu que le sergent serait Brutus, mais qu'il jouerait son rôle le livre à la main.

La comédie était désormais dans la salle ; les spectateurs s'accommodaient très bien de l'absence de leurs tragédiens. Des rires, des jeux de langues, on en vint bientôt aux jeux de mains. Ce furent d'abord des chapeaux enlevés, puis les coiffes, les fichus ; quelques-uns, ne se trouvant rien sous la main, lançaient leurs propres vestes. Cascayot, qui s'était dépouillé de tout, allongea une forte bourrade au notaire Giniez en criant : « Faites passer aux amis », et le notable, sans se faire prier, rendit le horion à son voisin qui fit de même, et tous les autres à la file se gourmèrent de la sorte, frappés à gauche, frappant à droite. L'attention de la foule se reporta enfin sur la scène, où le sergent Tistet manœuvrait. Tistet s'avançait avec les conjurés, le livre à la main, l'épée nue, pour prendre Pompée à témoin. Aussitôt la statue d'Apollon se dressa devant lui, grandit outre mesure, tournoya poussée par une main invisible, puis se brisa avec fracas. Alors on vit un fantôme traverser le théâtre et monter sur le socle de la statue à la place qu'occupait Pompée ; la draperie se souleva, et l'on reconnut le poète Perdigal, peint en nègre, enveloppé d'un linceul.

La statue descendit sur la scène et se mit à danser des gigues grotesques ; ces tours de funambules égayèrent quelques instants les spectateurs, puis des pierres et des bouteilles tombèrent de tous côtés sur la scène ; Perdigal s'accrocha aux cordages et disparut dans les décors en lançant derrière lui des fusées et des pétards. Ce fut le signal de la déroute. Depuis longtemps déjà cette malheureuse tragédie tournait à la parade ; l'humeur bouffonne du peuple comtadin s'ajustait très bien à ces changements de spectacle. Tistet et ses acteurs s'obstinaient à rester sur le théâtre ; leur jeu était exécrable, ils déclamaient tous à la fois, à la hâte, pêle-mêle, à la débandade, et le troisième acte enjambant sur le second. L'impassible sergent, se promenant de long en large, récitait méthodiquement son rôle de Cassius, puis se répondait à lui-même, livre en main, au nom de Brutus. Une gaieté folle s'était emparée des spectateurs. On riait de tout, de la pantomime, des acteurs, du français ; pas un geste qui ne fût parodié vingt fois. On appelait les absents, on huait les présents ; on leur jetait des melons, des pastèques, tous les fruits, toutes les provisions apportées par les prudentes ménagères, et jusqu'à des chats enlevés sur les genoux des bonnes femmes. Des dialogues très vifs s'engageaient entre les tragédiens et les assaillants. La salle entière s'était levée, passionnée, fougueuse, enivrée de bruit, de folies et de rires.

Comment donner une idée de ces tumultes à qui n'a pas vu de près ce peuple mobile dans ses fêtes ardentes, où l'on voit éclater soudainement toute la familiarité, le caprice, l'audace et l'insouciance des mœurs du Midi ? Et les femmes ne sont pas les moins exaltées dans ces joyeuses et terribles bagarres ; mais qui pourrait traduire le franc-parler, la verve, la jovialité hardie des filles de Provence ?

Le maire Tirart luttait seul contre ce démon des foules ; il le prenait corps à corps et le tenait en échec. Il trouvait des forces surhumaines pour combattre le monstre aux mille têtes, et sa voix brisée se faisait entendre jusqu'au fond de l'amphithéâtre, au milieu des cris, des huées, des clameurs. Il voyait, il entendait, avec des sens de sauvage ; l'œil au guet, l'oreille dressée, il saisissait à la volée les provocations, les quolibets, les lazzis partis des points les plus opposés ; des premiers aux derniers gradins, pas un cri qui restât sans réponse. Il interpellait les mutins par leurs noms, et les gouaillant et les menaçant d'un mot, d'un geste, il leur imposait silence ; jusqu'au dernier moment, on le vit ainsi tenir tête à l'orage, infatigable, vif à l'attaque, alerte à la riposte, impérieux et familier, tour à tour sérieux et cynique, enjoué, colère, brutal et gai ; il était impossible de dépenser plus de verve et de courage.

Tirart ne reculait pas ; enveloppé par l'émeute, il l'attaquait hardiment, de front, de côté, en avant, en arrière, et, sans se lasser, il la poursuivait partout sous ses milles formes imprévues et capricieuses. Malheureusement, c'était l'heure où tout tourne à mal. Avec tout son esprit, son sang-froid, son audace, le maire ne fut bientôt plus qu'un jouet pour cette foule passionnée, mobile, impitoyable dans ses plaisirs, avide d'émotions et de bouffonneries. On s'amusait de lui ; il n'était plus qu'un acteur en scène, le seul qui sût encore bien son rôle dans cette grande débâcle de la tragédie. On l'excitait, on le provoquait, on l'exaspérait à plaisir ; il réussissait encore à mettre les rieurs de son côté, mais c'était tout.

Qu'était devenu ce parti de la paix qui s'était montré si fort, si uni à l'arrivée de la farandole ?

Sur tous les points, on le voyait mollir et faiblir, lâcher pied. Déjà ces modérés ne songent plus qu'à donner des gages à l'émeute, ils lui livrent ses victimes ; ils ont sifflé les acteurs après avoir essayé vainement de les défendre, ils vont abandonner leur maire. Débordés, entraînés, ils ont hâte de s'effacer, de se mêler aux mutins ; ils ouvrent leurs rangs, la sédition passe et les emporte, le vertige les gagne. Toute cette foule ondule et moutonne ; ses vagues houleuses se soulèvent et refluent de tous côtés ; l'émeute est dans l'air. Voilà les sages qui s'affolent et les prudents qui deviennent téméraires ; tous les esprits s'enfièvrent, et les têtes les plus calmes dansent la danse de saint Guy ; c'est une ardeur de licence que rien n'égale, contagieuse et soudaine, un appétit d'indiscipline violent, fantasque, capricieux et vague, qui se prend à tout, que le succès enflamme, que la résistance exaspère. Chacun frappe devant soi au hasard, pour frapper ; on crie pour crier, on détruit pour détruire ; les buveurs brisent leurs bouteilles et renversent leurs tables, arrachent les arbres, les palissades, les gazons. De l'amphithéâtre au chemin, en quelques secondes tout sera bientôt mis à sac avec une rage joyeuse, et les acteurs eux-mêmes se mettront de la partie.

Un cavalier arrivait ventre à terre.

« Voici mes gendarmes, dit le maire, nous sommes sauvés. »

C'était bien l'estafette, mais de brigades point. Toute la gendarmerie disponible avait été expédiée en grande hâte à Roriquerolles, qui faisait aussi sa révolution. Le maire se leva vivement, et dans ce mouvement, son écharpe desserrée se dénoua et vint s'enrouler dans ses jambes. Une voix cria au premier rang en provençal : « Eh ! l'ancien, tu perds ta sous-ventrière. » C'était Sambin qui prenait sa revanche, et pour cette facétie, il fut bruyamment applaudi, non seulement par les siens, mais encore par les gens de Lamanosc, par les plus pacifiques. Ces modérés acclamèrent Sambin, comme ils avaient hué les acteurs, d'abord par faiblesse, tous bientôt par entraînement. À son tour, le maire était sacrifié. Le théâtre était criblé de pierres, de melons, de pastèques. Presque tous les tragédiens s'étaient enfuis ; de tous côtés, on se ruait à l'escalade. Le maire fit un dernier effort pour arrêter les assaillants ; il voulut haranguer le peuple et donna l'ordre aux valets de ville de préluder par des roulements de caisse. Massapan lui rit au nez et se mit à jongler avec ses baguettes, en faisant des grimaces comiques. Quant au tambour de la farandole, sa caisse était déjà crevée, et Cascayot s'en coiffait comme d'un colback. Le brigadier courut sur Sambin ; en un instant, il fut saisi, désarmé, jeté sur le chemin. Les trois gendarmes se mirent en défense ; mais à peine eurent-ils dégainé, qu'ils furent enveloppés, terrassés, et leurs armes, tordues, brisées, servirent à les frapper. Quant au cavalier qui arrivait en estafette, il n'eut pas même le temps de mettre pied à terre : au saut de l'étrier, il fut pris par les jambes, enlevé et lancé par-dessus la haie en compagnie de ses camarades.

Le maire s'était précipité au secours de son brigadier ; tête baissée, il fit une trouée devant lui, renversant tout, forçant le passage, au milieu de cette foule en démence. Par derrière, un manœuvre vint lui pousser un banc dans les jambes, et Tirart, renversé, piétiné par la foule, fut jeté dans le fossé où gisaient les cinq gendarmes couverts de sang et de boue, morts ou blessés.

Espérit restait seul sur le théâtre ; les pierres et les décors tombaient autour de lui de tous côtés, sans qu'il songeât à se retirer. Il s'imputait tous les malheurs de cette journée ; le sentiment de cette responsabilité l'accablait. Déjà les saccageurs démolissaient le théâtre, il les regardait avec une sorte de stupeur, immobile, atterré ; les poutres s'ébranlaient, les planchers fendus craquaient sous ses pieds ; il n'entendait rien, il ne voyait rien, et les charpentes allaient s'écrouler sur lui, lorsque Cabantoux parvint à l'enlever.

# V

Quand tout fut dévasté, une danse formidable commença sur les décombres, et la multitude, libre, victorieuse, se répandit sur le chemin, puis tout à coup deux farandoles ennemies se formèrent.

« À la Garrigue, à la Garrigue ! » crièrent les jeunes gens.

Et tous, d'un commun accord, coururent vers ce champ de bataille, vaste lande découverte qui s'étendait au bas de la colline. Les femmes s'enfuyaient en emportant leurs enfants. Des vergers à la Garrigue roulait et piétinait une foule furieuse. Les garçons de Lamanosc et des villages se provoquaient avec des cris sauvages ; ils arrachaient leurs chemises pour combattre à nu.

Bientôt ils s'entrechoquèrent dans une mêlée terrible ; les vaincus tombaient et se relevaient sans plainte, et revenaient à la bataille déchirés, sanglants, enthousiastes, enivrés de la joie du combat, sourds aux supplications des mères et des sœurs. Celles qui s'étaient jetées entre les combattants avaient été repoussées et frappées sans pitié. Personne n'osait plus s'approcher de la Garrigue, et la foule des spectateurs se tenait immobile au pied de la colline.

Le petit bataillon des tragédiens était au cœur de la mêlée, et les plus beaux coups se portaient de ce côté. Les licteurs, formant escouade, tenaient la droite ; à l'aile gauche, les sénateurs ; plus en avant, Espérit, Marcel, Cabantoux ; puis Triadou et les siens, les chefs de parti avec leurs fidèles, tous combattant ainsi par quadrilles, sans se quitter, comme les bons compagnons des batailles féodales. Le beau Cayolis et Sambin s'étaient isolés pour être plus en vue. À chaque passe, Cayolis faisait un saut de côté qui le rapprochait de la galerie sous les yeux de sa promise. Pas un coup de poing qui ne fût un madrigal à l'adresse de la belle Rosine ; il parait et recevait les coups avec grâce. Avant de frapper, sa main, chargée de bagues, décrivait des festons, des arabesques ; il retombait à la parade dans l'attitude du Romulus de David. Ces coups si ornés n'en étaient pas moins terribles, et, vainqueur, il promenait autour de lui des regards souriants, en se lissant les cheveux.

Au premier rang Marcel faisait merveille. C'était un plaisir de le voir si leste et si vaillant au milieu de ces Hercules un peu lourds, qui frappaient tout bonnement devant eux, à la vieille mode provençale. Cabantoux seul avait conservé tout son sang-froid ; lorsqu'il était attaqué d'un coup de tête il mettait son homme hors de combat, et puis tranquillement il revenait s'asseoir au bord du fossé, en attendant un nouvel adversaire.

Le poète Perdigal et le sergent Tistet n'étaient pas présents à la bataille. Le poète s'était esquivé après avoir échangé quelques gourmades. Il avait gagné le village et profitait de l'absence des habitants pour faire des tours de son métier ; rôdant librement dans les étables il échangeait les mors et les brides, versait du vin dans le son et l'avoine, des drogues dans les crèches, pour affoler les chevaux. Quant à Tistet, il s'était retiré du théâtre un quart d'heure avant qu'on ne donnât l'assaut, et déjà il avait mis bas ses accoutrements romains pour se revêtir d'un costume plus décent. Ciré, brossé, lavé, rasé de frais, en tenue irréprochable, la capote d'ordonnance boutonnée jusqu'au menton, le bonnet de police sur l'oreille, une rose à la main, il se promenait dans un chemin creux, attendant les ordres qui ne venaient pas.

« C'est incroyable, disait-il, je ne vois ni maire, ni gardes, ni gendarmes. Et le lieutenant, le lieutenant ? C'est incroyable, à quoi songent donc les autorités ? »

Il jetait les yeux à droite, à gauche, cherchant partout son gouvernement disparu. Le lieutenant avait quitté le théâtre avant l'assaut, pour se retirer dans la maisonnette d'un garde avec sa fille et sa sœur. Le maire et les gendarmes étaient étendus sans connaissance au bout de la haie, couverts de sang et de boue. « Mais que font-ils donc, se disait le sergent, et quelle mesure va-t-on prendre pour réprimer cette émeute ? Ah ! si j'avais des ordres ! »

Cependant la bataille continuait avec acharnement, sans qu'on pût prévoir de quel côté se déciderait la victoire. Lamanosc avait en ligne à peu près cent quatre-vingt-dix ou deux cents combattants, car il n'y avait que la jeunesse du pays engagée dans la lutte. À la première alerte, quelques pères de famille s'étaient bien mis de la partie ; mais les femmes, sautant sur eux, se pendaient à leurs habits, les tiraient par la barbe ou leur jetaient les enfants dans les bras, et leurs adversaires se retiraient loin d'eux avec mépris. Les gens des villages l'emportaient donc en nombre, mais ceux de Lamanosc combattaient en vue du clocher. Jusque-là tout s'était passé loyalement. Ces rencontres ont leurs règles d'honneur qui sont rarement violées. Les coups ne peuvent être portés que de la tête à la ceinture ; frapper plus bas, frapper du pied ou se servir d'une arme serait une félonie. Jamais il n'arrive qu'on se réunisse deux contre un. On se combat homme à homme : les forts cherchent les forts ; loin d'attaquer les faibles, ils les évitent, et ce sont ceux-ci qui brûlent de se mesurer avec les adversaires les plus redoutables. Un morne silence avait succédé aux grands cris fanfarons ; on n'entendait que le bruit des lourdes mains fermées tombant et retombant sur ces fortes poitrines, sur ces crânes de fer, et retentissant comme des marteaux sur l'enclume. Sur la gauche, les gens de Lamanosc commencèrent tout à coup à faiblir. Cabantoux, séparé des siens, fut assailli de tous côtés. Alors l'aspect de la bataille changea ; Cabantoux fou de colère, se rua tête baissée au milieu des groupes, faisant le vide autour de lui. On se rallia derrière le fadad, les ennemis de Lamanosc furent repoussés vivement jusqu'aux limites de la plaine. Leur déroute paraissait complète quand une pierre, partie on ne sait d'où, vint frapper Marcel au front. Le sang rejaillit sur Cabantoux ; le géant rugit et, saisi d'une fureur inexprimable, il s'arma d'une échelle et frappa au hasard. Alors ce fut une mêlée horrible. Déjà les couteaux brillaient dans les mains ; avant même que Marcel eût pu se mettre en défense, il tomba frappé de trois coups.

« Trahison ! trahison ! » crièrent les femmes.

Sabine, quittant la maisonnette où sa tante voulait la retenir, s'élança au milieu des assaillants.

« Attends-moi », criait M. Cazalis, en courant de son mieux derrière sa fille.

Elle releva le corps de Marcel sous une grêle de pierres. Le lieutenant, sabre au poing, vint se placer à ses côtés. De toutes parts, les femmes et les filles, exaltées, furieuses, armées de faux, de tridents, de barres de fer, descendirent sur la Garrigue. Les gens de Lardeyron et de Meyrenc, enveloppés, pressés, reculèrent et rompirent en désordre. L'élan fut irrésistible ; au dernier choc, ils s'enfuirent en abandonnant leurs blessés sur le champ de bataille. Les fuyards se rallièrent dans les vignes et se replièrent sur leurs villages à la tombée de la nuit.

# VI

À Meyrenc comme à Lardeyron, on racontait déjà que les prisonniers laissés à Lamanosc avaient été assassinés et mutilés horriblement par les femmes. Personne n'en doutait. Les nouvelles les plus absurdes circulaient et trouvaient crédit, comme il arrive dans ces moments de grande crédulité publique. Les plus ardents sonnèrent le tocsin ; ils prirent leurs fusils, parlant de retourner à la bataille à l'instant même. On les retint à grand-peine. Des messagers furent envoyés dans les villages voisins pour raviver les vieilles haines ; on alluma des feux sur les collines, on campa en armes sur la place. Il fut décidé qu'à l'aube on marcherait sur Lamanosc, à l'arrivée des renforts.

L'alarme fut donnée à Lamanosc par des bergers qui revenaient de la foire. Robin s'était pendu à la cloche, Triadou prit la caisse et battit la générale, les paysans arrivèrent de tous côtés sur la place, et le caporal se mit à les haranguer devant le Café d'Apollon. De son côté, le sergent Tistet ramassait des volontaires et les postait à la mairie, sous les fenêtres de la salle de bal, où déjà les conseillers délibéraient à grands cris.

Robin avait mis en réquisition toutes les futailles du Café d'Apollon. Les caves furent occupées militairement, les brocs se vidèrent, on chanta la gloire, et les orateurs montèrent sur les tables. Le caporal fit voter l'état de siège. À chaque instant il arrivait des nouvelles ; on disait que dix villages descendaient sur Lamanosc. Robin croyait tout ; Robin proposait de hisser le drapeau noir, de couper le pont, d'incendier le faubourg et les granges, et d'attendre l'ennemi derrière le vieux rempart, puis de se replier dans l'église et de l'y faire sauter, si le village était emporté. Triadou avait déjà attaché un pétard sous le pont.

Au milieu de tout ce tumulte survint le lieutenant Cazalis. Les paysans l'entourèrent et lui offrirent le commandement : il accepta de grand cœur ; mais comment se délivrer de Robin et de ses motions extravagantes ? Le caporal venait d'organiser une promenade civique. Tous les gens de la Mule d'Or défilaient sur la place en agitant des torches et en tirant des coups de fusil.

Le caporal leur avait composé des costumes de fantaisie avec des chemises flottantes, des écharpes rouges, des draps noués en burnous ; quelques-uns étaient à demi nus et tout empanachés de branches de chêne ; d'autres étaient couverts d'oripeaux de théâtre. Robin s'était habillé en Buridan ; il portait une hallebarde à la main et des pistolets d'arçon à la ceinture.

« Général Robin, lui dit le lieutenant, vous avez là une belle compagnie, bonne tenue, troupes d'élite. Il serait temps de les mener au feu pour les amuser. »

Et par toutes sortes de flatteries il arriva à lui persuader qu'il était urgent de tenter une reconnaissance dans les bois de Vielles, à deux lieues de Lamanosc.

« Comme qui dirait une razzia, répondit Robin. En avant le cabaret de la Mort ! »

Robin partit avec ses fidèles ; le lieutenant l'accompagna jusqu'à la sortie du village.

« Si tu étais forcé de te replier sur Lamanosc, lui dit-il, souviens-toi de revenir par cette route ; toutes les autres issues seront fermées. »

Le caporal haussa les épaules.

« Me replier ? Et pourquoi ? Robin, toujours en avant !

– Enfin les voilà partis, dit M. Cazalis. Maintenant, sergent Tistet, place dix soldats au rempart, sous les ordres d'un homme sûr, Cayolis, Espérit ou Cabantoux, et si jamais les pèlerins veulent rentrer, qu'on les reçoive à coups de fusil. Enfin nous voilà libres ! Sergent Tistet, ces vingt-cinq hommes de moins dans Lamanosc, c'est comme s'il m'arrivait un renfort de deux cents vieux marins.

– Et les conseillers municipaux, dit Tistet, qu'en faisons-nous ? Faut-il en arrêter une demi-douzaine ? Dites un mot, et ce ne sera pas long. Entendez ces cris ! Ils vont tout casser !

– Tant mieux ! dit le lieutenant, qu'ils discutent à l'aise, et qu'ils ne viennent pas se jeter dans nos jambes.

– Ah ! disait le sergent, ce serait si simple d'éteindre les lampes et de fermer les portes de cette mairie ! »

En arrière du pont qui défendait Lamanosc du côté des villages ennemis, le lieutenant fit construire une barricade très solide, crénelée, et dominée par une maison fortifiée. On éleva des retranchements à la brèche du nord, ainsi qu'à l'angle du cimetière, et deux compagnies de réserve furent laissées sur la place de l'église, avec ordre de se porter à la première alerte sur les points menacés.

Comme la route des villages de la plaine vient aboutir à la rivière, toutes les forces de la défense furent concentrées à la barricade du pont ; on y travailla toute la nuit, et deux chemins couverts furent creusés en avant pour protéger les sorties. M. Cazalis avait mis sur pied tout Lamanosc ; les vieillards et les enfants charriaient des pierres et du sable à la barricade ; on employait les femmes à fondre des balles et à mouler des cartouches. Le lieutenant activait tous ces préparatifs de guerre avec une ardeur extrême. Il était rajeuni de vingt ans.

Il y avait à Lamanosc un homme encore plus heureux que M. Cazalis, c'était le sergent Tistet. Tistet avait une consigne, des ordres, un chef, et lui-même commandait en second. Il se sentait utile, nécessaire, à sa place, dans son élément. Actif, vigilant, ponctuel, toutes ses qualités sortaient et brillaient d'un vif éclat. Le sergent Tistet s'était procuré un bonnet de police à gland d'or, un ceinturon d'officier et des épaulettes d'argent. Le sabre dégainé, le registre sous le bras, il allait et venait de l'état-major au corps de garde sans se lasser jamais, très occupé, très affairé, en homme qui a le goût, la passion de son métier, et dont toutes les facultés sont en exercice. Un mot d'ordre à renouveler d'heure en heure, des sentinelles à relever, des vedettes, des grand-gardes, les rondes, les patrouilles, l'inspection des armes, les vivres, les munitions, des feuilles de service à signer, le contrôle des états en partie double ! Hommes et choses, tout était classé, immatriculé, contrôlé, et volontiers le sergent Tistet aurait encore doublé la besogne.

« Ah ! mon commandant, disait-il, quelle chance si nous avions seulement huit jours de siège pour faire manœuvrer nos recrues ! J'ai là des conscrits de quinze ans, et jusqu'à des enfants de troupe qui mordent la cartouche comme de vieux soldats. Voyez ce Cascayot, quels yeux résolus ! Quelle belle tenue ! Il s'est coupé lui-même les cheveux à l'ordonnance. Comme il maintient les distances ! Qu'on ne s'avise pas de le troubler dans son service ; il fusillerait son propre père ! Ah !

mon commandant, je n'ai qu'une peur, c'est que ces paysans de Lardeyron et de Meyrenc ne reviennent plus à l'assaut, quand une fois nous les aurons repoussés. Peut-être serait-il sage, pour les allécher, de ne pas leur tuer trop de monde à la première affaire. »

# VII

Vers six heures, un grand bruit se fit entendre dans la rue ; c'était le curé qui forçait la consigne.

« A-t-il le mot d'ordre ? dit le sergent Tistet. Qu'on l'arrête ! »

Le curé était déjà devant le feu du bivouac, au milieu des groupes qui se formaient, car tous les hommes étaient réveillés et venaient s'aligner dans la rue des Picquenières pour l'inspection des armes.

« Sac à papier ! dit le sergent, que vient-il faire ici, le brave cher homme ? Qui l'a demandé ? S'il veut travailler, qu'on le mette à la cloche, et qu'il nous envoie le sonneur ; ce sera toujours un homme de plus.

– Le meunier au moulin et le prêtre à l'église ! disait M. Lagardelle.

– Et la femme à la soupe ! répondit Perdigal.

– Il ne manquerait plus que de voir arriver ma sœur ! cria le lieutenant. Eh ! l'abbé ! votre serviteur ; bon appétit ! Voulez-vous un bon conseil ? Prenez votre sac et vos quilles, et courez à la mairie nous organiser une ambulance. Bon voyage et vivement ! »

Mais le curé fit la sourde oreille ; il avait son idée en tête. Cabantoux le hissa sur un gros tonneau qui se trouvait là, devant la maison Triadou. La place était bien choisie, car de ce point l'on domine toute la rue des Picquenières, la place des Juifs et le faubourg. Le tambour de ville battit la caisse, et quand tous les paysans se furent groupés à portée de la voix, le curé se découvrit et prit la parole en ces termes : « Gens de Lamanosc, voilà bien six ou sept heures que j'entends sonner le tocsin, tous les hameaux sont arrivés en armes, les Clops, les Abeilles, Sainte-Colombe, les Baux, voire les gens des Granges ; notre village est comme une place de guerre. Voilà de bons préparatifs de défense ; c'est sans doute pour arrêter l'ennemi qui marche sur la commune ! Vous vous croyez bien forts ; eh bien ! je vous annonce que l'ennemi est dans Lamanosc...

– Jamais, jamais ! dit Cayolis.

– Ah ! qu'ils y viennent donc ! criaient les jeunes paysans en agitant leurs armes ; quand ils seraient dix mille avec des canons et des soldats, nous les attendons.

– Ce discours me paraît bizarre, disait le sergent Tistet ; ou le brave homme a-t-il donc sa tête ? Quelles sornettes ! Mes guetteurs ne m'ont encore rien signalé. Ces gens du peuple sont bien simples de l'écouter.

– Monsieur l'abbé, lui dit le lieutenant, si l'ennemi était dans Lamanosc, le lieutenant Cazalis serait en ce moment couché en travers de la rue, le corps troué de balles.

– Écoutez-moi, reprit le curé d'une voix forte, écoutez-moi, où il arrivera malheur ! Et je vous avertis que je ne viens pas vous flatter. Vous en trouverez par douzaines et par centaines pour vous enjôler et vous mentir ; mais aujourd'hui vous entendrez la vérité, et dussiez-vous me lapider, vous l'entendrez tout entière. Je vous ai annoncé que l'ennemi était dans Lamanosc, je l'ai dit et je le maintiens. Que veulent ceux qui viennent faire le siège de la commune ? se venger de nous. Quelles passions les entraînent contre vous ? la haine et la colère. Voilà pourquoi vous les appelez ennemis ; c'est donc à la haine, à la colère que se reconnaît l'ennemi. Eh bien ! répondez : parmi vous, quel est celui qui n'a pas un ressentiment, une inimitié dans l'âme ? Et contre qui ? Contre un étranger, un vagabond, un malfaiteur ? Non pas et nullement, mais contre un homme de Lamanosc, un enfant de la commune, fils de la même terre, élevé avec lui dans la même école, la même église et la même famille ! Et quand je vois ces abominations, vous voulez que je me taise ? La haine et la vengeance, voilà les ennemis qui sont dans Lamanosc. Et vous voulez que je garde le silence, quand il n'y a pas une maison, pas une, où ces ennemis ne soient entrés maîtres ? Ah ! c'est contre eux qu'il faut sonner le tocsin et prendre les armes, et si vous ne les chassez, il ne vous servira de rien d'élever des barricades et de charger des fusils. Le beau travail de repousser les gens des villages pour vous déchirer ensuite entre vous plus à l'aise ! La bonne et l'utile victoire, si vous devez vous retrouver le lendemain en face de vous-mêmes, c'est-à-dire de vos vices, de vos mensonges et de vos calomnies ! Ah ! qu'ils viennent, ces ennemis du dehors, qu'ils viennent avec le fer et le feu dans cette commune déjà saccagée, ruinée par les discordes, toute souillée de violences et d'envies ; ils n'y feront jamais pire besogne que vous, et quand bien même ils tueraient vos corps, ils seront moins bandits que vous, qui, tous les jours, tuez vos âmes. Mauvaise commune, mauvais citoyens ! Malheureux, vous voilà d'accord pour la guerre, et vous n'avez pas su l'être pour l'amitié ! Ah ! si longtemps qu'il me restera sang aux veines et souffle dans l'âme, je vous le dirai, vous ne serez rien, vous ne pourrez rien tant que le frère n'aura pas pardonné au frère, et pour lui-même demandé son pardon. Voilà ce qu'il faut faire, et dès aujourd'hui, sur l'heure ! Il m'est commandé de vous le dire : gens de Lamanosc, s'il y a ici dans la commune personne de la paroisse, homme ou femme, vieillard ou enfant, âme qui vive, à qui, de ma volonté ou à mon insu, j'aie fait tort ou misère, qu'il vienne ici donner son témoignage, et devant Notre-Seigneur et devant toute la commune, à genoux, comme pécheur, je lui demanderai son pardon. »

Un homme de haute stature sortit de la foule et vint se présenter devant le prêtre, le fusil à la main.

« Je suis Jean Malaterre, dit-il, Jean-Siméon Malaterre, fils d'Hilarion-Siméon Malaterre. »

Ce Jean Malaterre était arrivé pendant la nuit avec le contingent des hameaux qui dépendent de Lamanosc. C'était un homme violent et hardi, d'humeur sombre, déjà sur l'âge, dur et retenu dans ses paroles, vivant seul avec ses chiens et ses éperviers, toujours en chasse dans la montagne. Les gendarmes le redoutaient et ne s'avisaient pas de lui demander son port d'armes. Quand ils battaient le pays, ils ne se hasardaient jamais dans la pinière où Malaterre avait construit sa hutte, au terroir des Baux. Un jour d'émeute, vers 1831, Malaterre avait insulté et frappé le curé à la porte de l'église. Après un mois de détention préventive, il avait été condamné à vingt jours de prison. Le curé obtint remise de la peine, mais c'était lui qui avait porté plainte, et Malaterre ne l'oublia pas. Il fut ramené dans le village par les gendarmes, la corde aux mains. Cet outrage avait laissé une fureur vague dans cette âme exaltée par un sentiment sauvage de justice et de dignité.

« Suis-je un voleur ? disait-il. La prison n'est faite que pour les voleurs. »

Quand le curé vit Jean Malaterre devant lui, il se baissa et se mit à genoux, non sans peine, car le tonneau vacillait. Les rues sont en pente raide à Lamanosc, et le curé était un gros homme, court, replet, pataud ; mais en ce moment personne ne songeait aux moqueries, tous les cœurs étaient à l'amitié. On ne riait ni de la tournure ni de l'accent. Quoique le curé parlât bon provençal, il se glissait toujours dans ses discours des intonations, des désinences des Alpes plus dures et gutturales, qui trahissaient son origine montagnarde.

Après s'être mis à genoux, le prêtre leva sa main droite, l'étendit du côté de la croix, et dit d'une voix qui s'entendait jusqu'au faubourg : « Jean-Siméon Malaterre, fils d'Hilarion-Siméon Malaterre, devant Notre-Seigneur et devant toute la commune, à genoux, comme pécheur, je te demande ton pardon. »

Malaterre le saisit et l'embrassa rudement ; puis d'une voix éclatante, avec un geste d'autorité, impérieux, tête haute, il dit au peuple : « Peuple de Lamanosc, vous savez si l'on m'a fait du mal ; on m'a mis à la cour d'assises avec les gendarmes, comme un voleur... »

Au souvenir de cette injure, la colère montait en lui et sa voix tremblait. « Oui, comme un voleur, et vous savez si les Malaterre ont de l'honneur ! Les gendarmes m'ont fait marcher devant leurs chevaux, ils ont attaché des cordes à mes mains. Si je n'écoutais que mon injure, je ferais aujourd'hui la justice ; mais il a bien parlé, c'est fini entre nous, et devant tous je lui jure son pardon. Et maintenant, ajouta-t-il en faisant sonner la crosse de son fusil sur le roc, maintenant que Jean Malaterre a pardonné, qui donc oserait rester dans la vengeance ? »

Il souleva un tronc de hêtre, le brisa contre la muraille, et dit : « Ainsi soient brisées toutes les haines et les inimitiés ! »

Il prit ensuite un quartier de roche sablonneuse, le broya dans ses mains, et jeta les débris derrière lui, en disant : « Ainsi soient écrasées les haines et les inimitiés, et que les vents en emportent la poussière ! Quand les villages marchent sur la commune, celui qui garde un cœur ennemi trahit la commune. »

Alors ce fut de toutes parts un entraînement sans exemple ; l'amitié gagnait toutes les âmes, les plus dures étaient émues, attendries.

« Toi, Malaterre, dit Triadou, tu es le fils de celui qui a tué mon oncle en 1815, voici ma main.

– Triadou, dit un vieux paysan, ton grand-père a marché contre notre commune avec les Allobroges de 93, donne-moi ta main. »

Et tous venaient ainsi immoler leurs haines avec une joie enthousiaste ; l'ennemi cherchait l'ennemi pour lui pardonner et l'aimer ; tous s'embrassaient, fils de sans-culottes et fils de jéhuistes, vieux fédérés et Royal-cibots de 1815[3], carlistes, paysans et moussus ; haines de familles, ressentiments des procès et des rixes, querelles d'intérêts, souvenirs des guerres civiles, anciennes et nouvelles discordes, tout était oublié, pardonné, rien ne pouvait arrêter l'élan des cœurs. Les jeunes gens échangeaient leurs cravates et leurs ceintures, les rouges contre les vertes, et les couteaux, les poudrières, les boîtes de capsules, les sifflets de chasse ; bientôt toutes les mains se rapprochèrent à la fois, et la danse commença. Jamais farandole si joyeuse ne courut dans les rues de Lamanosc, cœurs unis, mains fraternelles. Espérit levait les bras au ciel et ne cessait de s'écrier : « Ah ! la belle amitié ! la belle amitié ! En voilà une république ! »

3 Jéhuistes, compagnie de Jéhu. C'est le nom qu'avaient pris, en souvenir d'un personnage biblique, les bandes de la réaction thermidorienne en Provence. Royal-cibots, volontaires royalistes de 1815, qui portaient des pommes de pin à leurs chapeaux.

# VIII

Dès l'aube, la petite armée des villages s'était mise en marche pour venir attaquer Lamanosc. Ces trois cents hommes s'avançaient en bon ordre, par six de front, le fusil en bandoulière, le carnier à l'épaule, tambours battants. Au premier rang caracolait Sambin, entouré de quelques cavaliers montés, comme lui, sur des mulets. Sambin portait le drapeau ; comme insigne de général, il s'était attaché en sautoir une écharpe rose, frangée d'argent, conquise à la vote de Pemes ; l'écharpe bleue qui retenait son sabre était un trophée des courses d'Aubignan.

En débouchant sur la route de Vielles, la colonne se trouva en face des trois brigades de gendarmerie, rangées en bataille et barrant le passage ; en tête, le maire Tirart, à cheval sur sa jument la Leydette, droit sur ses étriers, le front serré de bandeaux, le bras gauche en écharpe, rênes aux dents, un tromblon à la main. Les soldats de Sambin ne s'attendaient pas à cette rencontre, et le désordre se mit dans les rangs. Ces garçons étaient braves et décidés ; ils se seraient très bien battus contre leurs ennemis de Lamanosc, mais ils redoutaient d'en venir aux mains avec les cavaliers. Ceux des premières lignes s'arrêtèrent, l'arme au pied, n'osant forcer le passage et regardant comme une honte de se retirer. La queue de la colonne se jeta dans le bois qui longe la route.

Par ce chemin de traverse, en suivant les ravins et les vignes, où la cavalerie ne pouvait s'engager, ils espéraient arriver à Lamanosc avant les gendarmes. Le maire s'aperçut de ce mouvement ; il éperonna sa jument et la fit sauter dans le bois, le long du sentier où défilait l'arrière-garde de Sambin. Il les poursuivait comme des fuyards, et, imitant le cri de rappel des bergers, il leur faisait des signes de moquerie pour les inviter à venir prendre du sel dans sa main, comme des moutons. Alors ces jeunes gens, irrités par ces provocations, revinrent sur le chemin. Sambin les remit en ligne, et, après les avoir harangués, il s'avança seul en avant de la troupe, le fusil en bandoulière, un mouchoir blanc à la main. Lorsqu'il fut à deux pas du maréchal des logis, il le salua militairement et lui dit en son plus beau français : « Monsieur le capitaine, méfiez-vous de Marius ; il vous aura menti contre nous ; c'est un bavard : il est de Lamanosc. Nous allons nous venger de la trahison de sa commune ; mais nous ne sommes pas contre le gouvernement. Laissez-nous donc passer. Vive le roi ! Mort à Tirart !

– As-tu fini, grand avocat ? dit le maréchal des logis.

– Oui, dit Sambin. Vive le roi ! En avant, les amis !

– En avant, la prison ! cria le gendarme, et, saisissant Sambin par son écharpe rose, il l'enleva d'une main et le fixa à plat-ventre en travers de sa selle. Cavaliers, sabre au poing ! »

Alors l'escouade s'ébranla ; en deux temps de galop, la colonne fut rompue et dispersée ; les soldats de Sambin s'enfuirent de tous côtés, emportés par cette terreur panique connue dans le pays sous le nom de pétachine d'Avignon. Le maire Tirart partit ventre à terre et porta la nouvelle de cette victoire à Lamanosc ; il fut très mal accueilli. Les jeunes gens, qui avaient envie de guerroyer, voulaient se porter en colonnes volantes sur les villages ennemis et les occuper militairement, et M. Cazalis, quoiqu'il fût au fond très humain, ne put s'empêcher de dire : « C'est tout de même honteux que ceci finisse sans brûler une cartouche. Je ne suis pas content du maire. De quel droit est-il allé chercher les gendarmes ? Il n'a donc pas vu ma barricade ? »

Et Tistet, renchérissant, comme toujours, sur le dire de son officier, ajoutait gravement : « Quel malheur ! Sans sortir de la place, nous en aurions bien couché deux ou trois cents sur le carreau ; c'eût été un plaisir. On vous les aurait hachés comme chair à pâtée. »

Espérit, ravi de ce dénouement pacifique, avait déjà bâté l'ânesse.

« Partez, partez, dit-il à M. Cazalis ; on doit être inquiet à la Pioline, Cabantoux va vous conduire. »

En arrivant à la Pioline, le lieutenant trouva la terrasse encombrée de bagages ; sous le portail, Cascayot attelait les mules et le Garri à la carriole. Les dames, en habit de voyage, surveillaient le chargement.

« Ah ! vous veniez me chercher, dit M. Cazalis ; c'est très bien ; j'aurais dû vous attendre. Peut-être aviez-vous envie de voir la barricade ; dans ce cas, partons vite ; elle n'est pas encore démolie. Nous arriverons à temps. Oh ! c'est un beau coup d'œil !

– Et vous aussi, vous êtes beau à voir, dit la tante ; vous voilà dans un joli état ! Quelle mine de déterré ! Pâle comme la mort ! Découcher à votre âge, quelle honte ! J'en ai appris de belles sur vous. Toute une nuit passée au clair de lune avec les ivrognes de Lamanosc. Quelle vie ! Gare les lumbagos ! Et quand ces douleurs vous reprendront, qui vous soignera ? Qui vous veillera ? Tante Blandine, sans doute, toujours tante Blandine. Fiez-vous-y ! Nous partons. Tirez-vous d'affaire comme vous pourrez. Ce pays n'est plus tenable. Croyez-vous que je puisse encore l'habiter avec votre fille ?

– Sabine ! dit le lieutenant, un fier courage, savez-vous ! C'est la fille d'un soldat.

– Il ne lui manquait plus que vos compliments, répondit la tante avec aigreur. Je m'y attendais ; s'il y a quelque sottise à dire, on n'a qu'à faire venir mon illustre frère. Après le scandale qu'elle a donné hier dans cette bataille, croyez-vous que nous puissions encore rester ici ?... Pour qu'on nous montre du doigt dimanche à l'église, n'est-ce pas ? Oh ! non, oh ! non. De longtemps je n'y remettrai les pieds, dans ce Lamanosc, de ma vie, peut-être ! Je vous conseille de l'exciter à braver toutes les convenances. Il était temps qu'on vous l'enlevât ! Allons, place, place ; ôtez-vous de mon chemin. »

La tante était très affairée par ses préparatifs de voyage ; elle ne répondait plus à M. Cazalis, et, montée sur l'échelle, elle empilait les paquets que lui présentait la Zounet, les coussins, les ronds de cuir, les oreillers, les provisions. La carriole était chargée comme une diligence : au-dessus des malles s'étageaient des pyramides de corbeilles, de cabas, des cartons de toute grandeur ; on accrochait encore des paniers sous la voiture, au timon, et la Zounet arrivait avec des douzaines de petits sacs qu'elle entassait dans l'intérieur, et des chaufferettes pour la nuit, des manteaux, des châles, des boîtes, des fioles, des conserves.

« C'est donc un voyage de long cours ? dit le lieutenant. Jamais nous ne pourrons tenir quatre dans la voiture. Ah ça ! où allons-nous ? je n'y comprends rien à ce voyage, je m'embarque les yeux fermés. Qu'on m'apporte un tabouret ! »

Il s'apprêtait à monter, la tante le retint.

« C'est-à-dire que je pars, moi et ma nièce, dit-elle, et que vous restez ici, vous et la Zounet ; est-ce clair ?

– Ah ! vous partez ? Et pour quel pays, belles dames ?

– Pour Valence, vieux fou.

– Valence ? Ah ! très bien. Cette ville me plaît fort ; vins exquis, belle cathédrale, bonne société, des gens aimables et sûrs ; vous connaissez le proverbe :

*Dauphinois,*
*Fin et courtois.*

Et vous reviendrez ?

– Quand il nous plaira, si nous revenons jamais.

– Encore mieux ! À merveille ; mais du diable si je comprends rien à ce voyage. Ma tante de Valence serait-elle malade ?

– Il n'y a de malade que vous, s'écria la tante, et moi je suis bien bonne de vous répondre. Allez vous coucher. Ah ! quoi ! vous n'êtes pas encore au lit, malheureux ? Vous êtes ivre de sommeil. La Zounet, prends ton maître par le bras, il est moitié mort. Double-lui les couvertures et qu'on lui bassine le lit avec du sucre. Adieu, adieu. »

Cascayot était déjà sur son siège, le fouet à la main.

« Allons, Sabine, embrasse ton père, et vivement. Nous n'avons pas une minute à perdre. Bien, bien ! assez, finissez-en avec toutes vos tendresses. Adieu, adieu, et fouette cocher ! »

La voiture partit au grand trot.

« Tout ça s'arrangera », murmurait le lieutenant.

Il avait surpris des larmes dans les yeux de sa fille ; mais, ne pouvant s'expliquer ce qui se passait, il se laissa mettre au lit tout ensommeillé, brisé de fatigue, moulu, courbaturé, perclus.

# IX

Quand on part de la Pioline, on peut choisir entre deux routes pour gagner le chemin de Valence, la route connue sous le nom du Grand-Félat et celle du chemin des Sables. Comme la carriole était très chargée, Cascayot s'était avisé de prendre le chemin des Sables, qui passe pour le meilleur. Cette belle route est coupée tous les dix pas par des rochers et des fondrières ; la voiture avançait lentement, et, dans son impatience, la tante Blandine cherchait noise à Cascayot, sous le prétexte que la route du Félat était la seule bonne, la seule praticable, qu'elle était excellente, unie comme la main, et qu'on y pouvait courir en carrosse. Si on avait pris la route du Félat, elle aurait retourné son raisonnement contre le chemin des Sables.

Cascayot haussait les épaules, haranguait ses bêtes, et sifflait l'air d'une nouvelle chanson du poète Perdigal.

« Et toi, me répondras-tu ? dit la tante en se tournant vers sa nièce. Crois-tu donc que je veuille passer ma vie avec des sourds et des muets ? Pour toi, je laisse ma maison, mes affaires ; j'abandonne mon pauvre frère ; à mon âge, j'entreprends un voyage des plus difficiles et sans savoir quand je reviendrai, et c'est pour toi, pour toi seule ! Après les folies de Mlle Sabine, il fallait partir, la raison l'ordonnait : ai-je hésité ? Je me suis dévouée comme toujours, et, pour me remercier, on se tient à l'écart. Pas un mot, pas un seul depuis que nous sommes parties ! comme si j'étais votre ennemie, votre tyran ! Sacrifiez-vous maintenant pour qu'en récompense on vous fasse des mines comme des portes de prison ! Est-ce pour mon plaisir que je m'expose aux fatigues, aux ennuis, aux dangers de ce voyage ? Les routes ne sont jamais sûres. Il y a quinze ans, n'a-t-on pas arrêté la diligence en plein jour entre Mornas et Montdragon ? Et si nous versions ? Et quand nous serons au bord du Rhône, si les chevaux venaient à s'emporter, qui nous sauverait ? »

Sabine s'était retirée au fond de la voiture. À chaque détour de cette route sinueuse, on apercevait dans le lointain le petit clocher de Seyanne au milieu des feuillages. Les yeux fixés de ce côté, oppressée par la douleur, mais se maîtrisant encore, Sabine pensait à Marcel avec une anxiété extrême ; elle ignorait ce qu'il était devenu. La veille, au moment où les gens de la farandole prenaient la fuite, M^lle^ Blandine avait entraîné sa nièce à la Pioline ; en traversant le village, elles avaient vu passer Marcel, pâle et ensanglanté, sans connaissance, porté à bras par Cabantoux et Bélésis, et depuis elles étaient restées sans nouvelles du Sendric. Tant qu'on fut sur ce chemin, Sabine s'attendit à rencontrer Espérit ; mais lorsque la carriole tourna brusquement vers Lamanosc, laissant Seyanne à droite, Sabine perdit tout son courage, et ne pouvant plus retenir ses larmes, d'une voix tremblante elle dit à M^lle^ Blandine : « Ma tante, vous voyez que je vous obéis ; mais croyez-vous qu'il soit bien de quitter ainsi le pays sans savoir si nos amis sont morts ou vivants ? Nous ne sommes qu'à un quart d'heure des Sendric, et si vous le vouliez, nous pourrions tout savoir.

– C'est impossible, repartit brusquement la tante. Nous à Seyanne ! Jamais ! jamais ! Mais rassure-toi, à notre arrivée à Valence nous trouverons une lettre de ton père qui nous informera de tout. Cascayot, fouette donc plus vivement tes mules, cette route est magnifique. »

Au fond la tante était aussi inquiète que Sabine ; elle avait les larmes aux yeux, et pour cacher son trouble, elle s'excitait à quereller sa nièce.

« Comme vous pleurez ! N'avez-vous pas honte ? Vous l'aimez donc bien ! Et moi, grande sotte, qui suis restée des siècles sans me douter de rien ! Ah ! quelle douleur que la vôtre ! Je serais aux portes du tombeau que vous ne seriez pas si triste. Vingt fois vous m'avez vue à l'article de la mort, et vous ne m'avez pas tant pleurée ! »

La tante continuant à parler ainsi toute seule, on arriva dans le faubourg de Lamanosc, le long des remparts. Au bas du pont, Cascayot s'arrêta pour faire reprendre haleine à ses bêtes. Sabine ne cessait de pleurer. En entendant ses sanglots étouffés, la tante perdait la tête.

« Ah ! ma pauvre fille, du courage, rassure-toi. Je suis sûre que nous aurons de bonnes nouvelles ; mes pressentiments ne me trompent jamais. Ah bien ! s'il le faut, de Valence j'écrirai moi-même à la Sendrique. »

Elle aperçut Espérit sur la porte du château des Saffras.

« Tiens, Sabine, dit-elle, voilà notre marquis. S'il y avait un malheur, crois-tu qu'il resterait ainsi, tranquille comme un bourgeois, sous son cyprès ? Cascayot, appelle donc Spiriton, qu'il vienne nous parler. »

Le terrailler avait déjà reconnu la carriole ; il arriva en courant, se jeta au-devant des bêtes, les tira à lui et les entraîna au galop dans sa cour.

« Mais arrête donc, arrête ! criait la tante.

– Ne craignez rien, dit Espérit, notre malade n'entendra pas le bruit des roues ; vous voyez bien que ma cour est remplie de paille. Cascayot, tu sais les êtres, cours leur chercher de l'avoine. »

La tante eut beau protester, il se mit à dételer.

« Mais nous allons à Orange, criait-elle, et de là à Valence, pour toujours peut-être. »

Elle jurait qu'elle allait repartir, elle racontait ses projets de voyage. Espérit n'en voulait rien croire.

« Ah ! mademoiselle Blandine, disait-il en bouchonnant les mules, dont les flancs ruisselaient de sueur, c'est bien à vous d'être venue. Je m'étais dit : "Spiriton, quand elles sauront que Marcel a été transporté à la tuilerie, pour sûr elles viendront des premières, nos bonnes dames" ; j'en aurais mis ma main au feu ! Ah ! ça c'est bien de vous, mademoiselle Blandine ; pour le bon cœur, il n'y a que les Cazalis. Comme il sera heureux de vous voir, notre Marcel ! Il a perdu beaucoup de sang, mais le mieux se soutient. Il nous a bien inquiétés, savez-vous ! Sa mère l'a veillé toute la nuit, pendant que nous étions à la barricade. Voilà deux heures qu'elle est partie, et moi j'ai mis un peu le nez à la rue pour prendre l'air. »

Cascayot revint avec des boisseaux.

« Maintenant entrons, dit Espérit en levant le doigt. Venez par ici doucement, doucement ! »

La tante était fort embarrassée. « Eh bien, merci de tes bonnes nouvelles, disait-elle ; maintenant que nous sommes rassurées, nous allons repartir bien contentes. Il le faut ; adieu. Nous vous quittons, nous sommes si pressées !

– Vous avez bien loisir, répondit Espérit ; vos bêtes sont à l'avoine. Je vais leur verser du vin dans le son, et je vous garantis qu'elles vous regagneront le temps perdu. Allons, entrez, c'est le bon moment : par ici, doucement. »

Il la poussait toujours vers la porte à coups d'épaules ; la tante résistait.

« C'est impossible, mon bon Espérit. Vrai ! c'est impossible. Adieu, adieu ! Soignez-le bien. Nous ne pouvons pas entrer ; nos minutes sont comptées !

– Or çà, dit Espérit en la regardant en face avec surprise et colère, auriez-vous le cœur de vous en aller sans l'avoir vu ? Oui ou non, dites-le. Moi, je marche devant pour vous montrer le chemin. Vienne qui voudra.

– Allons, suivons-le, dit la tante ; il le faut bien ; ces paysans sont si susceptibles ! »

Dans le corridor, elle prit à part Sabine et lui dit vivement : « Nous ne faisons qu'entrer et sortir, entendez-vous ? Vous m'avez engagée dans une visite ridicule. Tirons-nous de ce mauvais pas le plus tôt possible. Et vous, pas un mot, je vous le défends ! Surtout restez derrière moi. »

Espérit entrouvrit la porte, et prenant M^lle^ Blandine par la main, il l'introduisit dans la chambre du malade. Sur un signe de sa tante, Sabine s'arrêta à l'entrée.

« Oh ! vous pouvez vous approcher, lui dit Espérit ; vous ne lui faites pas peur. »

Un jour faible éclairait cette pièce ; aux deux fenêtres, on avait attaché des couvertures, et devant la porte flottait une vieille tapisserie tournée au sud pour amortir l'éclat du soleil. Marcel dormait paisiblement ; Damianet était assis auprès de son frère, à la tête du lit, sur un escabeau, une fiole à la main.

« Qu'on ne le réveille pas, dit tante Blandine ; silence, Damianet ! »

Elle s'approcha très près de Marcel pour écouter sa respiration.

« Tout va bien, dit-elle après lui avoir tâté le pouls. La peau est excellente. Je réponds de lui ; si l'on est prudent, il est sauvé. Et maintenant adieu, mes amis ! Soignez-le bien, et surtout pas de bruit. Adieu, adieu ; partons vite, nous sommes trop de monde ici. »

Elle allait se retirer, lorsqu'elle se sentit tirer par la robe ; c'était Damianet qui lui offrait en grande cérémonie une place sur l'escabeau. La tante refusa, elle était décidée à ne pas s'asseoir. Damianet insistait par politesse, et, dans ce débat, la fiole qu'il tenait à la main lui échappa et se brisa sur la table. Marcel se réveilla en sursaut.

« Il n'y a pas grand mal, dit Damianet ; voici une autre fiole sur la table avec la même drogue.

– Quel est ce remède ? dit la tante en saisissant la bouteille et en la portant à ses lèvres. Cela ne vaut rien ; jetez cela par la fenêtre. Vous n'entendez rien aux malades. Il fallait me faire appeler. Vite, mon sac. Sabine, arrive, arrive ! Que fais-tu là-bas ? Mon sac de crin, te dis-je ! Fouille au fond. Les petites poudres de la boîte verte, sous les petits paquets rouges ! Et cet oreiller, qui l'a placé ainsi ? Peut-on laisser un blessé la tête si bas ! Et ce jour ! Tirez donc le rideau ! »

En ce moment, entraînée par son zèle de médecin et n'écoutant plus que son bon cœur, elle avait tout à fait oublié ses grandes résolutions ; elle était toute à son malade, elle s'était emparée de la chambre de Marcel, elle allait et venait, rinçait les verres, donnait des ordres ; elle se fit raconter tout ce qui s'était fait depuis que Marcel était au lit ; il fallut qu'on lui expliquât de point en point quel avait été le traitement suivi.

Le blessé s'était retourné sur l'oreiller du côté du mur ; dans ce mouvement, le bandeau qui lui entourait le front se desserra, et le sang se répandit sur ses tempes. La tante courut au chevet du lit avec une grande compresse.

« Mais dépêchez-vous donc, criait-elle ; tous ici ! Voyez comme il pâlit ! Ce pauvre ami va se trouver mal ! Quel pansement ! On ne peut jamais se fier à ces docteurs ? Aidez-moi donc, vous tous ; je lui tiens le front, mais je ne puis pas tout faire. Laissez-moi, Damian, ce n'est pas ce flacon qu'il faut ; Sabine, Sabine, l'élixir, la fiole bleue ! Mais soulève-lui donc la tête ! Sabine, laisse-moi verser, et toi, fais-le boire, doucement, du bout des lèvres. »

En lui donnant l'élixir, Sabine lui soutenait le front, et quelques gouttes de sang tachèrent son mouchoir. Marcel rouvrit un instant les yeux ; il reconnut Sabine, et toutes les visions du ciel passèrent devant lui.

« Ah ! belle demoiselle, dit Espérit, vous lui rendez l'âme ! »

Sur ce mot, la tante prit une mine sévère et maussade ; elle se disposait à partir lorsqu'on annonça l'arrivée du docteur. La tante entra en longue conférence avec lui, il approuva tout ce qu'elle avait fait ; ils s'assirent dans un coin pour causer. Toute au plaisir de faire briller ses belles connaissances médicales, tante Blandine ne songeait plus au départ. Espérit, qui voulait la retenir le plus longtemps possible, crut bien faire en venant lui dire : « Maintenant que vous êtes ici, je vous garde jusqu'au retour de notre Sendrique ; ce ne sera pas long ; de ma fenêtre je viens de la voir là-bas sur la route. Oh ! c'est bien elle, avec son fichu blanc et sa grande coiffe ; du bout de la plaine, je reconnaîtrais sa mule entre mille. »

La tante se leva précipitamment. En toute hâte elle prit congé de Marcel et du docteur, et sortit pour ne pas se rencontrer avec la Damiane ; mais l'attelage de la carriole était encore à l'étable.

Dans son empressement, tante Blandine se mit à aider Cascayot pour harnacher et brider les bêtes. Elle conduisit elle-même le Garri à l'abreuvoir, et, tout en activant le départ, elle reprenait sa mauvaise humeur et ne cessait de répéter à Sabine : « On m'a fait faire un pas de clerc ! C'est votre faute, après tout. Maintenant notre retour devient de plus en plus impossible. Aussi pourquoi Cascayot n'a-t-il pas pris l'autre route ? Et cet Espérit, cet Espérit !... Ah ! ce voyage est d'une urgence !... Et j'espère bien que nous voilà parties pour toujours. »

Si agile que fût Cascayot, tous ces préparatifs de départ prirent du temps. Au moment de grimper sur le marchepied de la carriole, M^lle^ Blandine aperçut la Damiane qui entrait dans la cour : elle prit sa nièce par le bras, et bien à contrecœur elle s'approcha de la Sendrique pour la saluer. La Damiane descendit de sa mule, et Sabine lui tendit la main au saut de l'étrier. En quelques mots, la Sendrique les remercia toutes deux de leur visite, et d'une façon si simple, si affectueuse, que la tante elle-même se sentit touchée, attendrie.

M^lle^ Blandine remonta en voiture très émue et très mécontente d'elle-même. Comme elle se repentait toujours de ses bons mouvements, elle s'accusa bientôt de faiblesse, et, tout en querellant sa nièce, elle se querellait elle-même, en grande subtilité, pour effacer cette douce impression qu'elle avait reçue de la Damiane.

Au tournant de la route des Rétables, la carriole fut croisée par une calèche découverte attelée de deux chevaux fringants lancés au galop. Maître Mazamet était assis sur le siège et conduisait à grandes guides. En rendant son salut à l'avocat, M^lle^ Blandine se pencha lentement de côté pour jeter ses regards curieux au fond de la voiture ; elle entrevit la belle Félise étendue avec nonchalance sur ses carreaux de velours rose, parée comme une princesse dans toutes ses élégances, toute galante et pimpante, au milieu des fleurs et des dentelles. Elle jouait de l'éventail et souriait à Lucien, qui caracolait à la portière.

LIVRE V

# Les révolutions de la Pioline

# I

Mademoiselle Blandine et sa nièce étaient parties de grand matin, laissant M. Cazalis au lit. Le lendemain à midi le lieutenant ne s'était pas encore réveillé. Cascayot, qui avait conduit les dames jusqu'à Orange, revint avec la voiture et fit une entrée très bruyante à la Pioline. Droit sur le siège, il excitait et fouettait à tour de bras les mules et le cheval, il les faisait se cabrer et piaffer ; la carriole vide sautait et dansait sur les pierres, les chiens jappaient, les paons effrayés s'enfuyaient sur les arbres avec des cris de détresse, et la Zounet criait d'une voix encore plus déchirante. Le lieutenant n'entendit rien. Le soleil tournait à l'ouest, lorsque M. Cazalis sortit enfin de son profond sommeil. Au premier coup de sonnette, la porte s'ouvrit, et le sergent Tistet se présenta.

« Sept heures de faction ! dit-il ; au point du jour, j'étais à votre porte. Zounet voulait forcer la consigne ; il m'a fallu dégainer.

– Ah ! vous voilà donc enfin éveillé ! dit la servante ; vingt-neuf heures au lit, quelle honte !

– Et nos dames, que font-elles ? dit le lieutetant ; priez-les de monter.

– Jour du ciel ! nos dames ! il leur faudrait un grand escalier pour venir ici. Elles sont bien loin, mes bonnes maîtresses !

– Ah ! c'est vrai, dit M. Cazalis, qui tant bien que mal rassemblait ses souvenirs. Et quand reviendront-elles ?

– Quand il leur plaira, dans des mois, dans des années, si c'est leur idée. Ça ne regarde qu'elles ; M^lle^ Blandine est sa maîtresse, je pense ! Mais je me sauve ; les chats rôdent autour de ma cuisine, et j'entends les poules qui entrent dans mon salon. »

Le lieutenant se fit habiller par Tistet.

« Sais-tu raser ? lui dit-il.

– Dans la perfection ; je suis aussi très habile dans le cartonnage, je joue même un peu de la flûte, mais je ne mords pas du tout au violon. Par exemple, les gouaches, c'est une autre affaire, c'est mon fort ; j'imite la nature.

– Les gouaches, dit le lieutenant, qui ne connaissait ni le nom ni la chose, les gouaches, les gouaches ! je m'en soucie comme de l'an quarante. En place, prends ce rasoir. »

Le sergent se mit à l'œuvre.

« Quelle main légère ! dit M. Cazalis ; voilà la première fois qu'il m'arrive de ne pas sentir le feu du rasoir. Je ne te connaissais pas un si beau talent. À l'avenir, je ne veux plus être rasé que par toi. J'ai la barbe comme du poil de sanglier. Dès aujourd'hui je te garde à déjeuner. Commande deux couverts. »

Le sergent sortait de table, mais il accepta cette invitation de grand cœur. On descendit au salon. La Zounet n'avait mis qu'un seul couvert ; M. Cazalis lui en fit des reproches.

« Tistet à votre table ? dit-elle. Ce serait du nouveau ! Que dirait M^lle^ Blandine ? Quand on voudra faire des sottises à la Pioline, il faudra attendre que je sois en voyage. Si votre sergent a faim, qu'il aille s'installer à la cuisine ; il trouvera dans le pétrin le restant de mon déjeuner : c'est encore trop bon pour lui ! Tistet à votre table ! Et pourquoi pas Cabantoux, Bélésis et le général Robin ? Pourquoi pas Cascayot ? Et la Zounet pour les servir sans doute ? »

Le sergent rougissait jusqu'aux oreilles, et murmurait entre ses dents : « Martin-bâton ! Martin-bâton ! » M. Cazalis ne savait comment l'apaiser. Il le reconduisit avec de grandes politesses jusqu'au jardin.

« Eh bien ! tu le vois, disait-il ; mon pauvre ami, comment faire ? Ce n'est pas ma faute. Il est heureux que tu ne sois pas à jeun. Tâche de revenir au dessert, si c'est possible. »

Mais la Zounet fit bonne garde ; elle avait eu soin de tirer les verrous des grilles, et toute la journée elle retint son maître en charte privée.

Le soir, en se couchant, le lieutenant dit à la Zounet : « Sais-tu, la fille, que je me suis rudement ennuyé ? Il faut que demain tu donnes un grand dîner. Prépare-toi à faire des merveilles. À ton lever, tu partiras pour Lamanosc, tu inviteras de ma part le maire, le curé, le garde général, tout le monde. Tu enverras un exprès à M. Dulimbert... Allons, pas de raison, pas de réplique. »

La Zounet lui jeta un regard moqueur et sortit en murmurant : « Oui, oui, un gala pour demain ! Où notre pauvre monsieur a-t-il donc la tête ? Un jour de lessive, des galas ? qu'il y compte ! »

Le lendemain, à son réveil, le lieutenant s'informa du menu.

« Des pois chiches, cria la Zounet, des pois chiches pour hors-d'œuvre, des pois chiches pour entremets, pour relevé de table, pour gibier, pour poisson, pour salade, pour dessert, entendez-vous ? Tout votre dîner est dans la marmite. M. le maire peut amener ses chiens pour lécher les plats, ils s'en retourneront cette fois le ventre à l'espagnole ! Croyez-vous donc que je les aie invités, tous ces piqueurs d'assiette ? Ah ! oui ! me prenez-vous pour une folle ? A-t-on jamais cuisiné un jour de lessive ? Que dirait M^lle^ Blandine ? »

Le lieutenant se soumit, il n'y avait rien à répliquer. Les jours de lessive, la Zounet régnait à la Pioline avec son armée de lavandières, de plieuses, de repasseuses. Elle ne lessivait que tous les deux mois, pour pouvoir étaler des masses de linge dans les prés et se régaler des propos des passants : « Voilà bien la plus forte lessive du pays ! disait-on.

– Et les placards ne sont pas vides, pourtant ! répondait la Zounet. Et tous les jours de savonnage que vous ne comptez pas ! On ne saura jamais ce qu'il y a de linge dans notre maison. »

Cette grande lessive prit trois jours, et pendant tout ce temps la Zounet tint M. Cazalis sous clef ; elle le soumit à la plus incroyable tyrannie. En partant, M^lle^ Blandine lui avait laissé ses pleins pouvoirs pour le gouvernement de la Pioline. La Zounet en usait et en abusait sans mesure. Elle ne cessait de le bourrer, de le malmener ; elle alla jusqu'à lui faire écrire ses notes de lingerie et plier ses serviettes. Lorsqu'il voulut se révolter, elle lui mit le marché à la main.

« Oh ! je n'y tiens pas à rester ici, disait-elle, maintenant que nos maîtresses sont parties. Rien ne me retient. Dites un mot plus haut que l'autre, et je pars... Vous soignera qui voudra ! »

# II

Depuis trois jours, le sergent rôdait autour des grilles, en se grattant la tête, ne sachant qu'inventer pour tromper la surveillance de la Zounet. Enfin il lui vint une idée ; la servante reçut un message lui annonçant de grandes maladies à la ferme de San-Bouzielli ; comme elle se faisait un devoir de doubler en tout M^lle^ Blandine, elle partit à la hâte pour médiciner les clients de sa maîtresse, et Tistet put enfin pénétrer à la Pioline.

« Personne n'est malade par là-bas, mon commandant, dit-il en entrant d'un air moqueur ; c'est comme qui dirait une ruse de guerre. Pauvre Zounet ! »

Il tira deux bécasses de son carnier et les jeta sur la table.

« Elle ne reviendra qu'à la nuit, et nous allons faire entre nous un petit repas de corps. Je cuisine très joliment ; les bécasses sont à point, et pour les salmis je suis un César.

– À ta guise, dit M. Cazalis ; ne perdons pas de temps. J'ai grand-faim, une faim de loup. Je suis creux comme un vieux radis. »

Ils étaient encore à table lorsque la Zounet revint ; elle vida silencieusement ses poches sur la crédence, et se mit à parler de la pluie et du beau temps, sans montrer la moindre colère. Rien n'était plaisant comme le calme affecté de cette bouillante fille. Quand elle vit qu'on ne se méfiait plus d'elle, d'un tour de main elle enleva les bouteilles.

« Nous voilà pris, dit le lieutenant. Bien joué !

– Et celle-ci ? dit Tistet en tirant de sa grande poche une bouteille cachetée. Il faut toujours se garder à carreau.

– Tiens, tu es homme d'esprit, dit M. Cazalis.

– Oui, vraiment, dit Tistet ; ma famille est originaire de Marseille. Les Tistet sont très anciens, savez-vous ? Attaquons le grenache. »

Si personne n'était venu les troubler dans leur tête-à-tête, ils se seraient sans doute contentés d'un verre ou deux de ce vin de liqueur ; mais comme ils buvaient en contrebande, à la hâte, ils ne songèrent pas à se ménager, et toute la bouteille y passa. M. Cazalis était très monté.

« Mais ce vin n'est pas du tout capiteux, disait-il ; encore une des inventions de ma sœur ; je me sens tout gaillard ! Tistet, mes crus de la Pioline peuvent lutter avec l'Espagne. Qu'elle y revienne, cette Zounet ! Ah ! c'est décidé, tu ne me quittes plus, tous les jours nous dînerons ensemble. À l'avenir je veux vivre à ma fantaisie.

– Eh ! eh ! comme vous y allez ! répondait Tistet. Et les cotillons ? »

Par des discours de ce genre, il l'excitait à petit feu. Il se mit à parler du siège de Lamanosc, de la belle barricade, de la discipline des volontaires, de leur obéissance. Réveiller les souvenirs de cette nuit militaire, c'était toucher la corde sensible, c'était mettre en vif relief les tyrannies de la servante. En se rappelant quelle grande dictature il avait exercée à Lamanosc, le lieutenant reprenait goût à l'autorité, il rougissait de son esclavage ; le vin de grenache lui montait à la tête, et les projets les plus hardis fermentaient dans son esprit. Les deux amis se levèrent de table et s'en allèrent en promenade autour de la Pioline, bras dessus, bras dessous, fumant des cigares et causant des choses de leur métier.

À l'aile droite de la Pioline, il y avait un grand balcon de fer d'où l'on dominait autrefois toute la vallée par-delà les bois des Gargorys ; mais la fenêtre de ce balcon était murée depuis le jour où M^lle^ Blandine, qui ne rêvait qu'armoires, avait transformé en placards tout son corridor.

« Ah ! Tistet, disait le lieutenant, ce balcon sans fenêtre est absurde ! Voilà dix ans que je regrette mon corridor ! »

Il tourna la tête ; le sergent était déjà dans le corridor, la hache et la pioche aux mains. Quelques menus plâtres tombèrent bientôt sous la fenêtre, puis une vaste ouverture se fit dans la muraille, et toute la briqueterie s'écroula. Un moment après, Tistet, triomphant, vint rejoindre le lieutenant dans la cour.

« Je crois que tu as été un peu trop loin, dit le lieutenant. Enfin ce qui est fait est fait. J'ai grand-soif ; allons nous rafraîchir. »

Ils montèrent à l'office, et la journée se termina très gaiement, le verre à la main.

À la suite de cette petite débauche, le lieutenant dormit ses douze heures comptant, et sans doute qu'il aurait fait le tour du cadran, comme à son retour de la barricade, si la Zounet n'était venue lui tirer les draps et les couvertures.

« Pourquoi me réveilles-tu ? dit-il ; je rêvais que j'étais à table avec tous mes amis. D'où vient donc que je me sens la bouche amère ? Cours me chercher un grand verre d'alicante.

– Oui, oui, dit la servante, et du vieux. »

Elle revint avec ses fioles bleues, et toute la matinée elle drogua son maître, comme s'il eût été très malade. Elle le fit déjeuner d'une soupe aux herbes et d'une purée ; toutes les fois qu'il se versait à boire un doigt de vin pur, elle se trouvait derrière lui, la carafe à la main, et vivement elle lui noyait son vin à grande eau. Après ce maigre repas, M. Cazalis s'étendit sur une chaise longue pour sommeiller à l'aise, comme c'était son habitude. À peine assoupi, il fut violemment secoué par la Zounet.

« Or çà, qu'on se lève ; on ne dort pas à table, c'est défendu : ces longs sommeils vous épaississent le sang. Sortez : c'est l'ordre formel de M^lle^ Blandine ; sortez, allez vous promener une heure ou deux, que je puisse battre mes fauteuils. »

M. Cazalis appela Cascayot et lui ordonna de seller l'ânesse. La Zounet arriva à l'écurie pendant qu'on bridait la bête.

« Pourquoi donc ? dit-elle ; qui de vous s'en va en voyage ?

– Moi, dit le lieutenant. Je m'ennuie fort ici, et je vais à Lamanosc me récréer avec mon ami Tirart.

– Ni Tirart, ni personne, et de longtemps. Vous, retourner à Lamanosc tout seul, pour y découcher encore et courir les rues avec tous les vauriens du pays ! Oh ! jamais, je vous le jure... Qu'on ramène l'ânesse au pré.

– Eh bien ! puisque c'est ainsi, envoyez-moi chercher le sergent Tistet ; je le trouve fort aimable, et sa société me divertira.

– Tistet est un insolent, répondit la Zounet, et de sa vie il ne remettra les pieds à la Pioline. Je l'ai chassé ; qu'il ose y revenir ! Lui, à la Pioline ! J'aimerais mieux quitter la maison. N'y pensez plus. Si ma compagnie vous ennuie, allez-vous-en visiter les volières, donnez du grain aux oiseaux, mettez de l'eau dans les mangeoires, taillez les rosiers. Oh ! il y a de quoi se distraire à la Pioline. Je vous permets une petite heure de promenade autour de la maison. Descendez au jardin tout droit et revenez par le verger. »

M. Cazalis descendit tranquillement au bois de l'Olivette, et se choisit un grand creux dans le sable, derrière la colline, entre deux murailles, le meilleur, le plus chaud de ces abris, que l'on appelle, en Provence, des cagnards, des « cheminées du roi René ». Jamais philosophe ne s'étendit au soleil avec plus de bonheur et d'insouciance. Le père Cazalis était tout ragaillardi. Il était là, dans son trou, couché tout au long, jambes en l'air, buvant le soleil, et se grillant avec délices en compagnie des lézards. Notre bon roi de Provence aurait trouvé le lieu digne de lui. La Zounet vint bientôt à passer par là.

« Quelle tenue, dit-elle, pour un homme de votre condition ! Vous prenez vos aises comme un mendiant. Rien n'enrhume comme le soleil d'automne. Croyez-vous donc que je vais vous laisser tout le jour à ce clair de lune ? »

Et bon gré mal gré, elle le ramena à la maison.

« Mais alors que faire, disait le lieutenant, que faire de toute cette sainte journée ?

– Oh ! soyez tranquille, dit la Zounet en dressant la table. J'ai de quoi vous occuper toute la nuit. D'abord tous les comptes de fermage, puis toute la correspondance en retard. Voilà des plumes et six grandes feuilles de papier.

– Six lettres ! mais c'est de la folie. Moi, six lettres ! Y songes-tu, la fille ? Voilà dix-sept ans que je n'ai mis la main à la plume. Tu sais fort bien que depuis que j'ai quitté la marine, ma sœur se charge de tout. J'ai tout oublié. Je sais signer mon nom, voilà tout. Je te jure que pour la belle écriture je suis de la force de mon ami Tirart.

– Allons, taillez vos plumes, et commencez à travailler. C'est l'ordre formel de M^lle^ Blandine ; pas de réplique. Je vous laisse à votre travail. Je ferme toutes les portes pour que personne ne vienne vous déranger. À mon retour, il me faut mes six lettres, sinon pas de dîner. »

Ce dîner fut des plus simples ; un convalescent s'en serait tout au plus contenté, et dans la soirée, pour aider à la digestion des herbages cuits à l'eau, la Zounet fit encore boire à son maître quelques tasses de tisane verte, sans préjudice d'une potion très savante qu'elle lui servait d'heure en heure. Ainsi drogué et nourri, affaibli par la diète et les purges, il commençait à se croire sérieusement malade. Ce fut sans résistance qu'il se laissa mettre au lit à l'heure du coucher des poules. Pour s'endormir, il voulut prendre un livre.

« Lire au lit ! dit la Zounet en enlevant la lampe, oh ! quelles habitudes ! Bientôt on voudra y fumer ! Allons, tenez-vous tranquille. À demain les sangsues. »

# III

Le lendemain, à son lever, le lieutenant se trouva prisonnier dans sa chambre. La Zounet était partie pour Lamanosc avec toutes les clefs des portes ; elle revint sur les neuf heures, en compagnie des maçons qu'elle avait loués pour murer la fenêtre.

« Au fait, se dit le lieutenant, elle a raison, cette fille. Avant-hier, nous avons été trop loin avec ce diable de sergent. Zounet, dit-il tout haut, donnez à boire à ces braves gens.

– Ce n'est pas le moment, dit-elle ; je ne paye pas les ouvriers pour les tenir à chopiner des heures entières, au prix où sont les journées. Vous autres, suivez-moi. »

Sur ce chapitre de l'hospitalité, le lieutenant était intraitable, et, la Zounet refusant obstinément ses clefs, il finit par éclater.

« Il me paraît que vous n'êtes pas le maître ? dit un des maçons. C'est donc les femmes qui gouvernent dans ce pays ? Merci toujours de votre amitié. Voyons cette fenêtre. »

Ainsi bravé devant témoins, M. Cazalis s'emporta.

« J'ai perdu mes clefs, dit Zounet en cachant vivement son trousseau sous son fichu.

– Eh ! qu'on enfonce le caveau ! Mes amis, faites sauter la porte ! »

Les maçons obéirent en riant. La Zounet ne revenait pas d'une telle audace. Elle s'enfuit dans sa cuisine, le cœur gros, les yeux pleins de larmes.

« Ah ! mon pauvre maître, ils vont le tuer ! Comme il est changé depuis le siège de Lamanosc ! Que dira M^lle^ Blandine ? »

Le sergent Tistet arriva une lettre à la main.

« J'ai arrêté le courrier, dit-il. Voilà des nouvelles de Valence à l'adresse de la Zounet ; lisez, lisez. »

Le lieutenant hésitait. Tistet fit sauter le cachet.

« Lisez, lisez ; pour sûr on y parle de nous. Puisque la Pioline est en état de siège, nous avons bien le droit de surprendre les intelligences de l'ennemi. »

Le lieutenant céda à la tentation. Mlle Blandine écrivait vertement, sans détours, et le portrait qu'elle traçait de son frère n'avait rien de flatteur.

En envoyant ses instructions à la Zounet pour le gouvernement de la Pioline, elle ne manquait pas de lui dénoncer tous les défauts du lieutenant. Le père Cazalis était traité comme un grand enfant qu'il fallait surveiller avec sollicitude, ne jamais perdre de vue, et, pour le tenir en bride, elle donnait à sa confidente les instructions les plus sévères, les plus détaillées. Elle arrêtait d'avance le programme de toute la semaine : le lieutenant était mis en tutelle ; une volonté inflexible réglait de loin l'emploi de toutes ses journées. C'était un programme complet, fixant les heures du coucher, du lever, des promenades, le menu des repas, les visites, les lectures. Ces instructions se terminaient par un ordre formel d'envoyer tous les dimanches à Valence un compte rendu détaillé des faits et gestes du lieutenant.

« Ah ! c'est ainsi qu'on me traite ! dit M. Cazalis en finissant la lettre. Sergent Tistet, verse-moi un grand verre de vin vieux. À ta santé, mon brave ! On va voir si le lieutenant Cazalis est tombé en enfance ! Tout va bien changer à la Pioline ! Trinquons ! »

La Zounet pleurait au fond de sa cuisine ; à travers la porte, elle entendit le choc des verres, les rires des buveurs et leurs chansons du tour de France.

« Allons, je suis trop lâche », se dit-elle. Elle rentra les poings fermés, les yeux menaçants et, dans sa colère, elle se mit à rappeler tous les méfaits du lieutenant depuis son arrivée à la Pioline, ses dîners, ses fêtes, la tragédie ; elle parla du renchérissement des denrées !

« Eh ! mon Dieu ! dit-elle en finissant, puisque vous y êtes, que ne faites-vous plafonner la chambre bleue ?

– La chambre bleue sera plafonnée, répondit tranquillement M. Cazalis.

– Il ne manquerait plus que de prendre un garde ! »

Elle énumérait ainsi par ironie toutes les choses réputées impossibles à la Pioline. À son retour de la marine, en 1827, M. Cazalis avait voulu se donner un garde ; mais Mlle Blandine s'y était opposée en objectant très sensément qu'il n'y avait rien à garder à la Pioline, et toutes les fois que le lieutenant formait un projet chimérique, pour l'écraser par l'absurde et le convaincre d'utopie, la tante n'avait qu'à dire : « Il ne nous manquerait plus que d'avoir un garde ! » Un garde à la Pioline, dans l'esprit de M^lle^ Blandine, c'était une de ces fantaisies qu'on ne discute même pas, quelque chose d'analogue à ces caprices d'enfants qui demandent la lune.

« Un garde ! dit le lieutenant, tiens, c'est une idée ! La Zounet, tu m'ouvres l'esprit. Sergent Tistet, je vous nomme garde général, et dès demain vous irez prêter serment à la justice de paix. Allez vider le capharnaüm de M^lle^ Blandine ; c'est là que vous installerez votre lit ; mettez le tout dans un grand coffre. »

Le capharnaüm était une dépendance de l'appartement de M^lle^ Blandine, dont la deuxième porte communiquait avec la chambre du lieutenant. C'était une petite pièce circulaire, pratiquée dans la tourelle, où depuis dix-sept ans s'entassait un monde de chiffons, de rognures, de loques, de vieilleries, et jusqu'à des ferrailles, car il est de principe à la Pioline que tout sert dans les ménages.

Jusqu'à ce moment, la Zounet n'avait pas pris au sérieux les paroles du lieutenant ; mais quand elle vit Tistet monter au capharnaüm, elle se jeta sur son passage avec des menaces furibondes.

« Lui, au capharnaüm ! dit Zounet, qui ne croyait pas à l'impossible ; lui, chez M^lle^ Blandine ! J'aimerais mieux sortir de la maison. »

Sortir de la Pioline, c'était là sa grande menace. Depuis dix-sept ans, elle en usait avec succès quand elle était par trop malmenée, et, pour arrêter net M^lle^ Blandine au plus vif de ses colères, elle n'avait qu'à lui mettre le marché à la main ; elle ne se doutait pas qu'on pût jamais la prendre au mot.

« Eh ! qui vous retient ? lui répondit M. Cazalis avec le plus grand calme. Vous voulez sortir ? Remettez vos clefs au garde général, présentez-lui votre compte. Tistet, je vous nomme caissier. »

Cela fut dit si clairement, si durement, qu'elle se sentit blessée au cœur.

« Chassée ! chassée ! s'écria-t-elle avec des sanglots. Moi ! chassée de la Pioline ! Mais c'est moi qui vous quitte et pour toujours ! Oh ! les voilà vos clefs ! »

Elle jeta son trousseau sous la table et courut comme une folle dans sa chambre. Tous les tiroirs de la crédence furent bientôt à terre.

« Chassée ! chassée ! »

Sous le coup de cette ignominie, elle empilait toutes ses hardes, pêle-mêle, au hasard, dans un grand drap. Elle les tassait à coups de poing avec des cris et des violences inimaginables. Ces grands désespoirs la soulagèrent, et, bientôt les instincts de ménagère reprenant le dessus, elle eut honte du grand désordre qui l'entourait. Elle dénoua son drap et se mit à refaire ses paquets dans les règles, pliant et lissant de son mieux les belles toilettes qu'elle venait de friper si brutalement. Au milieu de tous ces soins minutieux, elle retrouva quelque calme d'esprit. Elle pleurait toujours comme une malheureuse, mais ce n'était ni de dépit ni de colère, ce n'était plus que la tristesse d'un ami exclu de la famille : l'attachement, la fidélité d'un bon vieux serviteur qui se sent utile, nécessaire, et qui ne veut pas se séparer de ses maîtres.

« Ah ! notre pauvre Jean-de-Dieu ! disait-elle. Dans quelles mains il est tombé ! Ce sergent Tistet le tuera. »

Et, laissant là ses nippes, elle redescendit au salon soumise et résignée.

« Me voilà ! dit-elle avec douceur ; en quoi puis-je vous aider ?

– Qui vous a demandée ? lui répondit M. Cazalis. Eh ! puisque vous êtes si zélée, allez aider les maçons dans leur plafonnage. »

Elle courut à la chambre bleue hors d'elle-même ; les maçons l'avaient déjà occupée. Quand elle les vit dressant leurs échelles et gâchant du plâtre, elle poussa des cris et voulut batailler avec eux. On la jeta brutalement dans le corridor. Elle tourna la tête à gauche et vit Tistet qui vidait le capharnaüm. Cascayot portait toutes les friperies au grenier.

« Oh ! mademoiselle Blandine ! mademoiselle Blandine ! »

Les sanglots l'étouffaient. Elle s'assit sur une marche de l'escalier, atterrée, frappée de stupeur, la tête dans son tablier.

Elle resta dans cette attitude du désespoir toute la nuit sans toucher au souper que M. Cazalis avait eu soin de lui envoyer.

La Zounet était vaincue, bien vaincue. Le lendemain elle reprit modestement son service, sans bruit, sans plaintes, avec une soumission pleine de tristesse.

Tistet mangeait à la table du lieutenant, elle le servit sans murmurer. Les jours suivants, elle fut témoin de choses impossibles, et, sans protester, elle vit Tistet successivement élevé aux fonctions de sommelier, de régisseur, de majordome, de secrétaire, de trésorier. À tous ces titres, le sergent ajoutait invariablement l'épithète de général. Il prenait au sérieux toutes ces dignités, et il en était fort infatué. Cascayot lui fut donné pour aide de camp, et Bénoni, le septième fils du fermier, fut costumé en groom. C'étaient tous les jours nouveaux décrets. Le lieutenant renouvela toute sa garde-robe, et toutes les vieilleries furent transformées en livrées. La tailleuse Rosine fut installée à la Pioline pour la confection de tous ces uniformes. Bientôt le nombre des maçons fut doublé, puis, quand toute la maison fut recrépie et blanchie à neuf, au-dehors comme au-dedans, M. Cazalis mit ses ouvriers aux murailles des enclos, ainsi qu'à la ferme. Enfin, il fit construire un belvédère.

Les maçons ne quittaient plus la Pioline ; les serruriers, les menuisiers et les peintres leur tenaient compagnie. Dans les bois, les bûcherons abattaient des arbres et des taillis, traçaient des allées, ouvraient des perspectives d'après les dessins du lieutenant, et dans la plaine les ouvriers qu'on avait pris à gages faisaient des trous pour de grandes plantations. Le sergent Tistet surveillait et dirigeait tous ces travaux en qualité d'inspecteur général, et comme caissier il donnait des reçus au notaire Giniez, qui s'était empressé d'ouvrir un crédit au lieutenant Cazalis. Le sergent avait organisé une bureaucratie très compliquée, et, pour tenir ses écritures si multipliées, il s'était adjoint le saute-ruisseau de Me Giniez au titre de sous-secrétaire. À ses heures perdues, M. Lagardelle venait lui donner un coup de main et déjeunait avec lui.

Tant que le sergent eut des clous à planter par centaines dans la maison, des étiquettes à coller, la Zounet fut dédaignée, laissée en paix dans sa cuisine ; mais rien n'échappe à l'esprit envahissant des gens méthodiques, et le sergent finit par s'attaquer au tohu-bohu de la cuisine. La Zounet était une ménagère très active et très soigneuse, elle avait beaucoup d'ordre, à sa manière il est vrai, et cela ne ressemblait en rien au système d'arrangements du sergent Tistet. L'ordre de Tistet était une conception philosophique, tyrannique et raide, une utopie tout d'une pièce, ramenant tout à son inflexible unité, ne tenant aucun compte des accidents, des caprices de la réalité, des exigences de la pratique, des variétés infinies de la vie courante. L'ordre de Zounet contrastait avec ce machinisme idéal ; elle plaçait tous les ustensiles à sa portée, pêle-mêle, dans une confusion apparente, pour mille raisons tirées de l'expérience et des nécessités du service ; elle ne s'en rendait pas compte et s'y reconnaissait très bien.

Tistet entra dans cette cuisine comme un arpenteur dans une forêt vierge. Il procéda d'abord par de grandes éclaircies en ligne droite, classant et divisant par zones. Il dessina des figures géométriques sur le mur ; sur toutes ces lignes tracées au charbon, il planta des clous à distances égales, et tous les ustensiles se trouvèrent ainsi disposés comme des armes dans un arsenal. Il fallait que la Zounet fût bien abattue, bien navrée, pour que le sergent pût appliquer ainsi sans bataille ses utopies mathématiques. Rien ne l'étonnait plus, elle s'attendait à tout. Tistet lui aurait ordonné de s'habiller en cantinière, elle aurait obéi. Sans son attachement profond pour les Cazalis, la Zounet serait partie sous le coup de ces dernières humiliations. Elle pleurait nuit et jour, et, dans les longues lettres qu'elle dictait au professeur Lagardelle, elle informait sa maîtresse de tous ses malheurs et pressait instamment son retour. En sa qualité de vaguemestre général, Tistet s'emparait des lettres, les lisait et les jetait au feu. Le sergent avait tout à fait perdu ses scrupules en matière de correspondance depuis le jour où il avait vu M^lle^ Blandine applaudie et félicitée en présence de l'officier de gendarmerie pour avoir écrit une circulaire au nom de M. Cazalis et signé de son nom. En même temps, en vertu de son pouvoir discrétionnaire, il supprimait toutes les lettres adressées à la Zounet par la tante. De la sorte il était maître de la situation, et toutes ces révolutions s'accomplirent sans que M^lle^ Blandine en eût connaissance. Le lieutenant était au comble de la joie ; personne n'osait le contredire, tous ses désirs étaient prévenus ; il allait et venait à sa fantaisie, et comme il se déchargeait de tous les soins sur le sergent Tistet, il jouissait de toutes les douceurs du despotisme sans que sa paresse en souffrît en rien. Il usait avec délices de sa grande liberté, et par moments il croyait rêver en comparant sa vie actuelle à ces terribles matinées que lui faisait passer M^lle^ Blandine.

Après midi, M^lle^ Blandine était une personne fort aimable, aumônière, obligeante, avenante, attentive à toute sorte de bons offices. Quoique très parcimonieuse, elle donnait des deux mains à tous les malheureux. Elle avait sa bourse secrète pour les œuvres de charité, et si très souvent M. Cazalis faisait maigre chère dans la semaine, c'est parce que sa sœur Blandine avait fait danser l'anse du panier au profit des pauvres. Tous les jours, en sortant de table, tante Blandine s'en allait dans les fermes voisines pour apprendre à lire aux petits enfants, donner des conseils aux grands-parents, démêler les affaires embrouillées ou soigner les malades, car elle avait de merveilleux secrets de médecine pour toutes les infirmités ; elle savait couper les fièvres, elle rendait le lait aux nourrices qui avaient eu des frayeurs, elle avait des pommades rouges contre les trois sueurs et des élixirs verts contre l'apoplexie ; elle était surtout renommée pour son collyre contre les ophtalmies les plus rebelles, connu sous le nom d'eau de mademoiselle Blandine. Avec ses malades, comme avec ses élèves, M^lle^ Blandine était d'une patience admirable. Elle leur parlait d'une voix douce, insinuante, caressante, et de retour dans son salon, après ses tournées, si les visiteurs ne lui déplaisaient pas, elle les accueillait très gracieusement quand ils évitaient de la contredire, surtout si c'étaient des étrangers, car elle aimait les nouvelles figures.

« Voilà mademoiselle Blandine qui prend sa voix de médecin, murmurait le lieutenant. Ah ! s'ils étaient le matin à la Pioline !... Ma sœur est un diable déchaîné ! »

Et en effet les matinées de M^lle^ Blandine étaient des plus orageuses. Il n'y a pas de ménagère qui ne tienne sa besogne pour la plus lourde, la plus rude de toutes ; mais la tante Blandine, qui poussait tout à l'extrême, était convaincue qu'elle faisait des choses au-dessus des forces humaines. À l'en croire, elle portait un monde, et, dans ses moments de presse, de très bonne foi elle se trouvait plus malheureuse, plus accablée de soins, de soucis, de travaux, que les plus pauvres paysannes chargées de famille, écrasées d'ouvrage, toujours aux prises avec la misère, et seules, sans aide ni ressources, suffisant à tout dans leurs maisons désolées. Aussi quelles impatiences, quels troubles, quels désespoirs, quand elle se mettait à brasser son ouvrage du matin ! Cette besogne l'affolait ; elle s'y plaisait passionnément et s'y exaspérait. Fanatique d'ordre et désordonnée, elle attaquait tout à la fois, elle bousculait tout. Au saut du lit, elle courait à son travail de ménagère avec des inquiétudes, avec des cris et des trépignements qui faisaient trembler les parquets et les cloisons. Malheur à qui se trouvait dans ses jambes, bêtes ou gens ! Tous ces battus criaient ou disputaient, et de sa voix aiguë la tante dominait encore tous ces cris. Le lieutenant, réveillé en sursaut, avait beau s'enfoncer la tête sous ses draps, si c'était l'heure de faire la chambre, au premier coup d'horloge il fallait se lever. Mais depuis que M^lle^ Blandine était à Valence, comme les choses étaient changées ! À la suite de la grande victoire remportée sur la Zounet, le lieutenant dormait en paix jusqu'à neuf heures, puis il fumait au lit jusqu'à dix, en écoutant le sergent Tistet qui lui lisait la gazette.

# IV

À la suite des troubles de Lamanosc, la justice s'était transportée dans les villages, et une instruction fut commencée. Sambin et les plus mutins de la bande furent gardés une quinzaine en prison. Il était de nouveau question de la dissolution des Chambres, on se croyait à la veille des élections générales, c'était la grosse affaire du moment, et tous les partis usaient de ménagements. Toutes sortes d'influences se mettant en jeu, se croisant, s'entrecroisant, les prisonniers furent relâchés avec des menaces terribles, et l'enquête fut abandonnée.

L'avocat Mazamet n'avait pas renoncé à l'espoir de conquérir le maire de Lamanosc. Plusieurs fois Lucien était revenu à la charge, et l'oncle s'emportait en invectives, en menaces ; il jurait qu'il déshériterait Lucien s'il remettait les pieds aux Rétables. L'avocat ne se décourageait pas, et le lendemain de la bataille, il se fit bravement annoncer chez Marius. Le maire, tout contusionné, gardait le lit.

« Je n'y suis pas, surtout pour lui ! » cria-t-il du fond de son alcôve.

Mazamet était déjà entré. Tirart l'injuria, Mazamet reçut en riant ces rebuffades et ces ruades, et subtilement il se mit à envelopper ce bourru, ce lourdaud avec toutes ses grâces, ses adresses, ses finesses. En moins d'une heure, Tirart fut pris et retourné. Enlacé par ces mains agiles, il se débattait encore de son mieux, durement, gauchement ; il revenait sur de vieux griefs oubliés, réfutés ; il oubliait les vrais. Il perdit la tête, et, sans s'engager formellement avec Mazamet, sans lui promettre de voter pour lui, il finit par accepter une invitation aux Rétables. C'était là le point important ; une fois aux Rétables, Mazamet en faisait son affaire. L'avocat raconta toute cette histoire à Lucien, très gaiement, très spirituellement, et le jour où Tirart, quoi qu'il en eût, se décida à venir dîner chez Mazamet, l'avocat dit très courtoisement à Lucien : « C'est à vous, à vous seul que je dois ce succès ! »

L'oncle Tirart fut accueilli comme un vieil ami. Les personnages les plus importants de la société des Rétables le traitèrent avec déférence. On lui parla politique, on l'aboucha pour une vaste affaire de laines avec un grand industriel de Marseille ; enfin le terrible mémoire fut jeté au feu sous ses yeux, et Mazamet alla jusqu'à lui promettre la dissolution prochaine de ce factieux conseil municipal de Lamanosc. Tirart revint aux Picquenières ébloui, charmé, tout enfiévré de nouvelles ambitions.

Mazamet vivait avec Lucien dans la plus grande intimité. Il n'avait plus de secret pour lui, et le tenait au courant de ses projets, de sa politique, de ses espérances. Il lui faisait lire les lettres confidentielles, et quand quelque nouvelle importante arrivait de Pans, Lucien en avait la primeur. Mazamet, qui était très bien servi dans les ministères, fut averti quinze jours avant toutes les autorités que les projets de dissolution de la Chambre étaient tout à fait abandonnés et que les élections étaient ajournées indéfiniment.

« Et que comptez-vous faire ? lui dit Lucien.

– Nous partirons pour Paris, répondit Mazamet, dans huit jours au plus tard, et je vous avoue que, sans vous consulter, je vous ai déjà retenu un logement tout près du mien. C'est une affaire finie, vous êtes des nôtres, la lettre est partie depuis une heure. Vous le voyez, je dispose de vous comme si vous étiez déjà mon chef de cabinet. Laissez-moi tout régler avec l'oncle Tirart, je me charge de faire voter votre liste civile. »

Le futur ministre raconta alors à Lucien qu'il était tout à fait décidé à acheter une charge à la cour de cassation, que la province l'ennuyait, qu'il n'y avait rien à faire avant quelques années, enfin qu'il acceptait une candidature d'opinion mixte avec une majorité toute faite qu'on lui offrait dans le Calvados.

« Maintenant parlons de choses sérieuses, reprit-il en riant. Que ferons-nous de Félise ? Ne croyez-vous pas qu'elle soit d'âge à se marier ? Il serait utile d'établir cette enfant. Je puis mourir d'un jour à l'autre ; je suis vieux, de peu de santé, et je ne veux pas la laisser exposée à tous les hasards. N'est-ce pas très sage de ma part, que vous en semble ? »

Sur cette question directe, Lucien fut en quelque sorte étourdi. Il était très épris de la beauté de Félise, mais toute idée de mariage l'effrayait, et, dans sa surprise, il cherchait à gagner du temps pour s'en tirer le plus galamment possible, sans rien brusquer.

« Je voudrais hâter ce mariage, reprit l'avocat ; je suis disposé aux plus grands sacrifices. Notre Félise aura par son contrat les Rétables. Vous pensez bien, mon bon, que je ne puis pas donner cette enfant au premier venu. Il me faut un homme dont je sois très sûr ; je le choisirai entre mille, je prendrai mon meilleur ami. »

Et en parlant ainsi il se rapprochait de Lucien, il lui serrait amicalement les mains.

« Vous êtes vraiment trop aimable, dit Lucien, et je ne sais comment...

– Oui, vous avez raison, il faut brusquer ce mariage, continua l'avocat, j'ai pris une dispense de bans, je veux que la noce se fasse à Paris, loin de tous ces bruits de province. Qu'on en pense ce qu'on voudra, vous êtes pour moi, vous m'approuvez ; c'est dit, j'épouse Félise.

– Vous ! » dit Lucien avec un mouvement dont il ne fut pas maître, et toute la colère qui fermentait en lui passa dans sa voix. Ce mariage lui semblait odieux. Blessé dans son orgueil, pris de jalousie soudaine, il sentit rugir en lui toutes les révoltes de la jeunesse contre ces amours de vieillard.

Mazamet le regardait de son œil curieux, pénétrant.

« Et en quoi ce mariage peut-il vous surprendre ?

– Moi ? dit Lucien. Vous êtes âgé, souffrant, fatigué, et je tiens fort sage à vous de vous attacher cette belle personne. De plus, ce qui ne gâte rien, ce sera une bonne action. Quand partons-nous pour Paris ? »

Il fallait que Lucien se fût bien dominé pour pouvoir parler ainsi, de cette voix posée, retenue, mesurée, dont l'ironie secrète donna le frisson à Mazamet. L'avocat ne raillait plus que du bout des lèvres ; avec ses airs dégagés et son insouciance jouée, il était horriblement jaloux de sa pupille, et lui, si subtil, si retors, si tyrannique, il tremblait devant cette Félise : le despote était à la merci de son esclave. Mazamet s'attendait à des railleries irritées, le grand calme de Lucien le troubla. Il pressentait qu'il s'était donné un maître, les rôles étaient changés. Il s'était formé entre Mazamet et Lucien une amitié singulière, faite de sympathies et d'antipathies très vives. Tant de choses leur étaient communes, ils avaient une telle foi à la ruse, ils rentraient si bien l'un dans l'autre, ils s'enlaçaient par tant de liens, que rien ne pouvait plus rompre cette chaîne invisible. Que de fois par la suite Mazamet voulut trancher le nœud gordien sans y réussir ! Ce fut leur destinée de toujours vivre ainsi dans des rapports inexplicables, unis et divisés, s'attirant et se repoussant, soudés, rivés l'un à l'autre.

La veille de son départ pour Paris, Lucien voulut revoir une dernière fois la Pioline ; il y vint à la nuit, et quoique le temps fût à l'orage, il se promena très longtemps sur la lisière des bois, au bord des ravines, dans tous les chemins de cette vallée calme et solitaire, qu'il se prenait à aimer tout à coup après l'avoir tant dédaignée. Comme il l'avait désiré, il allait enfin vivre dans des conditions nouvelles, sur un plus vaste théâtre, loin de ce petit monde sans issue, doux et modeste, où le hasard avait semblé d'abord l'engager. Avant de s'en éloigner pour toujours, il donnait un regret à tout ce passé ; il trouvait un certain charme mélancolique à raviver ces souvenirs des choses à jamais disparues ; mais bientôt l'émotion le gagna, sérieuse et profonde ; il voulut s'en défendre, il la repoussa comme une faiblesse ; la sincère nature réveillée persistait encore et le pressait de ses plus douces sollicitations, dans son humble éloquence, comme ces amitiés fidèles, si lentes à se retirer malgré les dédains. Un coin de ciel s'ouvrit dans son âme, il ferma les yeux à cette lumière ; par mille voix mystérieuses, il lui revenait comme des invitations secrètes à la vie vraie, à la simplicité ; du fond de son être il entendit cet appel, il s'y refusa avec colère, et, se frappant lui-même avec une dureté orgueilleuse, s'exaltant dans ses mépris, refoulant plus bas encore ce qu'il avait méconnu, rejetant, toutes ces choses pures et naïves qui s'efforçaient de renaître en lui, d'un cœur hautain, par un libre choix, il marcha droit à sa destinée nouvelle.

L'orage venait d'éclater. Lucien traversa toute la plaine au galop. Il courait avec joie au milieu de la tempête ; les éclairs déchiraient le ciel ; dans ces ténèbres de la vallée, il eut comme une vision lumineuse de sa vie agrandie. Il se sentit des énergies inconnues, et d'un dessein hardi il lançait ses ambitions et ses passions libres à travers le monde dans une course ardente, comme ce cheval fougueux qu'il faisait bondir sons lui, les flancs ensanglantés par l'éperon.

# V

Dès que Marcel s'était trouvé en état de supporter la route, on l'avait transporté à Seyanne. Pendant toute la convalescence, Espérit resta chez les Sendric pour aider aux travaux de la maison, et lorsque son camarade fut tout à fait rétabli, il garda l'habitude de venir chez lui tous les jours.

Les grands travaux d'automne étaient terminés, et les ouvrages de la maison ne leur prenant plus tout leur temps, ils mettaient à profit ces heures de liberté pour travailler ensemble. Marcel s'était remis à ses machines, il s'était établi avec Espérit dans le hangar, et d'un grand courage il reprenait une à une les études du vieux Sendric ; il avançait lentement, patiemment, et la lumière commençait à pénétrer dans ce chaos. Espérit l'aidait de son mieux. Il lui était souvent d'un grand secours, non qu'il eût l'esprit très net et très dégagé ; mais comme il avait vécu dans l'intimité du Mitamat, il avait entendu mille fois ses explications, car le Mitamat avait été un grand conteur de projets, et dans ses discours enthousiastes il avait une lucidité qu'il ne retrouvait plus dès qu'il touchait à l'application. À l'aide de ces souvenirs si vivants, Marcel retrouvait les traces disparues des idées heureuses enfouies sous mille complications subtiles ; il ressaisissait le fil invisible.

Tous les jours des rapports plus étroits les rapprochaient, et leurs esprits si différents d'allures ne s'entrechoquaient en rien. Ces distances que des hasards d'éducation avaient établies entre eux, Marcel les effaçait de son mieux, avec une adresse aimable, sans orgueil secret, naïvement, d'instinct, par le mouvement naturel d'un cœur porté à l'amitié.

Espérit s'attachait vivement à cette amitié qui ne le trahissait pas. Cette vie de l'esprit qu'il avait cherchée avec tant d'avidité dans le commerce de Lucien, il la recevait de Marcel pleine et franche, sans surprises, sans illusions, sans artifice. Marcel ne cherchait à lui imposer ni ses propres idées, ni ses impressions, ni ses méthodes ; il l'aimait, mais sans tyrannie. Il lui offrait vraiment la fraternité.

Il ne s'efforçait jamais de l'entraîner trop loin, de lui faire violence, attendant que l'heure fût venue pour lui présenter les vérités dans leur ordre, dans leur vraie mesure, en rapport avec les besoins de son âme. Il répondait à tous ses désirs, à toutes ses curiosités, et sans les surexciter en rien. Il l'aidait de toutes ses forces, mais sans lui faire son travail, et, loin de le dispenser de l'effort, de la douloureuse recherche, il suscitait en lui des énergies, il provoquait les œuvres vives, il l'appelait à la liberté. Ces entretiens si francs et si sincères s'engageaient, se laissaient, se reprenaient à tout propos, sous mille formes. Tout leur était occasion de sympathies, d'échanges, de travail commun. Ils vivaient en union. À demi-mot ils s'entendaient, se devinaient, tour à tour silencieux ou très parleurs, et toujours prêts l'un pour l'autre. Bien plus souvent, il faut le dire, c'étaient de grands discours, car l'ami Espérit était un vrai batteur de buissons, et d'habitude les longues causeries se poursuivaient encore quand ils venaient s'asseoir tous deux, à la veillée, auprès de leur mère la Damiane.

# VI

En moins d'un mois M. Cazalis avait mené à bonne fin ses projets les plus hardis. Il avait monté sa maison civile et militaire ; il était maître absolu, et personne n'osait le contredire ; il disait : « Je veux ! » sans qu'on lui répondît avec emportement : « Le roi dit : "Nous voulons." » Il allait et venait à sa guise, à la pluie, au soleil, au brouillard ; il mangeait à sa fantaisie. La chambre bleue était plafonnée ; une girouette féodale grinçait et tournait aux quatre vents sur le toit pointu d'un pignon transformé en belvédère ; les platanes de la terrasse étaient taillés, et M. Cazalis n'avait qu'à lever la tête pour voir du fond de son lit la calotte du petit clocher de Seyanne, les remparts démantelés et les maisons blanches groupées tout autour s'étageant en amphithéâtre. Le soir il s'égayait à regarder le four de Sendric flambant au milieu de ces ruines.

Il avait ouvert quatre fenêtres murées et muré quatre fenêtres ouvertes ; il avait changé le champ d'asperges en champ de melons, et la melonnière en semis d'asperges. De la cave au grenier, la Pioline était tenue comme une frégate, lavée, brossée, cirée, mise en couleur, et tout le service se faisait au bruit du tambour. Enfin la Zounet était réduite au silence. L'ordre régnait à la Pioline.

Mais on se lasse de tout, même du tambour. M. Cazalis avait réalisé tous ses rêves, il n'avait plus rien à désirer ; alors l'ennui le prit. Dans les premiers temps, tout à la joie de sa liberté reconquise, il s'était à peine aperçu de l'absence de sa fille ; mais bientôt ce grand vide se fit sentir, tout l'attristait : la vue des jardinets, le chant des oiseaux dans les volières, le silence de la maison. Il ne pouvait plus entrer dans la chambre de Sabine sans que les larmes lui vinssent aux yeux.

La Zounet, elle aussi, ne pouvait se consoler du départ de ses maîtresses. Dès qu'elle avait un moment de liberté, elle s'échappait pour courir dans leurs appartements brosser les meubles, épousseter et secouer leurs robes ; elle n'avait plus d'autre plaisir.

Le lieutenant se trouvait dans un grand abandon : toute la société de la Pioline s'était dispersée. M. Dulimbert venait très rarement, car il n'aimait que le commerce des dames, et de préférence il allait dîner chez une de ses bonnes amies de Bollène. Le vice-président du cercle, grand chasseur, était à Vielles pour toute la saison des grives. Le rentier Lajarije vivait dans des transes mortelles sous le coup d'un procès, il ne sortait plus des cabinets d'avocats. Corbin l'aîné, l'homme à la santé de fer, gardait le lit à la suite d'une troisième pleurésie. Corbin le jeune, le timide aéronaute, restait seul assidu à la Pioline, mais il ne savait que parler de ses ballons. La conversation du sergent Tistet n'était guère plus variée ; par esprit de discipline, il se conformait toujours à l'opinion de son chef, à tel point que M. Cazalis finit un jour par s'écrier : « L'imbécile ! il est toujours de mon avis !

– Oh ! si c'est la consigne, on vous contredira sur tout », répondit Tistet.

Il y avait plus de six semaines que M^lle^ Blandine était à Valence ; elle ne parlait pas de retour, et dans ses lettres elle laissait entendre que son absence pourrait se prolonger indéfiniment. Espérit ne venait plus à la Pioline que pour ces nouvelles de Valence. Quand il y avait une lettre de la tante, Espérit en était averti par le facteur ; il arrivait à la Pioline avec son éternelle question : « Et nos dames, quand reviennent-elles ?

– Eh ! je n'en sais rien », disait le lieutenant en froissant la lettre.

D'autres fois il répondait d'un ton de maître : « Quand je voudrai.

– Eh ! eh ! » répliquait Espérit en s'esquivant au plus vite.

Dans son ennui, le lieutenant recommençait à prêter l'oreille aux propos de la Zounet. La servante était revenue de sa grande stupeur ; son élastique nature de femme se redressait avec souplesse ; par mille biais ingénieux, elle s'adaptait subtilement à la tyrannie, et son opposition renaissante s'essayait sur Tistet. Tant qu'elle avait conservé quelque espoir de renverser le despotisme du sergent, elle avait lutté gauchement, sottement, avec des violences ridicules ; mais dès qu'elle l'eut accepté, elle revint sur l'eau. Tistet avait centralisé tous les services dans sa main, et le gouvernement lui échappait. À force de vouloir tout faire, il ne faisait plus rien. Il était prisonnier dans les complications de sa bureaucratie, et rien qu'en s'attachant aux besognes délaissées, aux surveillances négligées, oubliées, la Zounet reprenait peu à peu sa place dans l'administration de la Pioline. Pendant que la servante regagnait peu à peu le terrain perdu, Tistet s'acoquinait de plus en plus dans son bien-être ; il s'attardait à table, au lit, lui autrefois si sobre, si actif ; il devenait recherché, délicat, il ne songeait plus qu'à se faire servir ; avec ses inférieurs, il avait mille prétentions comiques ; on en faisait des gorges chaudes à la cuisine, à la ferme, chez les voisins ; à tout propos, on se jouait de lui. M. Cazalis, comme un tyran blasé, s'amusait de tous les mauvais vouloirs qui poursuivaient son favori ; il écoutait en riant les récits moqueurs de la Zounet. La servante, enhardie par cette bienveillance, rentrait dans son naturel, et souvent elle se hasardait à murmurer contre son maître comme par le passé. Celui-ci ne s'en plaignait plus, il la laissait aller ; ces brusqueries jetaient quelque animation dans cette maison silencieuse. M. Cazalis en était venu à regretter les querelles de M^lle^ Blandine. Il ne savait plus, à vrai dire, que faire de sa personne. « Ah ! sergent Tistet, je m'ennuie, je m'ennuie ! » C'était là toujours la conclusion de ses discours.

« On trouvera le moyen de vous divertir, répondait Tistet ; mais laissez-moi le temps de méditer. »

Après trois jours de longues réflexions, Tistet partit un matin pour Lamanosc, et dans l'après-midi il revint avec deux pauvres hères coiffés de bonnets de police, qui faisaient manœuvrer des lièvres. Le lendemain, on vit arriver à la Pioline trois coquins dépenaillés, qui mangeaient des chanvres enflammés, en costumes de marquis ; leurs femmes dansaient sur les genoux en jouant du violon avec des citrouilles. Puis ce furent des saltimbanques de toutes couleurs, des familles entières et tous les jours ainsi, des montreurs de bêtes, des sauvages, des ménageries, car le sergent avait donné l'ordre de diriger sur la Pioline tous les artistes de passage qui descendraient à la Mule d'Or. Il y eut un matin où six orgues de Barbarie se trouvèrent ensemble sur la terrasse, jouant à tour de bras chacun son air sur des tons différents.

« Mais c'est à devenir fou », dit le lieutenant. Et pour échapper à cette musique épouvantable, il s'en alla au hasard dans les champs.

En cheminant le long des prés, il lui vint une grande envie de voir Espérit. Il y avait quinze jours que le terrailler n'était venu à la Pioline, et M. Cazalis en était attristé. « Ils m'abandonnent tous », disait-il en pensant à ses amis, qui le négligeaient depuis le départ de M^lle^ Blandine, Espérit comme les autres. Il poussa droit jusqu'au château des Saffras, Espérit était absent. Cabantoux travaillait dans la cour, Bélésis arrosait les plates-bandes. Le fadad ne sut dire ce qu'était devenu Espérit, il s'en informa près de Bélésis ; puis, sans prendre conseil du lieutenant, il sella l'ânesse.

« Partez, partez au plus vite, lui dit-il en lui remettant la bride ; j'ai mon travail, Bélésis vous conduira.

– Mais où m'envoie-t-on ? dit le lieutenant.

– Oh ! ne craignez rien, Bélésis sait sa route tout aussi bien que la Cadette. »

Le lieutenant tenta de s'expliquer avec Bélésis, mais il lui fut impossible de rien comprendre aux gestes précipités du muet. Comme il n'avait rien de mieux à faire, il se laissa conduire les yeux fermés jusqu'au lavoir de Seyanne. Là ils furent rejoints par Cabantoux, qui les avait suivis de loin. Le lieutenant voulait descendre ; il expliqua au fadad qu'il désirait voir Espérit chez lui et non chez des étrangers. Cabantoux, qui ne comprenait rien à ces distinctions, prit la Cadette par la bride et la conduisit dans la rue des Sendric.

« Oh ! vous le trouverez, disait-il. Voici Spiriton. » Espérit vint à leur rencontre avec Marcel. On entra dans la boulangerie. Le bonhomme Cazalis avait grand plaisir à revoir Marcel, mais une visite chez les Sendric lui paraissait une démarche bien hardie, bien grave ; au point où en étaient les choses, il redoutait de s'engager, et lui qui avait tant osé à la Pioline, il tremblait en pensant aux terribles reproches qu'il aurait à subir de M^lle^ Blandine. Il se promit de faire une très courte visite. Espérit le retint jusqu'à l'arrivée de la Damiane. Devant la Sendrique, il se trouva fort embarrassé de sa personne, et comme Espérit s'était mis à lui parler des machines du Mitamat, pour se mettre à l'aise tout autant que par obligeance naturelle, le lieutenant demanda à visiter le hangar et le laboratoire. Les travaux de Marcel étaient assez avancés, et déjà quelques machines du Mitamat étaient à demi montées. De très belles études étaient tracées sur le mur. Il y avait aussi un très grand nombre de dessins de mécaniques que Marcel avait rapportés de ses voyages.

« Comme le siècle marche! disait le lieutenant en étudiant de près les coupes et les profils de toutes ces machines nouvelles dont lui avait parlé si souvent sa gazette. Il prit surtout un grand intérêt à tout ce qui concernait son ancien métier. Il était émerveillé de toutes ces inventions qui ont transformé la marine moderne. Marcel lui en donnait des explications très claires. Le lieutenant s'animait à cette causerie. Depuis qu'il était à terre, il n'avait plus ouvert un livre de science ni touché un compas. En visitant le laboratoire de Marcel, à la vue des quarts de cercle, des octans, des boussoles étalés sur la table, il lui revint comme un feu de jeunesse. D'une main vive et curieuse il prit plaisir à manier tous ces instruments de mathématiques dispersés çà et là hors des étuis ; il les retrouvait comme de vieux amis, puis tout à coup il saisit un morceau de craie et se mit à chiffrer et à dessiner sur le tableau.

« Allons, le père Cazalis n'est pas encore à la côte », disait-il gaiement. Il posait des problèmes à Marcel, engageait avec lui de belles discussions scientifiques : son esprit se dérouillait, il se réveillait d'un sommeil de dix-sept ans, il sortait soudainement de sa léthargie provinciale ; il revivait !

La nuit les surprit écrivant et démontrant encore au tableau. Le lieutenant voulait partir ; on le retint à souper ; il mangea de bon appétit. « Voilà la vraie cuisine provençale, disait-il. Je ne sais pas pourquoi ma sœur Blandine s'obstine à me faire tout manger au beurre, sous prétexte que c'est plus comme il faut de s'en tenir à la cuisine française. Je ne veux pas dire du mal de ma soeur, qui est absente, mais la chère personne a la tête pleine de sornettes. Ne me fait-elle pas des scènes quand je veux parler provençal ? Et jusqu'à la Zounet qui s'obstine à me répondre en français ! Moi je préfère ces aubergines à tous les gibiers du monde, et rien ne vaut ces pommes d'amour roussies au four.

Il trouvait tout bon, tout excellent ; il s'extasiait sur des choses dont il mangeait tous les jours ; il était si heureux que tout lui plaisait, jusqu'au vin que l'on tirait à pots dans la barrique, et qui n'était pourtant pas d'une bonne année.

« Ah ! le bon petit vin ! quel montant ! quelle verdeur ! »

Au dessert, il parla de ses campagnes, du Monténégro, de la guerre de Calabre et de ses débuts sur *La Ville de la Ciotat.* Il raconta les exploits de cette noble frégate, forçant le passage au milieu d'une escadrille ennemie dans les eaux de Venise, et jusqu'à la nuit combattant bord à bord deux corvettes anglaises, avec son pavillon cloué au grand mât. À ces récits héroïques, Damianet dressait les oreilles et battait des mains. Il ouvrait ses grands yeux limpides, et quand tout fut fini, il demande au lieutenant : « À quel âge peut-on entrer dans la marine ?

– Ah ! le brave petit homme ! dit M. Cazalis en l'embrassant. Madame Sendric, vous me le confierez, nous en ferons un homme de mer. »

Il ne songeait plus à partir. On lui offrit un lit qu'il accepta sans se faire prier ; il passa la veillée en famille ; on enfourna devant lui ; il causa longuement avec la Damiane ; il s'égaya comme un enfant avec les cousines. Tout l'attirait dans cette maison : la nouveauté, l'imprévu, le grand plaisir de n'être pas chez soi, l'aménité de ses hôtes, ce charme des vieilles mœurs et cette grande paix qui se répandait autour de la Damiane.

Le lendemain, par une de ces belles matinées de l'arrière-saison, il revint à la Pioline allègre et dispos, tout ranimé.

« Ah ! les braves gens ! Voilà une vraie famille, à l'ancienne. Espérit, pourquoi ne m'y as-tu pas mené plus tôt ?

– Ah ! si M$^{lle}$ Blandine le savait ! » répondit Espérit.

# VII

À son retour de Seyanne, M. Cazalis trouva une lettre de M^lle^ Blandine. Comme toujours, la tante renvoyait son retour aux calendes grecques. Elle se plaisait fort à Valence, disait-elle, elle était toute charmée de l'accueil qu'elle avait reçu de ses parents du Dauphiné ; elle voyait beaucoup de monde. C'étaient tous les jours des dîners, des concerts ; on jouait des proverbes et des charades, on dansait tous les soirs ; Sabine avait été très remarquéepar un jeune magistrat ; tante Blandine le trouvait à son agrément, il lui faisait une cour assidue ; il était si épris de Sabine, qu'il s'était déjà avancé jusqu'à dire à la tante qu'il était disposé à donner sa démission, à briser sa carrière, pour venir se fixer à la Pioline. Ce futur mari était d'une vieille famille de robe ; il avait de très belles espérances de fortune. La tante n'avait pas encore parlé de ce mariage à Sabine, mais elle espérait que son frère Jean-de-Dieu saurait une fois dans sa vie faire acte d'autorité et de raison ; il fallait que le mariage se fît à Valence ; Sabine ne devait retourner à Lamanosc que mariée ; enfin on devait à tout prix éloigner Marcel, sinon pas de retour ; au besoin, elle était disposée à de grands sacrifices, et puisque Marcel avait des études à continuer, il n'y avait qu'à l'envoyer à cent lieues de là pour quelques années, et tout irait au mieux ; pour toute cette négociation délicate avec les Sendric, on pouvait se servir utilement de M. Dulimbert, qui avait tant de monde !

Si cette lettre avait été écrite huit jours plus tôt, on ne peut pas prévoir ce qui serait arrivé. M. Cazalis était à bout de patience, il s'ennuyait, il ne pouvait plus se passer de sa fille. Fatigué de la solitude, de l'isolement dans lequel il vivait, pris au dépourvu, désireux d'échapper à de nouvelles crises, peut-être serait-il entré dans les projets de sa sœur pour en finir : il est probable qu'il serait parti pour Valence. Une fois à Valence, repris et dominé par M^lle^ Blandine, il aurait cédé à la longue, il se serait plié à tous les caprices de sa sœur. Cette lettre le prit dans des dispositions nouvelles, au moment de sa plus vive amitié pour les Sendric. Il revenait de Seyanne, plein de courage et d'entrain. Ce n'était plus le même homme, il avait repris toute sa gaieté innocente, toute sa bonne humeur ; mais pour la première fois de sa vie, il se sentait un grand sérieux dans l'âme.

Ainsi préparé, il lut la lettre de M^lle^ Blandine avec une vraie liberté d'esprit. Au-dessous de la signature de sa tante, Sabine avait écrit une vingtaine de lignes empreintes d'une tristesse si vive et si contenue, qu'il se sentit touché jusqu'aux larmes. Dans sa précédente lettre, M. Cazalis lui avait donné des nouvelles de Marcel ; en quelques mots, elle le remerciait avec tendresse. Cette émotion, cette reconnaissance se trahissaient à l'accent secret ; à tout autre moment de sa vie il ne l'aurait pas deviné ; avec un instinct de père il comprit tout. Il répondit à la hâte, par une lettre très ferme et très claire. D'une volonté très arrêtée, il résistait à ce mariage qu'on voulait imposer à sa fille ; il parlait à sa sœur avec amitié, il la pressait vivement de hâter son retour, et cela d'un ton si grave et si pénétré, que M^lle^ Blandine elle-même en fut frappée. Habituée à l'insouciance de son frère, à sa faiblesse, à sa bonhomie frivole, elle fut fort étonnée lorsqu'elle reçut cette lettre ; mais elle n'en tint aucun compte. Elle n'aurait rien changé à ses projets, si Zounet ne l'avait informée de tout ce qui s'était passé à la Pioline. Zounet avait été avertie par Cascayot des trahisons du sergent Tistet ; elle avait enfin pu faire tenir une lettre à sa maîtresse ; la tante, de son côté, pour éviter toute surprise, lui répondit, par des lettres chargées, que le facteur remettait en mains propres à la servante. La tante était inquiétée par tout ce qu'on lui racontait des dépenses de son frère ; elle commençait à regretter son ménage ; elle était très choyée à Valence, mais elle n'avait personne à gouverner, à malmener. Au fond, elle désirait retourner à la Pioline, car elle voyait bien que si le père Cazalis ne lui venait en aide, ce séjour à Valence n'avait plus de sens. Sabine était toujours d'une grande soumission avec elle, jamais elle ne lui parlait de Marcel, elle ne se plaignait jamais, et ce silence effrayait la tante. Elle comprenait qu'elle ne pouvait rien contre cette douleur muette, et pourtant elle hésitait encore à partir ; son amour-propre se trouvait engagé ; elle ne voulait pas revenir à la Pioline sans un ordre formel de son frère. Ses indécisions furent levées par une dernière lettre de la Zounet ; elle annonçait à M^lle^ Blandine que le lieutenant était retourné plusieurs fois à Seyanne. La tante prit son parti brusquement, elle fit ses paquets, et sans avertir son frère elle se mit en route.

« Il y a là encore quelque tour de ce marquis des Saffras, disait la tante. Ah ! cet Espérit ! cet Espérit ! il aura endiablé mon frère ! »

Personne n'attendait M^lle^ Blandine à la Pioline. Elle arriva à l'improviste ; pour mieux surprendre son frère, elle laissa sa voiture de louage à la montée du Grand-Félat, et de son pied mignon elle prit par les traverses. En sortant du bois, à première vue, elle comprit que la Zounet n'avait rien exagéré. La physionomie de la Pioline était toute changée ; il y avait partout des allées nouvelles, des terrassements, des abatis d'arbres ; toutes les murailles de ce petit manoir gris et jaune étaient blanches comme neige.

En arrivant à la passerelle, elle poussa un cri, lorsqu'elle se vit saluer par un petit bonhomme à veste rouge ; elle reconnut Bénoni, qu'on avait costumé en groom anglais. Bénoni était attaché à une caisse aussi grande que lui, et de ses longues baguettes il battait du tambour, la tête de côté. Puis elle vit Cascayot et deux drôles à mine éveillée qu'il traînait à sa suite, et tous ils avaient des uniformes, tous des tambours. Le sergent Tistet parut : sous les galons d'argent, M^lle^ Blandine reconnut une capote de son frère. Tistet aligna ses élèves, leva la canne, on battit un ban, puis une marche, et la tante furieuse fit une entrée triomphale, précédée de quatre tambours qui jouaient des baguettes comme des forcenés.

# VIII

Tante Blandine avait passé toute une nuit à gémir, à se plaindre des cahots, des banquettes, de la poussière, de ses pieds gonflés, de ses reins cassés, de son insomnie, du grincement des roues, des discours des postillons, du silence de Sabine : tant de soucis et de fatigues pour des ingrats ! Bref, elle allait expirer. À peine couchée, dès quatre heures du soir, à son arrivéee, dans ce fameux lit de la Pioline, dont elle avait tant parlé pendant douze heures, où elle devait tant dormir, et indéfiniment, sans qu'il fût permis à qui que ce soit de la réveiller, cette personne mourante de sommeil se mit à sauter comme une carpe, et à toutes les minutes elle portait la main à la sonnette pour appeler Zounet. La servante, qui se tenait aux écoutes, l'oreille à la serrure, arrivait doucement et répondait à toutes les questions de la tante. On la renvoyait, on la rappelait ; elles ne cessaient de parler.

Pendant qu'elles s'épanchaient ainsi en longues confidences, le lieutenant Cazalis, qu'on avait embrassé en courant, puis brusquement congédié, tournait autour de la Pioline, de la terrasse aux jardins, avec Tistet, Cascayot, Bénoni, tous armés comme lui de roseaux et chassant les poules et les canards, repoussant les chiens et les passants, écartant tous les bruits de la Pioline pour protéger le sommeil des voyageuses. Sur la route pierreuse, le fermier répandait une voiture de litière.

À trois heures du matin, la tante n'avait pas encore fermé l'œil. Zounet venait de se coucher, harassée, sans voix, la langue sèche. Tante Blandine, toute ragaillardie, se mit à réfléchir d'un esprit net et dégagé. D'emblée, elle jugea la situation, prit son parti, et s'endormit en paix. Le lendemain, quelle fut la surprise du lieutenant, quelle fut la stupeur de la Zounet, à la vue de la tante furetant dans toute la maison d'un air curieux, empressé, ne s'étonnant de rien, ne se plaignant de rien, ni de son frère, ni de sa nièce, ni des révolutions de la Pioline, silencieuse sur son voyage de Valence, comme si rien de nouveau ne s'était passé depuis deux mois, comme si elle revenait de Lamanosc un dimanche, après quatre heures d'absence !

Elle semblait tout accepter : en personne avisée, elle ne songeait plus à recommencer le passé, à réparer l'irréparable. Le bonhomme Cazalis avait la bride sur le cou, et tenter en ce moment de le remettre en servitude, c'était chose aussi absurde que de vouloir déplafonner la chambre bleue, replanter les vieux arbres coupés, ou noircir les murs recrépis à neuf ; elle le sentait bien. D'ailleurs tout n'était pas à dénigrer dans les innovations du lieutenant : les allées étaient sablées, la terrasse aérée, le vivier curé et relevé, et des centaines de poissons se jouaient dans ses eaux claires. Tante Blandine s'habituait très bien à ce luxe de propreté introduit par le sergent dans ce manoir délabré, où tout allait à la diable avec l'incurie provençale ; elle s'accommodait fort de ces moelleux coussins de la carriole restaurée à la moderne ; elle se trouvait à l'aise dans ces grands fauteuils profonds que le tapissier avait rapportés de Marseille. Enfin, la belle girouette armoriée du belvédère ne lui déplaisait pas, la livrée non plus ; elle trouvait que cela donnait un air de castel à la Pioline, et, au fond, la tante Blandine avait des goûts très aristocratiques. Tous ces embellissements de la Pioline avaient cependant un grand tort, un seul, impardonnable : tout s'était fait sans M^lle^ Blandine. Jamais elle ne se serait lancée dans ces dépentes, dont sa parcimonie s'effrayait : elle en jouissait, tout en gardant aux choses de sourdes rancunes d'émigrée ; mais rien de ces dépits ne se trahissait en dehors.

De son côté, le lieutenant n'avait garde de mettre le feu aux poudres. Comme d'un accord tacite, il ne fut plus dit un mot du passé, et, la tante persistant tous les jours dans ses amabilités, M. Cazalis s'empressait de lui faire une foule de concessions qu'elle ne demandait pas. Il n'allait plus à Seyanne, les tambours furent supprimés, la Zounet reprit ses clefs, et le sergent, déchu de toutes ses grandes dignités, mangea à la cuisine, sans autre insigne que sa plaque de garde. Tout un grand mois se passa ainsi sans querelle à la Pioline !

Lorsque Espérit venait chez les Cazalis, le lieutenant cherchait à l'éviter ; il échappait de son mieux à toutes les questions du terrailler, et quand il était serré de trop près, il répondait : « Patience ! patience ! tu sais que je suis pour Marcel, mais ne brusquons rien. J'ai bon espoir, ma sœur a pris là-bas un si bon caractère ! Ne l'agaçons pas, tout s'arrangera.

– Oui, oui, quand nous serons tous en terre, répondait Espérit. Ah ! quel homme !

– Mais, mon ami... mais, Espérit...

– Il n'y a plus d'ami, il n'y a plus d'Espérit. »

Il s'en alla chez son curé.

« Monsieur le curé, oui ou non, êtes-vous pour les Sendric ? Aimez-vous Marcel ?

– Oui, certes, dit le curé.

– Alors vous êtes contre M^lle^ Blandine ?

– Mais en rien, en rien et nullement, et jamais, j'espère ! Moi, je suis pour tout le monde. »

Espérit le pressa très vivement de prendre en main le mariage de Sabine et de Marcel, et d'user de toute son influence, de toute son amitié pour emporter le consentement de M^lle^ Blandine, à quoi le curé répondit : « Mon garçon, cela ne me regarde pas. Je n'aime pas à me mêler de ces sortes d'affaires. On ne dit déjà que trop que nous faisons tous les mariages.

– On dit, on dit est une bête, notre curé. Avec tous ces on dit, vous n'auriez jamais fait la grande fraternité de la barricade. Je vais vous conduire à la Pioline. Il n'y a que vous pour donner ce dernier coup. »

Il ne servit de rien au curé de refuser obstinément, et, pour se délivrer d'Espérit, il finit par lui dire : « Eh bien ! un de ces jours, nous verrons, nous verrons. Tu m'enverras ton ânesse.

– La Cadette est en bas, toute bridée et sellée, qui vous attend à la porte. Entendez-la qui vous appelle.

– Mais je n'ai pas lu mon bréviaire.

– Vous le lirez en route, la Cadette n'a pas de vices, elle a le pas doux, et le bât est rembourré d'hier. »

Bon gré, mal gré, il fallut partir.

« Allons, dit le curé en maugréant ; mais je ne te promets rien. »

À l'arrivée, le curé trouva M^lle^ Blandine en grande tenue de sortie.

« Vous arrivez à propos, dit-elle ; j'allais vous pousser une visite à Lamanosc. Allons nous asseoir sous les noisetiers. J'ai à vous parler de Sabine. Entre nous, sa santé m'inquiète. Elle est triste à la mort, elle pâlit, elle est distraite. On lui parle figues, elle répond raisins. C'est une pitié. Je compte sur vous pour la raisonner, et j'espère qu'elle ne résistera pas à son pasteur comme elle résiste à sa tante. Du reste ils sont tous contre moi, et je ne suis pas fâchée d'avoir un peu votre sentiment. Voyons si vons me donnez tous les torts. Là, quelle est votre opinion sur ce mariage dont ils sont tous férus ?

– En fait de mariage, dit le curé en s'asseyant carrément, je vous avouerai tout net que j'ai les opinions de nos anciens. Je ne suis pas pour les mariages de hasard ou de caprice, et je suis bien loin de mépriser ce qu'on appelle aujourd'hui les préjugés de famille. Je regarde comme très vénérables nos bons usages d'autrefois ; pour moi, ce sont les lois mêmes de la sagesse et de l'honneur, celles qui font durer les familles et les sociétés. Bref, on ne se marie pas pour soi, mais pour les familles.

– C'est cela ! c'est cela ! s'écria la tante. Ah ! monsieur le curé, comme vous tournez les choses ! Je savais bien que je n'avais pas tort. Voilà bien mes opinions, mais je n'aurais jamais su en donner comme vous les raisons. Ah ! si Jean-de-Dieu pouvait vous entendre ! »

Elle appela son frère du fond du jardin. Le lieutenant arriva.

« Ah ! monsieur le curé, si vous vouliez recommencer pour mon frère ! »

Le curé répéta mot pour mot son exorde, puis continua : « Il faut donc regarder avant tout à la pureté du sang, et les braves gens doivent s'allier entre eux, afin que rien n'altère les bonnes traditions des familles. Le reste pèse peu. Il y a d'autres petites convenances dont il faut tenir un certain compte, mais je vous ai dit l'essentiel. Voilà les vrais principes, et gardons-nous bien de les tourner à la vanité. Donc, puisque ces jeunes gens s'aiment si honnêtement, et que le mariage convient à M. Cazalis, je ne vois pas de raisons plausibles pour s'y opposer.

– Lui, épouser ma nièce ! Oh ! monsieur le curé, y pensez-vous ? Le Sendric !

– Eh bien ! quoi, demoiselle Blandine, qu'avez-vous à lui reprocher ?

– Oh ! je ne lui en veux pas, dit la tante, loin de là ! et je suis disposée à faire beaucoup pour lui, s'il veut partir. Ah ! si ce n'était la famille !

– La famille ? dit le curé ; mais je ne vois pas ce que nous pourrions désirer de mieux. Plût au ciel que toutes nos vieilles maisons valussent les Sendric !

– Y pensez-vous, monsieur le curé ? Mais nous sommes des Cazalis, monsieur le curé, des Cazalis, entendez- vous ? Des vrais ! Et par notre aïeule Limbert nous tenons aux grands Limberti d'Italie. Beaucoup de familles ont ainsi laissé l'i en venant avec les papes dans notre Comtat. Vous n'êtes pas du pays, et peut-être ne savez-vous pas ce que nous sommes, ce que nous valons. Nous ne sommes pas des nobles, mais il y a force gentilshommes du pays, et des titrés, qui ne nous valent pas pour la naissance, pour l'ancienneté. Savez-vous que nous comptons dans nos aïeux six consuls, trois chanceliers de rectorie, un vice-recteur évêque ?

– Un évêque dans vos aïeux ! dit le curé, qui aimait à rire.

– Oui, certes, répondit étourdiment la tante, et de plus deux podestats en Italie, des juges majeurs en Béarn (car il y a deux branches), puis trois primiciers de la cathédrale, et je ne sais plus combien d'officiers dans la marine depuis des temps infinis.

– Oh ! les Cazalis sont bons, très bons, c'est connu ; mais les Sendric ne sont pas non plus des étrangers, des parvenus. Ils remontent loin, savez-vous ? Depuis des siècles, ils sont fourniers de père en fils à Seyanne, et j'ai lu dans un vieux papier que leur maison fut bâtie du temps de la paroisse, bien avant le château. Avez-vous vu par leur porte la statue du grand saint Honoré ?

– Saint Honoré ? Cet évêque qui enfourne du pain et des galettes, ce vieux santibelli4 en pierre noire ? Oh! quelle horreur! je n'en donnerais pas un fifre. C'est bon à faire peur aux moineaux.

– Demoiselle Blandine, lisez sur le socle la date de 1483, et le nom des Sendric est au bas. Il y avait déjà des Sendric

4 *Santibelli* (beaux saints), cri des marchands italiens qui vendent des moulages. Par extension, ce nom désigne en Provence toute espèce d'images ou de figurines.

de ce temps-là. Vous savez qu'en 1562 le fournier Véran-Marcel Sendric a mené la paroisse de Seyanne au secours de Malaucène, assiégée par le baron des Adrets ? Il y a une lettre du grand général Serbelloni, notre libérateur, qui parle de lui, car ce sont nos communes qui repoussèrent les Dauphinois, et Véran-Marcel avait vendu sa terre pour nourrir sa troupe. Lisez tout cela dans le récit de nos guerres par le père Justin, et, si vous voulez en savoir plus long, demandez à Espérit, qui sait à fond l'histoire des familles...

– Cet Espérit ! cet Espérit ! dit la tante. Quelle tête virée, avec ses almanachs, ses tragédies ! Encore un qui est cause de tout le mal ! Cet Espérit !...

– Il ne s'agit pas d' Espérit, demoiselle Blandine. Vous me prouvez bien que les femmes ne brillent pas par la logique. Nous en sommes aux Sendric, et, pour en finir, sachez qu'ils ont eu quatre consuls depuis ce Véran-Marcel, et c'est un des leurs qui arma la jeunesse du pays en 1791 et la mena au camp de Sainte-Cécile, quand nos communes se levèrent pour l'indépendance du Comtat. Enfin c'est le fournier Siffrein-Marcel Sendric qui, pendant la grande famine du dernier siècle, ne voulut jamais élever ses prix, et la ruine de sa maison date de ce temps. Et c'est alors, mademoiselle Blandine, que votre aïeule acquit d'eux cette vigne de Saint-Pierre-de-Vassols, que vous possédez encore, et qui donne du si bon vin. Depuis, les Sendric n'ont pu se releyer. Maintenant vous savez leur histoire. Si ce n'est pas là une bonne famille, je ne m'y connais pas.

– Oh ! pour l'honneur, dit la tante, il n'y en a pas comme les Sendric ; Dieu me garde de le nier !

– Que vous faut-il de plus ? On arrondit son bien avec les bonnes terres du voisinage ; les Cazalis et les Sendric, c'est ce qu'il y a de plus honnête dans le canton. Notre Marcel vaut votre Sabine, votre Sabine vaut notre Marcel, et m'est avis qu'au temps où nous sommes les braves gens doivent faire souche. Maintenant brisons là. Réfléchissez, n'en parlons plus. Allons voir votre nouveau plant d'asperges, et rappelez-vous que vous m'avez promis des graines de vos melons de Céphalonie ; les miens sont tout abâtardis. »

Tante Blandine n'était pas convertie. En s'éloignant, elle murmurait : « Que peut-il savoir de tout cela, le cher homme ? Son grand-père était savetier.

– Ah ! monsieur le curé, dit Espérit, vous avez bien parlé ! et d'une voix !... J'entendais tout en taillant mes noisetiers. Oh ! c'est bien parlé !

– Tu trouves ? dit le curé, qui reçut sans déplaisir ce bout de compliment.

– Je crois la tante fort ébranlée, dit Espérit ; vous la tenez, il faut y revenir.

– Oh ! j'en ai assez, dit le curé ; crois-tu que je vais m'embarquer dans ce mariage comme dans ta tragédie, qui a si bien tourné ? M^lle^ Blandine m'a demandé conseil, je lui ai répondu en conscience. C'est fini ; j'ai fait mon devoir, que chacun fasse le sien. »

Espérit tenta souvent de le ramener à la Pioline, mais le curé répondit toujours : « Mon garçon, c'est fini ; j'ai fait mon devoir, qu'on me donne la paix. Si j'avais dans ma paroisse dix hommes timbrés comme toi, je n'aurais pas une heure de bonne tranquillité. »

Le brave homme aimait ses aises. Dans les grandes circonstances, il avait du zèle, du courage et le cœur fraternel. Il l'avait bien prouvé le jour de la barricade ; mais, dans le train de la vie courante, il redoutait fort de se déranger et surtout de se créer des difficultés. « Entre l'arbre et l'écorce il ne faut pas mettre le doigt. » Il citait souvent ce proverbe, et, pour échapper aux embarras, aux soucis, il aurait passé par le trou d'une aiguille.

M^lle^ Blandine l'ayant mis au pied du mur, il lui avait répondu par un petit discours dont il n'était pas mécontent. Une fois engagé, il disait tout net son opinion, et très sincèrement, au risque de blesser les gens ; cent commères ne l'auraient pas intimidé, mais il ne craignait rien tant que de se trouver dans ces passes difficiles. Il tenait beaucoup à ménager M^lle^ Blandine, et ne voulait en rien se faire une ennemie d'une personne qui avait la tête si près du bonnet.

# IX

Vers la fin de décembre, il naquit une seizième filleule à M$^{lle}$ Blandine, au village de Saint-Pierre-de-Vassols. La belle Rosine vint avec ses apprenties à la Pioline, et, quand tout fut prêt, on partit pour Saint-Pierre. Le lieutenant voulut être du voyage. Il avait beaucoup plu, et la rivière de Mèdes, qu'on sautait le matin à pieds joints, aurait pu porter bateau. La route directe qui mène de la Pioline à Saint-Pierre étant effondrée, on passa par Lamanosc. À cent pas du château des Saffras, le Garri s'abattit et se blessa. Espérit sortit de sa tuilerie, dégagea le petit cheval corse, et la Cadette fut attachée en arbalète en avant des mules. Espérit sauta sur le siège.

Au retour, dans l'après-midi, on passa devant Seyanne. La tante était très contrariée ; mais il n'y avait pas de raison à donner pour rebrousser chemin, car on était en vue du village. M$^{lle}$ Blandine se retourna du côté de sa nièce sous prétexte de causeries, de coiffes à arranger, mais sn réalité pour lui dérober la vue. Au tournant du rempart, la Cadette, qui connaissait à fond le pays, refusa de descendre la calade, qui est très rude, et, tournant brusquement de côté, elle enfila droit sous la porte de la ville. On n'était qu'à deux ou trois cents pas de la boulangerie ; la Cadette, qui flairait l'écurie des Sendric, courait comme le vent ; les mules suivaient gaiement ; en quelques secondes on allait se trouver sur la place.

« Mais arrête donc, arrête ! cria la tante, et tourne à droite ! » Espérit tira les rênes, mais sans grande vigueur ; la Cadette résista.

« Et le fouet, et le fouet ! Fouette-la donc, grand benêt, fouette à tour de bras !

– La Cadette n'a jamais été battue », répondit Espérit.

Le lieutenant riait des colères et des dépits de sa sœur. Du bout de la place, Damianet arrivait en courant ; il se jeta à la bride de la Cadette, et conduisit bruyamment la carriole dans la cour.

La Damiane était sous le portail ; elle avança une chaise à la tante pour descendre de voiture, le lieutenant lui offrit son bras, et l'on entra à la cuisine. On touchait aux premières gelées. Le lieutenant, qui avait grand froid, alla s'installer à l'angle de la grande cheminée, à la flambée des genêts. La frileuse demoiselle Blandine se tint éloignée du feu pour mieux garder son quant à soi. En entrant, elle s'était tracé un plan de conduite pour tenir la Damiane à distance sans la blesser. En garde contre la familiarité provençale, elle avait même préparé un petit discours pour expliquer son arrivée comme un hasard de voyage, en lui enlevant tout caractère de visite ; mais elle fut complètement déroutée par la simplicité de la Damiane. La Sendrique reçut ses hôtes avec une cordialité si aimable, sans empressement banal, avec tant d'aisance, de dignité, elle leur parlait avec un tel tact, une telle mesure, que l'embarras de la tante s'en accrut. Comme ménagère, tante Blandine ne put s'empêcher d'admirer l'ordre parfait qui régnait en cette cuisine si encombrée, le linge si blanc, les tables luisantes, les étains fourbis.

Les acheteurs entraient et sortaient ; la Damiane trouvait du temps pour tout, pour ses hôtes comme pour ses clients. Habituée aux cris de la Zounet, tante Blandine ne revenait pas du calme de cette maison si bien tenue, non par occasion, en vue des étrangers : c'était le train de tous les jours, elle le reconnaissait bien. Depuis qu'elle était entrée, elle subissait cette douce influence, elle ne voulait pas se l'avouer. Elle se défendait contre ses impressions, et par mille détours elle essayait de se donner le change.

Le temps s'était mis à l'orage. Tante Blandine voyait avec inquiétude ces lourds nuages noirs qui s'avançaient du côté du Ventoux ; elle salua la Sendrique avec ses plus grandes politesses et se leva pour partir. Damianet avait déjà dételé. Espérit, qu'elle envoya à l'écurie, fut si long à harnacher ses mules, que l'orage éclata avant que la carriole fût attelée. La tante se rassit en murmurant : « Cet Espérit n'en fait jamais d'autres ; qu'avait-il besoin de dételer ? »

On avait déjeuné très matin.

« Moi, j'ai grand-faim », dit le lieutenant.

Les cousines, chassées par la pluie, revenaient du lavoir ; elles dressèrent agilement la table. On n'était pas en grande avance de provisions chez les Sendric ; les cousines coururent chercher des œufs chez les voisins, pendant que la Damiane servait les fruits, le laitage et les galettes. Elles allaient et venaient avec tant de bonne grâce, elles étaient si heureuses de servir le peu qu'elles avaient, que le lieutenant en était tout ravi, et de très bonne foi il déclara que de sa vie il n'avait fait un pareil repas. La tante ne voulut pas s'asseoir à table ; cependant elle avait la passion des fruits, et ceux qui furent servis chez les Sendric étaient des plus beaux. On lui en offrit, elle refusa. Elle ne voulut même pas toucher aux raisins-clairettes, dont elle était très friande. À Lamanosc, toutes les années on tire une loterie de Dévotion ; les billets sont ainsi conçus : « Je demande à Dieu la vertu de discrétion, et je lui offre les grenades. – Je demande à Dieu le don de silence, et je lui offre les figues. » Et de même pour tous les fruits et toutes les vertus. Une fois le billet tiré, on s'abstient pendant toute la saison du fruit défendu. La tante Blandine était de cette confrérie, mais elle faisait une réserve expresse en faveur des raisins-clairettes, et, quand la présidente lui présentait le sac aux pénitences, elle déclarait que, s'il lui tombait un billet de clairettes, ce serait à recommencer. La Zounet, gâtée par ce mauvais exemple, se réservait les melons de toutes couleurs.

Au retour du plat, on présenta de nouveau les raisins à M$^{lle}$ Blandine.

« Je ne mange jamais entre mes repas, dit-elle.

– Mais un fruit, dit la Damiane en souriant. Vous me refusez ? »

La tante craignit d'être impolie, et, l'appétit aidant, la friandise aussi, elle accepta la belle grappe ; elle y prit goût. La grappe égrenée, elle se laissa servir un morceau de galette, puis une seconde grappe, une troisième, et l'assiette y passa.

Marcel était allé au bois dans la matinée ; il arriva dans la rue au moment où M$^{lle}$ Blandine traversait la cour pour hâter le départ ; la tante l'aperçut, et, pour l'éviter, elle tourna brusquement de côté, laissa tomber son sac en arrière, puis revint sur ses pas pour le ramasser. Au lieu de profiter de son embarras, Marcel se tint à distance, et, sans entrer dans la cour, il remonta la rue jusqu'aux hangars. Il s'était éloigné par discrétion. La tante lui en sut un gré infini.

On était resté trois heures à Seyanne chez les Sendric. En revenant à la Pioline, tante Blandine se mit à réfléchir sur cette visite, qui renversait tous ses plans. Sabine était toute rayonnante de bonheur ; la tante en fut très frappée. Mille sentiments contraires tourbillonnaient dans son esprit, et, dans son besoin d'accuser quelqu'un, de s'échapper à elle-même, la tante se disait : « Cet Espérit ! Cet Espérit ! dans quel piège nous a-t-il fait tomber ! »

Il n'en était rien. Il est certain qu'Espérit avait résisté très mollement aux fantaisies de l'ânesse ; mais sa demi-complicité s'arrêtait là, et vraiment c'était la Cadette qui avait tout fait.

Tante Blandine avait l'art d'altérer et de transformer ses impressions les plus vives ; son esprit seul était en jeu dans cette sensibilité extrême que tout excitait, elle échappait à tout travail intérieur avec de merveilleux instincts d'étourderie, et de la sorte l'imagination payait toujours les dettes du cœur. Elle avait ainsi vécu sa vie entière, tout en dehors, et voilà que tout à coup elle recevait un choc. Quelque chose de sincère l'avait touchée ; avec mille artifices, cette capricieuse et raisonneuse personne s'attachait à détruire le sentiment vrai qui s'était éveillé en elle ; elle n'y réussissait plus qu'à demi et s'en irritait. Tous les jours, cette calme figure de la Damiane se présentait à ses yeux avec une sévérité provocante ; elle retrouvait quelque chose de cette douce gravité dans tous ceux qui s'attachaient à la Sendrique. En sortant de Seyanne, ils emportaient comme la bonne odeur d'une vertu cachée, elle-même se sentait pénétrée par une secrète influence ; mais, pour s'étendre et vivre, ce bon germe demandait à être délivré de toutes les choses parasites qui lui dévoraient le plus pur de sa substance, et toute cette vieille nature, qui ne voulait pas mourir, se défendait obstinément, désespérément, avec une ténacité vivace.

Jamais la tante n'avait été plus agitée, et, les contradictions lui faisant défaut, elle s'agitait dans le vide, elle se consumait sur elle-même, elle se sentait enveloppée par un blâme secret, elle souffrait de son isolement. Dans ces tête-à-tête qu'elle avait à subir avec elle-même, elle se donnait encore de grands éloges pour la vertu qu'elle dépensait à lutter ainsi contre tous, afin de sauver Sabine d'un mariage qui blessait toutes les convenances ; elle n'osait pas encore se dire la vérité, mais déjà elle n'avait plus foi à la justice de sa cause. Au point où en étaient les choses, elle ne pouvait plus se faire une arme de ses répugnances aristocratiques. Cette noble et courageuse famille des Sendric lui inspirait un tel respect, qu'elle était blessée vivement lorsque la Zounet parlait d'eux sans retenue ; le fond de ses préventions était ruiné, et jamais elle n'avait paru plus ferme dans ses résistances. Elle se voyait engagée dans une situation fausse, impossible, où l'enfermait son amour-propre ; elle ne trouvait pas d'issue. Elle n'attendait qu'un mot, un seul ; si on lui avait dit qu'elle faisait une grande chose, une chose héroïque en consentant à ce mariage, qu'elle se dévouait, qu'elle se sacrifiait, elle se serait jetée par cette ouverture avec un entrain romanesque.

« Mais je ne m'y oppose pas, à ce mariage ! disait-elle souvent. Je n'y consens pas ? qu'importe ! Mon frère est le maître, je me soumettrai. »

Lorsqu'elle était seule, aux heures de franchise, elle rougissait de ces mensonges involontaires. Elle savait bien que Sabine se regardait comme liée, qu'elle ne ferait rien sans le consentement franc et libre de sa tante. D'autres fois la tante parlait de se retirer dans un couvent de trappistines, ou bien d'aller habiter à Valence chez sa parente, pour y mener la vie la plus mondaine. Et tous les jours ainsi nouveaux projets, nouvelles inquiétudes. L'hiver était venu, les neiges de la moptagne obstruaient toutes les routes, et les visiteurs étaient rares à la Pioline. La tante était dans une agitation extrême ; entre son frère et sa nièce, si calmes et si tristes, elle se sentait isolée, quelque affabilité qu'il y eût dans les relations. La Zounet ne lui était d'aucun secours. La tante se donnait sans cesse de nouveaux prétextes contre le mariage de Sabine, et des plus raffinés, des plus délicats, et tous ses arguments d'autrefois, dont elle ne voulait plus, dont elle rougissait, elle les retrouvait dans la bouche de la servante, sous des formes vides et brutales ; elle éprouvait un grand malaise en entendant cet écho grossier, qui lui renvoyait durement ses vieilles opinions.

# X

Les choses semblaient devoir se traîner ainsi indéfiniment, les jours s'écoulaient, les semaines, les mois, et rien n'était changé. On était arrivé aux derniers jours de mars ; le temps s'adoucissait, et, dans l'après-midi, au sortir de la table, les Cazalis allaient se promener au soleil, sous les murailles. Un jour il arriva que la tante refusa de sortir sous prétexte de lettres à écrire, de comptes à régler. Elle était plus agitée que jamais, et cette promenade qu'on lui avait proposée, elle la refusait par la seule raison qu'elle y était invitée ; on serait sorti sans l'avertir qu'elle ne l'aurait jamais pardonné. Le lieutenant alla visiter ses semis de melons, et Sabine monta dans sa chambre. La tante l'appela ; on ne répondit rien, car les portes de l'escalier et du corridor étaient fermées. M^lle^ Blandine, impatientée, monta en courant ; Sabine était accoudée à la fenêtre, les yeux fixés sur le clocher de Seyanne.

« Ah ! voilà comment vous passez vos matinées ! » dit la tante.

Sabine n'entendit pas. Alors la tante s'approcha d'elle, et, d'un mouvement jaloux, curieux, méfiant, avec une indiscrétion irritée, elle la regarda fixement. Ses yeux avaient une expression indéfinissable.

« Ah ! vous l'aimez donc bien ! » continua-t-elle d'une voix acérée et méchante.

Sabine la regarda sans colère ; une larme brillait dans ses yeux.

« Oui, ma tante », dit-elle.

Cela fut dit avec un tel accent de tristesse et d'amour, dans la simplicité, la force et l'ingénuité de l'âme, c'était chose si vivante, que la tante tressaillit ; un rayon divin la toucha. En un instant, en une seconde, tout un monde inférieur s'écroula, et, libre, sincère, allégée, aimante, d'un cœur agrandi, elle comprit. Avec un élan passionné, elle embrassa Sabine.

« Oh ! viens, lui dit-elle, viens, ma fille. Aime qui tu aimes. Je vais à Seyanne ! »

Et, la main dans la main, elles descendirent en courant.

« Viens, ma fille ! »

Et dans ce mot elle aussi mit toute son âme.

Le bonhomme Cazalis montait l'escalier en hochant la tête. On le prit au passage, et de si franche bonne humeur, qu'il fut enlevé, lui aussi.

« Ah ! cette fois vous m'obéirez, dit la tante, et pas de réplique, vieux grondeur. La carriole ! À Seyanne ! »

En quelques minutes, la carriole fut attelée. Dire comment cela se fit, avec des harnais dispersés dans tous les coins, Cascayot en maraude et des mules paresseuses couchées au pré, qui le sait ? Cela se fit. Grands et petits, jeunes et vieux, bêtes et gens, ils se comprenaient tous. On partit. Cascayot était de la fête, et dans sa tête joyeuse tout tintait clair comme dans les grelots de ses mules.

Le lieutenant regardait sa sœur avec surprise. Une flamme légère courait dans toute sa personne ; dans ses yeux, ses gestes, sa voix, éclatait et brillait quelque chose de clair, de libre et d'animé, toute la riante spontanéité du Midi. Et cet entrain n'avait rien de l'ardeur factice d'une volonté faible qui se hâte d'agir à l'étourdie pour tuer la réflexion. C'était l'élan, le vol d'une âme délivrée, enlevant tous les obstacles, comme ces coups de vent qui chassent les brumes basses ; c'était un coup de tête (si l'on veut) mais de ces coups de tête qui sauvent tout.

Lorsqu'on fut en vue de Seyanne, le lieutenant dit à sa sœur : « Nous brûlons nos vaisseaux, parfait ! Mais enfin, chère Blandine, est-il bien dans les convenances que nous allions demander Marcel en mariage ?

– D'abord, pour vos convenances, dit la tante en soufflant sur sa main, voilà pour elles ; ensuite, apprenez une chose : votre sœur n'est point une sotte, et si quelqu'un à la Pioline se jette à la tête des gens, ce n'est point, que je sache, tante Blandine. Elle va à Seyanne, non pour enlever Marcel, mais pour faire entendre à la Damiane qu'elle peut très bien nous demander notre fille, et, si par discrétion elle refuse de comprendre à demi-mot, tante Blandine mettra si bien les points sur les i, que cette bonne Sendrique saura, à n'en pas douter, qu'elle est attendue à la Pioline, qu'elle y sera reçue avec honneur, enfin que nous nous aimons tous là-bas comme ici. Est-ce clair ? Mon frère Jean-de-Dieu, je meurs d'envie de vous embrasser !

– Volontiers, dit le bonhomme ; voilà bien des années que nous en avions perdu la fantaisie. »

L'entrevue de la Damiane et de la tante fut très cordiale. On parla d'abord d'affaires de ménage, puis la tante demanda un conseil pour son tissage de toiles.

« Bientôt vous parlerez lessive, dit M. Cazalis ; je suis perdu. Je vous laisse en conférence, et je vais au hangar. »

Il alla visiter l'atelier de Marcel. À son retour, il les retrouva toutes deux fort amies et parlant magnanerie. La récolte des cocons manquait depuis deux années à la Pioline, et les Sendric passaient pour très habiles en magnanerie. La tante demanda à la Damiane de cette graine de vers à soie si renommée que les Sendric ne vendaient qu'à leurs amis. « Oh ! ne vous levez pas, dit-elle, pour monter à votre grenier ; nous sommes pressés de partir, vous nous l'apporterez vous-même. »

Sur ce mot, elle engagea la grande affaire et sut très bien dire tout ce qu'elle avait à dire.

Lorsque la Zounet raconta au marché que tante Blandine avait fait une visite officielle aux Sendric, les commères tombèrent dans une grande surprise. La Damiane vint le surlendemain à la Pioline ; elle y revint vers la fin de la semaine avec son fils. Alors la nouvelle circula dans tout le pays à une lieue à la ronde, et tous les esprits s'épuisèrent en suppositions, en commentaires, pour expliquer cette conversion de M^lle^ Blandine. Il se forma cependant un parti d'incrédules qui persista jusqu'au dernier moment. Ils virent les toilettes de noces chez la Rosine ; Rosine leur dit que devant elle la tante Blandine avait travaillé à la belle chemise brodée que les jeunes filles envoient à leur fiancé ; Cascayot traversa le village avec le fusil à deux coups que le lieutenant envoyait à Damianet, il parla de tous les cadeaux qui se préparaient, qu'il avait vus, touchés ; rien ne put convaincre les douteurs, ni ces récits, ni la joie d'Espérit, ni les doléances des sept bourgeois du Café d'Apollon qui votaient un blâme sévère aux Cazalis, ni les réponses décidées de M^lle^ Blandine, ni même l'embarras de la Zounet, qui se montrait fort hostile à ce mariage et cherchait toujours des faux-fuyants grossiers pour échapper aux questions. Le notaire Giniez ne cessait de dire : « Ne croyez pas que tout soit encore fait ; il y a là-dessous quelque rose de M^lle^ Blandine. Je la connais, c'est une femme de tête, une maîtresse femme. Du reste je parle contre mon intérêt : j'y perdrais un contrat et de beaux dîners de noces. »

Au milieu de tous ces bourdonnements de l'opinion publique, tante Blandine faisait très bonne contenance, et dans cette république de Lamanosc ce n'était pas d'un mince courage. Avec les amies comme avec les ennemies, tous les jours, à toute heure, tante Blandine eut à soutenir le choc. Il lui fallut subir les objections timides des unes, les compliments aigres-doux des autres, et les allusions voilées, les sourires, les chuchotements ; jusqu'aux bonnes âmes qui, tout naïvement, sans malice, venaient la plaindre comme une vaincue, personne n'ignorait à Lamanosc qu'elle s'était juré de garder sa nièce auprès d'elle, de ne jamais la marier, et non seulement Sabine se mariait, mais encore elle sortait de sa caste. Quelle défaite pour une personne aussi fière que M^lle^ Blandine !

Tante Blandine traversait gaiement et librement cette fourmilière toute en rumeur. Rien ne la troublait plus ; son orgueil de bourgeoise, son grand respect du qu'en dira-t-on, ses vanités, ses ruses, ses plans renversés, ses petits calculs égoïstes d'autrefois, ses dépits, ses rancunes, elle avait tout jeté de côté, d'une main vive et leste, avec la mutinerie et la grâce d'une fille résolue qui lance son bonnet par-dessus les moulins. La grâce et M^lle^ Blandine ! Ces mots semblent jurer entre eux ; mais tout était si changé à la Pioline ! Et, comme tout se tient, ces grands changements se voyaient dans les moindres choses, dans la mise de M^lle^ Blandine comme dans toutes ses habitudes. Tout naturellement, d'elle-même, sans qu'on lui en dît un mot, elle avait renoncé à ces toilettes extravagantes que Sabine n'avait jamais pu lui faire quitter. Délivrée de tout son faux luxe, et de ces toilettes qui jouaient à la jeunesse, et de ces tours de cheveux blonds qui lui tombaient en grappes sur les joues, redevenue elle-même, elle n'était plus reconnaissable, elle s'habillait avec goût et modestie ; non seulement elle n'était plus ridicule, mais c'était vraiment une vieille fort agréable, portant très bien son âge, ses rides et ses beaux cheveux gris ; bref, une personne très aimable avec tous ses travers, comme il lui arrivait lorsqu'elle tournait du bon côté.

Le jour de la publication des bans, toutes les commères répétaient encore avant d'entrer à l'église : « Oh ! jamais M^lle^ Blandine n'y viendra, elle est trop fière ! » La tante vint bravement s'asseoir à son banc. Quand on lut les noms, toutes ces têtes curieuses de filles se dressèrent, tous les yeux cherchaient M^lle^ Blandine. Elle n'en eut aucun trouble. Un mois plus tôt, elle aurait préféré se cacher à cent pieds sous terre.

Le souvenir du caporal Robin vint tout à coup jeter quelque diversion au milieu de ces grands événements qui passionnaient l'opinion publique. À Lamanosc, il n'était bruit que des débuts du caporal au théâtre d'Avignon ; on le disait engagé pour des sommes fabuleuses. Le fait vrai, c'est que Robin avait très brillamment débuté, et qu'il allait partir pour Le Caire. Le jour de la Saint-Antonin, parmi les curieux venus de la ville pour assister à *La Mort de César*, il y avait un petit bonhomme frileux, à perruque blonde, vêtu en plein été d'une pèlerine de fourrure, et qui ne cessait de sautiller sur son banc pour mieux jouir du spectacle ; les filles de Lamanosc s'étaient gaussées de lui en le voyant ainsi se trémousser et lorgner par-dessus la tête de ses voisins avec une grande lorgnette d'ivoire, qu'il appliquait sur ses lunettes d'or. Ce guilleret vieillard était un directeur de théâtre de passage à Avignon, et qui montait une troupe pour l'Égypte. Il fut très frappé du jeu de Robin.

Quand tout fut apaisé à Lamanosc, il s'informa du caporal et le prit avec lui pour le dégrossir et le styler. En deux mois, Robin fut dressé, et il réussit au delà de toutes espérances dans *La Tour de Nesles*. Quelques sifflets s'étant fait entendre dans les loges, les portefaix avaient tout brisé, tout démoli, banquettes, barrières et cloisons ; c'était un succès magnifique !

« Ah ! monsieur Lagardelle, disait le sergent Tistet, est-ce bien vrai ? Est-ce croyable ? Lui, Robin ! un si vilain soldat ! C'est très triste. Fort heureusement que moi je commence à revenir sur l'eau. Devinez la nouvelle... Je me marie.

– Vous ?

– Oui, certes. Je donne ma main à Zounet. Le lieutenant l'a voulu. Il doit signer ma nomination un de ces matins. C'est une fille fort entendue en médecine.

– Elle a un beau port, dit le magister.

– Je l'habillerai en dame », dit Tistet.

# XI

Le lendemain de la dernière publication des bans, le lieutenant fit atteler la carriole et partit pour Seyanne avec sa fille. La tante resta à la Pioline pour ses grands travaux de toilettes et de cuisine. Cascayot voulait faire une entrée triomphale dans le village : ses mules étaient harnachées de neuf, à grande profusion d'ornements de laines rouges et bleues ; les petits polissons qui jouaient au bord de la rivière s'étaient attroupés pour lui faire cortège ; mais la calade, effondrée par les orages, était si rude à grimper, que le lieutenant prit ce prétexte pour monter à pied, sans bruit, jusqu'à la boulangerie, et la carriole fut laissée au bas de la descente, sous les aires. Le lieutenant n'avait pas prévenu la Damiane de sa visite ; on la trouva au pétrin, les mains dans la farine. C'était un jour de grande fournée. Les femmes entraient, portant sur la tête des terrines avec des tourtes aux épinards, des pommes d'amour, des macédoines de toutes sortes ; puis c'étaient des chalands, des marchands de blé, les oisifs du village et la foule des enfants à la sortie de l'école, encombrant la cuisine, attendant avec impatience les galettes chaudes. La Damiane reçut ses visiteurs au milieu de ce va-et-vient bruyant, elle embrassa Sabine et le lieutenant, elle s'occupa d'eux avec toutes sortes d'attentions, elle sut leur dire les choses les plus affectueuses, tout en servant son monde, sans que la pratique en souffrît en rien.

En entrant dans cette pauvre maison, qu'elle se figurait encore plus pauvre, Sabine s'était senti une grande joie. Dans son désir de se rendre toutes choses communes, travaux et peines, elle prit un tablier blanc, releva gaiement ses manches, et se mit avec entrain à aider la Damiane. À elles deux, elles eurent bientôt expédié toute cette grande besogne. Quand on fut seul dans la cuisine, Sabine s'en alla à la huche et prit de la farine pour pétrir. Elle y allait de bon cœur, mais à son insu elle jouait un peu à la boulangère. Avec son grand tact, la Damiane l'arrêta doucement : « Merci de votre courage, dit-elle en lui dénouant son tablier : nous ne ferons pas de vous une boulangère ; on ne change pas ainsi sa condition, chère fille ; ce n'est pas l'affaire d'un jour, et tout se règle par une volonté plus haute que la nôtre. »

Sabine l'embrassa tout émue. La Damiane lui passa au doigt son anneau d'argent, puis elle détacha son grand et lourd clavier à trois chaînes qu'elle tenait de son aïeule ; c'étaient les seuls bijoux de famille qui restassent aux Sendric.

On visita toute la maison. En traversant ces chambres délabrées, Sabine croyait les reconnaître comme des lieux familiers, comme si tous ses souvenirs d'enfance eussent été là. Damianet, qui s'était pendu à sa robe, lui bourrait les poches de noisettes et d'amandes ; il la tutoyait déjà et ne voulait plus la quitter.

On se rendit de là chez la tante Laurence. Depuis quelques mois, la tante Laurence n'habitait plus la boulangerie ; elle avait voulu à tout prix un logement à elle, isolé, pour jouir de sa liberté, disait-elle. On lui avait construit une maisonnette tout au fond de la cour, à côté du portail, avec deux portes-fenêtres donnant sur la cour et sur la rue. Par la fenêtre de la rue, elle voyait venir de loin les promeneurs ; par celle de la cour, elle guettait les chalands qui sortaient de la boutique, et, pour les arrêter au passage, visiteurs ou promeneurs, elle n'avait qu'à allonger sa quenouille en travers de la fenêtre. De toutes façons, elle avait ainsi la primeur des nouvelles du jour, la fine fleur des commérages du matin. En échange, elle racontait aux passants les nouvelles de la maison, ainsi que toutes les histoires du temps d'autrefois, la guerre des Allobroges, la bataille de Sarrians, la prise d'Avignon par Cartaux, le siège de l'Isle et de Carpentras, toute la Révolution, et la généalogie des Sendric, fourniers de père en fils, depuis des siècles.

« Comment, déjà ici ! dit la tante, surprise au milieu de sa toilette. Vous, mademoiselle Sabine ! On aurait dû m'avertir plus tôt. Jour du ciel ! et la chambre qui n'est pas faite ! Ce n'est pas toujours dans ce désordre, croyez-moi. Mon Dieu ! Comme je suis adoubée ! Je ne suis pas riche, mon enfant, et je ne suis pas pour les robes à taille ; mais si vous m'aviez prévenue, vous ne me trouveriez pas dans ce costume : j'en ai honte. Quoique bien pauvre, j'ai encore de beau linge, que j'ai filé moi-même. On dit qu'aujourd'hui les demoiselles ne quenouillent plus ; votre grand-mère était la première fileuse du passé. Pour la peste, quand toutes nos communes envoyaient des charretées de linge aux Avignonnais, dans les tas on reconnaissait les toiles des Cazalis pour leur beauté. Votre grand-mère était bien entendue au ménage, vous avez ses yeux, mais je crois que vous êtes un peu plus grande. Vous regardez cette tasse d'argent, croiriez-vous que c'est Marcel qui me l'a apportée pour ma quenouille ! Dieu sait ce qu'elle lui a coûté ; tout est si cher aujourd'hui ! Allez, je ne m'en suis pas servie ; la salive vaut mieux que l'eau pour le fil, et depuis Adam nos grands-mères ont tourné le fuseau à l'ancienne, sans devenir poitrinaires. Veux-tu que je te le dise, la Damiane ? Tout ça, c'est des histoires des médecins ; aujourd'hui, on ne sait plus qu'inventer. Pourquoi, Seigneur, suis-je pauvre ? J'ai beau travailler nuit et jour, je lui laisserai bien peu à cet enfant. Et quand il lui viendra une famille, comment fera-t-il ? Tout augmente, tout devient hors de prix ; dans vingt ans, comment vivrez-vous ? Je n'ai pas vu votre verger, mais je suis sûre qu'il n'est plus tenu comme autrefois. Depuis que je ne puis plus surveiller toutes ces terres, les choses doivent aller bien mal ; si l'on continue à faire de la garance si près des arbres, tous les mûriers seront perdus. Nous n'avons pas toujours été misérables. Avant la Révolution, notre lessive était la plus forte du pays. Sendriquet, mène-moi jusqu'à mon lit. »

Marcel roula doucement le fauteuil de la fenêtre à l'alcôve.

« Fermez les rideaux, dit la tante ; tournez la tête, écartez-vous. »

Pendant que la Sendrique et son fils s'éloignaient, la tante Laurence souleva son matelas et fouilla la paillasse.

« Arrivez, dit-elle. Damiane, prend ces bas et ramène-moi à la fenêtre. Plus vite, plus vite, je ne crains pas les secousses. Bien, mon enfant ; maintenant délie les cordons, ouvre ces bas et vide-les dans mon tablier. Voyons si le compte y est : tu sais qu'il y a six ans, des ouvriers qui n'étaient pas du pays ont volé chez le notaire. »

Ces vieux bas contenaient une centaine de francs en menue monnaie ; quelques pièces d'argent brillaient çà et là au milieu des sous rouillés et verdis.

« C'est bien le compte, dit la tante Laurence ; j'ai bien fait de les retirer du jardin, il y a six ans. Ceux qui ont volé chez le notaire sont peut-être revenus la nuit ; en rôdant, ils auraient pu découvrir mon trou, près de la fontaine, et tout emporter quand bien même je les aurais vus de ma fenêtre ; je ne puis plus sortir, et j'aurais beau crier, personne ne viendrait. Allons, prends, mon fils ; c'est tout pour toi ; cela te servira pour tes mécaniques. Oh ! la Damiane, vous faites bien de le laisser à ses livres ; il n'est pas si facile de se refaire fournier. Avec tout son courage, il n'aurait jamais valu ses grands-pères. Mais qui donc tiendra le four ? »

Au moment où l'on y pensait le moins, il venait de rentrer dans la maison quelques créances perdues : ce n'était pas une fortune, et, en épousant Marcel, Sabine épousait la pauvreté ; mais c'était suffisant pour que Marcel pût reprendre pendant quelques années ses études, et la Damiane s'était arrangée pour mener la boulangerie avec un Sendric de Cayranne. De la sorte, le four ne sortait pas de la famille. Il fallut de longues explications pour faire comprendre tous ces changements à la tante Laurence.

Alors Marcel tira les rideaux pour qu'elle pût refermer la paillasse.

« C'est inutile, dit-elle ; cette fois-ci la paillasse est vide, et je n'ai plus à me cacher des voleurs. »

Et toute à la joie de se dépouiller, elle détacha son tour de chaînes qu'elle passa au cou de Sabine.

« Oh ! jour du ciel ! qu'elle est belle ! disait la tante en levant les mains. Tournez-vous donc, mignonne, que je vous regarde encore. Oh ! belle sainte Vierge, quel amour ! Qu'elle est brave et galante ! Je me sens vingt ans de moins, je veux danser à la noce. »

À la sortie, la Damiane reconduisit ses hôtes jusqu'aux aires, et, tout en parlant avec eux, elle coupait une brassée d'herbes avec sa faucille. Espérit alla chercher la carriole. Pour l'attendre, on s'assit à l'abri du vent, au bas du gerbier. La Damiane était entre Marcel et Sabine ; les nuages tournoyaient, chassés par la bise ; un rayon de soleil vint éclairer ce groupe. Espérit s'arrêta tout ravi.

« Arrive donc ! lui cria le lieutenant, que fais-tu là-bas planté dans les cailloux ? Tu es plus bête que la Cadette. »

La Cadette crut qu'on l'appelait, elle arriva en trottinant et se mit à brouter les verdures dans le tablier de la Damiane.

On se quitta au bas de la calade, Espérit fit route avec les Cazalis jusqu'à la croisette des Sables, et rentra silencieux et rêveur au château des Saffras. Il y avait plus d'une année qu'Espérit avait laissé de côté ses sculptures, car cette statue de Pompée, qui avait figuré à *La Mort de César*, n'était qu'un vieux saint Pierre datant de cinq ou six ans, et qu'il avait tant bien que mal transformé en Romain en quelques heures de travail. Tout à sa tragédie, à ses inquiétudes d'esprit, à ses amitiés, il avait laissé là tous ses projets.

Il vint à son hangar pour chercher quelque vieillerie à offrir à son ami Marcel. Toutes les ébauches gisaient sur le sol, dans la poussière, et les araignées filaient leur toile sur ces morceaux de sculpture. À première vue, Espérit fut frappé et comme stupéfait de la gaucherie, de la lourdeur, de la maladresse de ces œuvres informes qu'il avait conçues, exécutées avec tant d'amour, de labeur et d'espoir. Après les avoir laissées dormir là longtemps, il les jugeait en étranger, avec un sens critique très vif. Il s'étonnait de toutes les idées neuves que la vue de cet art grossier suscitait en lui. En se jouant, à son insu, sans qu'il y pensât pour ainsi dire, il se trouva de la terre glaise dans les mains ; ses mains impatientes voulaient agir, et tout prenait une forme inattendue, souple et élégante sous ses doigts. Il s'amusait à ce travail sans but, sans dessein arrêté, modelant au hasard des feuillages, des volutes, des coquillages, et voilà que tout à coup, au milieu de ses jeux, de ses fantaisies oisives, il se sentit un grand élan ; des formes idéales, pures et fières passèrent devant ses yeux comme des apparitions ; son cœur battait violemment. Cette beauté dont il avait la vision, pourrait-il l'atteindre, la saisir et la fixer ?

Il courut à son argilière, haletant, enfiévré, comme si le temps allait lui échapper. Il se mit à pétrir la terre ; la terre s'accentuait vivement sous ses doigts. Avec une aisance, une liberté, une décision dont il était étonné, il s'emparait de son idée, il la dominait, il la gouvernait. En une seconde, il enlevait des obstacles qui l'avaient arrêté des années entières ; il se dégageait de toutes ces puérilités laborieuses, ingénieuses, qui l'avaient enlacé si souvent. Cet Espérit des almanachs, cet Espérit de la lune, cet Espérit des cigales devenait un homme ; il entrait en pleine maturité, il était en possession de lui-même ; sa vraie nature se dégageait, il trouvait sa voie. Quinze ans d'obstination, de patience, d'essais, de tâtonnements, d'efforts portaient enfin leurs fruits ; toutes les forces latentes, si longtemps contenues, faisaient explosion ; l'artiste était né.

Les heures s'écoulaient, et ses bras ne se lassaient pas. Il allait, allait toujours sans fatigues, sans obstacles, devant lui, avec une inspiration soutenue, franche et libre. Lorsqu'il s'arrêta à l'approche de la nuit, le groupe qu'il avait conçu était façonné dans l'ensemble, arrêté vivement. Ces trois personnages, à tiers de nature, étaient posés avec hardiesse et vivaient réellement dans l'ébauche.

Avec ces lignes rugueuses, ce premier jet était d'une grande élégance, et le jour crépusculaire qui le baignait de ses demi-teintes en adoucissait de plus en plus l'aspect fruste et rude ; Espérit l'admirait avec une surprise naïve, doutant encore que ce fût l'œuvre de ses mains. À la nuit tombante, il alluma sa lanterne et se remit à l'œuvre ; il ne prit quelque repos qu'au milieu de la nuit. Il se coucha au pied de son groupe ; à l'aube, il était de nouveau à l'ouvrage. Pendant trois jours, il travailla avec ce grand courage. Il avait perdu cette fraîcheur d'inspiration de la première heure, et souvent de grandes difficultés se dressaient devant lui ; mais il les enlevait de haute lutte, d'un effort héroïque, et de ces inquiétudes, de cette ferveur, de ces nobles angoisses sortit une œuvre aimable et pure, d'un sentiment très doux, ingénu, d'une originalité vive, libre et pleine de force dans sa grâce rustique.

La tante Laurence s'était fort avancée en promettant de danser à la noce. Si la tête était saine, la langue toujours libre et déliée, depuis longtemps et pour toujours les pauvres jambes étaient bien mortes. Cependant, comme le temps était très doux, on put la porter à la Pioline, dans son grand fauteuil à roulettes, bien empaquetée de coussins et de manteaux. Depuis six mois, elle n'était pas sortie ; elle voulut rester jusqu'à la nuit sur la terrasse pour assister au défilé des gens de la noce qui revenaient du village, musique en tête. Cayolis menait la farandole avec Perdigal, et jamais on ne vit si brillants vireurs de drapeau ; ce fut une belle fête dont on parle encore dans le pays ; on y vint de Seyanne comme de Lamanosc, des Baux, de San-Bouzielli, des Abeilles, de Sainte-Colombe, et même de Saint-Léger, pays de la Zounet. Il y avait là tous les voisins : ceux de la Bernade, des Gargorys, de Christel, de la Pierravonne, tous braves gens. On fit revivre à l'occasion des Cazalis un vieil usage à peu près tombé en désuétude, et qu'on ne retrouve plus aujourd'hui que du côté de Monnieux et dans quelques villages de la viguerie d'Apt. À l'église, des essaims de colombes s'envolèrent de tous côtés au-devant de Sabine ; à la sortie, des bergers en costumes printaniers vinrent lui offrir un agneau blanc, paré de fleurs, pendant que des jeunes filles lui présentaient les ciseaux pour couper la corde qu'on avait tendue devant elle en travers la rue.

Toute la nuit on dansa à la Pioline : les barricels de muscat étaient en perce sur la terrasse. Malaterre trinquait avec les gendarmes ; Cayolis dansait avec sa promise, la belle Rosine ; on faisait cercle autour de lui pour admirer un pas très compliqué qu'il avait inventé ; Bélésis était le seul qui eût osé lui faire vis-à-vis ; avec sa jambe infirme, il faisait merveille. La Zounet allait et venait au milieu des convives en faisant sonner ses clefs ; elle était vêtue d'une belle robe puce, à gigots et falbalas, cadeau de M^lle^ Blandine. Pour compléter l'illusion, elle s'était emparée des tours de cheveux délaissés par sa maîtresse. Tistel l'aidait galamment, puis revenait s'asseoir auprès de M. Lagardelle. On vidait des pots, et le magister parlait tragédie à Tistet en répétant cet adage cher aux buveurs : « Ne me contredis pas ; ce n'est pas le vin qui grise, c'est la contrariété. »

Un mouton entier rôtissait dans la cuisine. À l'entrée, sur un billot, on avait vidé l'estomac de la bête ; l'herbe qu'elle avait mangée était encore toute verte, n'ayant pas encore été ruminée. Les vieux paysans venaient un à un l'examiner lentement, et disaient : « Voilà un bétail bien tenu. Qui l'a gardé ?

– C'est moi, répondait Cabantoux.

– C'est bien gardé, tu es un bon pâtre. Et combien de temps gardes-tu le matin ?

– Trois heures, disait le fadad.

– Oh! c'est bien manger pour trois heures, répondait-on. Tu es un bon pâtre. »

Ce fut un grand triomphe pour Cabantoux.

Au bout de la grande table, dressée sous les arbres, on avait placé au milieu des fleurs le chef-d'œuvre d'Espérit : c'était une belle faïence émaillée, colorée dans des tons doux et clairs, figurant la Damiane assise sur ses gerbes, entre Marcel et Sabine. On y voyait la Cadette accroupie à leurs pieds, relevant la tête et broutant des verdures.

# FIN

# Table des matières

# Collection Terroir

## CLASSIQUES

**Le village endormi**, Georges RIAT

**La bourrasque**, Georges BEAUME

**Comme va le ruisseau**,Camille LEMONNIER

**Le village**, Henri BACHELIN

**Les jours aux volets clos**, François BARBEROUSSE

**L'épervier**, Hugues LAPAIRE

**Le peuple de la mer**, Marc ELDER

**Nêne**, Ernest PEROCHON

**Ramuntcho**, Pierre LOTI

**Le roman de Jacques Bonhomme laboureur**, Émile BODIN

**L' hortillonne**, Léon DUVAUCHEL

**Le Marquis des Saffras**, Jules de la MADELÈNE

**Le maître du pain**, Luçy ACHALME

**Léon Chatry, instituteur**, Jules LEROUX

**La bécquée**, René BOYLESVE

**Les Oberlé**, René BAZIN

**Maurin des Maures**, Jean AICARD

**Ma tante Giron**, René BAZIN

**Le blé qui lève**, René BAZIN

**Chardonnette**, Charles DEULIN

**Fleuve de sang**, Jean-Baptiste MARCAGGI

**Pour la terre**, Camille AUDIGIER

**Voyage avec un âne dans les Cévennes**, Robert-Louis STEVENSON

# Prochainement :

**Le docteur Herbeau**, Jules SANDEAU
**Le moulin de Frau**, Eugène LE ROY
**Moulins d'autrefois**, François FABIE
**Terres lorraines**, Émile MOSELLY
**Le Moulin Blant**, Émile DONDILLON
**Les Courbezon**, Ferdinand FABRE
**Le village**, Léon DESCHAMPS
**Le gars Périé**, Robert de La VILLEHERVÉ
**Jan de la Lune**, Firmin BOISSIN
**Un simple**, Edouard ESTAUNIÉ
**Le bouscassié**, Léon CLADEL

# Le Marquis des Saffras

## *Jules de la Madelène*

Directeur de collection : Christophe MATHO
Maquette : Stéphane BAZIN

*Photographie couverture : FEMME RECOLTANT DE LA LAVANDE - © KEYSTONE-FRANCE*

Édition, réalisation : MARIVOLE ÉDITIONS
SAS CPE - RCS B 398-382-416
ZAC des Pâtureaux - 41200 Romorantin
Téléphone : 02 54 83 41 41 - Fax : 02 54 76 77 98
e-mail : marivole@cpe-editions.com
Site internet : www.marivole.fr

Imprimé en France par Présence Graphique - Mars 2013
ISBN 978-2-36575-026-4
EAN : 9782365750264
Dépôt légal à parution